유진은 술렁거리는 소리에 잠이 깼다. 약수터로 가는 사람들이다. 그녀는 머리맡의 시계를 보았다. 5시 반이다.

'이런 새벽에……' 하고 속으로 감탄했다. 최저 영하 7도라는 일기예보였다. 그녀는 남편의 침대 쪽을 보았다. 상준은 곯아떨어져 있다. 깨울까 하다가 망설였다. 다시 한 무리가 지나간다. 담 밖에서 뒤섞이는 말이라 뜻은 모르겠으나, 겨울 새벽의 찬 공기를 깨는 남녀의 말소리는 청명한 악음 같다.

그녀는 남편의 자는 얼굴을 보며 상긋 웃었다. 기분이 상쾌해선지 미소가 저절로 나왔다. 깨울까 하다가 6시쯤 깨우지 하고 마음먹었다.

유진 내외는 걸어서 30분쯤 걸리는 뒷산 약수터를 새벽마다 다녔다. 맑은 공기를 마시며 건강을 위해 걷기로 한 것은 지난 여름부터였다. 그 후로 건강이 더 좋아졌는 지는 알 수 없으나, 날씨가 덥건 차건 새벽에 약수터에 다녀오면 기분이 맑아지고 식욕이 왕

성해지는 것만은 뚜렷이 느낄 수 있었다.

영천(靈泉)약수터라고 부르는 그 물은 이름처럼 영이 서려 있는지 영험해서, 마시면 병이 낫고 소원 성취한다는 전설이 있었다.

어느 임금님이며 누구의 병이 나았다는 얘기는 흔하고, 그 물을 흰 사발에 떠서 100일을 빌며 마셨더니 소원하던 아들을 낳았다든가, 타향에 가서 소식이 끊겼던 남편이 돌아왔다든가, 유복자가 장원급제를 했다든가, 고려 때의 무인이며 조선조 때의 선비가 기도하고 마신 덕에 혹은 성공하고 혹은 무서운 화를 면한 예라든가, 전해오는 얘기는 1000여 년 전 것을 비롯, 많기도 하고 또 제법 구체적인 데도 있었다.

고증을 찾아본 적은 없으나 영천약수는 먼 옛날부터 확실히 있었던 것 같고, 높은 산 바위틈에서 끝없이 흘러내리는 한 줄기 물은 아마도 인간이 살기 이전, 천지개벽 때부터 흘렀던 것인지도 모른다. 그러니 그 얼마나 많은 생명들이 그 물을 마시고 살고 또 죽어갔을까. 날짐승도 맹수도, 또한 사람도.

약수객 중에는 그 물의 영성(靈性)을 믿는 듯, 물을 마시기 전에 경건하게 합장을 하는 사람도 있었다. 기독교의 성수며, 칠성(七星)에게 지성 드릴 때의 정화수며, 무당굿 할 때의 정수며, 갠지스강에서의 목욕이며, 예부터 물은 종교와 다소간의 관련이 있어온 것 같다.

유진은 그 약수의 영성은 전혀 생각해본 적은 없으나 오염되지 않은 물을 마시니 좋고, 산속의 맑은 공기는 더욱 좋았다. 동트기 전의 어두운 약수터에 앉아 있을 때, 가끔 저쪽 바위에 앉은 남자가 그 옛날에 적에게 쫓기던 고독한 무인 같기도 하고, 저쪽 나무

아름다운 영가靈歌

한말숙 문학선집

2

장편소설

아름다운 영가靈歌

은행나무

차례

겨울

에 기대어 하늘을 보고 선 여인이 그 옛날에 번뇌의 속세를 버리고 입산하려던 사람 같기도 한 상상에 사로잡힐 때도 있었다. 게다가 그 당시 그들의 모습을 그녀가 그 자리에서 보았을지도 모른다는 생각마저 들 때도 있었다. 내가 만일 그 패주하는 장군을 뒤쫓던 그를 배반한, 그의 심복이었다면?

'유진아, 너두냐?' 혹은, '유진, 너였더냐?' 줄리어스 시저와 브루투스의 일로 연상된 것이겠으나, 예수와 유다 등 인간 역사가 이어 내리며 그 얼마나 많은 시저와 브루투스가 있었고 앞으로도 있을 것인가. 배반의 고뇌는 슬프고 용서와 절망은 슬프도록 아름다운 감을 주니, 인생이라는 것을 통틀어 한마디로 말한다면 슬프고 아름다운 것이 아닐까? 악인도 좋고 선인도 좋다. 어차피 너도 나도 흘러가는 물과 같은 것이니까.

만일 내세가 있다고 하자. 당신은 어디서 오셨어요? 나는 지구라는 별에서. 그 참 반갑습니다. 나도 바로 그 많은 별 중에서도 지구별에서 왔는데, 언제 거기서 사셨지요? 1537년부터 1598년까지. 예? 나는 1545년에서 1598년까지 살다가 왔는데, 어느 터에서 사셨습니까? 일본이라는 데서 살았는데, 도요토미 히데요시라는 이름이었지요. 엇허허, 그 참 더욱 반갑습니다. 나는 조선이란 땅에서 살았는데 이순신이라는 이름이었소. 둘은 왈칵 서로 껴안으며 반겼다. 그러나 내세라 육체는 없고 둘 다 보이지 않는 생각만 오갈 뿐이다.

순신: 이제 당신과 나는 공통점이 하나 있구려. 살다가 죽었다는 점. 여기는 애, 증도 없고 갈등도 없어요. 하지만 지구별에서 같은 시대에 살던 사람을 만날 수 있으니 이 얼마나 기쁜 일이오. 더

구나 거기서는 서로 원수라는 특별한 인연이 있었으니 더욱 감개무량하오.

그들은 다시 한번 껴안았다. 여기서는 국적은 물론 황, 흑, 백의 어느 인종도 구별이 없다하네요. 통틀어 왕년에 인간이었다는 것뿐이랍니다. 형체도 없고 소리마저도 없고 생각만 날아다니는 텅 빈 무한 공간뿐이랍니다.

유진의 상상은 날개를 달고 어디까지나 비상했다. 과연 내세라는 것은 있는지?

그녀는 침대에서 조용히 일어났다. 상준이 선잠 깰까 보아 조심하는 것이다. 상준은 밤중에도 일어나면 전등을 켜고 문소리도 내어서 그녀의 잠을 마구 파괴했으나…… 대관절 그렇게 에티켓이 없으니, 남녀동등권은커녕! 하고 유진은 속으로 말하곤 했었다.

유진은 슬리퍼 소리를 죽이며 거실로 나왔다. 나오자 창밖의 장관에 '야!' 하고 하마터면 소리칠 뻔했다.

유리창 가득히 땅은 하얀 눈에 포근히 덮였고, 새까만 하늘에는 구슬을 흩뿌린 듯 별들이 찬연히 빛나고 있었다. 그녀는 창가에다가 서서 두 팔을 한껏 벌렸다. 그러고 뭉클하며 뜨거워지는 가슴속에서 외쳤다.

'아름다워라, 하늘과 땅!'

유진은 이윽고 창가에서 떨어져서 욕실로 갔다.

흰머리도 없고 얼굴에 주름 한 줄도 없으나, 피부며 몸 전체에서 풍기는 분위기가 젊은 때와는 어딘가 다르다. 보고 듣고 겪고 생각하며 한 육체가 40년이 넘었으니 달라지는 것은 당연한 이치였다. 아무 저항 없이 연륜이 쌓여가다가 늙어서 죽는 것은 자연의 과정이다. 인간이 자연 이상의 무엇이겠는가. 그녀는 자연에 동화해가는 안정감 같은 것을 느끼는 작금이었다.

그녀는 커피를 끓이고 상준을 깨웠다. 상준은 침실의 커튼을 걷으며,

"야!"

하고 탄성을 지른다.

"20센티쯤 쌓였을까?"

엊저녁에 그들이 침실로 갈 무렵에는 함박눈이 빠르게 수직으로 펑펑 내리고 있었는데 밤사이 그것이 멎고 온 세계가 청결한 하얀 눈 일색이 되었다.

"영하 몇 도지?"

커피포트를 들고 오며 유진은 말했다.

"최저 영하 7도래요."

"음력 정월이니까 추위는 아직 갈 날이 멀었지. 우리나라 절기는 음력이 딱 맞어."

상준은 기분이 좋은지 다변스럽다.

"오늘이 정월 첫 톳날(兔日)이에요."

"그건 어떻게 알지? 톳날? 자축인묘…… 무어, 그런 것 아니야?"

"나도 잘 몰라요. 12지간인가 뭐 그런 걸 거예요. 달력을 보니까 그래요. 날마다 열두 마리의 동물 그림이 다르게 있어요. 오늘은 토끼날이에요."

"토끼날이란 것이 뭔데?"

"옛날에는 정월 첫 토끼날에는 여자가 집 밖을 못 나갔대요."

"어느 옛날?"

"글쎄, 조선조 때겠지요. 여성을 억압했던 왕조니까."

"이씨조선 시대? 맙소사!"

그는 어깨를 으쓱 올렸다가 "어, 맛있다" 하고 커피를 마셨다.

유진은 어릴 적 어느 툇날 아침의 일이 갑자기 생생하게 생각나서 그 얘기가 하고 싶은데 남편은 커피를 마시며 어저께의 석간을 들추면서 전혀 흥미조차 보이지 않았다.

그들은 털 달린 등산복을 입고 모자 끈을 눈 아래에서 바짝 조였다. 털구두까지 신으니까 추위를 못 느끼겠다.

동이 트려면 아직 멀었는지 하늘은 여전히 까맣고 별빛은 영롱했다. 유진의 방한화가 뽀드득뽀드득 소리를 내며 눈 속에 파묻힌다. 가로등이 파랗게 골목을 비추고 있다. 그 창백한 빛이 한결 주위의 정적을 느끼게 했다.

눈 위에 더러 크고 작은 발자국이 나 있다. 먼저 간 약수객들의 것이겠지.

상준은 말했다.

"우리도 한번 일찍 가볼까?"

유진은 거기에는 대답하지 않고 상준의 손을 잡은 채 걸으며 어릴 적 회상에 사로잡혀갔다.

다섯 살 때던가 어느 겨울 아침, 아버지의 헛기침 소리에 그녀는 잠이 깨었었다. 어머니가 손수 곱게 누빈 솜잠옷에 폭신한 솜비단 이불을 덮고 있었다. 밖에서 아버지의 기침 소리가 카랑카랑하게 퍼졌다. 댓돌에 아버지의 고무신 끄는 소리가 들렸다. 여느 때에는 신소리를 내지 않는데 그날은 유달리 신을 끌다시피 소리를 크게 내고 있었다. 대문을 쿵 하고 여닫았다. 쌀광 문이 삐익 쿵 하고 닫혔다. 탕 하고 가벼운 소리가 나는 문은 행랑채 화장실 문이다. 투당투당 하고 중대문도 열렸다 닫혔다. 아버지는 밖에 있는 문이라는 문은 모조리 그렇게 소리를 내어 보는 것 같았다. 그러고는 "큼, 큼, 헛헛" 하고 헛기침을 하면서 침실로 들어갔다.

'좋은 아빠…….'

유진은 아버지가 뺨에 키스를 해줄 때 그의 깎은 수염이 뺨을 꼭꼭 찌르던 것이 생각나서 이불 속에서 따가운 듯이 눈을 깜박거렸었다.

경아 고모가 유진의 어깨 위에서 떠들린 이불을 끌어서 턱 밑으로 밀어 넣었다.

"춥지?"

고모는 조그맣게 소곤거렸다. 유진은 고개만 가로저었다. 아랫목은 오히려 더울 지경이었다.

"오늘이 톳날이라 아버지께서 먼저 일어나셔서, 집 안팎을 한 바퀴 돌아보고 오셨다. 올해도 복 많이 받아라!"

"톳날이 뭔데요?"

유진은 고모의 귓가에서 속삭였다.

"톳날이란 것은 여자가 남의 집에 가거나, 남자보다 먼저 집 밖으로 나가면 1년 내내 액운이 온다는 날이란다. 그래서 어머니가 오늘은 아직 안 일어나시잖니?"

"네……?"

유진은 고모의 말을 이해 못 했으나, 말소리를 고모처럼 숨죽여서 하고 머리까지 이불을 썼다.

"더 자거라."

고모는 속삭이며 그녀의 등을 다독거렸다. 그 느린 리듬에 이끌려서 유진은 차츰 잠들어갔었다. 그때 고모의 나이가 지금의 내 나이쯤 되었던가? 유진은 죽으면 풍장을 해달라고 유언했던 경아 고모가 새삼 불쌍하고 그리워졌다.

경아 고모는 아버지 쪽으로 친척이 되는 사람으로, 그 무렵 미망인이 되어 의지할 데가 없어서 유진의 집에 기숙하게 됐었다. 자식도, 남편도, 재산도 없이 홀로 된 그녀의 처지를 어머니는 측은히 여겨서 마음을 쓰고 있었다. 다섯 살 된 유진을 고모와 함께 자도록 한 것도 어머니의 마음 씀의 한 예다. 평생을 가난과 고독으로 보낸 고모는 그 생이 지겨워서 이승에는 그녀가 다녀간 티끌만 한 흔적도 남기기 싫다면서 풍장을 유언했었다.

유언대로 그녀의 사후, 화장하고 뼈를 갈아서 동해안 어느 절벽에서 바람에 날리던 때가 유진의 기억에 지금도 뚜렷하다. 고모의 뼛가루는 바람에 날리면서 한동안 허공에 떠 있는 듯하다가, 바로 아득히 아래에 있는 바다로 잔잔히 내려가는 것 같았다. 그때 석양이 뒷산으로 떨어지며 순식간에 온 하늘이 오색찬란하게 물들었다. 거기에 화답하듯 절벽 아래 검푸른 바다에는 육중한 파도가 밀려와서 차례차례 산산이 깨어지며 새하얀 물방울을 하늘 높이 뿜어 올렸다. 유진은 눈앞에 펼쳐진 장관에 감동되어 전율했었다. 천지는 마치 불행한 경아 고모의 죽음을 웅장하게 배웅하는 듯했다.

그때가 그녀의 열한 살 되던 해, 해방 다음 해의 늦가을이었다.

그녀는 추위와 감동에 떨며 태백산맥의 어느 계곡을 아버지의 뒤를 따라 내려갔었다. 그러고 며칠 후 남진 오빠의 소식을 들었다. 남진은 대학 2학년 재학 중 일본의 학도병으로 끌려갔었다. 남양군도에 있다는 편지를 마지막으로 소식이 끊겼었다. 그러고 일본 패전, 해방, 그러나 그는 돌아오지 않았다. 살아남은 학도병이며 징용된 사람들이 다 돌아와도 그만은 오지 않았다.

절망과 희망이 교차하는 처절한 기다림이 한 해를 넘고, 다시 몇 개월이 지났다. 그러던 어느 날 남진이 뉴기니에서 소위 옥쇄(玉粹)했다고 귀환한 그의 학우가 전해주었다. 학우는 전쟁에서 다리와 눈을 한 짝씩 잃은 불구자가 되어 있었다.

"남진은 ×××부대였는데, 그 부대는 뉴기니에서 전멸했습니다. 나처럼 병신이 되는 것보다는 차라리 남진이가 낫습니다. 다만 싸우는 의의를 모르며 싸우다 죽은 것이……."

학우는 일본 군인으로서 죽은 것을 통분해했다. 그는 흐르는 눈물을 불끈 쥔 주먹으로 닦고 있었다.

아들을 앞세우고도 살아남는 생명의 본능이 더럽다면서 한강에 투신한 아버지는 행인의 구조로 자살은 미수로 끝났다. 쾌활하던 아버지는 그 후로는 말이 없고 불안해질 만치 조용해서 발광하는 게 아닌가 하고 가족들은 가슴을 조였었다. 그러나 그는 그 후 10여 년을 더 살았다. 어머니의 말로는 유진과 동생인 수진과 마누라를 위해서 사신 것이라 했다.

아버지가 그 툇날 아침 집 밖을 돌아보고 신발 소리를 내며 침실로 들어간 후, 바람이 세차게 유리창을 두드렸다. 유진은 경아 고모의 손을 꽉 잡고 무서워서 이불을 머리 위까지 뒤집어썼다. 뿔 돋친 도깨비며 머리 푼 귀신들이 아우성치며 유리창을 두드리는 것 같았다. 유진은 무서워서 드디어,

"아빠!"

하고 소리쳤다. 그때부터 그녀는 어른이 되어도 도움이 필요할 때에는 속으로 아버지를 찾았고, 걱정거리가 있을 때에는 어머니를 마음속에서 찾았다. 두 분이 돌아가고 10여 년, 그사이 꿈에 아버지의 모습이 보이면 반드시 다음날 좋은 일이 있었고 어머니가 보이면 크건 작건 근심거리가 생겼다. 도대체 이것은 무얼까? 이승과 저승은 교류하고 있는 것인가? 그렇다면 사후의 세계는 있단 말인가?

유진은 눈을 밟으며 한마디도 없이 걷고 있었다. 경아 고모, 아버지, 어머니, 남진 오빠……. 그녀는 이 세상에 이제는 없는 그들이 갑자기 그리웠다. 아버지! 어머니! 남진 오빠! 경아 고모……! 하고 한껏 큰 소리로 부르고 싶은 충동이 일었다. 멀리 저승까지 들릴 수 있을 만치 큰 소리로. 그러나 그녀는 소리 내어 부르는 대신 상준의 손을 힘주어 잡았다. 상준도 잡은 손에 힘을 주었다.

'이 사람도 좋구나' 하고 그녀는 생각했다. 그들이 산길을 오르려는데 약수터의 단골객들이 너덧 명이 몰려서 뒤따라왔다. 그 속에서,

"이 사장님, 안녕히 주무셨어요?"

하고 강만식 노인이 씩씩한 소리로 인사를 했다. 곧이어 그의 외증손자인 석규가,

"안녕히 주무셨어요, 사모님."

한다. 여섯 살 난 석규는 매일 아침 강 노인과 함께 약수터를 다녔다. 그들은 유진 내외보다 훨씬 약수터 선배였다. 유진 내외도 그들에게 반갑게 아침 인사를 했다.

"먼저 갑니다."
하고 강 노인들은 그들을 앞질러 갔다. 그의 걸음은 젊은 유진 내외보다도 빨랐다. 어린 석규도 숨차는 기색도 없었다. 오랫동안 영천 약수를 마신 덕인지.

약수터는 산 중허리쯤에 있었다. 주택가가 끝나는 지점에서 나선형 길을 완만히 오르면 돌기는 하나 길이 좋고, 40도쯤 경사진 좁은 언덕길을 오르면 시간은 절약되나 숨이 차고 힘들었다. 언덕길이라기보다 사람들이 다녀서 길이 되었다고나 할까, 눈비가 아니더라도 미끄러웠다. 산속을 땀 흘리며 발 디딜 곳을 그때그때 찾으며 오르는 재미가 별것이어서, 대개는 힘겨워하면서도 가파른 그 길을 택했다.

달도 없는 음력 정월 초순이나 하얀 눈이 환하게 땅 위를 밝히고 있었다. 유진 내외가 언덕을 반쯤 오르니까 강 노인과 석규가 올라갔던 길을 되내려오며,

"여기가 아주 미끄럽습니다."
하고 큰 소나무 옆을 발로 차면서 주의를 주었다. 조금 더 오르다가,

"눈이 덮여서 안 보이는데요. 여기가 움푹 패었어요. 조심하세요."
하며 석규가 위에서 손을 내밀었다.

"자, 잡으세요. 사모님!"

조그만 손이 전혀 도움이 안 될 줄 알면서도 유진은 석규의 장갑 낀 손을 잡았다. 어린 손이 있는 힘을 다해서 유진을 잡아 올렸다.

"어머, 석규는 아주 장사야. 덕분에 웅덩이에 안 빠졌어. 고마워

요."

하고 말하면서 유진은 석규의 손에 매달리는 체하며 올라갔다. 석규는 즐거운 낯으로 씨익 웃고 가파른 눈길을 뛰어 올라갔다.

일출이 가까웠는지 하늘은 잿빛으로 변하고 별빛도 조금씩 희미해졌다.

약수터의 펑퍼짐한 마당에서 대여섯 명의 아이들이 뛰어 내려와서 석규와 함께 다시 뛰어 올라가며 일제히 합창을 했다.

초연이 쓸고 간 기쁜(깊은) 계곡
기쁜(깊은) 계곡 양지 녘에 비바람 진(긴) 세얼(세월)로 이름 모를 뻐이목이요(비목이여)—

한창 유행하는 노래를 가사도 멜로디도 부정확한 채 목청이 터져라고 합창했다. 합창이 끝나자 약속이나 한 듯 모두 까르르 핫핫 하고 자지러지게 웃었다. 강 노인이,

"예끼 자식들, 고연 놈들!"

하고 소리를 꽥 질렀다. 아이들은 놀라서 잠시 웃음을 멈췄다가 다시 환성을 지르며 눈 위를 흩어지며 뛰었다. 그들은 쌓인 눈을 한 번이라도 더 밟아보고 싶은 것 같다. 어떤 아이는 아예 눈 위에서 깔깔거리며 뒹군다. 뒹굴며 눈을 마구 집어서 얼굴이며 온몸에 끼얹는 아이도 있고, 어떤 아이는 두 손으로 입에 가득 집어넣고는 뱉고, 넣고는 또 뱉기도 한다. 먹고 싶으나 차서 뱉는 것이다. 그들은 눈이 좋아서 어쩔 줄을 모르는 것 같았다. 유진은 약수터에 다다르자 숨이 가빠서 한동안 바위에 앉은 채 심호흡을 몇 번

이나 했다.

초동 친구 끄리워(그리워) 마지마지(마디마디) 이끼 되어 맺혔네—

2절도 뜻 모르며 소리 높여 합창하고는 와하고 웃었다. 노인이 화가 치솟는지 이번에는 소리도 치지 않고 앉은 자리에서 벌떡 일어서더니 석규를 잡으려고 달렸다. 석규는 잡히지 않으려고 한사코 뛰었다. 상체가 긴 강 노인이 자칫 균형을 잃고 미끄러지며 눈 위에 주저앉았다. 긴 상체가 미끄러질 때 공중에서 몇 번 원을 그리듯 흔들린 것이 재미났던지 아이들이 박수를 치며 웃었다. 강 노인은 유진 옆의 바위에 털썩 걸터앉으며,

"조용히 해! 여기가 어딘 줄 알고 떠들어!"

하고 역정을 냈다. 영험한 정기가 서린 약수터에서 떠들면 안 된다는 뜻이겠으나 유진은 그 무엇보다도 〈비목〉의 가사가 그를 자극한 것이라고 짐작했다. 그는 외아들을 일제의 징용으로 잃고, 그 아들인 손자는 6·25 때 납치당하고, 아비 없이 자란 손녀가 낳은 외증손자인 석규가 유일한 혈육이며 동거인이었다. 함께 살던 석규의 엄마도 죽고, 아빠는 작년에 가출한 후 행방불명이다. 유진의 집 먼 뒤쪽 언덕의 무허가 판잣집에서 팔십대의 노인과 영(0)대의 손자는 서로 의지하며 가난하게 살고 있었다.

고락이란 말이 있는데 어째서 그의 인생에는 괴로움만이 그토록 불공평하게 안배되었는지. 유진은 '이름 모를 비목'에 미친 듯이 화를 내는 그의 모습을 보며 그의 엄청난 고통에 숙연히 고개가 숙여졌다. 그의 한 가닥 희망인 외아들도, 마지막 한 가닥 희망

인 손자마저도 젊은 나이에 어느 이름 모를 비목 밑에 백골이 되어 있으리라. 아니, 어쩌면 비목조차 없이 땅속에서 백골이 되어 있을지도 모른다. 유진은 뉴기니섬에서 죽은 남진 오빠를 생각했다. 남진의 백골은 어디에 있는지. 그러자 그의 죽음을 견딜 수 없어 투신자살을 기도했던 아버지가 새삼스럽게 생각났다. 가슴이 아팠다. 그녀는 약수 마시는 것도 잊고 있었다.

동녘의 눈에 덮인 하얀 연봉(連峰) 위로 빨간 해가 불덩이처럼 떠오르기 시작했다. 약수객들이 또 한 무리 올라오고 있었다. 먼저 온 사람들은 남녀노소 할 것 없이 약속이라도 한 듯이 떠오르는 붉은 해를 바라보며 "야" 하고 일제히 탄성을 지르며 두 손을 위로 뻗쳤다. 햇살은 천천히 퍼져가고 햇살을 받은 연봉은 금빛으로 눈부시게 빛났다.

강 노인이 한숨을 후 하고 길게 토해냈다.

"사모님, 제가 어렸을 때도 이 약수는 있었습니다. 그때는 지금처럼 저렇게 시멘트로 못을 다듬지를 않았었지요. 여름이면 얼음보다 시원하고 겨울에는 알맞게 차서, 물맛이 참 기맥혔지요. 지금도 물맛은 변하지 않았어요. 아직 공해가 이 산속까지는 닥치지 않았나 봅니다."

강 노인의 말에 유진은 반기는 낯으로 고개를 끄덕였다.

"이 약수는 줄지도 늘지도 않아요. 어느 약수는 아주 끊겼다고도 하는데…… 워낙 가물었던 해가 언제더라. 일제 시대였으니까 50년 전쯤 되었을까요? 내 아들이 태어난 후니까. 아이구, 기억이 가물가물해서…… 그때 논밭이 짝짝 갈라지고, 한여름인데 나뭇잎이 누렇게 시들 지경이었는데도 이 약수는 아주 끊기지는 않았어요. 한 며칠 물이 한 방울씩 떨어지기는 했었지만."

강 노인은 이어 몇 번인가 되풀이하던 말을 다시 했다.

"기삼이랑 수철이랑 저렇게 뛰고 놀았는데, 개나리가 필 무렵이면 밤늦도록 집에 갈 줄도 몰랐지요. 그때는 밤중의 산에 간첩 걱정도 없었고, 어린이 유괴, 살해 같은 끔찍한 일은 생각할 수도 없었지요. 허허, 그 애들 다 가고, 나만 명줄이 질겨가지고……."

그의 가슴에서 뜨거운 한숨이 터져 나왔다. 어릴 때의 친구 얘기를 할 때면 노인의 눈에는 언제나 물기가 어렸었다.

건너편 약수 앞에 줄지어 선 상준이가 유진더러 오라고 손짓을 했다. 유진은 일어서며 강 노인에게 말했다.

"할아버지, 약수 드시지요."

"벌써 한 바가지나 마셨는걸요."

하면서 강 노인은 그녀를 따라 일어섰다. 약수는 지상 1미터쯤의 높이에서 산을 뚫고 흘러나왔다. 거기에다가 오래전에 누군가가 대나무 반쪽을 받쳐 넣어서 받아 마시기에 편리하도록 만들어놓았다.

오랜 세월 동안 떨어지는 물방울로 파인 바위 웅덩이에 약수는 흘러넘쳐서, 다시 쌓인 눈을 해치며 길을 찾아 흐르다가 계곡의 큰 여울로 흘러 들어갔다.

물방울로 파인 웅덩이가 너무 깊어서 행여 사람이 빠질세라, 어느 약수객이 사재로 알맞은 크기로 못을 다듬어서 둥글게 시멘트를 바르고 얕은 테두리까지 만들었다. 약수 못에 흙이며 잔돌이 굴러 들어가지 않도록 하기 위해서라 했다.

유진이 약수 가까이에 갔을 때 마침 약수를 마시고 있던 장기호

박사가 목례를 보냈다. 유진은,

"안녕히 주무셨어요?"

하며 장 박사와 그의 옆에 서 있는 그의 아내인 나영숙에게 인사를 했다. 영숙도 아침 인사를 했는데 음성에 힘이 없고 안색은 여전히 나빴다. 위장병이라는데 꽤 오래가는 것 같았다.

'암인가?' 하는 생각이 언뜻 머리를 스치자 '안 됐다' 하는 생각이 뒤따랐다. 1년 가까이 자주 보는 얼굴이나 유진은 영숙의 얼굴에 웃음이 활짝 핀 것을 본 적이 없었다. 건강이 나쁜 탓인지 성격 탓인지 알 수 없었다.

장 박사가 가져온 흰 플라스틱 컵에 약수를 가득 받아서 상준에게 권했다. 상준은 고맙다고 하며 받아 마셨다.

"오늘 물은 유난히 맛있습니다."

상준이 말하니까 장 박사는,

"눈이 바위에서 걸러진 물이니까 그런가 봅니다."

하며 또 다른 컵에 약수를 받아서 장갑을 벗고 맨손바닥에 컵을 얹어서 유진에게 권했다. 유진도 장갑을 벗고 컵을 잡았다. 장갑을 낀 채 컵을 잡는 것이 실례일 것 같았다. 그들의 손이 차게 닿았다. 장 박사의 손이 조금 떨렸다. 유진도 무언가 짜릿한 느낌이 있었다. 장 박사의 눈빛 때문인지. 그 눈빛에 연정 같은 것이 얼핏 스치는 것 같았다.

유진은 그 약수를 한 모금 마셨다. 달고 찬 물이 짜릿하게 유진의 전신에 퍼지는 것 같다. 유진은 천천히 한 컵을 다 마셨다. 상준이,

"춥지 않아?"

하고 물었다. 유진은,

"추워요, 물론 추운 그 맛이지요."

하며 웃고, 전신을 떨며 벗었던 털모자를 깊숙이 썼다. 영숙이,

"가요, 여보."

하며 장 박사의 팔꿈치를 잡아당겼다. 장 박사는,

"그러지. 자, 먼저 갑니다."

하고 인사를 하며 영숙을 부축하듯 껴안았다. 상준도 가자고 했다. 앞서가던 장 박사가,

"내려갈 때는 미끄러우니까 큰길로 돌아서 가시지요."

하고는 다시 돌아서서 걸었다. 강 노인이,

"그렇게 하세요. 저희는 이 길로 그냥 가겠습니다. 팔십 평생 익은 길인데."

그는 뛰어다니는 석규를 소리쳐서 불렀다. 유진은 약수터를 떠나기 전에 한 번 더 먼 연봉을 둘러보았다.

그러고 그 눈 덮인 정결한 산의 정기를 한껏 마시듯 길게 숨을 들이마셨다.

큰길에는 울긋불긋하게 등산 장비를 한 남녀들이 선인봉 쪽으로 가고 있었다. 두터운 방한복을 입었는데도 건장한 몸집의 장 박사 옆에서 걷는 영숙의 뒷모습은 호릿하고 나약해 보였다. 앞에서 가던 그들 내외가 점점 뒤로 처졌다. 영숙 탓이다. 유진이 뒤돌아보니까 영숙은 장 박사에게 매달리다시피 걷고 있었다. 유진이 상준에게 말했다.

"당신 가서 부축해주세요."

"싫엇! 꾀병이야!"

하고 상준은 한마디로 거절했다. 유진도,

"이기주의자!"

하고 쏘아붙이고 영숙에게로 갔다.

"자, 이쪽 팔은 내 어깨에 기대요."

하며 유진은 영숙의 팔을 잡았다. 그녀보다 다섯 살이나 나이 아래인 영숙은 언제나 동생 같은 기분이 들었었다. 영숙이 괜찮아요, 하는데 장 박사가 얼른 그녀 앞에 등을 들이대며,

"자, 업어주지."

했다. 영숙은 화를 벌컥 내었다.

"그러니까, 난 산에 안 온다지 않아요!"

"물도 좋고 공기도 좋고, 다 당신을 위해서야."

장 박사의 말은 따뜻하나 언뜻 스쳐 간 그의 시선에 냉랭한 것이 느껴져서 유진은 섬뜩했다. 업어까지 주는 남편, 언제나 불만스러운 아내…… 유진은 그 내외를 이해하기 힘들었다. 네 사람은 말없이 걸었다. 더러 주전자며 물통을 들고 약수터로 가는 사람들도 있었다. 장 박사 집은 유진의 집을 지나서 10분쯤 더 가야 했다. 유진은 대문 앞까지 오자 하직 인사 대신,

"뜨거운 차나 함께 드시지요."

하고 장 박사 내외를 청했다. 장 박사는 때로 그랬듯이,

"그러지요, 요즈음은 방학이라 좀 한가합니다."

하고 쾌히 응했다.

영숙은 더운 우유를 마시고 다른 셋은 커피를 마셨다. 장 박사는 커피가 맛있다며 즐거워했다.

"뭐니 해도 원두가 좋아야 하는데요."

하면서 상준은 한 번도 원두를 갈아본 적도 없으면서 잘 알고 있는 것 같은 말투다.

"아침 식사 안 하셨으면 아예 하고 가세요."

유진은 저렇게 고달파하는 영숙이가 이제 가서 식사 준비하는 것이 딱했다. 유진이 계란프라이를 하는 동안 장 박사가 버터며 치즈를 냉장고에서 꺼냈다. 상준은 테이블에 앉은 채 커피를 마시고 있었다.

"주객전도예욧!"

하며 유진이 상준에게 소리쳤다. 장 박사가 도리어 말했다.

"아이구, 실례했습니다. 저는 힘이 넘쳐서요, 가만히 있지를 못해서요."

"이이는 공학을 하지 말고 아이스하키 선수나 뭐 그런 스포츠할 걸 그랬다고 해요."

하고 영숙이 말했다. 그녀는 산에서보다는 기운이 나는 것 같았다.

"브레즈네프가 어느 날 그의 어머니를 초대해서 생활의 일부를 보여주었대요. 이것은 내 침실입니다, 이것은 내 응접실입니다, 그리고 이것은 나의 저녁 식사입니다, 하면서 캐비아 등을 보여주니까, 그 어머니가 점점 낯이 퍼레지면서 '애, 빨갱이가 보면 어떡하려고 그러니'라고 했답니다."

장 박사는 마치 그때 그 자리에서 지켜본 것처럼 실감 나게 말했다.

"빨갱이가 보면 어떡하느냐구요. 앗하하."

하고 모두 소리 내어 웃었다.

"그것은 어디서 들은 얘기지요?"

유진이 물으니까,

"파리에서 들었는데, 요즈음 레닌그라드를 방문한 서방 학자한테 소련 사람들 간에 유행하는 소담(笑談)이라며 가르쳐주더래요."

"그 사회를 짐작할 수 있겠어요."

"앗핫핫."

네 사람은 한마음이 되어 웃었다. 유진은 가정부의 얘기며 연료비며 인플레 얘기보다는 뒷맛이 없어서 이런 투의 우스갯소리가 좋았다. 그러나 쾌활하고 유머러스한 장 박사와 안으로만 겹겹이 문을 닫고 있는 것 같은 영숙은 그 얼마나 대조적인 내외인가 싶다.

상준은 출근한다고 하며 일어섰다. 그는 기분이 나빠진 낯빛이다. '자기도 웃었으면서…….' 유진은 어이가 없다. 어떻든 언제부터인지 상준은 장 박사 내외에게 호감을 갖지 않는 것 같았다. 장 박사에게인지 영숙에게인지는 모르나.

상준의 출근 차에 장 박사 내외도 동승했다.

그들이 나간 후 서외조모가 전화를 걸어왔다.

"잘 있느냐? 아이들도 밥 잘 먹구? 이 서방 사업은 잘되겠지?"

고마운 말들인데, 유진은 어쩐지 직선적으로 받아들일 수가 없었다. 17세 때에 육십이 넘은 외할아버지의 소실로 들어온 여자였다. 유진은 외할아버지를 본 적도 없으나 그녀의 어머니가 서모라 부르지 않고 끝까지 대구댁이라 부르고 싶어해선지, 그녀도 공연히 대구댁에게는 감정이 깨끗해지지 않았었다. 대구댁의 나이도 이제 일흔이 넘었고, 외조부며 외조모, 어머니 등 당사자들이다 세상을 떠나고 없는데 그럴 것까지는 없지 않은가고도 생각할 때도 있었다. 외조모는 어린 나이에 늙은 남자의 소실로 온 대구댁을 라이벌 의식 대신 도리어 불쌍하게 생각했으나, 어머니는 그녀보다도 한 살 아래인 서모를 용서하지 않았다. 외조모를 배반한 외조부에 대한 증오까지 대구댁에게 쏠린 거라며 어머니는 생전에,

"행여, 나 죽더라도 대구댁이 너의 외조모인 척할라."

하며 그녀와의 교제를 경고했었다. 당사자인 외할머니보다 그 딸인 어머니가 아버지와 그의 첩에 분노한 것이다.

"할아버지를 좋아한 것도 아니다. 그년은 순전히 돈 때문에 첩으로 온 거야."

그녀의 어머니는 외골수적인 성미가 있었다.

"사랑 때문이건 돈 때문이건 행위는 같은 것 아네요?"

하고 유진이 말하니까 어머니는,

"아니다. 그녀는 외할머니뿐 아니라, 외할아버지까지도 배반한 거야."

했다. 대구댁이 외조부의 돈을 낭비하고 친정 식구에게 재산을 빼돌리는 것을 안 외조부는 노발대발했다 한다. 그런 외조부가 고소하게 여겨지기도 했다고 어머니는 말해주었다. 대구댁이 외조부의 소실이 되어서 밉고, 또 외조부의 사랑을 배반했다 해서 밉고……. 어머니의 사랑을 파괴한 자는 이래도 밉고 저래도 미운 것인가 보았다.

유진은 대구댁의 전화에 염려해주어 고맙다고만 대답하고 수화기를 놓았다. 그 전화가 끝나는 것을 기다렸다는 듯이 남기철의

전화가 왔다.

"김 여사?"

"아, 네, 안녕하셨어요?"

유진은 금방 그의 맑은 음성을 알아들었다. 남기철은 그녀의 대학 3년 선배였다. 하마터면 결혼했을지도 모르는 사이였다. 그러나 그들의 사이는 그 정도에서 끝났고, 그래서 지금까지도 신뢰할 수 있는 우정을 가질 수 있는지도 모른다.

기철은 A잡지에 쓴 유진의 수필이 좋아서 전화를 걸었다고 했다.

"앞으로 글을 써보면 어때요? 학생 때에도 활발하게 발표도 했지 않았어요? 여성은 결혼하면 그만이라지만 아까운데?"

"인생 아직 안 끝났어요."

"언제든지 쓴 것 있으면 보내요. 좋으면 실을 테니까. 이건 편집인으로서 부탁하는 겁니다."

기철은 '옛날의 사이' 때문이 아니라는 것, 적어도 그는 그런 정에 좌우되는 편집자가 아니라는 것을 은연중에 강조하는 것 같았다. 게다가 또 그의 신인 발굴의 안목이며 열정도 과시하고 싶은 듯. 유진은,

"알고 있어요, 소문난 편집인인데 어련하실려구."

했다. 그녀도 기철의 말을 솔직하게 받아들일 만큼 단순한 감정 상태였다. 그녀에게는 기철은 이제 세상에서 단 한 사람뿐인, 깊은 우정으로 신뢰할 수 있는 사람이었다. 연정은 없어도 어느 연정보다도 더 깊고 뜨거운 인간애라 할까. 다만 언제든 어느 밤 골목길에서 포옹했던 일만은 생각하면 뚜렷이 기억에 되살아났었다.

그녀가 중학교에서 교편을 잡고 있던 시절, 〈자전거 도둑〉이라는 이탈리아 영화를 함께 보고 저녁을 먹고 "비토리오 데시카는 귀재야" 하고 기철은 감독을 칭찬했다. 유진은 "음, 정말" 하고 맞장구를 쳤으나 그녀는 생활고에 자전거를 훔치고 들켜서 뭇사람한테 공박을 당하는 아버지와 그것을 지켜보는 어린 아들이 가여워서 우느라고 감독이 어떻느니 하고 객관적으로 영화를 감상할 겨를이 없었다. 더구나 마지막에 아버지와 아들이 말없이 손을 꽉 잡는 장면에서는 흐느끼며 울음이 터져버렸었다. 기철은 유진의 마음속을 환히 들여다보듯이 말했다.

"유진은 감독 같은 것 모르는 것 아니야?"

"그런 것 알 필요도 없어요."

유진은 행여 유치한 영화 감상이라는 비웃음을 받을까 보아 말했다.

"하지만 그만치 전달할 수 있으니 대단한 역량이지요."

"거꾸로 가는 결론? 그것도 좋아!"

기철은 유쾌한 듯이 웃었다. 그들은 식사 중에도 줄곧 영화며 문학이며 음악에 관한 얘기를 했었다. 견해가 달라서 유진이 우길 때에는 기철은,

"그렇다고 해두지."

하며 유진의 고집에 양보했었다. 그녀를 바래다주는 골목길에 들어서고부터는 서로 말이 없었다. 긴 골목길에는 백열등의 외등이 하나 켜져 있을 뿐 어두웠다. 늦어서 귀가할 때에는 언제나 기철이 바래다주었으나, 그날은 말 없는 기철의 전신에서 풍기는 분위기가 유진을 압박해오고 있었다. 골목 중간쯤에서 갑자기 기철이

그녀를 껴안았다. 유진도 그의 겨드랑 밑으로 두 팔을 돌려서 그를 껴안았다. 둘이 다 이십대의 청춘 시절이었다. 그들은 뺨을 맞부볐다. 기철의 뺨은 뜨거웠다. 그리고 유진은 기철의 몸이 유난히 뜨거운 것을 느꼈었다. 초가을 밤에 원피스 하나로 조금 싸늘하던 체온에 기철의 몸이 따뜻한 것이 나쁘지 않았다. 유진의 몸은 기철의 큰 가슴에 싸인 것 같았다. '이 사람을 나는 사랑하는구나' 하고 그녀는 생각했다. 그의 입술이 유진의 입술에 닿으려 할 때에, 골목길에 사람들이 너덧 명이 몰려들어왔다. 그들은 얼른 포옹을 풀었었다.

다음날 유진은 학생들의 수학여행에 따라갔고, 기철은 인도에서 열리는 언론인 회의에 참석한 후 세계 일주 취재 여행을 마쳤다. 그들이 재회한 것은 거의 6개월 후였다. 그동안 유진은 상준을 만나서 사랑하기 시작했다고 할까. 유진이 결혼한다고 했을 때 기철은 말했다.

"취소 안 돼?"

"정해버렸어요."

기철은 뒤통수를 긁으며,

"영화 감상은 분명 아니고, 이건 정말 평가하기 어려운데?"

하더니 덧붙였다.

"축하하는 걸로 해두지, 양보했어. 이혼하면 와요, 중고라도 괜찮아."

"속된 말 싫어, 취소해요!"

하고 유진은 소리를 쳤다.

"그래, 취소하지."

기철은 금방 응했다. 그러고는 담배만 연달아 피우고 있었다. 기철은 유진의 결혼 후 1년쯤 후에 결혼했다. 그동안도 좋은 신붓감이 둘쯤 있었는데 모두 양보했다 한다. 양보라 함은 거절했다는 뜻이었다. 파리에 유학 갔다 온 화가인데 유진과 같은 중학교 강사로 있는 안영희가 그의 신부였다.

"이번에는 왜 양보 안 했어요?"

하고 유진이 놀리니까 기철은,

"양보하라고 요청을 안 해온단 말이야. 그러니 할 수 없이 이렇게 된 거지."

했다. 유진은 어이가 없었다.

"답답한 사람이야, 정말! 안 선생은 무슨 재미로 같이 살지?"

"그쪽도 비슷해. 남편은 필요 없고, 아이가 예뻐서 아이 갖고 싶어 결혼한대요."

"아무리!"

"정말. 그런 여자야. 아이도 어린애만 예쁘니까, 어릴 때는 제가 기르고, 커서 학교쯤 가면 나더러 기르래."

"아이를 둘이서 함께 기르는 게 아니구?"

"그런가 보아, 구체적 얘기는 안 나왔지만, 아이가 생기면 남편은 필요 없고, 아이가 크면 남편도 아이도 필요 없다는 얘기겠지."

기철은 남의 일 얘기하듯 느슨한 목소리였다. 유진은 별로 대화한 적은 없으나 시간만 끝나면 가방을 들고 뒤도 돌아보지 않고 가버리는 안영희가 충분히 할 만한 얘기라고 납득할 수 있었다. 대개 시간강사건 전임이건 타 교사와 어울려서 대화를 하려고 하는데 그녀만은 '나의 일' 외에는 일체 사절했었다. 직원실에서 그녀는 '괴짜'로 통했었다.

"하지만 결혼한다고 꼭 아이가 생길지 어떻게 알아요? 애기 생겼어요?"

하고 유진이 물으니까 기철은 펄쩍 뛰며,

"농담하지 말아요, 난 아직 동정이야."

했다. 그런 그들이 결혼한 지 10년이 넘었으나 안영희는 아직도 왠지 아이를 갖지 못하고 있었다.

기철과 유진은 가끔 사무가 있을 때에 만났다. 유진이 책을 세 권 번역 출판했고, 지금 『햄릿』을 번역하고 있는 것도 기철이 주선한 덕이랄까. 그보다도 용기를 북돋워준 덕이랄까? 기철이 더욱 집요하게 그녀를 잡았다면 그들은 결혼했을지도 모른다. 기철은 전화 속에서 말했다.

"톨스토이는 『부활』을 71세에, 도스토옙스키는 『카라마조프가의 형제들』을 57세에 썼다는 걸 잊지 않았겠지?"

"고마워요. 생활하며 느끼고 생각한 일이야 얼마든지 있지요. 어디 나쁜이겠어요? 그렇지만 친구라고 특별히 생각해주는 건 절대 싫어요, 모욕이에요."

기철에게는 무엇이든 솔직하게 말할 수 있어서 좋았다. 기철은 벌컥 화를 냈다.

"유진이 그렇게 고물(古物) 여성 같은 말을 할 줄은 몰랐는데? 실망시키지 말아요. 이번 한 번만은 안 들은 걸로 해주지. 유진의 재질을 묻혀두고 싶지 않아서 하는 말이야. 17세기나 18세기 것의 번역도 좋지만 수필이나 소설을 써보면 어때?"

"옛날 것 번역하는 것 재미있어요. 지금 내가 17세기에서 살 수 있다는 것 묘하지 않아요? 번역된 것을 읽는 것과는 또 달라요. 오스카 와일드가 예수가 쓰던 말을 직접 듣고 싶어서 히브리어를 배웠다는 것 이해하겠어요. 번역하고 있으면 직접 그때에 그 속에서 살고 있는 것 같거든요? 그리고 인간이란 근본은 동서양이나, 예나 지금이나 같다는 것도 실감 나게 재미있어요. 내가 지금 번역한 것 읽을까요? 폴로니어스…… 마음속을 함부로 입 밖에 내지 말며, 엉뚱한 생각을 행동에 옮기지 마라. 일단 사귄 친구는 무쇠테로 마음속에 묶어두어라…… 어때요?"

기철은

"과거에 살 수 있는 재미라는 말 제법 재미있는데?" 라고 했다.

"그래요. 시간을 초월할 수 있는 것, 17세기의 영국에서 살다가, 아니지요, 그보다 더 옛날의 덴마크의 햄릿 왕자를 실지로 보다가, 책을 덮으면 현재에서 살며 차도 마시고 부엌일도 한다는 것. 기철 씨하고 전화도 하는 것, 묘하지 않아요? 정신은 시공을 초월할 수 있는 거랄까?"

"그것 잘됐어. 그걸 소설로 써봐요."

"아이구, 어디까지나 직업의식이셔."

그들의 전화는 여느 때처럼 한번 만납시다, 네 그럽시다, 로 끊어졌다. 그 말은 약속이 아니고 '안녕!' 대신의 말임을 서로 알고 있었다. 유진은 출판사 사장을 기철의 소개로 함께 만난다든가 원고를 전할 때 만나는 등, 사무적인 일이 없으면 차 한 번이라도 함께 마시는 일은 거의 없었다.

오랜만에 기온이 상승해서 영하 1도가 되는 어느 날 아침, 산의 눈도 녹았다. 약수터에 장 박사 내외가 며칠 보이지 않았다. 영숙의 위장병이 악화됐는지, 영숙이 오기 싫어해서 장 박사도 포기했는지, 아니면 유진과 그들은 시간이 어긋났는지…… 유진은 그렇게 생각하며 가파른 길을 석규의 작은 손을 잡고 내려갔다. 상준이 지방으로 출장을 가서 유진은 혼자였다.

석규는 조그마한 전신에 기쁨이 넘치는 것 같았다.

"사모님."

"선생님이라고 하든가 아주머니라고 부르면 좋겠는데?"

유진이 말하니까 석규는 고개를 갸우뚱하더니 "선생님" 한다.

"그래."

"선생님, 교회에 가보신 적 있어요?"

"아니."

"한번 가보세요, 좋아요."

유진은 뜻밖의 말이라 놀라며,

"어떻게 좋지?"

"노래하고, 춤추고……."

"넌 교회가 아니라도 노래 잘하지 않니? '초연이 쓸고 간……' 그 노래도 잘하던데? 한번 해봐."

"교회에선 그보다 더 재미있는 노래 해요."

"그래? 한번 들려주련?"

"정말 불러볼까요?"

석규는 갑자기 지나가던 나무 밑에 서더니 차렷 자세로 목청껏 불렀다.

믿는 맘 가지고 보겠네…… 며칠 후 요단강 건너가 만나리—

지나던 약수객들이 "고 녀석 목청 좋다" 하며 칭찬했다.

석규는 발음이 서툴러서 뜻이 명확하지 않은 데도 있으나 '요단강 건너가 만나리'에서는 발음도 또렷하고 목청도 한층 크고 씩씩했다. 동녘에 떠오르는 태양빛을 받은 눈망울은 '만나리'에서 유난히 밝게 빛났다. 그는 그 가사를 확신하고 부르는 것 같았다. 노래가 끝난 석규는 우쭐한 눈빛으로 유진을 보았다. 유진은 금방 눈물이 흘러내리려는 얼굴을 돌리고 석규의 손만 잡았다. 유진은 가난하고 불행한 어린 석규가 가여웠다. 요단강 건너의 만남을 믿는 그 순결함이 눈물겹도록 아름다웠다. 석규는 엄마가 보고 싶은 것이다. 그래서 그는 유진이 손만 잡아주면 그나마 좋아서 기쁨이 넘치는 것 같았다. 철들고 보니 그에게만 엄마도 아빠도 없는 것이 이상하고 외로웠을 것이다. 그것이 한이 되어 그 많은 찬송가 중에서 '만나리'가 가장 좋았던가.

뒤에서 나뭇가지를 잡으며 산비탈을 내려오던 강 노인이 소리를 질렀다.

"그놈의 목사 있는 데 가지 말라니까!"

석규는 뒤돌아보며 조그만 혀를 날름거리며 강 노인을 놀렸다. 유진의 손을 잡고 있으니까 뒤가 든든한 모양이었다.

"어머, 그러면 못써요. 할아버지께!"

하고 유진이 말렸다.

강 노인은 한 번 더 악쓰듯이 말했다.

"사모님, 제가 화나게 안 됐습니까? 저번에 목사 집에서 잔치한다고 해서 일 거들려고 갔었지요. 그랬더니 그 마누라 하는 말이,

우리 교회는 가난뱅이가 많아서 선물 들어오는 것도 형편없어, 딴 교회로 옮겨야 할 텐데…… 요러잖아요? 교회라는 게 말짱 장삿속이에요. 교회 갈 것 없어요."

그의 숨결이 거칠고 씩씩거리는 것은 노구가 산비탈을 내려가는 데 힘들어서보다는 교회에 대한 분개 때문인 것 같았다.

석규가 걸음을 늦췄다. 강 노인의 노기가 등등하니까 석규는 조금 움츠러드는 것 같다. 부모 밑에서 활발하게 자라는 아이라면 이렇지는 않으려니 싶으니까 유진은 석규가 측은했다. 그녀는 석규의 손을 더욱 힘주어 잡아주었다. 그들의 앞을 씩씩거리며 내려가는 강 노인의 뒤에서 유진은,

"석규는 하나님을 믿니?"

했다. 석규는 서슴지 않고 되묻는다.

"네, 믿어요. 선생님은?"

"나는 안 믿지만, 네가 믿는다니까 믿겠다."

하고 유진은 대답했다. 석규는 환성을 질렀다.

"야! 저와 같이 교회 가요. 오늘 가요. 오늘 10시 예배드리러 가요."

그는 유진의 손을 잡은 채 깡충깡충 뛰었다.

"그래 가보자. 우리 집에 가서 아침밥 먹구 같이 가자."

석규는 고개를 저었다.

"나중에 제가 선생님 모시러 갈게요."

"왜, 우리 집에서 밥 먹기 싫으니?"

"할아버지가 그러시는데요, 부잣집에 가서 밥 먹지 말래요."

"부잣집? 왜 그럴까?"

"우리는 가난하니까……."

유진은 대답이 막혔다. 그녀는 잠시 후,

"가난하다는 게 뭔데?"

하고 겨우 말했다. 석규는 대뜸,

"엄마가 없는 거지요."

"나도 엄마가 없다."

석규는 놀리지 말라는 듯이,

"에이! 선생님도!"

한다. 그의 눈에 유복하게 보이니까 엄마가 있는 줄 아는지. 석규에게 있어 온 세상의 행과 불행과 부와 빈의 척도는 엄마인 것 같다. 유진은,

"석규야, 네가 크면 엄마가 없어도 잘 살 수 있단다. 나도 크니까 엄마가 없어도 괜찮거든?"

석규는 그 말의 뜻이 무엇인지 알아내려는 듯이 맑은 눈으로 유진의 눈을 뚫어져라 바라보았다. 그들은 다시 잠자코 비탈을 내려갔다. 산 중허리를 조금 내려갔을 때 앞에 가던 강 노인이 멈춰 서서 뒤돌아보며,

"사모님, 저기 있는 저 은행나무 보이십니까?"

한다. 저편 동북쪽 산기슭에 수령 몇백 년은 되었을까? 큰 텐트를 삼각으로 친 듯한 모양의 나무가 한 그루 보였다. 잎사귀가 한 잎도 없고 허연 가지만 있는 것이 어두울 때 보면 흡사 뭔가의 해골처럼 보일 것만 같다. 원래는 우물터나 못자리였는지?

"잎이 없으니까, 은행나문지 무엇인지 모르겠어요."

유진이 말하니까 강 노인은,

"둘레의 나뭇잎들이 떨어지니까 이제 보이는구먼요. 은행나뭅니다. 보통 나무가 아니라, 저게 울면 나라에 변이 생긴다는 나무지요."

"네?"

유진은 처음 듣는 말이라 놀라서 소리를 질렀다. 저렇게 눈에 보이는 나무의 얘기를 아직 한 번도 듣지 못한 것도 이상한 일이 아닌가.

"그건 미신이겠지요. 나무가 어떻게 우나요? 바람이 불어서 나는 소리겠지요."

"바람도 비도 안 오고 말짱한데 우는 소리가 나니 묘한 노릇이지요."

"낮에요?"

"한밤중이지요."

"밤중에 저 산속에서 나는 소리를 어떻게 사람이 들어요?"

"그 아랫동네 사람들에게 들린답니다."

"아랫동네? 아무리……."

"20년 전만 해도 여기에 이런 집들이 있었나요? 온통 논밭이고, 저쪽 산에는 무덤이 많았지요. 그 아래에 초가 마을이 있었어요. 지금은 다 헐리고 최신 양옥이 들어섰지만."

유진은 공기가 좋아서 이쪽으로 이사 왔으나, 2년 반쯤밖에 되지 않아서 이 일대의 옛 모습은 전혀 알 수 없었다. 언덕 하나를 경계로 빈부의 차를 한눈에 볼 수 있는 것만은 알 수 있었다.

"덮어놓고 미신이라고 웃어넘길 일이 아닙니다. 옛날부터 그런 말이 있었는데, 우리 아버지가 그 마을에서 산지기로 있을 때 나무가 우는 소리를 들으셨는데 얼마 안 가서 한일 합방이 되더래요. 일본 놈한테 나라가 완전히 먹힌 거지요. 저도 그런 얘기 듣고 설마 했는데, 8·15 되던 해 봄에 내 귀로 직접 들었습지요."

직접 들었다는 말에 유진은 조금 흥미가 당겼다.

"어떤 소린데요?"

"한밤중에 자는데 괴상한 소리가 나서 잠이 깨었어요. 어이구우 하는 소리랄까요? 어떻든 여러 사람이 한꺼번에 내는 곡소리 같았어요. 아, 저거구나! 하고 생각하니까 귀가 쫑긋 솟고 오싹해지던데요? 마누라를 깨웠지요. 마누라는 안 들린대요. 하기는 딱 세 번 울었으니까, 마누라가 들으려고 했을 때는 그친 후였거든요."

"바람 소리가 아닐까요?"

"바람이 뭡니까, 잎사귀 하나 까딱도 않는 날이었지요."

"그 많은 나무들 중에서 어떡해서 하필 저 은행나무인 줄 알까요?"

"제 할아버지가 아버지한테 얘기해주어서 그러려니 했었는데, 아버지는 첫 번째 우는 은은한 소리를 듣고 동네 장정들과 여럿이서 자다가 일어나서 산으로 뛰어 올라갔대요. 은행나무 근방에 갈수록 곡소리가 커지더랍니다. 달은 훤히 밝고, 은행나무는 끄떡도 안 하는데 그 줄기에서 곡소리가 어허이구우…… 하고 나면서 은은히 퍼지더래요."

'어쩌면 그렇게 기분 나쁜 말을……' 하고 생각하며 유진은 물었다.

"얼마동안 그랬을까요?"

"곡소리가 숨 길이만치는 길지요."

"여럿이 들었을까요?"

"참, 선생님, 안 믿으시는구먼요. 하기야 들어야 믿지. 요새 같은 세상에 그걸 누가 믿겠어요?"

"할아버지는 그러니까 딱 한 번 들으셨어요?"

"아니지요, 첫 번째 듣고 한 닷새 있다가 또 들었지요. 그러고 또 닷새 있다가 또 들었지요. 잊어버릴 만하면 울어요. 한 달 새에 세 번쯤 그랬어요. 아침에 일어나서 마을에 나가서 물어보니까, 들었다는 사람이 많았지요. 모두 다 나라에 변이 생길 거라고 했지요. 그때 변이라면 무엇이겠어요? 일본 놈 망하는 것밖에 더 있겠어요? 아니나 다를까, 그해 8월에 해방이 되고 일본 놈들은 쫓겨 갔잖아요."

"나쁜 일에만 우는 게 아니구먼요."

"그렇지요, 변이 있다는 것을 미리 알려주는 거니까. 난 6·25 때도 들었어요. 봄에 갓 싹이 돋아나려고 하던 때인데요, 그때 그만 충청도 외갓집에나 내려갔었으면 손주 녀석 납치는 안 당했을 텐데……. 흉한 조짐이 있을 것 같은데, 그런데 그 때를 모르겠단 말씀이에요. 아무래도 그해 안에 변이 있는 것은 분명한데, 그게 언제쯤인지, 꼭 어느 날인지는 모르거든요? 그걸 알아내는 사람이 있을 테지만, 그렇게 용한 사람이 있다는 말 아직 못 들었어요. 언젠 줄을 모르니, 우리 같은 가난뱅이가 어디로 피신해야 할 데가 있어야지요."

강 노인은 은행나무의 울음을 절대로 믿는 것 같았다.

"4·19 나던 해에도 울었지요."

"네?"

그쯤 되면 환청이라든가 선입감 등속의 말로는 그의 믿음을 쉽게 바꾸어놓기 어려울 것 같았다. 더구나 그의 아버지의 아버지, 또 그 아버지……의 옛적부터 들었다는데야. 장정 여럿이 달밤에 바싹 다가가서 들었다는데야……. 울음소리가 들리는 사람의 혈통에 환청 유전이 있다든지, 군중심리나 선입관 등으로 풀이될 수 있지는 않을까?

"어째서 나랏일을 예언한다고 해석할까요?"

"내려오는 경험이지요."

강 노인은 서슴지 않았다.

"어째서 그러면 그 나무는 나랏일에만 예언할까요? 개인이나 마을의 일이 아니구?"

"나라에 변이 있는데 어찌 천지신명이 가만히 있겠습니까. 개인이야 그 집터에서 무엇이나 조짐이 있을려면 있겠지요."

"저 나무를 없애든가 나무가 늙어서 죽든가 하면 어떻게 될까요?"

"그때는 내가 죽은 후일 테니까 모르겠습니다만, 어느 고을의 비석에서 땀이 흐른다든가 산에서 곡소리가 난다든가 하는 일이 있으니까 그런 조짐은 저 은행나무에만 있는 게 아닌 것 같아요. 개인 집도 변동이 있으려면 텃구렁이가 나온다거나, 간장이 항아리 안에서 끓는다거나, 한겨울에 꽃이 피고 진다거나 하는 조짐이 있지요."

철근콘크리트 건물에 구렁이가 있을 수 없고, 간장도 사서 먹으니까 항아리 안에서 끓을 리 없고, 겨울에도 온실에서 꽃이 피고 지는 현대…… 현대에는 강 노인의 말은 들어맞지 않는다. 그러나 지금 유진은 곡소리를 들었다는 강 노인의 말에 등 뒤가 으스스하고 두려운 감마저 드는 것을 부인할 수 없었다.

'강 노인의 말은 정말일까?'

나무가 예언하는 것이 어째서 공포감을 주는지? 울어서 그런가? 울음은 재앙과 불행과 관련이 있어선가? 아니, 8·15 광복도 예언했다니 그 울음이 반드시 재앙만을 암시하는 것은 아니지 않은가? 그 뜻이 무엇이건 소리가 울음소리여서 그렇다면, 웃는 소리라면 어떨까? 달 밝은 한밤중에 산속 은행나무에서 으핫핫 하고, 혹은 흐흐, 혹은 헛헛…… 하고 웃음소리가 난다면? 유진은 더욱 무서울 것 같았다. 통쾌, 야유, 조소, 아첨…… 그 어느 의미건 간에 웃음은 울음보다 적극적이고 의지적이다. 그러니까 한밤중 산속 나무에서 나는 원인 모를 소리라면 소극적인 울음소리가 차라리 덜 공포스럽지 않을까? 울음이건 웃음이건, 깊은 산속 나무에서 한밤중에 소리가 난다는 것, 그것이 인간세계에 앞으로 다가올 변화를 예언한다는 것은 확실히 두렵고 꺼림칙한 일이었다.

'왜 그럴까?' 하고 유진은 강 노인을 뒤따라 내려가며 생각했다.

바람도 없는 밤에, 하필 한 그루의 은행나무에서만…… 인간세계와 교류하는 영(靈) 같은 것이 있는가? 있다면 그 영은 인간세계에 미련이 있는 영일 것이다. 인간세계와 미련이 없는 영이라면 예언을 할 무슨 이유가 있는가? 미련이 있는 영? 그것은 이 세상에서 살다 간 영일 것이다. 한 사람의 영일까, 여러 영일까? 미래를 알리고 싶어 하는 모든 죽은 영의 이 세상에의 미련일까? 애정일까?

"천지신명이 어리석은 인간에게 가르쳐주는 소리인데, 그걸 사람이 모르는 겁니다."

하며 강 노인이 유진을 바라보았다. 낡고 초라한 검은 외투에 방한모를 쓴 강 노인의 얼굴은 주름이 고목 껍질처럼 얽혀 있었다. 그 주름 사이에서 두 눈은 흐린 거울처럼 뿌옜다. 뿌연 것을 걷으면 그 속에 팔십 해를 넘도록 본 갖가지의 영상들이 한 장 한 장 끝없이 쌓여 있을 것 같다.

"천지신명이 그렇게 미리 알리고 싶다면, 미리 화를 막아줄 생각은 없었을까요?"

유진은 재앙을 만들고 또 그것을 예고하는 천지신명의 두 얼굴은 어떻게 설명되는지 궁금했다. 강 노인은 주저 없이 대답했다.

"하늘의 속셈을 사람이 어떻게 알겠습니까. 미리 알려주니 피할 수 있으면 피해보라는 게 아닐까요?"

여태껏 무식하고 가난하고 불행한 노인으로만 알고 있었던 강 노인 속에 뭔가 꿋꿋한 줏대 같은 것이 느껴져서 유진은 놀라며 그를 다시 보았다. 꿋꿋한 줏대는 신명을 믿는 민간신앙 때문인지? 조상서부터 내려오는 경험을 통해서 흔들리지 않는 인생철학을 터득한 탓인지?

해골 같은 은행나무는 이제 보이지 않았다. 왼쪽으로 가는 좁은 길은 강 노인의 집으로 가는 산길이었다. 유진은 주택가로 들어서는 갈림길에서 강 노인에게 물었다.

"할아버지, 석규가 우리 집에서 아침 먹고, 나와 같이 교회에 가면 안 될까요?"

"사모님, 말씀은 고맙습니다만, 석규한테 남 사는 것 보일 생각은 없어요. 저것은 아직 가난이 무엇인지 몰라요. 누구나 다 저처럼 밀가루 끓여 먹고, 허름한 음식이나 먹는 줄 압니다. 그런 흙방에서 살면서, 철들 때까지 공연히 실망시키고 싶지 않아요. 아직은 내가 끼고 도니까 저것은 뭐니 뭐니 해도 가난이 얼마나 무서운 것인지 모르고 있지요."

"영양실조에 걸리면 어떡하려구요?"

"세월이 좋아져서, 요즈음엔 동회에서 밀가루 배급이 나오지요. 음식을 갖다주는 자선단체도 있어서 영양실조는 아닙니다. 내가 어릴 때는 영양은커녕 배 많이 고팠지요. 세상 좋아졌습니다. 나도 또 푼돈이라도 법니다. 하늘이 긴 명줄과 건강만은 주셨으니 쓰러져 죽을 때까지는 일하라는 팔자지요. 석규를 위해서 그나마도 이 팔자를 고맙게 생각합니다."

유진은 한마디도 못 하고 손을 잡고 가는 손자와 할아버지의 뒷모습을 한참 동안 보고 섰었다. 석규가 뒤돌아보고 활짝 웃으며 소리쳤다.

"10시 예배 드리러 가요!"

유진은 집으로 가며 은행나무의 울음소리가 들리는 것 같아서 전신이 오싹오싹했다. '뭐니 뭐니 해도 가난이 얼마나 무서운 것인가' 하던 강 노인의 말이 귀에서 언제까지나 빙빙 돌았다. 뭐니 뭐니 해도, 라는 말은 아프고, 슬프고, 외로움보다도 빈곤의 고통이 가장 크다는 뜻인지도 모른다.

유진은 석규의 손을 잡고 그가 가는 대로 발길을 옮겼다. 산 위의 교회로 가는가 했더니 석규는 오히려 언덕을 내려갔다. '성정교회'라고 간판이 걸린 큰 대문을 들어서니까 자그마한 운동장이 있고, 신형 벽돌 건물이 서 있었다.

"여기가 석규의 교회니?"

"전 아무 교회나 다 댕겨요."

"이 교회가 마음에 드니? 산 위 교회보다?"

"별로예요. 하지만 이 교회는 부자가 많이 와서 집이 좋구요, 난방이 있어서 좋아요. 선생님은 이런 데 오셔야 할 것 같아서……."

유진은 얼른 말이 나오지 않았다. 강 노인이나 유진이나 석규를 완전히 오해하고 있었던 것 같다. 부자를 보고 그 부를 알면 그의 가난을 비관할까 보아 남의 집에서는 밥도 못 먹게 하는 강 노인이나, 석규는 빈도 부도 모르는 어린이로만 알고 그 순박한 무지에 아름다운 슬픔마저 느꼈던 유진은 석규를 그야말로 어른의 눈으로 멋대로 해석하고 있었던 것이 아닌가? 어른들의 자아도취라 할까. 인생 6년에 석규는 빈부도 알고 어떤 사람은 어떤 데에 가야 한다는 것까지 짐작하고 있었다.

'석규야, 네가 크면 차차 알게 될 거다. 나는 네가 생각하는 것처럼 부자가 아니야. 내가 부자라면 너를 판잣집에서 살게 하겠니? 우리는 친구인데.'

하고 말하려다가 구차한 설명 같아서 유진은,

"고맙다, 네가 보기에 좋은 교회에 데리고 와주니. 다음에는 산(山) 교회에 가보자."

했다. 석규는 눈을 반짝이며,

"산 교회는 가난한 사람이 많아서 형편없어요. 의자도 없구, 마룻바닥이에요. 여기는 의자도 좋아요. 마이크도 있구. 오르간도 두 대나 있어요. 헌금하는 사람도 많아요."

그는 강단 위의 자줏빛 비로드 커튼을 가리키며,

"저것은 권사님이 헌금한 거래요."
또 강대상(講臺床)을 가리키며,
"저것은 집사님이……."
하는데 무대 위에 검은 가운을 입은 목사가 나타났다.
"김 목사님이에요."
하고 석규가 유진의 귀에 속삭였다. 김 목사는 마이크 앞에 서서,
"오늘은 미국에서 오신 박 목사님께서 주님의 말씀을 전해드리겠습니다."
하며 미국 모 주의 모 신학대학 대학원에서 석사 학위를 딴 박 목사의 약력을 소개했다. 중키의 박 목사가 역시 검은 가운을 입고 천천히 무대 위를 걸어서 강대상 앞에 섰다. 박 목사는 침착하게 아래층 위층 좌우를 훑어보았다. 한 사람 한 사람의 눈을 빠짐없이 보는 것 같았다. 유진도 좌우를 살펴보았다. 실내는 난방이 들어와서 훈훈하고 석규의 말대로 교인들의 옷차림은 대부분 윤택한 것 같았다. 마이크에서 박 목사의 음성이 흘러나왔다.
"예수께서 제자들과 함께 겟세마네라 하는 곳에 이르러 제자들에게 이르시되, 내 마음이 심히 고민하여 죽게 되었으니, 너희는 여기 머물러 나와 함께 깨어 있으라 하시고…… 만일 할 만하시거든 이 잔을 내게서 지나가게 하옵소서……."
『마태복음』 26장, 예수 생애 중 가장 인간다워서 유진이 가장 감동 깊게 느끼는 대목이었다. 박 목사는 음성을 크게 했다 작게 했다, 느리게 끌다가 또 빨리 몰았다 한다. 그 기교적인 억양 때문에 말은 의미를 잃고 들리는 음성은 역겹기만 하다. 예수의 언행을, 더구나 겟세마네에서의 번민을 전하는데 도대체 무슨 기교가

필요한가. 그저 서술만 해도 충분히 감동적인 것을. 도주하는가, 붙들려서 십자가를 질 것인가의 고민이 없었다면 예수의 십자가는 도대체 무슨 의의가 있는 것인가? 예수의 그 번민과 십자가를 택하는 의지야말로 예수교의 총결산이 아닌가? 거기에 티끌만 한 기교라도 감히 생각을 하다니! 그녀는 교인은 아니나 분노를 느꼈다. 귀에 거슬리는 억양이 계속 그녀의 전신의 신경을 곤두세웠다. '사기! 엉터리!' 하고 소리를 치고 싶은 충동을 겨우 누르며 엄지손가락으로 두 귀를 막았다.

박 목사가 교인을 감동시키려고 억양이며 몸짓을 어쩌면 거울 앞에서 이리저리 바꿔가며, 만들어보며 몇 번이고 거듭 연습했을지도 모른다고 생각하니까 그 역효과가 딱하기만 했다. '교언영색은 적어서 인(仁)'이라는 공자의 말을 그녀는 생각했다. 과연 기막힌 진리다.

박 목사는 『마태복음』 26장을 읽은 다음 설교로 들어간 모양이다. 두 팔을 보건체조 하듯이 올려서 팔(八)자를 만들었다가, 두 손을 가슴 위에서 마주 잡고 흔들었다가…… 말의 억양뿐 아니라 몸짓도 보기에 흉했다. 유진은 그만 나가고 싶은 기분을 스스로 달랬다. 그녀는 애초에 예배를 드리러 온 것이 아니었다. 석규를 즐겁게 해주기 위해 온 것이니까 석규가 있는 이상 함께 앉아주는 수밖에.

옆자리에 앉아 있는 석규는 어느 사이엔가 잠이 들어서 고개를 왼쪽으로 꾸벅 오른쪽으로 꾸벅거리고 있다. 유진은 팔을 돌려서 석규의 고개를 받쳐주었다. 여기저기서 어른들도 더러 꾸벅거리며 졸고 있었다.

드디어 "아멘" 하고 박 목사가 강단에서 내려갔다. 석규는 여전히 잠에 곯아떨어져 있고 앞줄에 앉은 중년 남성도 계속 고개를 왼쪽으로 박았다가 오른쪽으로 박았다 하며 졸고 있다.

갑자기 교인들이 우우 일어섰다. 그들은 일제히 찬송가책을 펴들었다. 유진도 일어섰다. 석규도 퍼뜩 잠에서 깨어나 일어섰다. 오르간이 찬송가를 전주했다. 예배 순서지에 순서가 인쇄되어 있어서 따로 진행을 알리지 않아도 교인들은 척척 움직였다. 석규는 호주머니에 접어 넣었던 주보를 꺼내서 유진에게 주었다.

"어려운 일 당할 때 나의 믿음 적으나……"

모르는 찬송가인지 석규는 자신이 없는 듯 더듬거리며 불렀다. 어릴 때에 친구들과 두어 번 교회에 간 경험밖에 없는 유진은 따라 노래할 수가 없었다. 게다가 유진도 석규도 찬송가책이 없었다. 찬송가가 2절에 들어갔을 때 옆에 있던 부인이 찬송가책을 유진에게 빌려주었다. 석규는 아직 한글을 모르니까 악보를 볼 생각도 하지 않는다. 후렴을 부를 때에만 그는 자신 있게 큰 음성으로 불렀다.

"세월 지나갈수록 의지할 것뿐일세."

1절을 부를 때에 재빠르게 익혔던가, 멜로디도 정확하고 가사도 틀림없었다. 음색도 음량도 좋았다. 유진은 석규가 음악에 재능이 있지 않을까, 그 재능을 살리면 대성하지 않을까, 제발 그렇게 되거라 하고 남들이 찬송가를 부르는 동안 생각했다.

마이크에서 "기도합시다" 한다. 교인들이 모두 앉은 채 고개를 숙였다.

"전능하신 아버지시여……"

"아멘."

유진이 예배가 모두 끝난 것으로 알고 일어서려는데,

"선생님, 잠깐 기다리세요."

하며 석규가 손가락으로 앞줄을 가리켰다. 앞줄에서 그들의 줄로 헌금 주머니가 넘어오고 있었다. 릴레이식으로 전달된 헌금 주머니에 석규가 10원짜리 동전 하나를 넣었다. 유진은 석규에게 얼마 넣을까? 하고 물었다.

"10이면 돼요."

그러고 석규는 발돋움해서 그녀의 귀에 대고,

"목사가 가짜 같으니까요."

한다. 유진은 석규의 예민성에 놀라며 말했다.

"진짜 같으면 얼마를 내지?"

"형편대로 내시지요. 저는 언제나 10원이에요. 할아버지가 그것밖에 안 주시는걸요, 뭐."

"진짜 목사 때나 가짜 목사 때나 똑같이 내니?"

"같은 10원이라도 진짜 같을 때는 무지 많은 돈을 바치는 기분으로 내지요."

석규는 서슴지 않고 말했다.

"진짜 예수라면 전재산울 바치지요, 머."

유진은 깜짝 놀랐다. 2000년 전에 돌아가신 예수가 살아서 지금 설교를 한다고 가정하다니. 고작 알쏭달쏭한 기적이나 목 타게 바라는 사람보다 얼마나 큰 믿음인가, 욕망인가! 아무것도 모르는 어린 아이라 생각한 석규의 말에 유진은 줄곧 놀라고 있는 형편이었다.

"알립니다."

마이크에서 말했다.

"손정임 권사께서 이웃돕기 성금으로 100만 원 헌금하셨습니다. 하건 교우께서 5만 원……."

교인들은 광고까지 듣고 모두 자리에서 일어섰다. 유진은 손정임이 어디서 듣던 이름이라고 생각했다. 학생의 이름? 누구였던가? 학교 때의 친구? 친구 누굴까? 어느 소설의 인물? 어느 소설의 어느 인물일까? 하기야 많은 손씨에 많은 정임이지…….

교인들은 부리나케 나가기도 하고 더러 무리 지어서 반갑게 인사를 나누기도 했다.

"2부 예배도 보고 싶은데 집까지 갔다 오기도 그렇구……."

"나도 그래, 요 옆 아동병원에 가서 봉사나 합시다."

"그래요."

하는 대화도 들렸다.

"박 목사님 설교 들렵디까?"

"아!하고 오!밖에 못 들었어요."

어느 여성이 신경질적으로 잘라 말했다.

"한번으로 평가를 하면 안 돼요. 두어 번 두고 보아야 알지."

하는 말도 들린다. 석규가 유진의 귀에 대고,

"박 목사는 이제 모가지예요."

"어떻게 알지?"

"교인들이 싫어하면 그래요."

"그렇구나."

석규는 교회 일에 관해서마는 선배 의식을 갖는지 유진에게 아는 것을 다 가르쳐주고 싶은 모양이다.

"교인들은 어린양이 아니라 무서운 양이래요."

"누가 그러던?"

"어른들이 그래요."

"사람은 원래 예수에게만 어린양이야. 목사는 사람이거든? 그러니까 목사에게는 무서운 양이 되기도 하나 보지?"

"예수님도 이상해요. 아무리 기도해도 들어주시지 않거든요?"

"그렇던? 언젠가는 들어주실 거다."

석규는 앉은 자리에서 좀체 일어서려고 하지 않았다. 급히 가야 할 데도 없고, 집보다 교회가 따뜻하고. 그보다는 유진과 함께 있는 것이 좋아서인지.

석규는 저기 있는 꽃병은 한 달 전에 생겼고 저 의자는 망가진 것을 고치고 새로 칠을 한 것이라는 둥 이 교회에 관한 일을 열심히 유진에게 가르쳐주었다. 유복한 집의 어린이들이 많은 돈을 내고 유치원에서 교육을 받고 있는 동안 가난한 석규는 혼자 교회를 돌아다니며 무료로 예수의 말을 주워듣고 어른들의 대화도 머리 위로 얻어들으며 스스로 지능을 개발하고 있다.

유진은 석규가 어쩌면 장차 목사가 될지도 모른다고 생각했다. 예수가 그를 진정한 목사로 만들려고 이런 모습으로 이 세상에 보낸 것이 아닐까? 제발 훌륭한 목사가 되어서 무서운 양들을 모두 귀여운 양으로 만들거라! 하고 속으로 말하다가 조금 전에 찬송가를 부를 때에는 그가 성악으로 대성하리라고 기대했던 것이 생각나서 그녀는 홀로 쓰게 웃었다.

석규의 방한모 끈을 매어주고 유진이 교회 정문으로 걸어 나가는데,

"유진이 아니야? 교회에 다 오구, 호호!"
하며 대구댁이 전신으로 반가워하며 소리를 쳤다. 은회색 밍크 목도리가 그녀의 근황을 말해주는 것 같았다.

손정임.

100만 원이라는 거금을 이웃 돕기에 헌금한 권사는 바로 대구댁이었다. 유진은 애매하게,

"네."
쯤으로 대답을 우물거리며 석규의 손을 잡고 큰 거리로 급히 걸어 나갔다. 돌아가신 어머니의 유언 때문만이 아니라, 유진은 대구댁과 사귀고 싶은 생각은 없었다. 그녀의 짙은 화장도 싫었고, 눈망울을 살짝 옆으로 돌리며 웃는 버릇도 부자연스럽기 이를 데 없어서 불쾌했다.

"저렇게 허윗덩어리 같은 여자를 외할아버지는 어째서 좋아하셨을까요?"
하고 유진 어머니의 생일 축하로 집에 왔던 대구댁이 나간 후에 말한 적이 있었다.

"그년이 꼬셨지 않니? 제 오래비하고 짰지. 너의 외가 재산 탐내서 말이지. 그렇지 않으면 열일곱 살짜리가 환갑이 넘은 노인 뭘 보고 소실로 왔겠니?"
하며 어린 나이에 노인의 소실로 가게 된 처지며 외조부의 처사는 아랑곳없이 그녀의 어머니는 대구댁 증오의 일변도였다. 외조부는 환갑이 되도록 아들이 없었다. 외조부 내외는 금실이 좋았으나 아들이 없으면 큰일 나는 줄 알았던 조선조 시대에 살았던 사람들이었다. 가문 내며 부하들도 적극 소실을 권했고 외할머니도 승낙

하셨다 했다.

그토록 증오하는 줄 알면서도 대구댁은 어머니의 생일에는 반드시 선물을 들고 찾아왔었다. 어머니는 네가 아무리 싫어해도 나는 엄연히 너의 서모다 하고 그녀의 위치를 과시하려는 오기 때문에 온 거라고 하며 그녀의 선물은 의류건 음식이건 즉시 대구댁의 집으로 되돌려 보냈었다.

"제까짓 게 서모나 되나? 몇 번 시집갈지 알 게 뭐야!"

누구에게나 다정하던 어머니가 대구댁에 대해서만은 전혀 딴 사람이었던 것도 묘한 일이었다. 어머니보다 오히려 한 살 아래였던 대구댁은 나이도 비슷하니 서로 절친한 친구가 되었을지도 모르는데 어쩌다가 서모와 본처의 딸이라는 관계가 되어서 그렇게 증오하는 사이가 되어버렸을까.

그러고 보니 독수리의 뜻은 독수리만이 안다고, 서로 그 인물됨을 인정하고 이해하고 존경하면서도, 차지하고 있는 위치 때문에 어쩔 수 없이 적이 되는 운명을 지게 되는 예는 수도 없이 많다. 고구려의 양만춘 장군에게 한쪽 눈을 잃고 패주하면서도 그 솜씨를 기리며 비단 100필에 갖은 보물을 선사한 당 태종, 그는 양 장군 같은 인물이 소국 고구려에 있음을 아까워하지 않았던가? 백제의 계백 장군과 신라 화랑 관창, 이태조와 정몽주, 2차 대전 때 지략에 뛰어난 독일의 롬멜 장군의 죽음을 애석해하던 연합군의 장군들…….*

* 에르빈 롬멜은 히틀러의 명령대로 전장에서 자결했다는 설이 있고, 전투 중에 전사했다는 설도 있다. 어떻든 그는 나중에는 반히틀러였다고.

인간사란 만남의 인연의 역사라 해도 틀린 말은 아닐 것이다. 저주하려면 그 인연의 기구함이지 결코 사람이 아닌 것을, 보이는 것밖에 볼 줄 모르는 인간은 한사코 사람만 증오한다.

정임은 유진의 뒷모습을 보고 있다가 그녀가 인파에 휩쓸리는 것을 보고야 자가용 차 안으로 들어갔다.

"체! 별것도 아닌 가시나가!"

하고 그녀는 내뱉듯이 중얼거렸다.

'보자 보자 하이카네, 저를 아는 체해주는 것만도 고맙게 알 일이지. 사별한 지 50년이나 되는 남자의 외손녀 따위! 시퍼런 남이지, 하모, 시퍼런 남이고말고!'

그녀는 속에서 악을 쓰고 있었다.

'하지만 나도 얄궂다. 그 노인네, 이름이 뭐였노? 참, 이 대감이었제! 첫 남편이라고, 그 남편의 자손이라고 아는 체하는가? 저희만치 나도 산다는 거 보이고 싶어 그라나? 제 에미도 싹싹 외면했고 딸도 그라는데 구태여 나 혼자서 아는 체할라는 심보는 무엇고? 의리심이가? 복수심이가?'

정임은 혼자 자문자답했다.

'저희가 아는 체라도 했다믄 내 재산을 몽땅 물려주기도 할 낀데! 쯧쯧.'

이렇게 생각하니 그녀는 자식이 없다는 것이 문득 외로워졌다.

대문을 열며 명자가 말했다.

"할무이, 진주댁이 와 있십니더."

"내 없을 때는 누구도 문 열어주면 안 된다 안 캤나?"

정임은 미간을 찡그리며 명자를 쏘아보았다. 젊은 때는 그 눈이 남자의 욕정에 불도 더러 붙였으나 칠십이 넘은 지금은 붉은 핏발이 서고, 조금만 화를 내도 맹수의 눈처럼 살기조차 서렸다. 명자는,

"예, 알아요. 하지만 진주댁이라……."

"진주댁이고 뭐고 늬 할애비라도 안 된다 안 캤나!"

"그래서 내 방에 앉혀놓았잖십니꺼?"

"닥쳐라 그만. 늬 방은 내 집 밖에 있다 카드나? 늬 위해서 하는 말이다, 알겠나? 요새 세상이 어떤 것인지 모르나?"

진주댁과는 30년이 넘는 친분으로 막역한 사이나, 그렁저렁 긴장을 풀다가 엉뚱한 가해자를 집에 들여놓을까 해서 정임은 명자에게 다그쳤다.

진주댁은 그 시대 드물게 현대식 고등교육도 받았고 독실한 불교 신자이나, 주역도 관상 공부도 한 사람이었다. 정임은 그녀를 반침에 숨겨두고 새로 사귀는 남자의 관상을 보게 한 적도 많았다. 인연을 맺으면 좋은가? 손해 보는 일은 없을까? 진주댁의 예언은 때로 꿰뚫듯이 맞혔다.

"석 달이면 굿바이 해야겠다."

하고 그녀가 예언하면 우연히도 두어 달째부터는 발길이 뜸해지는 남자도 있었다.

"정월 그믐께 만나는 남자는 꽉 잡아래이, 평생연분이다."

하고 그해 신수풀이를 해서, 그 무렵에는 몸치장에 유달리 신경을 쓰고 요정에 오는 그럴듯한 남성들을 눈여겨보았으나 모션을 걸어오는 남자조차 없던 일도 있었고, 괜찮을 끼이다 하며 심드렁하게 관상을 본 최광수는 그녀를 일약 몇억대의 부자로 만들기도 했

다. 때로 빗나가는 예언도 하나 진주댁은 정임의 유일한 상담역이었다. 정임은 진주댁을 보자 반색을 했다.

"아이구, 이 추운데 우짠 일이고?"

"그 눈웃음, 남자깨나 잡아먹었겠다."

진주댁은 웃으면서도 흘깃 정임의 얼굴을 훑어보았다. 그럴 때의 그녀의 눈은 쏘듯이 예리했다.

"내 상이 어떻노?"

"시끄럽다, 칠십이 넘은 사람도 상 보는가?"

"늙었닷꼬 그러지 마라. 내 몸은 아직도 씽씽한 도미라 안 카나."

"하모, 씽씽한 도미제. 누가 그것 모를까 배."

진주댁은 정임이 지금도 물욕, 정욕이 왕성한 것을 육감으로 알고 있었다.

"상 한번 보아보소."

정임이 정색을 했다.

"와? 시집가고 싶나?"

"아이고 망칙해라."

정임은 상긋 웃으며 담배에 불을 붙였다. 조그만 동작에도 그녀의 어깨와 허리께가 교태를 발산한다. 진주댁은 속으로 끌끌 혀를 찼다. '화냥 짓 몇십 년이라 할 수 없구나, 팔자제.'

"양자 하나 삼았으면 했잖나? 궁합이 좋은 학생이 있어서 어떨꼬 해서 왔는데?"

하며 진주댁도 담배를 피워 물었다.

"몇 살인데?"

"스물다섯 살. 일류 법과대학 학생이다. 해미묘가 합이니까, 늬 캉 괜찮을 끼다. 관상도 좋더라. 첫째 의리 있고, 신용 있게 생겼더라. 늬 재산 묵고 떨어질 놈은 아이지."

"양자를 들일까, 전 재산 어디다 기부할까 생각 중이야."

"어쨌거나, 번 돈 이승에 다 내버리고 가는 것 아이가? 기부도 좋긴 좋겠다."

"오늘도 100만 원 내놨다. 교회에."

"잘했다. 권사님 되고 이름나니 살맛 나는가 배. 낯이 훤하다."

"내도 하루 세끼, 늬도 세끼면 뭐 다를 것 있노? 다 같은 사람이지."

"그라이까 이름 내고 싶다 말이제?"

"와? 나라꼬 명사 되면 안 된다는 법 있는가?"

"뭐라 카노, 마! 누가 말린다 카나?"

하며 진주댁의 눈은 정임의 얼굴을 쏘듯이 훑었다. 가차 없이 날카로운 눈초리가 얼굴의 껍질을 뚫고 감추어진 그 무엇을 찾아내려는 것 같다.

"어떻노? 시집갈 운수 없나?"

정임은 진정으로 물었다.

지난 열흘 사이에 세 번이나 최광수와 동침하는 꿈을 꾸어서 이상한 느낌이 들고 있었다. 그래서 관상이나 보아볼까 하던 차였다. 꿈에서 깨어났어도 동침하는 느낌은 현실처럼 생생하게 몸에 남아 있었다. 혹시 남자가 그리운 게 아닌가 하고 생각하나 그렇다면 왜 하필 그 많은 남자 중에 최광수일까? 최광수는 그녀가 오십대에 만난 마지막 남자다. 물려받은 부동산이 많아서 육십 평생 가옥이며 땅 관리만 하다 죽은 남자다. 외아들에 손자가 둘이 있는 세속적으로 복 많은 남자였다. 그녀와 사귈 때에는 환갑이 갓 지나서, 동침한대야 남자구실을 거의 못 했다. 그러나 어떻든 최광수는 정임과 자던 중에 죽었다. 의사가 와서 고혈압으로 심장마비가 왔다고 사망진단서를 썼다. 시체를 입은 옷째로 관에 넣어서 본가로 옮겨서, 거기서 다시 수의를 입히고 장례식을 치렀다.

"살아서 복잡하게 사는 놈은 죽어서도 복잡하다더라."

정임은 조상차 온 진주댁에게 그렇게 말했다.

"저리 매정하니 팔자가 쎄제. 최 사장은 복상사해서 소원 성취했겠다, 호호."

하고 진주댁은 웃었다.

"복상사? 지가 사내구실이나 했을까 배!"

정임은 소실이었으나 처음으로 만난 이 대감도 노인이었고 잠깐씩 사귄 남자들도 대개 중년이었다. 그래서인지 한창 젊은 남자와 아기자기한 연애 한번 못 해보고 늙는 것이 못내 안타까웠다. 진주댁은 고개를 끄덕였다.

"돈만 보고 서방질하이, 제대로 된 게 어찌 있겠노? 돈 있으면 나이 묵은 게 당연하지, 하모."

그녀는 끌끌 하고 혀를 찼다. 정임은 담배를 빼끔빼끔 소리 내어 피우며 말했다.

"귀신같이 맞치네. 내 평생 딱 한 번 젊은 놈하고 산 적이 있잖나? 그라니까, 그것이 이 대감 댁 첩살이로 얻은 집까지 팔아묵고 뺑소니쳤제? 내가 그래서 요정에 나가게 된 것 아이가? 소리를 배웠나? 악기를 할 줄 아나? 요정에서도 풍악 하는 여자는 하룻밤의

팁도 굉장하더구만, 내사 살덩어리 신세제. 밤새고 술 따르고, 술 처먹고 토하는 놈 코 막으며 등 두드려주고, 오줌 싸고 곯아떨어진 놈 목욕시켜 옷 갈아입혀주고, 팁이 어디 있노? 돈 구경할려면 몸 팔아야 하제. 그 젊은 도적놈만 안 만났더라면, 이 대감 댁 소실로 조촐하게 수절하고 살았을 낀데…….”

이 대감이 죽었을 때 그녀는 20세였다. 처녀였고, 아들 없어 얻은 소실이라 본처도 눈감았고, 집안 대소가 어른들도 양해한 터라 소실이나마 대우를 잘해줄 줄 알았는데, 막상 대감이 죽으니까 장례식에 얼씬도 안 시켜서 그녀는 소복을 입고 대문 밖에서 동네 사람들 틈에 끼여 혼자 통곡했었다. 재산을 빼돌렸다고 본가의 6촌까지도 정임을 이씨 댁의 원수나 되듯이 냉담하게 돌아섰었다. 빼돌렸다니 어림도 없는 얘기였다. 그녀의 오빠가 장사한다고 장사 밑천을 이 대감한테 빌려 썼는데, 실패해서 못 갚은 것뿐이지 사기 친 것은 아니었다. 그것을 아는 대감까지도 머리 얹은 지 2년도 못 되어서 그녀의 집에 발이 뜸해졌었다. 그러니 아들이고 딸이고 생길 턱이 뭣고! 자식만 있었던들 대감의 사후라도 동네 똥개 내쫓듯 그렇게 잘라버리지는 않을 게 아이가? 옛일이 갑자기 생각나서 속이 끓으며 정임은 저도 모르는 사이에 후 하고 뜨거운 한숨이 터져 나왔다. 진주댁이 말했다.

“너무 그러지 마래이, 당신 팔자요. 첫출발이 나빴든 기라. 시집을 스물다섯 살 넘어서 갔든가 공부를 많이 했었으면, 그 허우대 하며 상(相) 하며, 왕비라. 아이믄, 지금쯤 여걸인데, 아깝다.”

그녀는 계속 관상 보는 눈빛이다. 정임은 허허하고 허탈하게 웃었다.

"그게 팔자 아이가. 팔자를 우에 고치노? 앉은뱅이 아이믄 마라톤 선수 됐을 끼라는 소리하고 똑같다. 싱거븐 소리 치우소."

"아이다. 팔자도 핸들만 잘 틀면 가는 길이 약간은 달라지고, 사람에 따라서는 하늘과 땅만치나 차이가 나는 법이다. 당신 팔자가 바로 그거라."

"허허, 그 사람, 잘도 갖다 붙이네."

"아이다, 정말이다. 내가 노상 안 그라드나? 사람은 사주보다 관상이 좋아야 하고, 관상보다 마음이 좋아야 복이 온다고. 제 마음이 바르면 낮이 밝아지고, 낮이 밝으면 사람들이 좋아해서 해치지를 못하는 법이다. 그러니 제 마음도 편하니까 그게 복이 아니고 뭣고? 만금을 싸놓고 그 속에 누운들 마음 안 편하면 그 돈이 온통 찌르는 바늘 아이가?"

정임은 진주댁의 말을 들으며 이 상쟁이가 귀신은 귀신이구나, 벌써 내 속을 뚫어보았제 하고 생각했다. 요즈음 정임은 돈이 바늘이 되는 것 같아 불안해지고 있었다.

최광수와 동침하는 환락의 꿈을 처음 꾸던 날 아침, 최정섭과 최정구라는 청년이 찾아왔었다. 최광수의 손자라고 했다. 20년 전, 최광수가 한창 그녀에게 빠져 있을 때 그 외아들을 집에 데리고 와서 저녁을 대접한 적이 있었으나 손자는 처음이었다. 물론 명자가 대문에서 주인이 여행 갔다고 따돌려서 상면은 하지 않았다. 대신 정임은 2층에서 그들을 보았다. 이마며 코며, 얼굴 윤곽이 한 번 본 최광수의 아들을 빼닮은 걸로 미루어 손자는 틀림없는 것 같았다. 방문한 용건은 부동산 때문에 의논할 일이 있어 왔다 했다고. 명자는,

"억시게 생겼십니더, 돈은 없어 보이고."

그러고 어저께는 전화가 왔었다. 명자가 받으니까,

"니네 주인 년이, 우리 할아버지 돌아갔을 때 송장 호주머니에서 부동산 서류 빼낸 년이다. 그걸 알고 있으니까 알아서 하라고 전해라."

했다. 정임은 그래서 불안했다. 그 일을 어떻게 알았을까? 쥐도 새도 모를 텐데? 10년이 지난 지금에 와서, 그 아들도 아닌 손자가? 최광수와 동침하는 꿈은 그 손자가 불쑥 나타난 것과 무슨 연관이 있지 않을까?

진주댁은 담배를 재떨이에 비벼 끄며,

"자, 손금 좀 보자."

했다. 그녀는 정임의 오른 손바닥을 보고, 또 왼 손바닥을 보았다.

"시집도 가고 싶겠다, 보호자가 있으믄 싶제?"

귀신 다 됐구나 싶으면서도 정임은,

"늙은 몸, 누가 데려가겠노?"

하며 웃어 보였다.

"나한테 숨긴 것 있제?"

정임은 놀라며 그러나 태연하게,

"친구도 동기간보다 더 가까운 친군데, 숨기는 게 다 뭣고?"

"그렇지, 하모!"

하며 진주댁은 정임의 손을 털듯이 놓으며,

"몸조심하소, 나도 말 않겠다."

한다. 정임은 몸조심하라는 말에 덜컥 겁이 났다.

"아따 참, 귀신 속일라 카이 힘도 든다."

하고 정색을 하며 정임은 말했다.

"최광수의 손자라 카며 두 놈이 나타났어."

"옛 서방 손자니까 반가웠겠다."

"놀리지 말아요. 여보소, 그놈들이 나더러 저희 할애비 땅문서 훔쳤다고 공갈하지 않나?"

"훔쳤나?"

"훔치기는? 호주머니에서 빼놓고 자랑했어. 죽는 날 밤에."

"너한테 주드나?"

"주기 전에 죽었어. 그래도 그 서류가 내 경대 위에 있었으니까 내가 임자 아이가?"

"흠……."

"내 말이 틀렸나?"

"뽐내기만 했지, 준다고는 안 했제?"

"안 했지."

"그라몬 되나, 최 사장의 자손 거 아이가."

"여보소, 당신도 그라기요? 나는 최광수 속옷이라도 빨아주었다. 손자 놈은 뭐 했노? 그놈들이 공짜로 묵는다면, 나야말로 공짜로 묵어도 자격 있는 사람이다."

"당신 말도 일리는 있소. 문제는 죽은 최 사장의 혼이 그것을 용서하는가가 문제제."

"용서라고? 꿈에서도 동침하더라, 좋아 죽겠다 카며."

"동침하고 그것은 다르잖나? 그게 운제고, 꿈꾼 게?"

"열흘 전쯤 됐어. 어떻소? 말 다했으니, 상 좀 자세히 봐보소."

"그러이까, 근심도 되겠다. 죽은 혼이 용서하지 안 했으믄 우얏고."

"죽은 혼이라고? 체! 산 놈도 별수 없더라."

"아이다, 아직 업(業) 무서운 것 모르나?"

정임은 담뱃재를 재떨이에 신경질적으로 털며 말했다.

"업이 어디 있노? 내사 예수 믿는데."

"예수 믿는다고 죄 없어지는 줄 아나?"

"아따, 한번 죄지으면 씻어 없애야제. 그걸 대물려 궁굴리고 궁글리고 하면, 나중에는 눈덩이처럼 되지 않겠나? 그렇다면 천지가 추잡해서 어찌 되겠노. 그만 마 용서하고 죄 씻어주는 예수교 좋드라, 내사."

"죄진 놈이사 예수교 좋겠다. 하지만 그라몬 예수교에서는 우째 지옥이고 연옥이라는 게 있노? 와 죄를 덜어달라고 비노?"

"그건 그렇다, 참!"

정임은 다시 담배를 피워 물었다.

"그라이까, 생시에 적선하라 안 카나? 예수교고 불교고 다 같다. 적선하라는 하늘의 말 아이가."

"옳소, 옳아. 그런데, 그 손자 놈을 우짜꼬?"

"그만 돈 달라는 것 다 주어라."

"무라 카노? 내가 도적질했나?"

그녀는 눈을 부릅뜨고 진주댁을 보았다.

"보소, 당신 마음이 그래서 편하면 그만이오. 죄 씻을라고 예수교 믿었다믄 그것도 좋다. 우짜든가 몸조심하래이!"

진주댁은 내뱉듯이 말하고 일어섰다.

"갈 거요, 벌써?"

정임은 불안해지며 진주댁의 치맛자락을 잡았다.

"운야, 갈 사람은 가야지."

정임은 앉은 채 큰 눈을 치켜뜨며,

"정말 갈 거요?"

했다. 진주댁은 그녀의 눈에서 사상(死相)을 보고 오싹했다. 아까부터 그녀의 흰 살갗 밑에 검푸른 것이 돌아서 이상하게 여겼는데, 이제 그 실체가 뚜렷해진 것이다. 칠십이 넘었으니까 죽는 것이 오히려 당연하나, 흉측한 죽음의 예감이 들어서 진주댁은 섬뜩 전율을 느꼈다. 앞으로 있을 일이니까 하늘이 아닌 이상 누가 알까마는 진주댁은 그 예감을 불식할 수가 없었다. 진주댁은,

"그럼, 가야제. 최 사장 손자들 돈 달라 카믄, 그만 마 다 주이소."

했다. 정임은 일어서며,

"나를 생각해주는 사람은 당신밖에 더 있겠소. 고맙소. 하지만 나도 오기요. 그 재산은 내 거요. 내가 언제 최광수 좋았나? 돈 좋아 그랬지. 남자가 맹글어놓은 세상에서 긴 평생 사느라고 억울한 고생 많이 했소. 당신처럼 인물 일색(一色)이요, 고등교육까지 받았겠다, 마음까지 고운 사람도 남편이 돌아서니 그렇게 생고생하지 않았소? 나더러 안 배워서 고생했다 카지만 당신은 와 그렇소? 남자가 즈그들한테 좋게만 맹글어놓은 사회와 시대에 태어나서 그런 기라. 양반 상놈은 없애고 사람은 다 같다 해싸며 인권이고 자유고 별소리 다 하는 놈들이 여자는 오장육부 다 빼놓고 있어주기만 바라니, 병신 육갑 치는 꼴 아닌가? 사내라면 이 갈린다."

"못 배워도 그런 말을 할 줄 아니 여걸 될 뻔했다 안 카나?"

진주댁은 측은한 듯 고개를 끄덕였다. 그러기에 더욱 그녀의 죽음만이라도 고왔으면 하는 것이다.

"남이 죄를 짓게 하는 것도 큰 죄요. 당신이나 나나 얼마도 안 남은 인생 아이요? 곱게 갑시다, 마."

하며 그녀는 문 쪽으로 몸을 돌렸다.

"와? 그놈들이 나를 해칠 것 같소?"

정임은 금방 알아차렸다.

"상에 그런 것이 있다. 신수 불길하데이. 당신의 불행도 불행이거니와, 그놈들이 나쁜 짓 하면 죄 받을 게 아이요? 내 말 알겠소? 남 죄인 맹글지 마소."

하며 진주댁은 뒤따라 나온 정임의 손을 두 손으로 잡았다. 그녀는 이것이 살아서 그녀와 대면하는 마지막임을 예감했다.

"손자가 나를 와 해쳐요? 최광수와 내 사이의 일 아이오? 저희가 무슨 상관이라고?"

"속담에 내 원수는 남이 갚는다 안 카요? 대구댁, 여보소. 아무래도 최 사장의 혼이 용서하지 않았다. 준 게 아닌데 멋대로 가졌으니 안 그렇겠소? 사람은 죽으면 그만이라고 생각하면 큰 오산이데이. 죄업은 불멸이데이."

"그러면, 내가 본가를 찾아가서 땅문서 내한테 두고 죽었으니까 가지이소 하고 갖다 바쳐야 옳단 말이오? 이중, 삼중 생활 해서 집안 시끄럽게 하는 놈이 재산은 안 시끄럽기 바란다면 욕심도 더럽다. 혼이고 귀신이고 내가 박살을 내놓겠다!"

정임의 눈이 분노에 활활 불탔다. 남자에 대한 평생 맺힌 한이 한꺼번에 터지는 것 같았다. 입으로 서방님이니 애인이니 하고 달콤하게 불렀어도 속으로는 정신 나간 쓸개 빠진 놈이라고 경멸했던 것이다.

"그 기갈로 치마를 둘렀으니……! 남이야 어떻건, 내 마음이 맑으면 되는 거요. 남 흉봐서 뭐 하노!"

진주댁은 정임의 손을 꼭 잡고 한 번 더 그녀의 운명을 확인하려는 듯 눈을 뚫어져라 보았다. 그녀는 정임이가 자가용을 타고 가라는 것을 거절하며 대문을 나섰다.

"내야, 구름처럼 떠다니는 신센데, 어디까지 갈 줄 알고 차를 타요?"

하고 그녀는 정임에게 손을 흔들고 돌아섰다.

그녀는 정임의 죽음이 임박했음을 느꼈다. 어떻게든 막을 길이 없을까 하고 궁리했다. 어디에 숨는다면? 그것은 시간문제일 것이다. 그녀 스스로 막다른 길을 마치 찾아 골라서 달려온 것 같은 인생의 코스였으니까, 막다른 골목을 빠져나갈 수 있는 방법이란 하늘에서 밧줄이 내려오는 것이다. 즉 방법은 있다는 것이다. 그녀가 빌딩과 사는 집의 문서를 내준다면 어쩌면 밧줄이 내려올지도 모른다. 최 사장의 여러 곳에 있는 작고 큰 부동산을 팔아서 산 것이 동대문 밖에 있는 3층 빌딩과 지금 살고 있는 집이었다. 합해서 30억은 넘을 것이다.

최 사장의 손자가 조부의 재산을 내놓으라고 하는 것이 법적으로 옳은지 그른지는 모르겠으나, 정임이 최 사장의 땅문서를 마음대로 착복한 것만은 어느 시대의 어느 사회의 윤리로도 용서될 성질의 것이 아니다.

'뉘우치고 타협했으면 좋으련만…….'

마음가짐 자체가 운명이라면 그것도 할 수 없지 않은가. 제 마음이 제 팔자를 어떻게 풀어갈 것인가 두고 보는 수밖에, 하고 진주댁은 생각했다.

정임은 진주댁의 뒷모습이 큰길로 돌아가는 것을 보고 집 안으로 들어갔다.

최 사장의 손자들한테 전 재산을 주라고? 해칠 것 같다고? 사람을 해친다고 돈이 저희 것이 될 것 같은가? 돈도 못 가져보고 똑바로 죽게 될 것들이! 그녀는 대면도 하지 않은 최광수의 손자들에게 증오심이 이글거렸다. 주더라도 최가 손자한테는 안 주겠다고 그녀는 마음먹었다.

'그러고 보니 자식은 없고 재산은 있으니까 유서라도 써놓아야 고생하고 번 돈이 헛되이 되지 않을 게 아닌가.'

하는 생각이 들었다. 그녀는,

'죽기는 죽을 모양인가.'

하고 쓰게 웃었다. 지금까지 한 번도 죽음을 절실히 생각해보지 않다가 유서를 쓸 생각까지 하게 된 것이 스스로 의아스럽기는 했다.

'아따, 죽을 때 죽겠지. 아까운 목숨도 아닌데.'

하며 그녀는 문갑을 열고 종이를 꺼내서 서투른 글씨로 쓰기 시작했다.

빌딩과 집, 정기예금 3000만 원은 진주댁과 교회가 똑같이 분배할 것. 가게 예금통장의 것, 한 40만 원쯤 될까? 그것은 명자가 가질 것. 저희 애비 사는 집 전셋돈 100만 원도 명자가 가질 것.

하고 그녀는 가정부에까지 마음을 썼다. 그러다가 갑자기 머리에 유진의 이름이 떠올랐다. 첫 남편의 외손녀. 그녀는 유진의 어머니를 좋아했었다. 그녀를 그녀의 아버지 소실이라고 몹시도 푸대접했던 이 대감의 딸이다. 아버지는 죄받을 거라며 힐난하고 덤빈 사람은 오로지 그녀뿐이었다. 가정에서 군주처럼 군림하는 가장은 아무리 나쁜 짓을 해도 누구도 탓하지 못하던 시대였다.

"하모, 그래야지 자식이지."

정임의 기억은 갑자기 몇십 년 전으로 생생하게 되돌아갔다. 정임은 그녀를 저주하는 이 대감의 딸을 미워해야 할 위치였다. 그러나 그녀는 소실이었던 어렸을 그 당시에도 그녀가 밉지 않고 다만 야속했다. 그녀도 좋아서 소실이 된 것이 아니었는데…… 살기에 겨운 나머지 친정 부모가 보낸 자리였으니까. 미워해야 마땅한 사람에게 미움이 가지 않는 심정도 묘했다. 밉다면 다만 남편인 이 대감만 미웠다. 그녀의 오빠가 장사하다 실패해서 빌려간 돈을 갚지 못하게 되니까 금이야 옥이야 하고 그녀를 아끼다가 씻은 듯이 냉담해진 남자였다. 사실은 이 대감이 정신을 차려서 소실 둔 것을 후회하고 발을 끊었는지는 모르나, 정임은 이 대감의 돌변한 태도와 돈을 연관 짓지 않을 수 없었다. 돈도 내 것, 여자도 내 것으로 알았던가? 욕심으로 간덩이 부은 놈!

정임은 유서 쓰던 것을 그치고 유진에게 전화를 걸었다.

"유진이냐? 네가 교회에 나와서 어찌 반가운지 모르겠다."

그녀는 진주댁에게 쓰던 경상도 사투리는 없애고 유진에게는 서울 말씨를 썼다. 가끔 경상도의 억양이 나오나 얼른 듣기에는 능한 서울 말씨다. 서울 말씨를 쓰는 데 각별히 신경을 쓰지는 않으나 경상도 사투리가 나올 때에는 제집에 돌아와 있는 것 같은 안정감을 느꼈었다.

"나도 나이가 다 되어가니, 저승 가서 너의 외할머니며 어머니를 만나 뵐 날도 가까워졌지 않았겠니?"

유진은 정임의 말이 너무도 뜻밖이라 얼른 뭐라고 대답해야 할지 몰랐다. 그녀가 다섯 살 때 돌아가신 외할머니며 10년 전에 돌아가신 어머니의 말을 하니까 유진은 순간 정임에게 향수 같은 정이 솟는 것을 느꼈다. 어머니는 미리 이런 때를 짐작하고 그녀의 사후라도 정임을 행여 서외조모로 대우하지 말도록 가르치셨구나 하고 유진은 생각했다.

"유진아, 내 재산의 일부를 너한테 줄 테니까 내가 죽고 나면 성정교회와 진주댁이라는 사람하고 함께 유서를 펴보아라. 잘 알아듣겠니?"

그렇게 말을 하고 나니까 정임은 유진이 마치 혈육 같은 정감이 인다. 마음이 말을 그렇게 시키는지 말이 마음을 그렇게 움직이게 하는지, 그녀는 묘한 기분이 되었다. 유진은 깜짝 놀라며 말했다.

"그게 무슨 말씀이세요?"

"조금도 거북하게 생각하지 말아라. 너희 외조부에게 빌린 빚, 너에게 갚고 가고 싶어 그러는 거니까."

"감사합니다만, 나와는 상관없는 일이에요. 안녕히 계세요."

하고 유진은 당황하며 전화를 끊어버렸다. 돈으로 탁한 마음을 청산하려는 모양이라고 그녀는 생각했다. 그야말로 그것은 그쪽 사정이지.

'내가 쓰레기통인 줄 알았나? 어림도 없지.'

유진은 속으로 투덜거렸다. 그러나 이내 내가 지나치지 않았을까? 하고도 생각했다. 죽을 날이 가까워서 마음을 깨끗이 하겠다는데 외조모의 라이벌이었다는 이유로 그토록 차게 대할 필요가 있었을까 하고 그녀는 생각했다. 하지만 이미 엎질러진 물이었다. 조금 꺼림칙했으나 미안했다고 전화를 이쪽에서 걸 만치 후회스럽지는 않았다.

한편 정임은 유진이 제 말만 하고 전화를 끊자 눈앞이 아찔했다. 분한지 미운지는 모르겠으나 순간 숨이 꽉 막히는 것 같았다. 수화기가 손바닥 안에서 떨렸다. 그녀는 수화기를 놓고 잠시 보료에 기대어서 눈을 감았다.

'끝까지 그러는구나!'

귀신이라도 박살 내겠다던 기개는 어디로 갔는지 분함이 가시면서 허탈감이 그녀를 엄습했다. 더 있어주기를 바랐던 진주댁은 가고, 재산을 주었으면 마음이 후련할 것 같았는데 유진은 거절했다. 그녀는 외로웠다. 생각하니 외로운 일생이었다. 도대체 무엇 때문에 남에게 상처를 주며, 또한 속 뒤집히는 멸시를 이를 악물고 그렇게 견디며 돈을 벌려고 그토록 마음과 몸을 더럽혔던가? 최광수 손자의 협박에 은근히 떨며, 모두가 그녀에게서 돌아서는 이 고독을 얻기 위해 그렇게 기를 쓰며 살았던가?

'아니다, 아니다. 결코 그런 것은 아니다.'

하며 그녀는 보료에서 허리를 일으켰다.

'그 지겨운 인생도 살아났는데, 내가 막판에서 이리 짜뿌라질 사람인가? 아니다.'

하고 생각하며 그녀는 유서를 마저 쓰기 시작했다. 싫다는 사람에게 굳이 줄 이유는 없었다. 그녀는 진주댁에게는 집을, 빌딩은 교회와 진주댁이 반씩 가질 것, 하고 간단하게 명기했다.

"이것이 그 지긋지긋한 일생의 총결산인가! 후—"

뜨거운 한숨이 가슴 깊은 데서부터 터져 나왔다. 그녀는 진이 빠진 듯 보료에 길게 누웠다. 번질번질한 자개장이며 화장대며 문갑들이 기름지게 빛나는 것이 눈에 들어왔다. 값진 가구며 손가락에 낀 3캐럿 다이아몬드 반지며, 장롱 안의 금붙이, 보석도 있었구나! 비싼 그릇, 양복이며 한복, 침구, 그렇지! 밍크 목도리, 밍크코트며 새로 산 악어 핸드백 두 개, 참! 독일제 자가용 차, 일제 냉장고, 일제 가스레인지, 골동품 몇 점……! 그녀는 땅문서 외에도 모든 것이 돈임을 깨달았다. 화장품과 향수, 손수건까지도.

'온통 남 다 주고 가는구나!'

그녀는 인생이 무엇이었는지 이제 갑자기 그 본모습이 보이는 것 같았다.

'장례식과 산소도 생각해둬야 하지 않겠나? 수의는 저번의 윤달 들었던 해에 최고급 베로 해놨으니까 문제없고, 장례식은 교회에서 해줄 끼고, 그래서 교회 갔지, 와 갔을까 봐? 산소도 교회에 맡기면 되잖겠나? 진주댁과 의논해서 외로운 넋 저승 가는 길 섭섭지 않게 해달라 쿠자.'

거기까지 생각하니까 그녀는 슬픔이 전신의 뼈 마디마디에 스며 맺히는 것 같다. 어려서 부모 잘못 만나고, 커서 남편 잘못 만나고, 늙으니 자식 없고, 세월 잘못 만나서 기갈 센 나도 한평생 멋진 일 한번 못 해보고, 남자의 더러운 그늘에서 오장육부 썩다가 죽는구나! 진주댁은 팔자가 있다 카지만 팔자가 어디 있노? 옳아!

때와 사람을 잘 만나고 잘못 만나는 것이 팔자라 말이제. 아이구, 내 팔자야! 저승 가서 팔자 만들어내는 하늘보고 돼게 악담이나 해야지. 허탈감과 타고난 투쟁적인 성미가 그녀의 가슴에서 격렬히 엇갈렸다. 산소만은 정승 것 못지않게 만들까 했다. 살아서 좋은 집에서 먹고 자도 오장이 다 썩는데 좋은 산소 속에서 죽어 있는 송장이 산소가 거창한들 무슨 소용인가 싶기도 했다. 자식이나 있다면 때나 잘 가꿀까? 그녀는 여우가 굴을 판 산소를 보았던 기억이 되살아나서 머리를 저었다. 2대만 지나면 산소 가꾸는 자손도 없게 될 거고.

'소용없다, 소용없어, 그것도 저것도 다 헛것이다.'

그녀는 잠시 눈을 감았다.

'내가 당장 죽는 것도 아닌데 왜 이렇게 방정맞게 생각을 하는가?'

하고 스스로 마음을 가라앉히려고 애를 썼다. 조금 침착해지자 그녀는 아득한 어두운 바다 위에 홀로 떠 있는 것 같은 공포를 느꼈다. 강한 성격의 그녀가 처음으로 느끼는 불안과 공포였다. 최광수를 꿈에서 보아서인지, 아니면 진주댁의 함축성 있는 언행 때문일까? 아니, 그게 아니고, 죽음을 무엇인가가 알려주는 것인가?

명자가 밥상을 들고 들어왔다. 그녀는 갑자기 명자가 반가웠다. 네가 있었구나! 하며 몸을 일으키려 하는데 명자 뒤에서 최광수의 얼굴이 얼른 지나가는 것 같다. 흰머리가 약간 섞이고 쌍꺼풀진 눈, 둥근 얼굴이 덤덤한 표정이다. 그녀는 오싹 오한을 느끼면서도 여느 때의 성깔이 되솟아났다.

'지랄하네, 미친놈!'

하고 그녀는 속으로 소리치며 큰 눈을 명자의 머리 위로 부릅떴다. 그녀는 그렇게 해서 환시를 머릿속에서 쫓아내버렸다.

밥상에는 그녀가 좋아하는 매운탕이 있었다.

"늬 요리 솜씨도 늘었데이."

그녀는 은숟갈을 들고 맨 먼저 대구 매운탕의 국물을 떠서 먹었다. 늙으니까 국물을 먼저 마시는 버릇이 생겼다. 버릇보다도 밥을 먼저 삼키면 젊은 때처럼 매끄럽게 내려가지 않고 빡빡하게 목에 걸렸다. 늙으니까 피부에 윤기가 없는 것처럼 식도에도 수분기가 없어지는 거라고 그녀는 밥을 먹을 때마다 생각했었다. 그녀는,

'조석으로 만지는 은숟가락도 젓가락도 두고 가는구나.'

하는 생각이 들었다.

'죽을려고 내가 환장을 하나, 왜 이렇게 생각마다 방정을 떨지?'

그녀는 밥을 맛있게 먹으면서도 머릿속에서는 여러 가지 상념이 오갔다. 밥상 옆에 앉아 있다가 명자가,

"할무이요."

하고 새삼스럽게 부른다. 이상한 낌새를 느끼며 정임은,

"와 그라노?"

했다. 명자는 주저하면서 말했다.

"내사 그만 시골 갈까 합니다. 월급 좀 주이소."

"무라 카노?"

정임은 순간 현기증을 느꼈다. 가슴이 갑자기 방망이 치듯이 뛰었다. 명자까지 가면 어떡하나 싶은 것이다.

"와 갑자기 그라노?"

"무시바서 이 집에 못 있겠심더."

정임은 명자를 노려보며,

"무엇이 무섭노?"

하고 소리쳤다.

"그 최 사장의 손자라 카는 사람들 기분 나쁩니데이."

"기분 나쁘다꼬? 세상 사는데 운제 기분 좋은 사람 보았냐?"

"아입니더, 그 사람만 기분 나쁩니데이."

"기분 나쁘면 나를 돌봐줄 생각을 해야 사람이제, 그래 나 혼자 두고 너는 가버리겠다 이 말이가? 그게 사람이 할 소리가?"

"그라몬 내가 사람이 아니고 뭡니꺼."

사람이 아니고 귀신이냐고 할 것 같아서 정임은 오싹 오한을 느꼈다.

'빌어를 먹을! 그놈이 꿈에 보이고부터 내내 이 모양이라니까.'

그 꿈은 아무래도 좋지 않은 조짐 같았다. 하지만 정임은 약해지려는 마음을 흔들어 채찍질했다. 내가 누군데? 내가 어떻게 일평생을 살아왔는데? 이까짓 게 무슨 문제나 된다고? 억척스러운 투지가 그녀의 가슴속에서 이글이글 타올랐다.

"명자야, 그놈들 순 엉터리 소리 하는 거다. 내가 경찰에 말해서 순경 아저씨 몇 사람 집 지켜달라 카든가 교회 사람들한테 집 봐달라 카든가 하꾸마. 돈 있는데 그까짓 것 못 하겠나?"

하며 그녀는 명자를 달랬다. 명자는,

"그라몬 그렇카이소, 마. 나도 안심하고 집에 가겠심더."

한다. 정임은 아차 했다. 나이 어린 명자에게 나같이 온갖 파란곡절을 이겨낸 사람도 당하는구나 하고 그녀는 생각했다. 언제나 약한 처지에 있는 쪽이 당하는 법이 아니었던가? 그런데…….

"야가 오늘은 와 이라노, 늬가 가믄 밥은 누가 해주노. 내 죽으면 너한테 집 한 채 재산 준다꼬, 진짜 할무이 손녀처럼 지내자꼬 하잖았나? 잊아뿌렸나?"

"돈도 싫십니더."

명자는 평소와는 전혀 다른 사람이었다. 정답고 고분고분하게 정임을 따르고 한 번도 말대답을 한 적이 없었는데, 공포가 사람을 변하게 하는 것인가?

"돈도 싫다 카몬서 월급은 와 달라 카노?"

정임은 화를 내며 소리를 빽 질렀다. 명자는 불쑥 일어섰다.

"마음대로 하이소, 마!"

하며 그녀는 방문을 꽝 소리 내어 닫고 나갔다. 정임은 휜칠한 몸을 부르르 떨며 일어섰다. 그녀는,

"배은망덕한 년!"

하고 소리치며 뒤따라 나갔다. 거실로 나가니까 명자는 어느 사이 거실을 지나서 부엌방 쪽으로 뛰어 들어갔다.

"지가 내 집에 와서 얼마나 호강을 했는데! 올데갈데없는 저희 식구들 전세 얻어주고, 준 돈만도 200만 원은 더 된다. 그뿐이가. 내가 저 알기를 피 나눈 손녀처럼 알았는데, 온 세상 사람이 다 돌아서도 너만은 못 그런다!"

그녀는 소리치며 부엌방 쪽으로 달려갔다. 문을 열려고 손잡이를 돌리니까 안에서 잠갔는지 열리지 않았다. 그녀는 주먹으로 부서져라 문을 쳤다. 방 안에서 뭐라고 하는 사람의 소리가 들렸다.

"왜 그래?" 하는 것 같다. 그러나 그것은 분명히 명자의 음성이

아니었다. 남자의 목소리 같았다. 정임은 섬뜩해지면서 귀를 의심했다.

"문 열어라, 문 열어! 안 열면 죽일 끼다, 마."
하고 그녀는 소리치면서 미친 듯이 주먹으로 문을 두드렸다.

방 안에 있는 명자는 냉정하게 움직였다. 그녀는 발재봉틀로 문을 막았다. 열쇠로 문을 열더라도 재봉틀 때문에 쉽게 열리지 않을 것이고, 창으로 도망하기 전에 들어오면 재봉틀 뚜껑으로 정임을 치리라고 생각했다. 어느 사이엔가 명자는 정임에게 살의마저 품고 있었다. 비록 노인이나, 정임의 체격이 크고 정정해서 키가 작고 여윈 명자는 체력으로 눌릴 것 같은 두려움도 있었다.

어째서 친손녀처럼 여기기로 마음먹었던 명자가 그토록 정임에게 미워지고, 명자도 갑자기 정임에게 살의까지 품게 되었는지 두 사람은 알려고 하지도 않았다. 잠시 냉정하게 생각한다면 그들은 그 몰골들이 오히려 우스꽝스러워서 민망하게 느낄지도 모른다. 마치 핵이 예기치 못하는 방향으로 마구 파열해 나가듯이, 최광수의 손자 때문에 터뜨려진 정임의 남자에의 분노와 사회에의 불만이며 허탈과 고독감이 무한 공간을 향해 폭발해 나가다가 우연히 명자가 그 대상이 되어 집중 공격을 하게 되었다고나 할까.

정임은 그 우연을 깨달을 겨를도 없이 오로지 배반한 명자가 죽이고 싶도록 미웠다. 정임은 이제 거의 광인 같았다.

"죽인다, 죽여!"

그녀의 높고 큰 음성이 천장을 찌르며 바싹 말라서 여러 갈래로 찢겨나갔다. 정말 죽일지도 모른다는 공포감이 명자의 가슴을 스쳤다.

'네 손에 죽을 넌, 세상에 태어나지도 않았다.'
하고 명자는 콧방귀를 뀌나, 그러나 옷을 챙겨 넣는 손은 떨리며 전보다 빨리 움직였다.

'흥! 남자가 맹그른 세상 때문에 화냥 짓 하고 도적질했다고? 주둥이는 잘 깐다. 하루 종일 손톱 끝 하나도 까딱 안 하고, 하는 짓이란 화장하고 옷 치장하고 시시덕거리고 배 터지게 처먹다가 남자 보면 헤헤 웃고 돈 알겨냈지. 저보다 백배 천배 만배 잘난 박사님들도 온갖 고생 다 하고 일해서 고작 월급 얼마 타서 사는데, 그 몇 갑절 되는 돈을 하룻밤에 울거내니 이런 엉터리가 어디 있어? 교회 권사님인 줄 알았더니, 화냥년에다 도적년이라!'

"문 안 열면, 넌 진짜 죽을 줄 알아! 배은망덕한 년아!"

정임은 문을 마구 차며 소리쳤다. 그녀의 노기는 이제 끝까지 간 것 같았다.

"죽인다구? 사람을 제 좋은 대로만 부려먹겠다는 세상은 갔다. 갔어! 도적년아! 잡것아! 흥!"
하고 명자는 조그맣게 내뱉으며 옷을 챙겨 넣은 가방의 지퍼를 잠그고 적금 통장과 도장은 따로 손가방에 넣어 어깨에 걸쳤다. 그녀는 셔터에 달린 자물쇠를 열고 다시 이중 창문을 열었다.

"송장 호주머니에서 땅문서 도적질도 한 주제에 제 것 도적맞기는 싫어서…… 흥!"

정임이 문단속을 철저히 한 것조차 밉살스럽다. 바깥 창을 열자 명자는 조금 조급해졌다. 문 밖에서 정임의 소리가 멎은 것이 아무래도 방문의 예비 열쇠를 가지러 간 것 같았다. 어서 달아나야지! 그녀는 1미터쯤 높이의 창턱을 훌렁 뛰어넘었다. 이번 달 월급을 못 받은 것은 억울하나 돈보다도 어서어서 훌훌 털고 가버리고 싶은 마음이 앞섰다. 최 사장의 손자들이 정임을 협박해서 무섭기는 했으나, 정임의 정체만 몰랐었다면 머물러서 오히려 그녀를 도왔을지도 모른다. 그러나 정체를 알고 나니까 한시도 그녀를 위해 일할 기분이 나지 않았다. 그녀의 고용인이었던 것조차 모욕으로 느껴졌다.

명자는 뒤뜰을 돌아서 대문을 나갔다. 대문이 탕 하고 닫히자 시원스러운 기분이 가슴을 스쳤다. 3년간 먹을 걱정, 입을 걱정 없이, 겨울에는 기름 난방으로 추위를 몰랐고 여름에는 에어컨으로 부엌까지도 시원했다. 정임이 그녀의 말대로 명자를 친손녀처럼 대해준 것만은 사실이라 할 수 있을 것 같았다. 그러나 어떤 악인도 제가 필요하면 개에게 비싼 고기도 먹이며 기르는 것 아닌가? 나는 개가 되기는 싫다, 하고 명자는 속으로 악을 썼다. 그녀는 우선 집으로 가서 부모에게 그녀의 거취를 알리고 직장을 구하기로 마음먹었다. 가정부직이건 공장이건, 돈을 모아 요리 기술을 배워서 튼튼한 요리사가 되고 싶었다. 가난하더라도 명자는 누구에게도 꿀리지 않으며 떳떳이 평생을 살아가리라고 마음먹었다. 도적이라고 협박당하고 불안해하는 정임이, 혹은 옛날얘기를 할 때에는 갑자기 비천한 단어가 툭툭 튀어나오는 정임이, 조그만 교회에서만이라도 이름을 내고 싶어 안달을 하는 정임이가 그녀에게 인생을 어떻게 살아야 마음속으로부터 꿀리지 않고 살 수 있는가를 가르쳐준 것 같다.

명자가 버스 정거장을 향해서 정임의 집 뒷담을 돌아가는데 집 안에서 하늘을 찌를 것 같은 정임의 비명 소리가 났다.

‘억척스러운 노인네, 문은 열었으나 내가 없으니까 그 성깔에 까무러쳤겠지!’
하고 생각하며 명자는 걸음을 재촉했다. 그녀는 생각할수록 정임이 지겨워 고개를 설레설레 젓고 있었다. 그러나 정임의 비명 소리는 그 성깔의 소리가 아니라 그녀 생명의 최후의 소리였다.

명자가 달아난 것도 모르고 정임은 식탁 의자를 들어서 방문을 쳤었다. 의자의 다리 하나가 반쯤에서 부러져나갔다. 정임은 숨이 차서 헐떡거리며 이번에는 의자의 다리를 잡고 등으로 쳤다. 역시 방문은 꼼짝도 하지 않고 반동의 힘으로 튕겨져서 그녀의 팔에 아프게 충격만 주었다.

“내가 누군데……!”

그녀는 화가 치밀어서 숨마저 막히는 것 같다. 그녀는 의자를 획 내던지고 안방으로 뛰어갔다. 문갑 서랍에 있는 예비 열쇠가 생각난 것이다.

“내가 어떻게 살아온 인생인데, 네깐 년한테 당하고 말상 싶어서?”

정임은 긴 평생 동안 난관에 부딪칠 때마다 절치부심하며 외치던 소리를 지금 다시 외쳤다.

“그냥 나가 떠러진 적은 없데이! 송장 호주머니 뒤져서 문서도 도장도 금시계도 빼낸 담보다! 알겠나? 흥!”

방 안의 명자에게 들으라는 듯이 그녀는 한껏 소리쳤다. 명자가 저토록 나간다고 우기는 것도 최광수 손자들의 협박 때문이라고 생각하니까 최광수에 대한 분노가 정임의 가슴에서 갑자기 고개를 쳐들었다.

'평생 공부하느라고 애를 써보았나, 밥 때문에 취직을 해서 남의 눈치 보며 속을 썩어보았나, 아니꼬운 꼴 한번 참아보았나? 빗자루고 펜대고 괭이고 호미건 간에 육신 움직여서 일이라는 걸 한번 해보았나? 밥 처먹고 한 짓이란 자식 맹글고 계집질뿐이제, 버러지 같은 인생! 숨 끊어지자 지문서가 빼앗긴 알거지라. 그라이까 내가 빌어묵을 놈이라 안 캐샀나? 그 땅문서 빼앗긴 놈이 손자는 우에 길러가지고 날 못살게 구노?'
하며 정임은 속으로 외쳤다. 정임이 안방 문을 획 여니까 산뜻한 자줏빛 보료 위에 최광수가 두 다리를 뻗고 앉아서 응접대 위의 군밤을 우두둑 씹으며 그녀를 바라보고 있었다. 정임은 내가 죽으려고 환장을 했나? 와 이리 헛것을 보노? 하고 속으로 뇌며,

"누고?"

하고 선 채 소리쳤다. 왼편에 앉은 최광수가 젊은이로 변하며,

"최광수 손자다!"

한다. 그 음성이 죽은 최광수와 똑같았다. 정임은 섬뜩해지며 얼른 몸을 돌려서 현관 쪽으로 뛰었다. 거실을 뛰어나가며,

"사람 살려!"

하고 소리쳤다. 최광수의 손자인 정섭과 정구도 재빨리 뛰어나갔다. 정섭은 손에 든 칼로 그녀의 등 한가운데를 푹 찔렀다. 현관 밖으로 한 발자국 내디디던 정임은 "악!" 하고 소리를 치며 쓰러졌다. 그녀의 외마디 소리는 담을 넘어 하늘을 찌르며 한길까지 날아갔다.

커피를 마시며 조간을 읽고 있던 상준은 "여보, 여보!" 하고 팬

케이크를 굽고 있던 유진을 다급히 불렀다.

"당신 서외조모가 죽었나 본데?"

"서외조모가 어디 있어요?"

유진의 말을 귀담아듣지도 않고 상준은,

"손정임이지? 일흔두 살."

"네?"

유진은 유산을 주겠다고 정임이 전화를 했던 것이 생각나서 놀라면서도 그녀의 죽음을 직감했다.

"언제 죽었대요? 어저께 낮에 전화했었는데? 자살이래요?"

"아니, 죽어도 그냥 죽은 게 아니구, 피살이야."

유진은 깜짝 놀랐다.

"피살? 언제?"

"읽어줄까?"

유진은 가스불을 끄고,

"내가 읽을 테예요."

하며 식탁으로 갔다. 피살이라는 말에 마음이 급했다.

"언제는 그 이름도 듣기 싫다구 하구선?"

상준은 놀리듯 웃으며 유진에게 조간신문을 넘겼다.

범인은 23세와 21세의 형제간. 범행 직후 체포. 원한에 의한 살인. 피살된 손정임은 조부의 소실로 있다가 조부가 운명하는 순간 전 재산의 서류를 훔쳐서 매각 처분했다. 죽은 최 씨의 가족들은 살던 집에서 쫓겨나고, 몇 군데에서 들어오던 월세도 막히고, 그 당시 억대가 넘는 부동산은 어느 사이엔가 남의 명의로 넘어갔다. 범인 형제는 1개월 전 서류를 훔치고 처분한 사람이 손정임인 줄 알아내고 살해했다. 범인들은 조부와 아버지의 원수를 갚아서 죽어도 한이 없다 한다.

손정임을 법에 왜 제소하지 않았는가? 어떻게 해서 최광수가 손정임에게 준 것이 아니고 그녀가 훔친 것으로 단정했는가? 유진은 궁금했으나 기사는 원인과 결과뿐이지 나머지는 생략되어 있었다. 저명인사들의 코멘트가 몇 개 실려 있었다.

대학 교수 B씨의 말. "범행 전에 제소해야 했다. 그런 노파 때문에 아까운 젊은이가 일생을 그르치는 것은 애석하다. 행동이 있기 전에 제소부터 해야 했다."

고등학교 교사 P씨. "동거 중 사망했고, 서류가 손 여인의 집에 있었는데 훔친 것으로 간주할 수 있는가?"

여류 작가 K씨. "정상을 참작해서 극형은 면했으면……."

모두가 범인의 죄를 인정하는 내용이다. 그러나 어느 가정주부의 코멘트는 썩 달랐다.

"그러니까 남에게 못할 노릇 하는 게 아니에요. 당대가 아니면 후대에 가서라도 반드시 벌을 받는 겁니다. 인과응보는 시간문젭니다."

유진은 읽고 나서 한숨을 쉬며 말했다.

"그만하면 죽어질 생명인데, 그렇게까지 해서 살려고 했으니!"

상준은 말했다.

"그렇게까지라니?"

"외할아버지의 소실로부터 시작해서 전전하다가, 나중에는 시체에서 서류까지 훔쳐가지구…… 그 손자들이 복수한 거래요."

"손자가? 그 복수 참 길게도 갔네."

상준은 더 이상 흥미 없는 듯 다른 조간의 일면을 읽으며 커피를 마셨다.

유진은 팬케이크를 구우면서도 정임의 일이 머리에서 좀체 떠나지 않았다. 왜 하필 내게 유산을 나누어 주려고 했던가? 그것도 시간적으로 보아 거의 죽기 직전의 전화였다. 그녀가 무엇인가 다급한 것을 육감으로 느낀 것이 아니었을까? 비록 대구댁의 일이나, 생명의 마지막 순간의 소원을 거절한 것 같아 유진은 기분이 무거워졌다.

최광수의 재산을 왜 당치도 않은 나에게는 주려고 하고, 죽인다고 협박까지 하는 그 손자들에게는 죽는 한이 있더라도 주지 않으려 했을까? 나는 또 어째서 외할아버지에게서 빌린 것을 이승에서 갚고 가겠다는 것을 굳이 거절하고, 최광수의 손자들은 주지 않는다고 죽이기까지 하는지? 하나 더하기 하나가 둘이 아닌 인간 심리의 기묘함을 유진은 새삼 기이하게 느꼈다.

'어떻든 그 유산은 안 받기 잘한 것 같아, 잘했어.'
하고 그녀는 생각했다. 저주받은 돈이니까, 그것을 받으면 그 저주가 그녀에게까지 옮겨 올 것 같은 불길감이 느껴졌다. 그러나 유진은 외할아버지도, 외할머니도, 아버지 어머니도, 그 형제들도 모두 세상을 떠난 지 오래된 지금, 정임이 그 조부 대의 마지막 인물이었다고 생각이 미치자 장례식에만은 참석하고 싶은 기분이 들었다. 몇 막의 곡절 많은 얘기의 연극이 끝나고 관객이 박수를 치며 그 노고를 치하하듯이 유진은 앞서간 그 대의 마지막 막에 경건하게 배례하고 싶은 기분이었다.

갑자기 정임을 이렇듯 조부모의 대열에 끼워서 생각하게 되는 것이 유진은 스스로 기이하게 느껴졌다. 아마도 저승에 가서 아버지도 어머니도 할아버지도 할머니도 만나볼 거라는 정임의 전화 때문에 그녀에 대한 잠재의식이 얼떨결에 없어지고 그렇게 생각하게 되었는지 모른다. 어쩌면 '한 치 걸러 두 치'라고 유진은 정임에게 애초부터 아무런 증오감도 없었던 것이 아니었을까? 어머니의 라이벌이 아닌, 한 세대 위 외할머니의 라이벌이니 멀기는 멀다.

유진은 팬케이크를 먹던 포크를 멈추고 '잘 가세요, 대구댁!' 하고 기도하는 마음으로 잠시 눈을 감았다.

상준은 국제전화를 받고 돌아서며 "됐어!" 하고 만면에 기쁨을 감추지 못하고 있었다. 그는 기분 좋으면 부르는 〈보리수〉를 휘파람으로 부르며 출근 준비를 하느라고 방으로 갔다. 상준은 좋아서 기분이 들뜰 때에는 진정제 역할을 하는 뮐러의 시를 슈베르트가 작곡한 〈보리수〉를 곧잘 불렀었다. 어느 유명한 성악가는 노래할 수 없을 만치 아름다움의 극치라고까지 한 곡이나, 상준은 멜로디에 기복이 없이 덤덤하고 가사는 평범하고도 깊이가 있어 진정제로서는 그만이라고 했었다. 상준은 넥타이를 매며 휘휘휘휘 휘 휘 휘휘 하며 한결 휘파람에 힘을 주었다. 그러다가 흥을 못 누르겠는지,

Ich musste auch heute wandern vorbei in tiefer nacht……

(오늘 밤도 또 그 곁을 서성거리며 어둠 속에서 눈을 감았네……)

하고 2절은 독일어로 가사까지 넣어 큰 소리로 불렀다. 전아(典雅)하고 깊이 있는 곡에는 틀림없으나, 기쁨의 진정제로 하필 지금

부를 건 뭐람 싶어 유진은 말했다.

"사람이 죽었다는데 좀 삼가요!"

"노상 죽는 것이 사람인데? 일본 놈과 합자 있잖아? 그것 잘되게 되었대!"

하며 상준은 전신에 가득 기쁨을 보이며 대문을 나갔다. 상준이 오랫동안 합자할 사람을 구하지 못해 애쓰던 것을 유진도 알고 있었다. 이제 그런 사람이 나타났으니까 좋아하는 것도 무리는 아니리라.

유진은 오후에 슈퍼마켓에 갔다. 아직도 최저 영하 2도인데 쑥이며 달래가 나와 있었다. 벌써 또 봄이야! 하고 그녀는 속으로 소리치며 쑥과 달래를 샀다. 봄이면 쑥, 대추, 밤, 잣 등으로 화려하게 꽃무늬를 놓고 시루떡을 만들던 어머니가 문득 눈앞에 보이는 것 같다.

대구댁이 피살된 기사를 읽은 후로 유진은 내내 아버지며 어머니며 외할머니며 남진 오빠며 경아 고모가 번갈아 생각났었다. 모두 사자(死者)들이다. 지나간 사람들은 어딘가 까마득히 잊힌 심연에 묻혀 있다가, 무엇인가의 자극을 받으면 마치 조명의 스위치라도 켜진 듯 갑자기 환하게 되살아나 머릿속에서 현재의 시간에 살아 움직였다.

떡가루 위에 꽃무늬를 놓을 때 어머니의 표정은 진지했었다. 시루를 둘러서서 보는 고모며 부엌사람들이 "저 솜씨 좀 봐요!" 하며 감탄하고 혹은 "먹으면 그만일 걸 가지구 뭐 그리 공을 들이세요!" 하고 핀잔을 주어도 어머니는 들리지 않는 것 같았다. 어머니는 생각대로 무늬가 잘되지 않으면 밤이며 대추 등의 재료를 모조리 걷어내어 손바닥으로 떡가루를 편편하게 만지고 나서 다시 시루 가득히 꽃무늬를 놓았다.

"그만하면 잘되었네, 아까워서 어디 먹겠우……."

하며 경아 고모가 서둘러 시루를 들어다 불 위에 놓았었다. 유진은 경아 고모의 치맛자락을 잡곤 아궁이에서 장작이 바시식 소리를 내며 벌겋게 타는 것이 아름다워서 한참이나 서 있었다. 여섯 살 때쯤이었을까? 그녀는 30여 년 전의 기억을 더듬으며 떡 파는 카운터로 갔다.

"두텁떡은 꿀에 푹 찍어 먹어야 맛있는 거다" 하던 어머니의 음성이 쟁쟁하게 들리는 것 같다. 그녀도 아들 동기와 딸 동옥에게 그와 똑같은 말을 그대로 할 것이다.

"꿀에 푹 찍어 먹어야……."

유진은 어머니 사후는 한 번도 집에서 두텁떡을 만들지 않았다. 파는 것만 사 먹은 셈이다. 어머니의 솜씨 특유의 맛은 다시는 볼 수 없었다. 다만 재료와 형태와 이름이 같을 뿐이다. 그런데도 그것이 어머니를 느끼게 하는 매개체가 된다. 추억이라는 것이 그토록 아쉬운 것일까? 그녀는 어머니를 생각하며 두텁떡을 샀다. 점원이 포장하는 것을 기다리고 섰는데,

"김 선생님!"

하고 장기호 박사가 맞은편에서 불렀다. 장 박사의 쇼핑 카트에는 여러 가지 물건이 실려 있었다.

"손수 장을 보세요?"

유진도 반겼다.

"네."

하는 장 박사는 약수터에서 한동안 만나지 않은 사이에 피부가 꺼칠하고 여윈 것 같았다. 그의 눈에 괴로운 열기가 스쳤다. 영숙이 꽤는 들볶나 보다 하고 유진은 생각했다.

"영숙 씨 안녕하세요?"

장 박사는 망설이다가,

"안녕하지가 못합니다."

한다. 대답하는 장 박사의 눈은 열을 띠며 일직선으로 유진의 눈 속을 뚫듯이 다가왔다. 유진은 당황하며, 그러나 차분한 눈으로 그의 눈빛을 막아서 흘려버렸다. 가슴에 야릇한 동요가 남았다. 생각해보니 장 박사의 눈빛은 때로 그랬던 것도 같다. 유진이 각별히 주의를 하지 않았을 뿐이다. 지금은 같은 눈빛에 전혀 다른 의미를 느꼈다. 느낌도 때에 따라 여러 가지구나 하고 생각하나, 가슴의 동요가 묘하게 짙게 남았다.

차는 녹번리 고개를 지나고 있었다. 유진은 차 안의 침묵이 무거워서,

"영숙 씨 위병이 악화된 건가요?"

했다. 장 박사는 운전하며 앞을 바로 본 채,

"암 초기랍니다."

했다. 암이라는 말에 유진은 얼른 어떤 말도 할 수가 없었다.

"수술하면 완치도 가능하다는데, 고집이 세고……"

그는 잠깐 한숨을 토했다.

"의심이 많아서…… 수술을 안 한답니다. 정심심령회(正心心靈會)인가 하는 데를 다니지요. 마음을 바로 갖고, 마귀를 쫓아내면 병이 낫는답니다. 게다가 온 가족이 모두 마음을 바로 가져야 마

귀가 달아난다나요? 혼자서 아무리 바로 가져도 가족 중 누군가의 마음에 마귀가 끼어서 안 된다고 우기는 거예요."

하고 장 박사는 다시 한숨을 내쉬었다. 유진은 뭐라고 대꾸해줄 수가 없었다. 영숙의 말에 일리가 있으나 괴로워하는 장 박사 앞에서 그렇다고 말할 수는 없었다.

"저희 집 식구래야 영숙과 저뿐 아닙니까? 그러니까 제 마음에 마귀가 있다는 거지요. 수술하라고 해도, 수술을 핑계로 자기를 영영 못 깨어나는 마취 주사로 죽일지도 모른다는 사람이니까요."

장 박사의 전신은 말 이상의 것을 말하고 있는 것 같았다. 침울하게 가라앉아 있다. 여느 때 유머에 능하고 영숙의 말대로 운동선수나 되었으면 좋았으리라고 할 만치 쾌활하던 그와는 전혀 다른 면이었다.

"제가 젊었을 때는 비정상이랄까, 아무튼 그런 것에 매력을 느꼈습니다. 영숙의 비정상적인 정열이랄까요? 친구 소개로 우리는 만났지요. 첫 데이트 때입니다. 그녀는 냇가에서 성냥을 켜서는 한창 피어 있는 코스모스 꽃잎에 불을 붙여 태우려고 했어요. 제가 꽃잎에 수분이 있어서 타지 않는다고 하니까 이과 공부한 사람은 그래서 탈이라고 하며 깔깔 웃으면서 갑자기 제 가슴에 얼굴을 푹 묻으며 몸부림을 쳤어요. 내 눈에 자기 외의 어떤 것도 예쁘게 보이면 참을 수 없다는 거예요. 미국에서도 또 귀국해서도 연구실과 강의실에만 오가고 살던 터라, 그리고 데이트라는 건 처음 해보는 풋내기였다 할까, 저는 영숙이 귀여워서……. 이제 지칠 대로 지쳤습니다. 제가 택한 일이라, 십자가로 여기고 견뎌왔습니다."

유진은 호릿한 몸매에 서늘한 눈을 가진 영숙에게 그런 독점욕이 있었던가 싶어서 놀랐다. 차가 조심스럽게 커브를 돌았다.

"영숙은 외고집이고, 옹졸합니다. 스스로를 싸고 싸고 또 싸고 움츠리며 사는 괴물이랄까요? 조개가 입을 다물면 죽기 전에는 남이 열 수 없다지만, 조개류 따위에 비유도 할 수 없을 겁니다. 그 겹겹이 싸인 껍질 속으로 저를 먹이로서 잡아넣은 것뿐이었어요. 젊을 때 그것을 사랑이라고 착각했었지요."

"아무리!"

하고 유진은 하마터면 장 박사의 팔을 잡을 뻔했다. 후회와 고뇌로 장 박사는 거의 절망적으로 보였다.

"장 박사님이야말로 신경과민이신 것 같아요. 암이면 괴로우니까 영숙 씨도 자연 짜증을 부리고 이기주의적인 행동으로 나가기도 하겠지요. 이해해주셔야지, 환자인데. 제가 영숙 씨한테 도움이 될 만한 일을 해줄 수 없을까요? 지금 같이 가 뵐까요?"

유진은 말하나 장 박사는 고개만 저었다.

"애기가 있었으면 조금 부드러워졌을지도 모를 텐데……."

유진은 혼잣말처럼 했다. 장 박사의 말 내용은 격해 있고 몸짓은 침울해서 유진은 어떻게 위로해야 할지, 대꾸해야 할지 몰랐다. 장 박사는 언덕에서 기어를 바꾸어 넣으며,

"결혼하자 저는 곧 실수를 깨달았지요. 그래서 아이를 만들지 않으려고 결심했습니다. 아이까지 생기면 저는 영영 영숙의 포로로 일생을 망칠 것 같았지요. 언제든지 이혼할 수 있는 마음의 준비를 하고 있었다 할까요. 영숙은 심지어 제가 강의하러 대학에 나가는 것조차 싫어합니다. 저의 인생이라는 것이 세상과 담을 쌓고 방 안에서 아내와 앉아만 있는 것일 수는 없습니다, 절대로. 그

것은 인생도 인간도 아닙니다. 영숙은 자기를 사랑하지 않는다고 하나, 사랑은커녕 끔찍합니다."

장 박사는 다시 한숨을 쉬었다. 유진의 집이 저만치에 보이기 시작했다. 6시도 채 못 되었는데 해는 이미 지고 가로등이 하나둘씩 켜져 있었다. 장 박사는,

"김 선생님, 나쁘게 생각하지 마십시오. 제가 젊을 때 왜 선생님 같은 분을 만나지 못했을까 하고 가끔 생각합니다. 그런 것도 운명일까요?"

하고 비로소 활짝 웃었다.

차는 유진을 내려주고 윙 소리를 내며 떠났다. 유진의 가슴에 뜨거운 것이 화끈 하고 닿았다가 스르르 사라졌다.

유진이 집으로 들어가니까 동옥이가 전화가 왔었다고 하며 메모를 내놓았다.

"오 현도사?"

처음 듣는 이름이었다. 꼭 걸어달라는 전화번호도 전혀 알지 못하는 데이나, 왠지 손정임의 일로 걸려온 전화 같은 육감이 들었다. 어떡할까 하고 망설이다가 죽은 사람에게까지 까다롭게 굴건 없겠지, 하고 생각하며 다이얼을 돌렸다. 침착한 여성(女聲)이 안면도 없는데 전화를 해달라고 해서 죄송하다 하며 깍듯이 사과를 했다. 예상대로 손정임의 집인데, 혈육도 친지도 없는 시신이고 불쌍하니 마지막 길이라 넓게 양해하고 와서 보아줄 수 없느냐고 했다. 자기는 고인과 오래 사귄 사이이고, 고인이 가끔 유진의 말을 해서 알고 있었다고. 장례식은 교회에서 치르며 교우도 많이 와 있으나 다만 주인 격이 없어서 그러노라고. 유진은 말했다.

"조상은 가겠습니다. 그러나 주인 격이란 당치도 않습니다."

유진은 흰 블라우스에 검은 긴 슈트를 입었다. 가르쳐준 대로 신문로에 있는 정임의 집을 찾아갔다. 주위의 집들이 워낙 커서 100여 평의 그녀의 집은 작고, 구식 양옥이 오히려 조촐해 보였다. 유진이 대문을 들어서자, 마당의 텐트 밑에 30여 명의 남녀가 앉아서 부산하게 밥을 먹고 있었다. 음식을 나르는 사람이 오가고, 숯불 화로가 몇 개나 마당에 피워져 있었다. 숯불 튀는 소리며 사람들의 말이 엇갈려 소요스러웠다. 안내도 없었다. 유진이 들어서도 아무도 쳐다보지도 않았다. 바로 주인 없는 집이었다. 유진은 잠깐 망설이다가 현관으로 갔다. 집 안은 온통 전등 빛으로 환했다. 현관에 들어서는데 거실 쪽에서 노인 한 사람이 급히 다가오며,

"어서 오세요, 감사합니다."

한다. 그러고,

"전화드렸던 오 현도사입니다."

하고 자기소개를 했다. 연령은 육십이 훨씬 넘어 보이나 태도며 말씨가 젊고 이지적이었다. 도사(道士)라 구식이려니 했는데 현대 교양을 갖춘 세련된 태도에 유진은 얼떨떨했다.

집 밖은 사람이 웅성거리나 집 안은 고요했다. 10여 평 되어 보이는 거실에는 아무도 없었다. 오 현도사, 즉 진주댁이,

"입관을 막 끝마쳤습니다. 뚜껑을 덮기 전에 한번 하직 인사를 해주십시오. 불쌍한 중생입니다."

한다. 유진은 오 도사와 정임의 사이가 무엇일까 궁금했고 그녀의 청이 난감했다. 죽은 얼굴을 보라는 말인데, 도대체 무섭다. 유

진이 죽은 사람의 얼굴을 본 것은 아버지와 어머니의 얼굴뿐이다. 그때는 애정 때문인지 의식이 생사를 초월해 있어서 무서움이란 티끌만큼도 없었다. 그러나 대구댁의, 더구나 피살된 시체…… 유진은 노골적으로 망설였다. 뚜껑이나 닫히고 나서 올 것을……. 그녀는 조심성이 없었던 것을 후회했다. 오 도사는 방긋이 웃음을 띠었다. 그러고,

"굳이 권하지는 않겠습니다."

하며 유진에게 합장을 하며 허리를 굽혔다. 유진은 하는 수 없이 의자에서 일어섰다. 오 도사가 마치 죽은 정임의 사자(使者) 같기도 하고, 또한 그녀의 정성을 더 이상 거절할 수가 없었다.

한식 안방 한쪽 벽에 병풍이 뒤집어 쳐져 있고, 관이 그 앞에 가로놓여 있었다. 여성 서너 명이 어질러진 것을 치우고 있었다. 다들 60세가 넘어 보였다. 그 또래의 남성도 세 명쯤 보였다. 시체는 관 속에 있고 관 뚜껑은 병풍 곁에 세워져 있었다. 유진은 가만가만 걸어서 관 앞에 섰다. 그녀는 관 속의 정임을 보는 순간 섬뜩해지며 놀랐다. 엷게 분 화장을 한 그녀의 갸름한 얼굴에는 주름살 한 가닥도 없었다. 평화스럽고 외로운 표정이 아름답기까지 했다. 하얀 치마저고리에 하얀 두루마기까지 입고 누운 시체는 청결스럽기 이를 데 없었다. 유진의 상상과는 정반대였다. 정임의 험한 생애며 피살 당시의 상황을 생각하고 유진은 흉측스럽고 무서운 사안(死顔)을 상상했던 것이다.

유진은 향을 피우고, 양복은 입었으나 두 손을 모아 이마에 대고 재래식 격식대로 큰절을 네 번 반 했다.

장의사 세 사람은 마치 이 순간을 기다렸다는 듯이 그녀의 절이

끝나자마자 관 뚜껑을 닫고 망치로 다짜고짜 탕탕하고 못을 마구 박았다. 오 도사가 조용히 유진을 거실로 안내했다. 둘은 차탁(茶卓)을 사이에 두고 마주 보고 앉았다. 오 도사는 다시 합장을 하며,

"감사합니다, 이제 제가 할 일을 다 한 것 같습니다. 관세음보살. 대구댁은 김 선생의 어머니를 참 좋아했습니다. 딸자식다운 사람이라고…… 외가댁 내력을 알고 계시지요? 외조부께서 아들이 없어서 대구댁을 맞아들이셨지요. 거의 반세기 전 구시대의 얘기지요. 대구댁은 남자가 저희 좋도록만 만들어놓은 세상이라 소실도 되고, 본의 아니게 여러 사람에게 폐 끼치는 신세가 되었다고 한탄했습니다. 고인을 용서하소서."

유진은 잠자코 있다가 마지막 말에 깜짝 놀랐다.

"제가 그런 자격이나 있습니까, 천만의 말씀이십니다. 저승이 있다면 거기 가서는 부디 평화롭게 계시라고 빌고 싶을 뿐입니다."

오 도사는 "감사합니다" 하고 공손히 허리를 굽혔다. 오 도사는 정임과 오래 사귄 사이라고 자기소개를 했다. 친구라고는 하지 않았다. 도대체 어느 정도의 관계이길래 본인을 대신해서 그토록 평신저두(平身低頭) 하는가?

유진이 정임의 집을 나오는데 오 도사는 뒤따라 나오며 "관세음보살!" 하고 다시 허리를 굽혔다. 유진도 저절로 허리가 굽혀졌다.

밖은 바람이 찼다. 검은 하늘에 둥근 달이 덩그러니 홀로 떠 있었다. 유진은 마음속이 텅 비어가는 것 같았다. 쓸쓸함을 느꼈다. 공연히 고인을 기피했구나 싶어 일말의 후회가 가슴을 어둡게 했다. 이제 그 대(代)는 완전히 끝났다. 사랑도, 미움도, 원한도…….

'대구댁, 잘 가세요. 다 잊고 훨훨 잘 가세요.'

유진은 속으로 뇌었다. 간다니 어디로 가는지 알 수 없으나 죽음이란 이 세상에 살아 있지 않는다는 것만은 확실했다. 이 세상 외의 다른 데로 떠나간다는 것이다.

유진은 침대 속에 들어갔다. 오늘 하루에 일어났던 일이 순서대로 머릿속에 되풀이되었다. 장 박사에게서 느낀 느낌이 뚜렷이 기억에 남았다. 결혼 후에도 남편 외의 남성에게 이성으로서 호감을 느낀 적은 있었다. 그러나 장 박사에게서처럼 순간이나마 연정이 태풍처럼 전신을 흔들고 간 적은 없었다. 정말 그것은 태풍 같았다. 이제는 씻은 듯이 고요했다. 그것도 태풍의 습성 같다. 어쩌면 전에도 그에겐 연정다운 것을 느꼈을지도 모른다. 영숙이 그 곁에 있고 상준이 눈앞에 있어서, 장 박사를 이성으로 인식하지 않으려고 제한구역을 무의식중 만들고 있어서 그 연정은 일어나기도 전에 뭉개어졌을지도 모른다.

다음에는 오 현도사가 기억 속에 자리를 잡았다. 고상하게 나이 든 그녀의 얼굴이 눈에 선하다. 대구댁의 영혼을 위해서 왜 그토록 정성을 들이는 걸까? 사람의 생애란 참 가지가지구나 하고 새삼스럽게 유진은 생각했다.

잠결에 전화가 울려서 유진은 잠을 깨었다. 2시다. 상준의 회사 일로 국제전화라도 오는 걸까 싶으며 수화기를 들었다. "여보세요" 하니까 대뜸 "언니!" 한다. 파리에서 사는 수진이었다.

"웬일이냐? 잘 있니?"

"언니, 별일 없이 잘 지내요? 거기는 밤중일 텐데 미안해. 좀 급해서."

"용건만 말해, 전화 요금 나가지 않니? 긴 얘기는 편지로 해."

수진은 까르르 소리를 내며 웃었다.

"언니는 여전해."

"어서 용건만 말하래두. 전화한 걸 보니 뭔가 급한가 보지?"

"급한 건 없는데, 엊저녁 꿈에 오랜만에 아버지를 뵈었어."

"그래? 좋았겠다, 얘."

"그런데 말이지, 아버지가 허둥지둥 달려오시더니, 너의 형부 합자 투자 절대 말라고 해라 하시잖아? 이상해서 전화하는 거야. 아버지 꿈 꾼 지 2년이나 되는데……."

유진은 전신에 전율이 오싹 끼치는 것을 느꼈다. 멀리 파리에 있는 수진의 꿈에 상준이 합자 투자하는 일이 어떻게 해서 나타나는지? 더구나 돌아가신 아버지가 보이면서 투자를 하지 말라고 하셨다니! 그러나 수진이 걱정하지 않도록,

"개꿈이야, 합자라는 것 하지도 않아. 네가 우리 사업을 염려해 주어서 그런 꿈을 꾸었나 보다. 몸조심해, 공부 열심히 하구. 안녕."

하고 유진은 전화를 끊었다. 파리에서 오는 전화 소리가 시내보다도 더 확실히 들린다. 국제 교환수도 거치지 않고 곧바로 통화할 수도 있다. 인공위성 때문이라 한다. 과학의 발달은 괄목할 만했다. 그러나 수진이가 꾼 꿈을 설명해주는 과학은 아직 없었다.

멀리서 형체는 보이지 않고 음성만 들려오는 것처럼 저승이 있다면 저승과도 그렇게 통화하는 시대가 오지 않을까 하고 유진은 두서없이 생각에 잠겼다.

수진이 불문학 학위를 따느라고 파리에 간 지 벌써 3년이 지났다. 한 달에 한 번쯤 오가던 편지도 이제는 1년에 두어 번쯤으로 줄어들었다. 다시 만날 수 있다는 기대며 오가는 서신, 전화의 음성 등이 없다면 수진은 이 세상에 없는 것과 같았다. 때로 그렇게 생각이 들면 유진은 불길한 예감에 부리나케 그녀에게 편지를 썼었다.

내 앞에서 움직이지 않고, 내 생활에 직접 영향을 주지 않고 거의 잊혀 있는 사람…… 그것은 나에게는 사자(死者)와 같았다. 수진도 눈앞에 보이지 않았고, 유진의 생활에 직접 영향도 주지 않았고 거의 잊혀 있었다. 다만 살아 있다는 차이가 있을 뿐이다. 즉 재회의 가능성이 있을 뿐이다. 그렇다면 타인에게 있어 타인의 생과 사는 무엇일까? 죽어서 잊히는 것과 멀리 떨어져 있어 잊히는 것의 차이, 죽음과 삶…… 왠지 대답은 같다고 나올 것만 같았다.

유진은 사계(死界)와 생계(生界)가 경계 없이 겹쳐져서 혼합되는 것 같은 모호한 경지가 느껴졌다. 작고한 아버지, 어머니, 오빠, 외할머니, 외할아버지, 경아 고모, 시부모, 대구댁, 그리고 함께 있는 남편, 동옥, 동기, 수진, 장 박사, 영숙, 강 노인, 어린 석규, 오 현도사 들이 혼합된 제3의 세계에서 함께 얘기하며 식사도 하는 장면을 상상해보았다. 유진은 상준이 흔들어 깨워서 눈을 떴다.

"가위눌렸지?"

하며 상준은 가운을 걸치고 의자에 앉아 있었다. 유진은,

"몇 시예요?"

하며 일어났다. 식은땀이 등에 흠뻑 젖어 있었다. 어딘가를 향해서 달리는 꿈이었다. 숨이 차고 심장에 통증이 일어났었다. 그래

서 신음 소리를 냈던 모양이다.

"7시 반인데, 고단했나 보지? 가위에 눌리게?"

"그런가 보아요. 약수터에도 못 가겠어요. 참, 대구댁 장례식이 10신데…… 깨우지 않았으면 거기도 못 갈 뻔했어요."

하며 유진은 자리에서 일어났다. 그러고 말했다.

"참, 새벽에 수진이한테서 전화 온 것 아세요?"

"잠결에 전화 소리가 나는 것 듣기는 들었는데, 수진에게서 왔었어? 잘 있대?"

"네, 잘 있기는 잘 있다는데…… 당신, 그 합자하는 것 그만둘 수 없어요?"

하며 유진은 상준의 곁에 바짝 다가서며 말했다.

"수진이 꿈에 아버지가 보이며, 당신 합자하는 것 말리라 하셨대요."

유진은 정색을 했다. 상준은 소리 내어 웃었다.

"도산가 누군가 만나고 나더니 어떻게 된 것 아니야? 꿈이 생활을 좌우해서야 어떻게 살아? 꿈이 좌지우지한다면 인간은 사고 능력이 없이 사는 물체에 불과하지 않아? 지성인이 저런 소리를 하니, 참!"

상준은 화를 냈다. 유진은 상준에게 더욱 다가서며 말했다.

"아니에요, 고집 피우지 말아요. 이번만은 내 말을 들어보아요!"

유진은 불길한 예감을 씻을 수가 없었다.

"당신 아무래도 꿈꾼 것 아니야?"

하고 상준이 눈을 휘둥그렇게 떴다. 유진은,

"분명 현실이에요. 꿈은 무슨 꿈이에요? 사람 혼동시키지 말아요."
하고 소리를 높였다. 상준은 한결 의아한 표정이 되면서,

"밤중에 자는데 전화가 왔었다. 잠결에 전화를 받았다. 거기까지는 나도 알고 있으니까 현실이라 할 수 있지. 그런데 당신이 전화를 받아보니까 파리에 있는 수진이가 돌아가신 장인의 꿈을 꾼 얘기를 했어…… 그 말은 당신 혼자서 들은 거라구. 거기부터 당신이 꿈을 꾼 걸 거야. 사실 그 전화는 잘못 걸려와서 끊었는데 말이지. 거기가 병원입니까? 혹은 호텔입니까? 라는 물음이었을지도 모르지. 갑자기 어디가 아파서 병원을 찾든가, 미처 집으로 못 가서 호텔을 찾을 가능성은 있거든? 어때? 이렇게 추리한다면? ……어, 허허."

그는 소리 내어 웃으며 커피를 마셨다. 유진은,

"그러면 수진이한테 전화해볼 테예요. 국제전화료는 아깝지만 듣고 보니 나도 좀 미심쩍으니까요."
하며 국제전화를 신청했다. 유럽에서는 교환수를 통하지 않아도 바로 서울과 통화가 되나 이쪽에서는 그럴 수가 없다. 유진은 상준의 말대로 바로 그녀의 꿈속에서 수진의 꿈 얘기를 들었다 하더라도 돌아가신 지 10여 년 되는 아버지가 상준의 합자 투자를 경고한 얘기는 아무래도 심상치 않은 조짐 같았다. 새벽 2시쯤 되었을까? 그녀는 수진의 전화를 받고 시계를 본 것을 기억한다. 그러나 그 후 또 한 차례 깊이 잠이 들었기 때문에 상준의 말을 듣고 보니, 수진과의 대화를 꿈이 아니라고 우길 자신도 없기는 없었다. 상준이 투자해서 크게 실패하느니보다 국제전화료 10달러를 들여서라도 꿈의 진부를 알아보고 상준을 만류하는 편이 나을 것

같았다. 수진이 유학간 지 3년 동안 그녀의 신랑감이 될 후보가 갈 테니 만나보라고 전화를 한 것 외에는 한 번도 국제전화를 건 적이 없었다. 요금도 아까우나 워낙 급한 일이 아니면 전화를 할 리가 없기 때문에 수진이가 놀랄까 해서라도 국제전화는 삼갔다. 아니나 다를까, 전화에서 수진은 첫마디로,

"언니, 웬일이우? 형부가 이미 실패했어요?"

하며 놀란 음성이다.

"네가 아까 꿈 얘기 했었지? 형부하고 직접 말해봐."

하며 유진은 수화기를 상준에게 넘겼다.

"싫어, 유치하게. 당신이 한번 확인하면 될 게 아니야?"

"시간만 가요. 어서 얘기해봐요. 나더러 또 상상해서 들었다고 할려구요?"

하며 유진은 소리쳤다. 상준은 하는 수 없이 수화기를 받아서,

"장인께서 꿈에 보이셨다구?"

하며 겸연쩍은 듯이 말했다.

"네, 아버지가 꿈에 보이면 좋은 일이 생기거든요? 그래서 뵙기를 고대했는데…… 몇 년 동안 안 보이시더니 엊저녁 꿈에 보이시잖아요? 형부 합자 투자하지 말라고 해라, 또렷하게 그러셨어요. 조심하세요, 형부."

전화를 끊자 상준은 유진에게 말했다.

"당신네 자매는 참 이상한 사람들이야. 꿈 가지고 야단들을 하니…… 꿈이 별것인 줄 알아? 평소의 생각, 경험, 잠재의식 같은 것이 뇌 속 어디에 기록되어 있다가 현재의 사고 능력이 잠든 사이에 그 기록이 혼합되어 부상하는 것이 꿈이야. 형부, 합자 투자,

장인, 다 있는 것 아니야? 그게 우연히 합쳐져서 그런 스토리가 된 거야. 나는 엊저녁 꿈에 국민학교 학생이 되어서 시험을 치는데 문제를 못 풀어서 쩔쩔매었어. 까맣게 잊고 있던 40년 가까운 옛날의 그 경험이 꿈에서 나타나거든? 그 교실이며 의자며 칠판이 뚜렷이 보였어. 친구들은 보였는지 안 보였는지 희미해. 선생님도 안 보였어. 좌우간 쩔쩔맨 것만은 실감 나던데? 꿈이라는 게 참 좋은 점이 있어. 꿈이 아니면 지금 내가 어떻게 그 어린 초등학생의 마음으로 되돌아갈 수 있지? 정말 좋은 거야."

〈보리수〉를 기쁠 때의 진정제로 노래 부르는 상준은 매사 아전인수로 해석하고 만족한다. 수진의 꿈 때문에 불안해하는 유진은 아랑곳도 하지 않고, 국민학교 학생이 되어보았다고 좋아하는 상준의 이기적인 낙천성에 유진은 염증을 느꼈다.

"꿈이 그런 것인 것쯤 누가 모르나요? 생각지도 않던, 어릴 때의 친구를 꿈에서 보았는데, 그다음 날 그 친구를 우연히 길에서 만나게 되는 것은 어떻게 설명할 테예요?"

"그야말로 우연의 일치지. 당신 논리대로 간다면, 내일 일어나는 일들은 모조리 오늘 밤의 꿈에서 미리 본다는 결론이 되는 것인데, 어때?"

유진은 상준의 말에 주춤했다. 그의 말이 옳기는 옳다.

"내일의 일을 미리 다 안다면 인생이라는 것은 어떻게 될까? 여보, 정신 차려요. 나는 그 꿈이 어떻구 하는 사상을 빼버리게 하기 위해서라도 이번 합자를 적극 추진할 테야."

하며 상준은 차에 올랐다. 유진은 화를 내며 말했다.

"좋을 대로 해요. 당신 재산이 몽땅 날아가든가 말든가! 아무튼 사자(死者)의 말을 무시하면 안 돼요!"

"사자가 뭐라고 했어? 그런 것을 햄릿의 망상이라 하는 거야! 사자라니? 언제 사자가 말했나? 꿈에서 보았지, 참 나, 원!"
하며 상준은 그녀보다도 더 화난 어조로 말하고, 탕 하고 자동차 문을 닫고 뒤도 돌아보지 않고 떠났다.

꿈에 대한 견해차 때문에 아침부터 공연히 부부는 감정의 결렬을 겪었다. 유진은 그것을 깨달으나 여전히 남편이 밉다. 그리고 상준의 재산이 몽땅 없어지거나 말거나…… 하고 입찬말을 한 것이 마음에 걸려서,

'취소 취소!'
하고 다급하게 속으로 뇌었다. 상준의 실패는 그녀와 가장 밀접한 관계가 있기 때문이다.

역시 나는 미신적인 데가 있는가? 미신, 그것은 불가사의에 대한 위구심의 속칭이라 할까? 유진은 그런 것을 생각하며 정임의 장례식에 참석하려고 준비를 했다. 석규가 초인종을 눌렀다. 인터폰에서,

"선생님, 교회 가세요."
한다. 들어와서 과자 먹고 가자고 하니까,

"안 돼요."
한다. 할아버지가 부잣집에 들어가면 안 된다고 했다는 말이 생각나서 유진은 굳이 우기지는 않았다. 그녀는 초콜릿 한 개를 핸드백에 넣고 대문을 나섰다. 석규는 유진을 보자마자 그녀의 손을 꼭 잡는다. 유진은 석규에게 초콜릿을 주었다. 석규는,

"감사합니다."

하며 한쪽을 떼어서 그녀의 입에 넣어주려고 발돋움을 했다. 유진은 석규가 손을 깨끗이 씻었을까? 하고 얼핏 생각했으나 거절하면 섭섭해할까 봐서 받아먹었다.

"석규가 주니까 초콜릿이 더 맛있는 것 같다."

하고 유진은 말했다. 석규는 또 한쪽을 빼려고 했다. 유진은 석규의 손을 꼭 잡으며,

"나 줄려구? 고맙다, 석규야. 그렇지만 선생님은 늙어서 단걸 먹으면 이가 아프단다."

했다. 석규의 손등은 거칠거칠했으나 아이의 손이라 말랑말랑하고 따뜻한 체온이 닿으니까 뭐라 할 수 없는 애정이 솟았다. 체온이 닿으면 한결 친밀감이 이는 것인지? 하기는 동상이몽도 있기는 있다. 유진이 남편과의 덤덤한 사이를 얼른 생각하는데 석규가 언덕을 내려가며,

"권사님은 누가 죽여서 죽었대요."

한다. 아이들은 피살이라는 것을 이렇게 이해하나 보다. 죽여서 죽었다…… 죽여서 하는 수 없이 죽었다. 그것은 피살의 가장 적절한 이해이리라. 석규는 또,

"죽은 권사님은 아주 나쁜 사람이었대요."

한다. 유진은 놀라며 말했다.

"누가 그러던?"

"할아버지도 그러시고, 교회 사람도 그래요."

"교회에 갔었니?"

"그럼요. 어저께도 가고, 새벽에도 갔어요. 사탕도 많이 얻어먹고, 빵도 한 봉지나 받았는데요? 애들이고 어른들이고, 다 그렇게

주었어요."

"교회에서 늘 그렇게 주니?"

"아니에요, 권사님 친구가 장례식 준비하는 데 와서 나눠 주었어요."

석규는 코끝을 벌름거리며 무엇이건 더 알려줄 것이 없을까 하고 애쓰는 표정이다. 그는 또 말했다.

"돈 많은 사람의 장례식이라 교회에서도 야단법석이래요."

유진은 어린 석규의 머릿속이 그런 말로 더럽혀지는 것 같아서,

"아니다, 그런 말 하는 사람은 거짓말쟁이다."

"진짜예요. 전번에 가난한 사람이 죽었을 때는 검은 포장만 쳤거든요? 이번에는 교회 안팎 청소하고 꽃으로 싹 깔았대요."

"어디를 깔았대?"

"모르겠는데요."

석규는 자기가 한 말이 남에게 어떻게 들릴는지 생각하지도 않는다. 그의 눈망울은 맑게 빛나고, 유진의 손을 잡고 걸으며 얘기하는 것이 마냥 행복한 것 같다. 어떤 말이든 유진과 많이만 하고 싶은 표정이다. 유진은 석규가 모성애에 주린 것을 느껴 그의 손을 다시 힘주어 잡아주었다.

"남의 말만 듣고 덮어놓고 그렇게 믿으면 바보 된다, 석규야."

유진이 말하니까 석규는 그녀를 쳐다보며 대뜸 "네" 하며 한결 즐거운 낯이 되었다.

"가 보자. 가서 우리 눈으로 보자. 꽃이 깔렸나 안 깔렸나."

교회 정문 양편에 커다란 흰 국화 화분과 화환이 세워져 있었다. 예배실 입구에 흰 프리지어 꽃바구니가 하나 놓여 있다. 그 향

기가 주위에 은은히 떠돌았다. 이 이른 봄에…… 비싼 꽃인데, 하고 생각하며 유진은 석규의 귀에 대고 조그맣게,

"꽃이 어디에 깔려 있지?"

했다. 석규는 땅바닥을 두리번거리며 말했다.

"없는데요?"

"깔려 있다는 것은 땅바닥에 깔려 있다는 게 아니구, 너무 많을 때도 그러는 거야. 그런데 꽃이 많지도 않다, 안 그러니?"

석규는 눈을 동그랗게 뜨며,

"어이구, 얼마나 많아요? 대문에도 있고 여기에도 있고, 예배실 안에도 있을 거예요."

한다. 유진은 아차 했다. 석규가 그녀를 부자라고 생각하는 것처럼, 많고 적은 것은 보는 이의 잣대에 달려 있었던 것이다. 어떤 이에게는 이만한 꽃도 땅에 깔린 듯 많아 보이는 것이다.

예배실은 교인들로 꽉 차 있었다.

손정임 권사 영결식이라고 쓰인 현수막이 천장에서 설교단 바닥에 닿도록 오른편에 내려져 있었다. 교단 양쪽에도 큰 국화 화환이 서 있다. 유진은 석규와 함께 비어 있는 맨 앞자리에 앉았다.

10시 10분 전, 입구 쪽에 인기척이 있더니 이윽고 정임의 관이 교인들의 손에 들려서 들어왔다. 검은 천에 덮인 관 위에 흰 프리지어가 십자처럼 놓여 있었다. 오 현도사가 관 뒤에서 따라 들어왔다. 오 현도사는 유진에게 목례를 하고 잠시 석규를 유심히 바라보았다.

영결식이 시작되었다. 고인의 약력은 천구백 몇 년 며칠 출생, 천구백 몇 년 몇 월 며칠 권사 취임, 천구백 몇 년 몇 월 며칠 사망,

뿐이었다. 정임이 절치부심하여 살아온 파란 많던 일생은 이 세상에 태어나서 기독교인이 되고, 그러고 죽었다는 세 가지 사항으로 요약되었다.

"권사께서는 그 재산의 절반을 교회에 희사하시고……."

목사의 추도사가 여기까지 왔을 때 교인들 중에는 한숨과 더불어 감격 어린 어조로 "아멘!" 하는 사람도 여럿 있었다. 추도사의 음성도 감동되어 떨리는 듯했다. 잠시 끊겼던 추도사가 곧 이어졌다.

"저 영광된 나라, 주 하나님 아버지 앞으로 갔습니다."

유진은 '제발 그러시오, 제발' 하고 속으로 말했다.

생전에 경애받던 사람이 죽으면 그 넋은 신이 되어 사람에게 힘과 복을 준다. 생전에 원한이 맺힌 사람은 원귀가 되고, 증오받던 사람은 악귀가 된다. 원귀와 악귀는 미련이 남아 죽어도 사바세계를 떠나지 못하고 밤낮으로 떠돌며 사람을 해친단다. 그러니까 원귀와 악귀의 마음을 잘 달래어서 저승으로 가버리게 해주어야 한단다. 유진은 어릴 때 듣던 경아 고모의 말이 갑자기 기억에 되살아났다. 유진이 국민학교 1학년 때였던가? 그녀의 옆집에 살던 식모가 추석에 고향 다니러 갔다 오다가 기차에 치여 죽었다 해서 사흘을 밤낮으로, 비명에 간 식모의 넋을 달래기 위해서 쉴 새 없이 북이며 장구를 치고, 피리, 젓대를 불고, 요란스레 굿하는 것을 보고 경아 고모가 그녀에게 말해주었다. 마음을 착하게 가져야 얼른 저승으로 갈 수 있지, 그렇지 않으면 이승도 저승도 아닌 허공에서 굶주리며 끝도 없는 떠돌이 귀신이 된다고 했다. 그 귀신은 원귀와 악귀다. 경아 고모의 말은 민간신앙에서 오는 것이리라. 그 말이 옳건 그르건 간에 지금 유진은 정임의 넋이 있고 저승이 있다면 목사의 추도사대로 제발제발 떠돌이 귀신이 되지 말고 평화로운 마음으로 하느님 앞으로 가라고 기도하고 싶었다.

"주여, 손 여사의 넋에 은총을 내리소서, 아멘."

"아멘."

유진은 교인들이 교회를 꽉 메운 이유를 알 것 같았다. 정임이 그 재산의 반을 교회에 희사했기 때문이다. 후에 안 일이나 교회 측에서는 교우 전원이 되도록 장례식에 참석하도록 권했고, 전 재산의 반을 희사한 것에 감동한 교인들은 거의 자발적으로 참석했다. 사람들은 자신은 좋은 일을 못 하더라도 남의 엄청난 선행에 감동할 줄만은 아직은 알고 있는 듯했다. 전 재산의 반, 10억이 넘는 재산에서 세금을 물더라도 몇억 원의 무조건 희사에 감격하는 것은 당연한 일일 것이다. 유진이 만약 정임이 제의한 유산을 받았다면 교회로 갈 재산이 반쯤은 줄었으리라. 유진은 거칠게 튼 석규의 뺨을 바라보며, 그 재산을 받기 싫으면 석규에게라도 줄 것을…… 하는 일말의 후회감이 순간 머리를 스쳤다. 산 위 판잣집에서 팔순이 넘은 외증조부와 가난에 찌들어 사는 가엾은 석규…….

'더러운 돈인데 그럴수록 좋게 쓰면 어떨까? 속죄를 위해서라도.'

'개처럼 벌어서 정승처럼 쓴다는 것, 그것은 개처럼 번 것에 대한 자아 변명이다.'

'개처럼 벌어서 개처럼 쓰는 것보다 낫지 않은가?'

영결식이 진행되는 동안 유진은 이런저런 생각에 사로잡혀서, 분향 대신 정임의 관 앞에 놓을 국화꽃 한 송이가 손에 쥐여지는 것도 모르고 있었다. 그녀는 꽃 한 송이를 손에 받자 후다닥 놀라

자리에서 일어났다. 석규도 꽃을 들고 유진의 앞에 서서 줄서기에 끼었다. 유진은 석규의 귀에 대고 조그맣게 말했다.

"너의 돌아가신 엄마에게 바치는 기분으로 꽃을 바치자."

"우리 엄마가 아닌데요?"

"그렇지만 저승에 가서 너의 엄마에게 네 얘기를 해주실지도 모르잖니?"

"에이, 권사님은 나쁜 사람이구, 엄마는 천당에 계시는데요?"

하며 석규의 맑은 눈동자가 반짝반짝 빛났다. 석규의 말소리가 어찌나 컸던지 앞뒤에 있는 교우들이 미소를 지었다. 유진은 다급하게 그의 귀에 대고 말했다.

"그래, 그렇지만 예수께서 다 용서하셨다. 저 관 위에 십자가가 있지?"

"십자가는 나문데……."

"나무 대신 꽃으로 했잖니? 선생님이 나중에 설명해줄게."

석규는 금방 고개를 끄덕였다.

헌화가 끝나고 마지막 순서로 찬송가였다.

며칠 후 며칠 후 요단강 건너가 만나리.

유진은 교인은 아니나 이 찬송가만은 더러 남의 영결식 때에 불러서 한 구절도 빠짐없이 부를 수 있었다. 기독교에서는 죽으면 요단강을 건너고 불교에서는 삼도천(三途川)을 건넌다 하니, 이승과 저승을 가르는 것이 강이라는 점은 두 종교의 공통 사상 같다.

유진은 어머니가 10여 년 전 꿈 얘기를 한 것이 기억에 되살아났다. 어느 날 어머니는 그녀의 집에 점심 후에 들리셨다. 그날이 바로 어머니가 돌아가기 사나흘 전이었다.

“그 참 이상도 하다. 돌아가신 너의 아버지가 엊저녁 꿈에 보였는데, 우리는 함께 손을 잡고 어디론가 갔었어. 한참 가니까 큰 강이 흐르더라.”

유진의 나이 서른 되던 해 봄이었던가. 유진은 강이라는 말에 가슴이 덜컥 내려앉았었다.

“그래서, 어머니, 그 강을 건너 가셨어요?”

하고 유진은 사뭇 소리를 질렀다. 그 강이 삼도천임을 직감했기 때문이다. 어머니의 눈빛도 불안과 회의로 조금 가라앉아 있는 것 같았다. 어머니는,

“아니, 나는 못 건넜는데 아버지는 기슭까지 함께 가시고는 어디로 가셨는지 안 보이더라. 그때 난 꿈에서 깨었다.”

유진은 어머니가 꿈 얘기 중에서 무엇인가 숨기고 있는 것 같아서 조바심이 났었다. 강을 건너신 것을 감추신 게 아닌가? 아니, 건너셨다면 이미 돌아가셨겠지. 어쩌면 아버지와 그 강기슭에서 무엇인가를 기다리고 있었는지도 모른다. 나룻배라든가…… 만일 그런 것들이 온다면, 어머니도 조만간 돌아가시는 게 아닐까 하고 안절부절못했었다. 돌아가신 아버지가 어머니를 모시러 온 것이다! 어떡허나 어떡허나…….

불교 신자도 아니면서 그때 삼도천만은 왜 그토록 철석같이 믿었는지! 아버지가 어디론가 가버리고 어머니만 홀로 이쪽 기슭에 섰다 하더라도 그 꿈은 심상치 않았다. 평소 혈압이 높은 어머니의 안색은 그날따라 유달리 창백했었다. 만일 어머니가 곧 돌아

가신다면 지금 나는 어떻게 할까? 좋은 음식을 사드리고 깜짝 놀랄 만치 좋은 의복을 사드릴까? 보석을 사드릴까? 함께 여행을 떠날까? 불타의 말을, 예수의 말을 함께 들을까? 좋아하시는 음식을 대접할까? 좋은 시를 함께 읽을까? 업어드릴까? 지압을 해드릴까, 내 곁에서 못 떠나도록 두 손을 꼭 붙들고 있을까……!

어머니가 영원히 사시지 않는다는 것쯤 너무도 잘 알고 있으면서도, 진작 이런 마음을 한 번도 지금처럼 다급하게 갖지 않았던 후회가 가슴을 난타했었다. 어머니 안면의 혈관들이 검푸르게 보이는 것이 염려스러워서 유진은 어머니에게 그 어떤 것을 해드리기 전에 주치의를 먼저 찾았다. 혈압이 정상이 아니면 움직이는 것은 위험하니까. 어머니의 혈압은 그때 최하가 130, 최고가 240이었다고 유진은 기억한다. 주치의가 손을 저으며,

"절대 안정입니다."

하고 약을 처방해주었다. 정규적으로 먹는 약에 그 약을 더 드시라고 했다.

'돌아가시는구나!'

유진은 순간 생각했다. 그 생각은 벼락처럼 꽝 하고 뒤통수를 쳤다. 그녀는 현기증을 느꼈다. 오빠도 아버지도 먼저 세상을 떠나고 유진은 출가해서 어머니는 수진과 함께 살고 있었다. 유진이 병원에서 곧바로 그녀의 집으로 가자고 했으나 어머니는 막무가내였었다. 집에 도착하자마자 유진은 이부자리에 억지로 어머니를 눕도록 했다. 어머니는,

"늘 높은 혈압인데 뭘 그렇게 유난을 떨고 있니. 일어나서 앉겠다."

했다. 그러면서도 어머니는 일어나지 못하는 것 같았다. 괴로웠던

것이다. 어머니는,

"내가 죽으면, 수진이 잘 돌보아주어라."

그것은 어머니의 유언이었다. 유진은,

"그런 말씀 마세요. 왜 돌아가세요. 아직도 머셨는데!"
하며 어머니의 팔을 가만가만 주무르기 시작했다. 어머니는 팔다리 마사지를 좋아했었다.

"당장이 아니라도 언젠가는 죽겠지. 그리고 대구댁이 너의 외할머니처럼 굴지 못하게 해라. 어디까지나 외할아버지의 소실이야. 게다가 수절한 것도 아니다."

이것도 어머니의 유언이었다. 미혼인 수진과 대구댁, 즉 평소 밉던 손정임만이 어머니의 사후에 염려되는 일인 듯했다.

"네, 아무 염려도 마세요."

유진은 대답했다. 그 손정임도 죽고 그녀의 영결식 마지막 순서의 찬송가는 지금 3절까지 불리고 있었다.

……며칠 후 요단강 건너가 만나리……

영결식은 끝났다. 오 현도사가 일어서서 유진 앞에 오더니 말없이 합장을 했다. 그녀의 전신은 감사하다는 말 이상의 말을 하고 있는 것 같았다.

유진은 아무도 권하지 않았는데 영구차에 올라탔다. 석규도 당연한 듯이 유진의 옆자리에 앉았다. 그 자리는 유족의 자리였다. 그들은 저절로 손정임의 유족이 된 셈이다.

봄

교회에서 선정한 묘소의 지하 2미터쯤 밑에 정임의 관은 안치되고, 흙이 덮여 묻혔다. 정임의 일생은 그것으로서 이제 완전히 끝났다.

교회 묘지를 내려오다가 유진은 잠시 멈추어 서서 사방을 둘러보았다. 이쪽 얕은 산은 온통 무덤이다. 재래식 봉분도 있고 서양식 평형(平形)도 있다. 비석의 크기와 형태도 가지각색이다. 그러나 그 밑의 시체들은 다 같은 것이었다. 어떤 시체도 모두 누워 있고, 조금씩 썩으며 해골이 되는 것이다.

유진은 저 아래의 한길과 건너편의 우람한 산의 연봉들을 보고 또 하늘을 보았다. 천지는 마냥 고요했다. 왠지 큰 한숨이 나왔다. 그녀는 돌아서서 한 번 더 정임의 무덤에 고개를 숙이고 다른 회장인들과 함께 공동묘지를 내려갔다. 이제 회장인들의 임무는 끝난 것이다.

봉분을 다듬고, 떼를 심고, 비석을 세우는 것은 산역꾼의 일이었다.

'대구댁, 잘 가시오. 훨훨 잘 가시오.'

하는 말이 유진의 가슴속에서 우러나왔다. 땅속에 묻어놓고 훨훨 시원스럽게 가라고 하는 것은 아무래도 영혼이 있다는 것을 무의식중에 인정하고 있는 증거가 아닐까? '편히 잠드시오' 혹은 '편히 가시오' 따위는 무신론자의 말은 아닐 것이다. 만일 그들에게 조문(弔文)이 있다면 '너는 죽었다'여야 할 것이다.

유진이 이런 생각을 하며 내려가는데 석규는 내내 한마디도 없이 그녀의 손을 잡고 걸었다. 그의 죽은 어머니 생각이 나는 것일까? 아무리 가난했어도 어떻게 해서든지 그녀의 시체도 땅속에 묻혔을 것이었다. 석규가 세 살 때의 일이니 매장 시의 기억이 남아 있는지. 너무 어려서 어쩌면 매장할 때 입회도 하지 않았는지. 유진은 그것을 묻지 않고 대신 그에게 이렇게 물었다.

"석규야, 권사님께 천당 가서 너의 엄마 만나시거든 너 잘 있다고 전해줍시사고 빌었니?"

석규는 시무룩하게 말했다.

"아니요."

"왜 안 그랬을까?"

"별루예요."

"별루라니? 무엇이 그럴까?"

별루라는 말이 신통치 않다는 뜻으로 요즘 아이들 사이에 통하기 때문에 유진은 혹시 어린 석규가 벌써 천당이라는 것을 의심하는가 싶어 흥미로웠다. 그러나 석규의 별루는 전혀 다른 뜻이었다.

"잘 있지 못해요."

석규의 대답은 사뭇 어른의 말투다. 유진은 얼른 대꾸할 말을 몰랐다.

"연탄 내가 방바닥에서 자꾸만 나와서 문을 열고 자니까 방은 굉장히 추워요. 집주인이 방세 올리려고 야단이라고, 할아버지가 은행나무 속에서라도 사는 수밖에 없다고 하셨어요. 은행나무를 한쪽만 조금 파내면 우리 둘은 살 수 있을 거다, 하셔요. 조금 파내도 나무는 죽지 않는대요."

유진은 겨우 말했다.

"그 운다는 은행나무 말이지?"

"네, 그 나무가 이 동네에서는 가장 크대요. 굴을 파면 지금 방보다 클 거래요."

다람쥐며 토끼 들이 큰 나무 속에서 사는 동화의 삽화를 유진은 연상하고 콧등이 찡해짐을 느꼈다. 그 연민의 정의 종이 한 장 뒤는 불길 같은 분노였다.

'빈곤 때문에 인간이 그토록 생존의 위협을 당해야 하나? 팔십이 넘은 노인과, 겨우 세상에 나와서 6년밖에 안 되는 어린이…….'

유진은 인구의 팽창이며, 무자원이며, 오랜 역사의 경제 등한시 등등의 원인을 알고는 있으나 납득할 수 없는 분노는 가라앉지 않았다. 유진은 말을 잃고 석규의 손만 쥐었다 놓았다 했다.

석규의 외증조할아버지 강 노인의 아들은 일제 때에 강제 징용당해 가서 죽고, 그 아들은 6·25 때 죽었다. 그는 아들과 그 손자를 희생당했다. 그리고 손녀가 낳은 외증손자인 석규와 살며 이 나라에 발 뻗고 잘 데가 없어, 500년도 더 됐다는 은행나무에 굴을 파서 살려고 한다는 것이다. 강 노인은 언젠가 요즘은 배급도 있고 일거리도 있어서 배고픈 적은 없다고 했으나, 그의 말대로 전세에 죄진 것이 많아 그만이 그토록 기박한 팔자인가? 유진은 정임의 유산을 거절한 것이 후회스러웠다. 그 몇억을 석규에게 줄 것을…… 그때는 왜 석규 생각을 하지 못했던가? 결벽증에 융통성은 용납되지 않는가?

오 현도사는 유진에게 정임의 삼우제 날 만나자고 했다. 유진도 승낙했다. 도사는 유진이 삼우제에 의당 오리라고 믿었던 모양이었다.

석규와 헤어질 때 유진은 그의 뺨에 뺨을 비벼주었다. 그러고 1000원짜리 지폐 한 장을 주면서 말했다.

"석규야, 맛있는 것 사먹어라."

석규는 고개를 절레절레 흔들며 말한다.

"할아버지한테 혼나요."

"김 선생이 주는데 할아버지가 화내실까?"

석규는 활짝 웃고 고개를 끄덕였다. 그는 1000원 지폐를 받아서 반을 접어서 손에 꼭 쥐며 갔다.

유진이 집 가까이 가니까 대문 앞에서 영숙이 돌아서 오고 있었다.

"안녕하세요?"

하니까 영숙은 후닥닥 놀라며,

"안녕하세요, 지금 댁에 갔다가 안 계셔서……."

하며 무엇인가 우물거렸다. 한동안 안 보는 사이 영숙은 더욱 수척해졌으나 표정에 맑은 기가 있었다. 전에는 없었던 표정이다. 명상심령회인가에 다녀서 그럴까? 뭔가 자아와 싸운 흔적도 짙

다. 영숙은,

"저, 김 선생님, 저하고 심령회에 가보시지 않겠어요?"

한다. 않겠어요, 가 아니라 가달라고 하는 의사가 뚜렷했다. 유진은,

"네, 한번 가보지요."

했다. 그러고 급히 집 안으로 들어갔다.

유진은 결심하고 전화의 다이얼을 돌렸다. 오 현도사는 바로 나왔다.

유진은 정임이 살던 집을 그녀에게 주려고 고집하지 말고, 석규가 살도록 해줄 수 없을까 하고 부탁했다. 도사는 주저 없이 말했다.

"좋습니다. 좋은 일에 쓰이니, 대구댁의 혼도 안심할 겁니다."

"명의도 석규의 이름으로 변경해주십시오. 그리고 저는 오로지 조언자에 불과하다는 것을 명심해주십시오. 유산은 손정임 권사에게서 도사님에게, 도사님에게서 곧장 석규에게 가는 것입니다."

하며 유진은 정임의 유산이 그녀와는 무관하다는 것을 강조했다. 전화를 끊고 나니 어서 석규에게 알려주고 싶어서 유진은 바로 집을 나섰다. 정임이 살던 집은 유진도 도사도 소유권을 거절한 상태로 줄곧 비어 있었다.

전화를 끊자 갑자기 후드득 비가 쏟아졌다. 유진은 우산을 받쳐 들고 빗속을 석규의 무허가 집을 찾아 산을 향해서 올라갔다. 봄이 와서 꽃들이 피기 시작하자 비 오고 바람이 세게 불었다. 겨우 피기 시작한 꽃들이 어쩔 수 없이 땅에 떨어져버렸다.

비바람에 우산이 하마터면 부러져 날아갈 것 같다. 유진은 두 손으로 우산을 움켜쥐었다. 우산이 흔들릴 때마다 우비가 흠뻑흠

빽 젖었다. 산의 흙이 튀어서 그녀의 종아리에 더덕더덕 붙었다. 그러나 그녀는 속으로 경쾌한 노래처럼 말하고 있었다.

'집 없는 작은 새야, 이제는 대궐에서 살게 됐다. 축복한다.'

그녀는 한시 빨리 석규가 이사할 수 있도록 걸음을 재촉했다. 산을 오를수록 바람은 한결 거세지고 빗줄기는 세찼다. 유진은 몇 번이나 멈추어 서서 우산대를 움켜잡았다. 자칫하면 우산이 송두리째 날아갈 것 같다. 우산의 살은 두 개만 남고 모조리 부러져서 꺾인 살이 흔들리며 머리를 찔렀다. 그녀는 그나마 찌그러진 우산을 받쳐 들었으나, 머리며 우비를 빗줄기가 씻어 내렸다. 산길의 흙은 미끄럽고 질퍽거렸다. 그녀는 속으로 뇌었다.

'남을 돕는 일처럼 어려운 것도 없을 거야!'

빗속을 뛰어나온 것이 이제 후회스럽기도 했다. 아무것도 하지 않는 사람은 편안하다. 고기압과 저기압의 이동이 있으면 기상에 변화가 이는 것처럼 아무런 움직임이 없는데 천둥 번개가 칠 리도 없다. 선이건 악이건 행하는 사람에게는, 비록 그 결과가 다르고 심리 과정에 천지의 차이가 있다 하더라도 일은 일어난다. 일에는 고통이 따르기 마련이다. 그 고통을 무릅쓰니 '물에 빠진 사람 건져 주니까 내 보따리 내놓으라' 한다던가? 얼마나 많은 사람이 선의의 대가로 오죽 쓰라린 배신을 안겨 받았으면 그런 속담마저 있을까? 유진도 그런 속담을 알고 있었다. 그러나 지금 석규에게 집을 주고 싶은 일념으로 후에 올 결과에 대해서는 상상할 여유가 없었다.

산정 가까이 오자 바람이 멎고 빗발도 가늘어졌다. 유진이 올라온 길을 되돌아보니까, 오르기 힘겨웠던 산길은 겨우 300미터 쯤이다.

'비바람 때문에 그랬지. 별것도 아닌 거야. 내친걸음이니까…….' 하며 그녀는 스스로를 격려했다.

드디어 대문도 담도 없는 집이 여남은 채 산재해 있는 것이 보였다. 이 조그만 산이 어느 내려오는 부호의 별장이라 했다. 20세기 초엽에 남에 3만 석, 북에 3만 석을 가진 손꼽히는 부호였다는데, 쌀의 단위의 위력을 현대에 사는 유진은 알 수가 없었다. 그러나 남산과 문필봉이 보이는 산정에 독일인의 손으로 벽돌 2층을 짓고, 정원에는 온 세계의 기화요초가 경염하고, 수영장을 만들어서 여름이면 수영을 했다니, 보릿고개 때면 굶어 쓰러진 백성이 많았던 옛 시절에 그 부의 두드러짐을 대개 짐작할 만했다.

그 벽돌 이층집은 지금 뿌연 비안개 속에 저만치 보였다. 그것은 19세기 말경의 서구식 건축양식인데, 낡을 대로 낡아서 선 채로 고스란히 속에서 바스러지고 있는 것 같다. 사람이 살지 않는지 유리창은 거의 깨어져서 없고 창틀도 없었다. 열대성 식물이었을 듯한 기화요초라는 것은 흔적도 없고, 아름드리 큰 잣나무며 소나무가 대여섯 그루 서 있을 뿐이다. 소문난 정원수는 한창 값나갈 때 누가 파내어 팔았는지도 모른다. 수영장에는 쓰레기가 쌓여 있었다.

벽돌 2층 뒤에 허름한 집이 여남은 채 서 있었다. 2층을 둘러싼 정원의 구조로 보아 행랑채의 위치가 아니다. 주인 없는 터라 멋대로 지은 집임이 완연했다. 그 속 어느 방 한 칸에 석규와 강 노인이 살고 있을 것이다.

옛날에 부자는 으레 주색, 아편, 도박, 감투욕, 투기 등으로 망해서 부가 2대를 계속하기 어렵다는 것이 통념이었다. 화무십일홍이니 10년이면 강산도 변한다느니 하는 말도 있는 것처럼, 부자가 망하는 원인이 개인의 그러한 행위에도 달려 있겠으나, 권세며 돈에 지속성이 없다는 것은 불안정한 사회상을 뜻하기도 한다. 이 별장의 주인은 4대째 내려오는 부자이니, 대대 주인의 단단한 생활철학이며 부에 대한 관념 등이 변하는 세태에 잘 적응한 능력을 높이 평가받았을 만도 하다. 그러나 해방 후 삼팔선이 생기자마자 북의 3만 석이 당장 날아가고, 토지개혁이 되자 남에 있던 3만 석도 없어지고, 6·25 후에는 식구가 모두 이민을 갔다던가? 재물도 사람도 없어진 셈이다. 4대째의 딸이 몇 년 전에 별장에 다녀갔었는데, 상속세가 어마어마한데다가 사려는 사람도 없어서 딸은 낡은 벽돌집을 쳐다보며 한숨만 쉬었다던가. 이런 사연은 이웃이며 행상들이며 약수터객에게서 유진이 단편적으로 들은 것들이었다.

어린 손자와 노인이 사는 특수한 가구라 석규의 집은 쉽게 찾을 수 있을 것 같아서 유진은 맨 앞에 있는 집을 향했다. 그러자 벽돌집 모퉁이에서,

"누구요?"

하고 남자가 소리를 치며 나왔다. 그 소리에 놀랐는지 잡종 개가 맨 앞집 툇마루 밑에서 요란스럽게 짖었다. 빈집들인지 누구 하나 문을 열고 내다보지도 않았다.

"강 노인이라구, 어린 손자하고 사는 댁이 어딜까요?"

하며 유진은 남자를 관찰하며 우산 속에서 물었다. 검은 가죽 잠바를 입은 남자의 눈은 검고 험상궂게 생겼다. 삼십대로 보이는 그는 자칭 관리인이라는 그 김 씨인 성싶었다.

"왜 그래요? 대낮에 집구석에 있으면 누가 밥 먹여준답디까?"

통명스럽게 대답하며 그는 다가왔다. 당장 싸움이라도 걸어올 것 같은 말투다. 집이 어딘가 묻는데 엉뚱한 대답이 나와서 유진은 얼른 다음 말을 못 이었다. 그때 노파 특유의 깡마른 음성이 유리가 한 칸만 달린 판자문을 조금 열고 흘러나왔다.

"누구 찾아요?"

"석규라는 아이를 찾는데요."

"아, 그 똘똘이가 집에 붙어 있을라구? 할애비보다 먼저, 새벽부터 쏘다니는데?"

어조가 다를 뿐 노파나 김 씨나 동문서답은 매 한가지였다. 유진은 이상한 사람만 사는 곳인가 하고 생각하며,

"집이 어딜까요?"

하고 재차 물었다. 목소리는 주름투성이의 이마와 눈만 내밀었다.

"집이 어디 있어? 저기 저 뒤로 가면 창고가 있어. 그 옆에 붙어 있지."

하고 문을 소리 내어 닫았다.

유진은 감사합니다 하고 닫힌 문짝에 대고 인사를 하고 장옥(長屋)처럼 붙은 집을 돌아서 뒤로 가보았다. 집 뒤쪽은 좀 더 높은 언덕이었다. 창고는 바로 보였다. 창고 벽에 조그만 판잣집이 붙어 있었다. 문도 없는 부엌에는 연탄난로 위에서 들통 뚜껑이 수증기로 덜컥거리고 있었다. 유진은,

"할아버지! 석규야!"

하고 불렀으나 대답이 없다. 펜도 종이도 없어서 편지를 적어둘 수도 없었다. 하는 수 없이 그녀는 되돌아 나왔다. 김 씨가 처음의 그 자리에서 허리에 한 손을 짚고 버티듯이 서 있었다. 그 자세 채

로 줄곧 그녀의 거동을 관찰했던 모양이다. 그는,

"왜 그래요? 석규 찾아서 무엇 할려고 그래요?"

하고 불쾌한 듯이 소리를 쳤다. 유진도,

"누구시지요?"

하고 빗속에서 소리를 쳤다. 김 씨는 유진의 모습을 아래위로 훑어보며,

"난 여기 주인이오. 왜, 석규네 방세라도 물어줄라고 그래요?"

유진의 가슴에서 울컥 무엇인가 치밀었다.

"석규네가 집이 생겨서요. 그걸 알려주려고 왔는데……."

"얼마짜린데요? 고놈의 노인네! 돈 없다고 궁상을 떨면서 제 갈 곳은 딱 봐둔다니까!"

김 씨는 한 발자국 앞으로 나왔다. 당장에라도 주먹이 나올 것 같은 기세다. 유진은,

"돈은 안 내도 될 거예요. 집만 보아주면."

"어디로 가거나 밀린 집세 5만 원 내놓지 않고는 재미없을 거라고 하슈."

하며 김 씨는 삿대질을 하며 선 채 소리를 쳤다. 들볶을 대상이 없어지는 것이 돈보다도 더 아쉬운 것도 같다.

자칭 주인이라는 김 씨는 별장의 3대째 주인의 운전수의 아들이다. 이민 간 4대째의 주인의 운전수였던 사람한테 별장의 관리를 맡긴 증서도 물론 없었다. 그러나 별장의 뒤채에서 살고 있었던 김 씨가 주인과의 유일한 연고자였다 할까. 주인이 없어지자 관리한다고 외인 출입을 금하고 처음에는 집 안팎 청소도 했는데, 차차로 돈을 받고 무허가 집을 짓게도 하고 집세도 받으면서 별장

의 폭군으로 군림했다.

서울 장안에 자가용이 열 대도 못 되었을 무렵의 자가용 운전 기술을 가졌던 것에 대단한 자부심을 가졌던 아버지 김 씨는 몇 해 전에 죽었다. 아들 김 씨는 고등학교를 나왔는데, 취직도 할 수 있었고 상업도 할 만한 돈쯤은 있었는데 오로지 그 무허가 집을 찾아드는 극빈자에게 방세 독촉이나 하며 그의 아버지처럼 이 핑계 저 핑계로 시비 걸어서 들볶는 재미에 맛 들였는지 술 마시고 행패 부리는 일로 소일했다. 오죽 없으면 남의 터 가지고 사람 볶으며 사는 놈한테 굽실거리겠는가, 하고 한탄하던 강 노인의 말이 생각나서 유진은 김 씨에게 적의를 느꼈다. 유진은 잠자코 김 씨 앞을 돌아서서 노파의 소리가 나던 판자문 쪽으로 갔다. 노파는 한 칸 딸린 유리창으로 밖을 내다보고 있었는지, 유진이 다가가자 이내 문을 조금 밀어서 얼굴을 반만 내놓았다.

"왜 그래요?"

하고 노파는 주름이 내리덮인 뿌연 눈을 치켜떴다. 유진은 석규나 강 노인이 오면 아랫동네의 김 선생 집에 급히 오도록 전해달라고 부탁했다.

"글쎄, 내가 정신이 오락가락해서……."

노파는 맨입을 씹으며 대답했다. 귀도 눈도 기능이 정상인데 기억력만은 비정상인지? 유진은 종이와 연필이 혹시 있는지 물어보려다가 단념하고 돌아섰다.

비는 어느덧 씻은 듯이 멎고 서쪽 하늘이 구름 사이로 붉게 물들었다. 어언 저녁이었다.

'이번에 올라온 것은 완전 실패다' 하고 유진은 생각하며 별장

구내를 나가려는데 강 노인이 낡은 플라스틱 판자를 말아서 어깨에 메고 올라왔다. 비닐로 모자처럼 접은 것을 머리에 쓰고 있다. 그 비닐 끝에서 빗물이 뚝뚝 떨어지고 있었다.

"석규 할아버지!"

하고 유진이 위에서 불렀다.

"어이구, 귀한 분이 이런 데에……."

하며 강 노인은 급하게 올라오려다가 몇 걸음 뒤로 미끄러졌다. 언덕길이 좁아서 유진은 위에서 기다리는 수밖에 없었다.

"조심하세요, 할아버지."

언덕을 올라오자 노인은 짐을 내려 세우고, 머리의 비닐을 벗어서 고인 빗물을 털었다. 그는 정녕 놀란 듯이,

"웬일이십니까, 김 선생님?"

한다. 유진은 덮어놓고,

"할아버지, 집 있어요!"

하고 한 발자국 다가갔다. 그녀의 얼굴에는 기쁨이 넘쳐흘렀다.

"우리 서외조모 집 아시지요? 그리로 이사 가세요. 당장 가실 수 있어요!"

그러나 강 노인은 잠자코 눈만 깜박거리며 한참 동안 유진을 바라보았다. 유진은 그가 반기지 않는 것 같아 여태껏 내닫던 기분이 급브레이크를 밟은 듯이 충격을 받으며 멈췄다. 그녀는 속으로 짚이는 게 있어서,

"그 집 주인이 흉하게 죽었지만, 더구나 죽은 지 얼마도 안 되고…… 그렇지만 이런 데서 저런 사람 보며 사는 것보다 낫지 않을까 해서……."

그녀는 어느덧 머뭇머뭇 변명투로 변해 있었다. 강 노인은 후우 하고 한숨을 내쉬었다. 그는 팔을 천천히 내두르면서 눈 아래 시가를 가리켰다. 아득히 아래 시가에는 크고 작은 갖가지 모양이며 여러 가지 빛깔의 지붕이 촘촘히 박혀 있었다. 가느다란 길에는 여러 종류의 차들이 장난감처럼 달리고 있었다. 그 시가를 먼 산들이 껴안듯이 둘러싸고 낮은 산이 군데군데 뻗어 나와 있다. 서울이 산에 싸인 아늑한 분지임이 실감났다.

"선생님, 저기 저 많은 크고 작은 지붕을 보십시오. 100년이 넘은 집도 있고, 지금 막 짓고 있는 집도 있습니다. 저 집들 중에서 사람이 죽지 않은 집이 어디 있겠습니까?"

그는 한숨을 길게 뿜었다.

"사람이 살려고 집을 짓지만, 실상 죽을려고 짓는 거로구나 하고 저는 생각이 들 때가 많습니다. 살아 있을 때는 저 집 속에 있고, 죽으면 저 산에 있지요. 죽으나 사나, 다 같은 고장에 있는 게 아니겠습니까? 허허."

유진은 강 노인의 말에 깜짝 놀랐다. 그것은 가난하고 무식한 노인의 주름 잡힌 목에서 나오는 말이라고 믿기 어려웠다. 몇백 년이고 몇천 년을 살아온 대목(大木) 같은 것이 생과 사의 증언을 하는 듯했다. 사람이 죽지 않은 집이 없다는 강 노인이 사람이 살 수 있는 정임의 집을 꺼려 할 리는 없었다. 그런데 왜 그는 대뜸 가서 살겠노라 하지 않고 생과 사를 말하며 우회하는가? 유진은,

"할아버지, 이사 안 하시겠어요?"

하고 재촉하듯이 물었다. 어느 사이엔가 그들 뒤에 바싹 다가와 있던 김 씨가,

"빨리빨리 밀린 것 내놔요!"
하며 그들의 앞으로 돌아 나왔다.

"조금만 기다려주구려. 꼭 주기는 줄 테니까."

"한 달에 2만 원짜리 방이 이 세상 천지에 어디 있어요? 싸면 싼 줄 알고 고맙게 여겨야지."

김 씨는 팔꿈치에 끼었던 팔을 풀고 강 노인에게 삿대질을 했다.

"딱한 노인한테 너무 그러지 말아요. 주겠다지 않습니까, 며칠만 기다려보세요."

유진은 속에서는 "제집도 아닌 주제에 고약한 자식……!" 하고 쏘아주고 싶었으나 참으며 부드럽게 말했다. 김 씨는 다짜고짜 유진의 어깨를 꽉 움켜쥐었다.

"이게 어디다 대고 상관이야, 상관이! 상관 말고 돈이나 내놔!"

강 노인이 깜짝 놀라며 김 씨의 손을 쓰다듬어 풀며,

"내 잘못이여. 내가 돈 없는 탓이지. 나도 이제 억대가 넘는 집에서 살게 되었다네. 아무리 그 돈 못 갚겠어? 하도 놀라워서 꿈인가 생신가 해서 지금 이 어른께 가겠다 안 가겠다 대답도 못 하고 있네그려. 아이구, 이게 꿈인지 생신지……."
하며 하늘을 쳐다보다가 고개를 땅에 떨구고 한숨을 쉬었다. 그의 눈에 이슬이 고여 흘러내렸다.

"억대 집이라구?"
하며 김 씨는 눈을 부릅떴다.

"그렇다우. 부촌 바닥에서도 100여 평이 넘는 양옥이여!"

김 씨는 콧구멍을 벌름거리며 숨결이 거세졌다.

"억대건 천대건 내 알 바 아니잖아요? 나한테 그 반을 주겠어요? 그 반의반을 주겠어요? 나는 내 것만 받으면 된다구. 두 달 이자까지 붙여서 내놔요. 억대 부자가 그것도 못 해요?"

그의 어세는 전보다 한결 거세졌으나 그의 몸속으로는 김이 빠지는 것 같았다. 강 노인을 짓누르는 구실이 빈곤이었는데 그 구실이 없어지니까 맥이 빠지는지. 강 노인은,

"죽을 때까지 갚을 것은 갚고 죽겠어. 내 사정 자네가 잘 알지."

했다. 강 노인은 정임의 집 방 한 칸에서 그저 살 수 있다 해도 돈이 한꺼번에 5만 원이 생길 턱이 없는 것을 알고 있어서 큰소리도 못 치는 것 같았다.

김 씨는 갑자기 누런 눈동자를 가늘게 뜨고 눈망울을 옆으로 돌리며 헤헤하고 비굴하게 웃었다. 음성도 가늘어졌다.

"할아버지 사정이 어때서? 억대 집에서 살게 된 사정 말이오."

그는 피하듯이 2층 쪽으로 걸어갔다. 강 노인은 그의 뒷모습을 눈으로 좇고 있다가 혼잣말처럼,

"몹쓸 녀석! 비실거리는 꼴은 고약한 꼴만도 못하네."

하며 혀를 끌끌 찼다. 유진은,

"정말이에요, 사람이라면 체면이 있지. 그렇게 염치 불고하고 표변할 수가……."

했다. 강 노인에게 돈이 있을 듯하자 표변하는 김 씨가 불쾌하기 이를 데 없었다. 강 노인은 유진의 우비 어깨에 김 씨가 묻힌 손때 자국을 털며,

"선생님, 죄송 천만입니다. 저 같은 놈 보살펴주시다가……."

한다. 유진은 김 씨에게 어깨를 움켜잡혔을 때의 분노가 되살아났

다. 그녀의 어조에 가시가 박혔다.

"남의 집 가지고 세놓는다고 고발하시지 그렇게 당하고만 계셨어요?"

"고발하면 그놈이야 혼나겠지만, 쫓겨나면 우리는 어디로 갑니까? 그저 없는 것이 원수지요. 다 제 탓입니다. 제가 전세에 죄 많아서 자식 잃고 손자 잃고, 돈 없고. 그런데 어느 신령의 은덕으로 선생님을 만나서……. 그저 석규 녀석 열 살 때까지만이라도 육신 움직여서 벌어 먹일 수 있게 합시사 하고 아침마다 약수터에서 천지신명께 축수드렸는데. 선생님 감사합니다."

강 노인은 두 손을 합장하듯이 모으며 유진에게 허리를 굽혔다. 유진은 깜짝 놀라서 뒤로 물러섰다. 그녀야말로 남의 것으로 생색내는 격인데……. 그녀는 산길을 내려가며 집이 비어 있으니까 지금이라도 석규가 오면 이사하라고 말했다. 강 노인은 정임의 장례 때 그 집에서 일을 도와주어서 그 집을 잘 알고 있을 것이었다. 그녀는 손정임의 유산 상속자가 석규라는 것도 말하려다가, 아무리 좋은 일이라 하더라도 그쪽의 의사를 들어보는 것이 옳을 것 같아, 우선 거처가 급하니까 이사 먼저 시키고 볼 일이라고 생각했다. 강 노인은 배웅한다고 하며 비탈길을 먼저 내려갔다.

"석규 녀석은 또 교회에 처박혀 있는 모양입니다. 해가 저물어야 오지요."

"그렇게 예수를 믿나요?"

"예수가 무엇인지 알기나 하겠습니까. 찬송가 부르고 난로도 피워져 있으니까, 집보다 따뜻하고 사람도 웅성웅성하니까 좋은 거지요. 눈만 뜨면 그저 교회로 가지요. 교회도 여러 군데 쏘다니는 모양이에요. 혹시 나쁜 짓이나 배워 올까 해서, 저 몰래 호주머니 같은 것 털어보아도 동전 한 닢 없습니다. 에미 애비 없고 돈도 없는데 나쁜 짓이나 배우면 그 팔자가 너무 기구하지 않겠습니까."

유진은 나쁜 행위를 하는 것을 기구한 운명으로 생각하는 강 노인의 사상이 흥미로웠다.

"나쁜 짓 하는 것도 운명에 있어야 합니까?"

"그렇지요, 누군들 지옥에 가고 싶겠습니까? 악귀가 들러붙어 그러는 거지요."

"악귀요?"

"그렇지요, 마음이 단단하지 않으면 악귀가 붙습니다. 멀쩡히 착하던 사람이 갑자기 나빠지는 일이 있지 않습니까? 왜 그렇겠습니까? 악귀가 붙어 그런 것이지요."

"할아버지는 그런 생각을 언제부터 하셨던가요?"

"언제부터라니요? 저희 할아버지의 할아버지의 또 그 할아버지 때부터 내려오는 말이지요."

유진은 잠자코 고개를 끄덕였다. 그의 조부는 산지기며 농부였을 것이다. 조선조 때 사람이니 가난한 천민 계급이었을 것이다. 그들은 그들을 핍박하는 악인을 악귀가 붙은 악운의 사람이라 보고 오히려 불쌍히 여겼을까? 그 관용의 사상은 저항할 수도 탈출할 수도 없는 처지를 체념하기 위한 동기였을까? 가난도 불행도 타인의 탓으로만 보고 타인을 저주하고 적대시하는 사람과는 너무도 대조적이다. 유진은 한마디를 더 물었다.

"기구한 운명의 악인에게는 당하기만 하나요? 싸워서 이길 생각은 안 하시나요?"

"다 때가 있겠습지요. 예부터 내 원수는 남이 갚아준다고 하지 않습니까? 그 남이라는 게 신령입니다. 천지신명이 사람을 통해서 나타나서 원수도 갚아주고, 나쁜 놈이 꺼꾸러지기도 하는 것이지요."

유진은 무언가 깊은 것을 강 노인에게서 배운 것 같았다.

그녀는 산길을 거의 내려왔을 때 잠시 멈추어 서서 눈 아래 시가를 내려다보았다. 시가는 이미 어두워지고 있었다. 초봄이라 이내 밤이 될 것이다. 산 위에서 볼 때에는 지붕뿐이었는데, 지금은 지붕 밑으로 벽들도 조금 보인다. 그러니까 아까처럼, 살아서는 집에 있고 죽으면 산에 있는 것이라는 강 노인의 말이 실감 나지 않는다. 이렇게 해서 사람들이 모인 속으로 들어가면 생활과 두루뭉수리가 되어 눈앞만 보이지, 죽음도 삶도 깊이 생각해볼 겨를은 없는 것이려니 하고 그녀는 생각했다.

우비 속에 털옷을 두 겹씩 입었으나 비도 맞고 저녁이 늦으니까 유진은 한기를 느꼈다. 몸이 떨렸다. 산길을 내려서자 그녀는 집까지 바래다주겠다는 강 노인을 굳이 사양했다.

유진이 한길에서 서쪽을 향해 가는데 동쪽 언덕 쪽에서 "예수 사랑하심은……" 하는 석규의 노랫소리가 들렸다. 찬송가가 군가처럼 씩씩하다. 강 노인이 뭐라고 나무라는 소리가 들렸다. 필경,

"요 녀석, 예수고 나발이고 빨리빨리 집으로나 와! 캄캄해지면 어쩔려고 그래, 옹? 요 녀석아!"

하는 말이 애정과 연민이 응어리진 가슴속에서 터져 나왔으리라고 유진은 생각하며 가슴이 뭉클해졌다.

유진은 식욕이 없고 미열이 있었다. 상준은 체온계가 37도 4부

를 가리키자 화를 내며 소리를 버럭 질렀다.

"이보다 열이 더 올라가면 문제야. 남을 도와주는 것도 좀 더 지적(知的)으로 해요. 비 맞아가면서 그 산까지 올라갈 건 뭐야? 더구나 그 무지막지한 놈한테 반말짓거리 당하면서. 응?"

김 씨가 강 노인에게 딱딱거려서 유진이 노인에게 너무한다고 했더니 "이게 어디다 대고 상관이야, 상관이! 상관 말고 돈이나 내놔!" 하더라는 말 끝에 유진은,

"동정심도 염치도 전혀 없었어요. 같은 민족 같지 않습디다. 완전히 이방인이었어요."

했었는데, 상준은 아내에게 무례했던 김 씨가 꽤는 괘씸했던 모양이었다. 유진은 말했다.

"할 수 없어요. 선비도 미친개한테는 물린다지 않아요?"

"문제의 핵심은 미친개가 아니야. 당신이야. 남을 도와주겠다는 그 생각이 주제넘고 건방지지 않아? 저는 무엇이 든든하다구? 도와줄 생각 말고 남의 도움을 받게 되지나 말게 당신 자신이나 가꾸어요. 선불리 박애심이라는 것 있는 척하지 말라구. 저 먹을 것 남겨놓고 박애심 베푸는 것 위선이야."

하고 상준은 유진을 쏘아보며 소리쳤다. 유진은 누워 있다가 상반신을 일으키며,

"박애정신이니 무슨 사상이니 하는 것은 나중이에요. 감정이 먼저예요. 가엾으니까 도와주고 싶은 거지. 도울 수 있는데도 외면하는 것은 죄악이에요. 비겁자라구!"

하고 남편 못지않게 소리쳤다.

"두고 봐, 이제 후회할 때가 있을 테니까. 예부터 떡을 줄려면

숫제 개한테 주라고 했어."

"아니에요. 착한 끝은 좋고, 악한 끝은 무섭다고 했어요. 당신은 한국인이 아니에요? 그렇게 흔한 속담도 모르게!"

유진도 지지 않고 상준의 말을 받아쳤다. 그녀는 몸은 나른한데 신경이 솟아올랐다. 열이 조금씩 올라가는 것 같았다. 비를 맞아서 감기가 드는 모양인지.

그녀는 더치기 전에 아스피린이라도 먹어둘까 하고 일어나려는데 전화가 왔다. 상준이 수화기를 들더니 기분 나쁜 듯이 유진에게 넘겨주었다. 유진이 전화를 받아보니까 영숙의 낮게 가라앉은 음성이 나왔다.

"김 선생님."

"영숙 씨세요?"

"야채 시장 가셔서 많이 사셨어요?"

그녀는 유진이 시장 간 것을 잊지 않고 있었다.

"네, 그냥 조금 샀지요."

"저……"

영숙은 조금 망설이다가 묻는다.

"혹시 저의 그이 거기 가지 않았습니까?"

"네? 아니요!"

유진은 영숙이 그녀의 남편과 유진의 사이를 아직도 의심하고 있는 것 같아 신경이 확 솟아올랐다.

장 박사가 밤에 그녀의 집을 방문한 적은 없었고, 물어보려면 먼저 전화를 받은 상준에게 물어볼 일이지 일부러 유진에게 전화를 바꾸게 해서 물어볼 것은 뭐람! 영숙은 장 박사와 유진이 함께 있는지 의심한 게 확실했다. 그녀는 전화를 끊자 갑자기 오한이 나며 전신이 떨리기 시작했다. 고열이 되는 것 같았다. 그녀는 추워서 이불을 목까지 덮으며,

'오늘 석규한테 공연히 간 것 같다. 비나 멎으면 나설걸…….'

하고 생각하는데 장 박사의 뜨거운 눈빛이 머릿속에 떠올랐다. 그러고 그녀는 바로 의식을 잃었다.

"전화입니다. 국장님, 여성인데요."

하며 부국장이 수화기를 넘겨주는 것을 남기철은 씩 웃으며 받았다. 유진에게 전번에 부탁한 수필 원고가 써졌다는 것일까. 『햄릿』 번역이 끝났나? 하며,

"여보세요."

하니까 뜻밖에도 영희의 목소리다. 영희가 남편의 직장에 결혼 후 10여 년 동안 전화를 건 적이 있었던가 하고 생각하니, 무슨 다급한 일이라도? 하며 기철은 순간 당황했다.

'다급한 일이 있을 턱도 없지. 아이들이 있어 어떻게 됐을 리도 없고, 도적맞을 별다른 재산이 있나, 영희의 그림도 아직 도난당할 만한 물건도 못 될 테고…….'

기철은 여유를 가지고 응답했다.

"웬일이시지? 안 여사께서."

"국장님의 옛 애인이 위독하시다 해서 알려드릴려구."

하며 그녀 역시 남편을 국장님이라고 타인처럼 부른다.

"뭐, 뭐라구?"

영희는 소리 내어 웃었다.

"그것 봐요, 아닌 척하고 있으면서도 놀라시지."

"아니, 옛 애인이라 해서 놀랐지. 옛 애인이라면 안영희 씨일 테니까."

하고 여전히 농을 섞으나 기철은 유진이 어떻게 된 것인가 하고 덜컥 긴장되었다. 영희는 정색하며 말했다.

"급성폐렴인데 오늘 밤이 고비래요. 당신 가보셔야지요."

"그걸 어떻게 알았지?"

유진이 결근해서, 교감이 집으로 전화를 해서 알았다 한다.

"그런데 병원에서는 면회 사절이래요. 위독한가 보아요."

영희의 음성이 가라앉았다.

"체! 요즘 세상에 폐렴으로 죽는 사람이 어디 있어?"

"죽는 데 특별한 이유가 있어야 하나요? 자다가 죽는 사람도 있고, 체해서 죽기도 하는데."

그것도 그렇다. 기철은,

"모든 길은 로마로 통한다고 했지만, 모든 병은 죽음으로 통한단가?"

"농담할 때가 아니에요."

"농담이 아니야. 어차피 죽음이란 급행을 타느냐, 완행을 타느냐, 도중하차하느냐, 아니면 아직 승차를 하지 않느냐는 차이야."

"당신, 충격이 크신가 봐, 미처 그 정도인 줄은 몰랐어요. 어서 가보세요. 그런 일반 철학론 같은 것 억지로 펴내고 있지 말구. 위급하대요. 어서어서……."

하며 영희는 전화를 끊으려고 한다. 기철은 당황해서,

"여보, 여보, 오해하지 말아요. 쇼크가 크다는 건 무어요? 그 정도인 줄 몰랐다는 건 또 뭐요?"

영희는 유쾌한 듯이 웃었다.

"당신은 그렇게 하지 않으면, 허리가 의자에서 안 일어날 사람이에요. 정말 위독이에요. 가보아요. 사랑했었지 않어? 지금도 그럴걸."

"그래, 그래, 그런데 유진 씨 진짤까?"

"정말이라니까요. 학교에서 몇 분이 병문안 갔다가 되돌아왔어요. 면회 사절이래요."

"면회 사절이면 나라구 무슨 수로 면회가 되지?"

"담당 간호사나 의사더러 애인이라구 해요. 꼭 보아야 한다구."

"굿 아이디어!"

기철은 소리를 높였다. 그는 유진의 위독이 실감 나지 않았다. 유진이 죽는다니 웃기지 말아! 하고 속으로 고개를 저으며,

"당신은 가볼 생각 없어?"

"가봐야지요."

"만나서 같이 갈까?"

"제삼자가 있으면 서먹서먹하지 않을까요? 애인들끼리니까."

영희는 남의 일처럼 말한다. 기철은 그녀의 말을 어떻게 받아들여야 할지 몰랐다. 정말 내가 유진을 열렬히 사랑하고 있는 줄 알고 그러는가? 아니면 다만 친구인 줄 알고 있기 때문에 여유가 있는 걸까.

"애인이라니? 장난하지 말아요. 사람이 죽게 되었다는데……."

"당신이야말로 이런 때에 쓸데없는 신경 쓰지 말아요. 어서 가보세요 후회하게 되면 어떡헐려구?"

"알았어, 알았어."
하고 기철은 전화를 끊었다. '별난 여자야' 하고 그는 속으로 말하며 옷걸이에 걸어둔 윗도리를 입었다. 그는 옆 테이블의 부국장에게,
"아내의 친구가 위독해서……."
하며 자리에서 일어섰다.
기철은 승강기까지 천천히 걸어갔다. 그러나 승강기에서 내려서 거리로 나오자 갑자기 조바심이 났다. 그는 택시를 급히 세워서 병원으로 향했다.
'오늘 밤이 고비라구?'
의외로 유진이 죽을지도 몰랐다. 하기야 유진도 사람이니까 죽기는 언제라도 한 번 죽겠지만……. 달리는 택시 속에서 창밖을 보고 있노라니 갑자기 기철의 머릿속에 이십대 때의 일이 떠올랐다. 그날 눈이 펑펑 내리고 있었던 것 같다. 책가방을 머리에 얹고 걷다가 양산을 쓰고 가는 여학생이 있어서 달려가서 우산 속으로 들어갔다.
"실례합니다."
"천만에요."
유진은 그를 보지도 않고 대답했다.
"몇 학년이시지요? 무슨 과세요?"
하고 기철은 연거푸 물었다. 유진은 또박또박 간결하게 대답했다. 기철은 말했다.
"실례지만 성함을 물어봐도 될까요?"
"김유진입니다."

유진은 서슴지 않고 대답했다. 대개 이름을 물으면 여학생들은 묻는 사람의 이름부터 밝히라고 하는데 그녀는 그를 아예 묵살했다. 기철은 묻지도 않는데 굳이 제 이름을 밝히지는 않았다. 그러나 자존심이 약간 깎이는 것 같아서 한 방 놓아주려고 말했다.

"그런데 한 번도 학교에서 못 보아서 청강생인가 했지요."

"이 학교에 청강생 제도가 있던가요? 청강이 아니라 가짜든가 도강생이겠지요!"

하며 유진은 비로소 그를 뻔히 보았다. 네가 바로 가짜 학생이나 도강생이 아니냐는 것 같은 눈빛이었다. 재학생들은 도강생이니 가짜라는 신분으로 오해받기는 달갑지 않다. 정면으로 보니 그녀의 눈빛은 총명하고 품위 있고 깨끗한 인상을 풍겼다. 기철은 뒤통수를 긁으며 말했다.

"졸업반이라 강의에 매일 안 나오니까 수선화 같은 여학생도 미처 못 보았나 보아요. 실례했습니다."

"수선화는 제 양산의 무늬예요."

하며 유진은 고개를 앞으로 돌렸다. 그녀의 얼굴은 영원히 그의 쪽으로 돌려지지 않을 것 같았다. 그러고 보니 그녀의 연둣빛 양산에 보라와 노란 수선화 무늬가 있었었다. 사람을 보고 연상한 것이 고작 양산에서 본 것이냐 하고 이미지의 빈곤을 비웃는 것도 같았다. 더구나 문과 졸업반이라는 주제에……. 그러나 유진이 풍기는 이미지는 아무래도 맑은 물속에 싱그러이 핀 수선화 바로 그것이었다. 그토록 야무지게 쏘던 유진이 겨우 40세가 넘자 죽는다니…… 그것도 페니실린 한 대면 낫는다는 폐렴이라는데……. 도저히 실감 나지 않았다. 유진이 막상 그의 눈앞에서 숨을 거두고

눈을 감는다 해도 그는,

"장난하지 말아요. 그런 장난은 천당에나 가서 하라구."

하고 웃을 것만 같았다. 성격이 느려서인지 낙천적이어서인지, 현실이 매사 절박하게 느껴지지 않는 습성 때문인지 기철은 유진이 상준과 결혼한다고 했을 때에도,

"놀리지 말아요."

라고 했었다. 말로 맹서하거나 약혼을 한 사이는 아니었으나 그녀가 분명히 자기를 사랑한다고 믿고 있던 터였다. 거의 20년이나 되는 얘기다. 유럽 일주를 하고 몇 달 만에 왔더니 그녀는 그렇게 변해 있었다. 충격은 컸으나 이미 엎질러진 물을 어떻게 할 것인가? 그는 고작,

"취소 안 돼?"

라고 했던가? 가슴속 한구석에서 무엇인가가 와르르르 소리를 내며 무너지는 것 같았다. 다만 그뿐이었다. 그러고 그녀가 결혼한 후에도 계속 사귀었는데 가장 친한 친구 사이라 할까. 분명 지금은 뜨거운 애인 사이는 아니다.

그것을 짐작하는지 영희는 곧잘 자연스럽게 "당신의 옛 애인"이라고 유진을 불렀다. 지금 유진이 위독하다고 어서 가보라는 것도, 그들 사이가 특별한 것이 아님을 알고 하는 것도 같고, 제삼자는 피하겠노라고 하는 것은 유진의 임종 때에는 기철이 가면을 벗으리라고 생각해서 피한다는 것인지. 그 어느 쪽이거나 영희는 보통 통념의 아내와는 전혀 다른 데가 있었다. 남편을 설혹 사랑하지 않더라도 남편이 딴 여성을 사랑하는 것은 싫어할 법도 한데……. 기철은 거기까지 생각하고, 영희에게 애인이 있다면? 하

고 자문했다. 애인이 있을 것 같지도 않으며 있다 해도 질투 비슷한 감정 따위는 더구나 상상도 안 된다. 오래 함께 생활을 하다 보니 내외가 비슷해진 것인지?

'우리들 사이에는 자식이 없구나!'

유진과 처음 만났던 20년 전의 대학생 때의 회고가 현실로 돌아와서 자식이 없는 데서 멎었다.

'아이들은 있었으면 좋았겠으나, 없어도 괜찮지.'

사람이 처참하게 죽어가는 수도 있으니, 그보다는 차라리 낳아주지 않는 것이 낫다. 인구가 팽창해서 인류가 자멸할 지경이니 나만이라도 인류 생존을 위해 갖고 싶은 것쯤 참아야지…… 기철은 평소 자식에 대해서 그렇게 생각하고 있었다. 그러나 가끔 아이가 없는 것을 새삼스레 문득 깨닫는다. 남들은 자식이 없는 외로움은 늙을수록 안다고도 하고, 자식들도 커서 둥지에서 날아가 버리면 그만이라고도 했다. 기철은 못 낳은 것을 다만 깨달을 뿐이다.

'오십이 넘어서 낳는 사람도 있으니까, 영희도 그럴려는가? 원래 별난 여자니까…….'

기철이 그런 생각을 하는데 택시가 병원 구내에 들어섰다. 순간,

'아내의 허락 아래 옛 애인의 임종을 보러 간다?'

하는 생각이 기철의 머리를 스쳤다.

'그것은 신파조의 대사고, 아내의 재촉으로 우리의 가장 친한 벗의 임종에 간다가 옳지.'

비로소 그의 가슴에서 큰 한숨이 후 하고 흘러나왔다.

'김유진이 죽는가?!'

기철은 입퇴원계에 유진의 입원실을 물었다. 병원 현관은 사람으로 붐볐다. 엘리베이터도 붐벼서 세 번 만에 겨우 탔다. 9층에서 내려서 유진의 병실에 가보니까 과연 '면회 사절'이라고 안내 패가 붙어 있었다. 가슴에서 뜨거운 것이 쿵 하고 내려앉는 것 같았다. 그는 간호사실로 급히 갔다.

"931호실 환자는 중탭니까?"

하고 그는 책상에서 무엇인가 쓰고 있는 간호사에게 물었다. 간호사는 들리지 않는지 대꾸가 없다.

"저, 여보세요. 면회 사절이라고 붙어 있는데, 저는 가까운 친척이라……."

기철은 카운터 안으로 들어가서 책상 앞에 서서 말했다. 간호사는 귀찮은 듯이 말했다.

"지금 산소마스크하고 있는데 들어가면 무엇 하세요?"

"그렇게 위독하다면 더욱 들어가보아야 하겠는데요?"

간호사는 들리지 않는지 입을 다문 채 무엇인가 쓰고 있다. 기철은 간호사 카운터에서 나와서 유진의 방으로 갔다. 위독하다는데 면회 허락 같은 것 받으러 다니니 고지식하다 할까 둔하다 할까, 그는 스스로 짜증이 났다. 그는 노크도 하는 둥 마는 둥 조그맣게 하고 도어를 안으로 밀고 고개만 우선 내밀었다. 상준과 중년 신사 한 사람이 보호자 의자에 앉아 있다가 기철을 보자 일어섰다.

기철은 상준에게 눈으로 인사를 하고 침대에 가만히 다가섰다. 산소호흡기가 유진의 얼굴을 반 이상 가리고 있고, 내리감은 눈등과 이마는 창백했다. 기철은 시트 밖으로 나온 그녀의 손을 잡으려다가 말았다. 상준이 잡았기 때문이다.

"얼굴빛이 훨씬 나아졌어요."

상준이 나직이 말했다. 기철은,

"폐렴으로……."

하고 말끝을 흐렸다. 어떻게 해서 폐렴을 이때까지 버려두었는지 안타까웠다.

"급성입니다. 옛날 같으면 어림도 없지요. 이 사람은 고생도 사서 하고 병도 사서 앓아요!"

상준은 격해서 어조가 높아질 때마다 스스로 눌렀다.

"그 뭐, 그 딱한 노인하고 그 손자 아이한테 집 얻어준다구 그그저께 비를 쫄딱 맞고 산꼭대기까지 올라갔다 오더니…… 그런데 그놈의 노인네는 와보지도 않아요. 아이도 노상 교회에 가자고 살살 꼬시러 오더니 들여다보지도 않아요. 저희네 때문에 이 사람은……."

죽게 되었다는 말은 차마 못 하는 것 같다.

"그러니까, 나는 이 사람의 인간애니 뭐니 하는 것이 싫어요. 몇십 년 집이 없던 사람에게 억대나 되는 집을 주니까 싹 그만 나타나지도 않지 않아요? 그러기에 기를려면 차라리 개를 기르라고 했지 않습니까."

상준은 속 타는 듯이 미간을 찌푸리며 기철에게 하소연했다. 기철은 유진의 또 다른 면을 처음 들어서 뭐라고 말해서 상준을 위로해야 할지 몰랐다. 장 박사가 늠름한 체구를 의자에서 일으켰다. 그는 침착하게 낮은 소리로,

"그 새집으로 아직 이사도 안 했다고 했어요. 아까 오 현도사라는 분이……."

하고 상준의 기억을 되살렸다. 상준은,

"참 그랬지요. 새집이 싫으면 싫어서 이사를 못 가겠다고 해야지, 이쪽에서는 다 준비를 하고 있는데 어째서 제 사정만 알고 남의 사정은 생각할 염도 안 내는가 말입니다. 도대체가 틀렸어요. 남 돕는다는 것부터가……."

하다가 상준은 "참" 하며 장기호 박사와 남기철을 소개했다.

"A신문의 편집국장 남기철 씨, K대학 교수 공학박사 장기호 씨."

두 사람이 악수를 하고 나자 상준은,

"장 박사는 약수터 친구구, 남 국장은 유진의 대학 때부터의 친구입니다."

라고 했다. 두 사람은 고개를 끄덕이며 말없이 인사했다.

간호사가 들어와서 산소마스크를 떼었다. 유진은 호흡곤란으로 창백해졌다가 호흡이 정상으로 되니까 얼굴이 벌게졌다. 38도가 넘는 고열 탓인 듯했다. 유진은 잠들어 있는지 인사불성인지 눈을 뜨지 않았다. 깨끗한 살결이며 입모습, 코, 이마, 뺨…… 대학생 때의 바로 그 얼굴이나, 어딘지 티 없이 발랄하던 빛이 흐려진 것은 연륜 탓인가? 폐렴 탓인가? 기철은 유진의 앓으며 잠들어 있는 얼굴을 보며 20년 가까운 세월이 소리를 내며 부리나케 머릿속을 달려감을 느꼈다. 유진과는 참 오랜 사귐이었다. 그녀도 그도 학생 때보다는 나이 들고 있었다. 우정이건 연정이건 혹은 다만 인간애건 뚜렷이 구별될 수 없는, 믿는 사람끼리의 사귐이었다. 그녀와는 영원히 믿는 사이일 것 같았다. 어쩌면 사랑하는 아내 영희보다도 더 짙은 신뢰의 사이일지도 모른다.

'나아요, 제발 어서 나아요!'

하고 기철은 속으로 뇌었다. 상준은 그녀의 얼굴에 가만히 귀를 대어보더니 안심한 듯 손짓으로 기철과 장 박사에게 나가자고 했다.

세 사람이 입원실 밖으로 나오자 상준은,

"고맙습니다. 괜찮을 겁니다. 호흡곤란은 오늘은 지금 한 번뿐이었으니까. 의사가 좀 전에 다녀갔는데 괜찮을 거라 했어요. 의사 말을 믿어야지요."

하는데, 어서 가라는 것 같다. 아내의 자는 모습을 다른 남성에게 보이기 싫은지. 기철은 아까 유진의 손을 잡으려 했을 때 상준이 먼저 얼른 잡던 것이 기억되어 그렇게도 생각이 들었다. 설마 남녀가 함께 손잡고 춤도 추는 세상인데 새삼스럽게 그럴 리는 없을 것 같으나, 어떻든 상준은 기철들을 병실 밖으로 내보내고 싶은 눈치가 완연했다. 상준도 피로해 보였다.

기철은 유진이 겨우 인공호흡기를 떼었으나 언제 다시 호흡곤란이 올까 불안했다. 아무도 없는 사이에 호흡곤란이 와서 급한 일은 안 일어날는지? 그저께 자정부터 거의 만 서른아홉 시간이 지났는데도 저 정도이니 위독한 것이 아닐는지? 하나 유진은 상준의 아내였다. 기철이 꼼짝 않고 곁에서 지켜줄 수도 없고, 하물며 이러쿵저러쿵 간섭할 처지도 아닌 완전한 타인이었다. 그는 상준에게 말했다.

"피로하시면 연락하세요, 교대로 합시다."

"그럭허지요. 고맙습니다."

하며 상준은 두 사람의 등을 껴안듯이 밀면서 승강기 앞까지 갔다.

기철은 영희에게 병원에 올 것 없다고 전화를 하려고 장 박사와 병원 현관에서 헤어졌다. 기철은 훤칠한 키에 이목구비가 남성답게 잘생긴 장 박사가 주차장으로 가는 뒷모습을 보고 공중전화기 쪽으로 걸어갔다. 기철은 상준이 육체적으로 피로해 있는 데 비해서 장 박사는 무엇인가 내적으로 깊은 괴로움이 있는 것을 첫눈에 감득했던 것이 이제 생각났다.

'유진을 연모하는가?'

하고 생각하는데 차례가 왔다. 그는 집으로 전화를 걸었다. 신호는 가나 받지 않는다. 영희가 이미 떠난 모양이다. 기철은 현관 밖으로 나와서 잠시 멈추어 서서 담배를 꺼내어 물었다. 유진 위독의 전화를 받고 한 시간 동안 그의 생각은 지난 20년의 세월을 오갔고, 또 생과 사가 무엇인가를 조금은 다가서서 생각해본 것 같다.

늦봄 오후의 햇살은 눈부셨다. 벚꽃이 수없이 몽우리 져 있고 더 배시시 피려는 모습도 아름답다. 이제 곧 일제히 만개하리라. 저편 담 밑은 개나리가 한창이다. 기철은 담뱃불을 끄고 한동안 멍하니 섰다가 이윽고 택시 스탠드를 향해 걸었다. 그때,

"기철 씨!"

하고 영희가 뒤에서 부르며 옆으로 다가섰다.

"유진 씨 어때요? 괜찮아요?"

꽤는 걱정스러운 낯이다.

"모르겠어. 산소호흡을 하고 있는데, 괜찮을 거래."

"당신을 알아보아요?"

"그것도 모르겠어. 계속 눈 감고 있으니까 자는지, 의식불명인지. 그러니까 영희도 올 것 없다고 전할려고 전화했는데 받지 않더군. 언제 왔지?"

"제가 오니까 당신이 막 엘리베이터에서 나오던데요."

"그래서 잠자코 내 동정을 살폈구먼?"

"물론이지요, 자살이라도 하면 어떡해."

하며 영희는 짓궂게 웃었다. 기철은 한 팔로 그녀의 어깨를 덥석 껴안았다.

"그렇게라도 할 처지가 되고 싶은데?"

"저 봐, 당신은 감정이 무뎌요. 그래서 옛날에도 유진 씨가 이 사장한테로 달아난 거예요. 느리고 뜨뜻미지근하니 말이야."

"아니, 이번에는 나도 간절했어. 이미 죽었다면, 죽은 손이라도 잡을려고 했는데……."

"안 죽어서 못 잡았어요?"

"아니, 영희보다 더 무서운 파수꾼이 지키고 서 있잖아?"

영희는 소리 내어 웃었다.

"당신은 정말 소심해. 이 사장이 그걸 이해 못 할 것 같았어요?"

택시 안에서 영희는,

"차는 어떻게 하셨어요? 급하면 잊어버리는 버릇이 있지요. 유진 씨의 일이라 당신도 뭐니 뭐니 해도 급했나 봐."

한다. 기철은 그녀의 말을 듣고 비로소 자가용 차를 회사에 세워 둔 채 택시를 탄 것이 생각났다. 급할 때가 아니라도 잊을 때는 많으나 그는 잠자코 웃었다. 유진의 용태가 걱정되었으나 나에게는 역시 제삼자에 불과한 것인가 하고 그는 생각했다. 좋아서 사귀고 또 아무리 애틋한 연정이 있다 하더라도 큰일에 부딪치면 그녀의 남편이 직접 책임자고 남은 남에 불과함을 그는 솔솔이 이는 찬 바람처럼 느끼고 있었다.

형식이 감정을 좌우하는지, 감정이 형식을 좌우하는지. 앞의 경우는 감정이 씻어 없어져 무사하게 될 것이고, 뒤의 경우는 감정이 넘쳐서 형식의 둑을 무너뜨릴 것이다. 그것은 사건이리라…… 이렇게 생각하는데, 장기호 박사의 근심스러운 눈빛 속에 깔린 뜨거운 무엇이 다시 그의 뇌리에 떠올랐다. 기철은 택시에서 내리자,

"유진을 사랑하는 사람이 난 줄 알았더니 그게 아니구, 딴 남성이야. 문젠데?"

했다. 영희는 대뜸,

"지지 말아요."

한다. 기철은 영희가 너그러운 것인지 그를 모욕하는 것인지 알 수가 없다.

"내가 정말 딴 사람을 사랑한다면 어떡하지?"

"응원해드리지요."

그녀는 무엇이든 마냥 자신 있고, 그래서 마냥 즐거운 것 같다. 아니, 어쩌면 마냥 즐거워서 마냥 자신이 있는가?

기철은 신문사 앞을 지나치고 있는 것을 깨닫지 못했다. 영희가 평소 기발한 말은 잘하는 줄은 알고 있었으나, 아무러면 부부간에 이런 대화를 자연스럽게 진행시키는 것은 납득이 가지 않았다.

"당신은 나를 도대체 어떻게 생각하지?"

"당신요? 당신은 내 남편이고, 세상에서 제일 좋은 남자."

하며 영희는 갑자기 심각한 표정이다. 그러고,

"당신, 정말 소심해. 남녀 간의 연정쯤이 무엇이 그리 대단한 거라구."

했다. 기철은 얼른 대답이 나오지 않았다. 영희는 차 한잔 함께하

자는 기철의 제의를 거절했다. 어느 화상과 만나기로 했다 한다.

"운이 좋으면 파리에서 개인전 갖게 될 거예요. 예술 할 바에야 무대는 세계라야지. 그렇잖아요?"

영희는 호리호리한 뒷모습을 보이며 손을 흔들었다. 기철은 그녀가 지하도 쪽으로 가는 것을 보고 섰다가 머리를 흔들어보았다. 무엇이 무엇인지 전혀 모르는 것 같았다. 다만 얼떨떨했다. 영희에게 한참 휘둘린 것만 같았다. 아니, 유진에게 휘둘린 것도 같다. 아니, 일상생활의 모든 일에 휘둘려서 제정신은 궤도 밖에서 떠돌이처럼 이리저리 떠도는 것만 같다. 설악산의 어느 조용한 산장에라도 뚝 떨어져 가서 푹 쉬어보고 싶은 욕망이 강력하게 일었다.

'지지 말아요…… 응원해드리지요…… 남녀 간의 연정쯤…….'

영희의 말이 그의 머릿속에서 되풀이되었다. 여성 교제가 빈번한 직업인데도 결혼 후에는 그 어떤 여성에게도 특별한 감정을 느껴보지 못한 기철은 영희의 절대 자유의 사상이 광막한 들판에 그를 내던져서 오히려 스스로를 지키게 한 것도 같다.

'멋진 여자지…… 그러나 왜 아이를 못 낳을까? 그렇게도 좋아하는 아이를!'

기철은 갑자기 영희를 힘껏 껴안아주고 싶었다. 그녀가 아이를 낳도록 안아주고 싶었다.

기철은 신문사로 향했다. 문득 3년 전 파리로 가는 비행기 속의 일이 생각났다. 프랑스로 입양되어 가는 고아가 옆자리에 있었다. 1년 9개월 된 새맑은 눈동자가 둥그렇게 예쁜 사내아이였다. 비행기, 밥, 아빠, 엄마 정도의 어휘는 알고 있었다. 그의 보호자더러 쉬야도 한다고 알렸다. 그의 보호자는 유학 가는 길에 비행기 푯

값을 더느라고 임시로 보호 역을 맡아보는 거라고 했다. 생화학이 전공이라는 그 학생은 두꺼운 안경을 쓰고 있었는데, 어린이 보호가 서투른 것이 완연했다.

"삐에르!"

하며 안전벨트를 풀려고 하는 어린이에게 무서운 얼굴도 해 보이고 그림책을 주며 달래기도 하는데 어린이는 계속 이것저것 만지며 부스대었다. 삐에르! 하고 부르면,

"안냐(아니야), 진태야."

하며 학생의 안경을 벗기려고 했다. 진태에게는 입양선(入養先)의 서양 이름이 이미 지어졌는가 보았다. 국적도 프랑스인으로 되어 있는지도 몰랐다.

"삐에르는 장난이 심하다고 주의는 받았습니다만, 힘 드는데요. 양부모가 학자라는데 대단한 부자래요. 참 다행한 일입니다."

학생이 아는 것을 기철에게 일러주었다. 삐에르는 여자는 엄마, 남자는 모두 아빠라고 불렀다. 기내 안내양이 식사 서비스를 하면 "엄마, 밥, 밥" 하고 손뼉을 치며 웃었다. 기철을 보고 대뜸 아빠라고 불렀다. "아빠, 것 봐(저것 봐)" 하며 창밖의 구름을 가리켰다. 전등 스위치를 누르고는 기철의 턱을 추켜올려서 보도록 권하기도 했다. 식사 때에는 그의 빵을 하나 집어서 기철의 접시에 놓고는 "먹어" 했다. 두 손으로 머리 위에 토끼 귀를 만들면서 "산토끼 토끼야, 깡총깡총 뛰면서" 하며 노래도 거리낌 없이 큰 소리로 불렀다. ㄹ을 발음이 불완전했는데 그것이 더욱 귀여웠다. 그의 말랑말랑한 조그만 손이 기철의 손을 잡을 때마다 기철은 여태껏 느껴보지 못한 정감에 가슴이 째릿째릿하게 시렸다. 몰애(沒愛) 지경

에서 애인의 손을 잡았을 때의 감정과는 전연 다른 것이었다. 열애의 감정은 달고 뜨겁고 그러나 짧았다. 진태에게서 느끼는 애련한 정감은 샘물처럼 그칠 줄 모르고 솟아나는 것 같았다.

'나는 여자를 사랑할 줄 모르는 사람인가?'

하고 기철은 생각했다. 애인에게는 상대적이고 이기심이 작용하나 어린이에게는 무조건이어설까? 삐에르가 아니고 진태라고 우기는 그의 말랑한 고사리손에 기철은 몇 번이나 입맞춤을 했었다.

한국에서의 진태의 전 인생은 1년 9개월이었다. 그는 고아였다. 고아의 탄생은 많은 불행 중의 하나다. 그러나 진태는 사랑스러운 어린이였다. 긴 인생에서 2년간의 불행쯤 아무것도 아니지 않은가?

'이제부터는 행복해라. 영원히, 영원히.'

기철은 진태의 손가락 하나하나에 입맞춤을 하며 속으로 기도했었다. 이것이 내 아이였다면! 하는 생각도 머릿속에서 몇 번이나 맴돌았다. 진태가 자다가 혹은 부스대다가 하는 사이, 비행기는 열 시간여를 날아 드골공항에 도착했다. 진태는 보호자 대신 기철에게 안겨서 트랩을 내렸다. 공항 대기실에서 그를 마중 나온 프랑스인 양부모가 "삐에르!" 하며 반겼을 때였다. 진태는 갑자기 몸을 돌리더니 두 팔로 기철의 목을 감아 안았다.

"아빠!"

하고 한마디 부르고는 떨어지지 않으려고 두 팔에 힘을 주어 매달렸다. 어린 이마에 가득 진땀이 구슬처럼 송송이 배어 나오고 있었다. 기철의 목은 차차 조여지고 숨이 막혔다. 얼굴이 빨개졌다. 안면 혈관이 터질 것 같았다. 괴로웠다. 그러나 기철은 어린 손을 떼어낼 수 없었다. 어린이의 팔심도 결사적인 때에는 대단한 것이었다. 드디어 기철은 눈앞이 뿌옇게 보였다. 호흡도 곤란해졌다. 그는 반사적으로 진태의 팔을 목에서 떼어냈다. 진태는 풀린 손으로 기철의 옷깃을 움켜쥐었다. 마치 기철에게서 떠나면 바로 죽음인 줄로 아는 것 같았다.

비행기 속에서 처음 만나 불과 열 몇 시간의 정이 그토록 두터웠을까? 서양인이 두려웠을까? 스쳐 가는 나그네끼리라도 같은 나라 사람은 이국인보다 정들기가 수월한 법인가? 진태, 아니 삐에르는 지금은 몇 살쯤 되었을까. 산토끼 대신에 프레르 자크, 도르메부, 딩 딩동 딩딩동(Frère Jacques, Frère Jacques Dormez vous ? Dormez vous ? Sonnez les matines, Sonnez les matines, Ding ding dong Ding ding dong)…… 비음(鼻音)도 제법 토박이처럼 잘 내며, 맑은 목청껏 노래 부르며 컸을 거다. 잔디 깔린 예쁜 집에서 뛰놀고 있으려니…… 어쩌면 어디가 아파서 유진처럼 병원에라도…… 혹은 또 앓다가 이미 죽었을지도……?

기철은 고층 빌딩 앞을 돌아가다가 주춤 서서 왠지 가슴이 답답해서 길게 한숨을 토했다. 서쪽 하늘이 어느 사이 빨갛게 물들어 있었다. 소리 없이 잔구름이 흩어진 사이사이로 새파란 하늘이 보였다. 아름답구나 하고 그는 생각했다. 갑자기 어린 진태의 체온이 가슴에 와서 닿는 것 같다. 진태가 떨어지지 않으려고 목에 매달렸을 때의 느낌이 든다. 그 아릿한 정이 살을 저미는 것처럼 지금 아프다. 진태야! 하고 그는 속으로 한껏 불러보았다.

차량이며 사람이 붐비는 거리 한 모퉁이에 서서 기철은 담배를 피워 물었다. 고독감이 저리도록 전신을 후려쳤다. 이국 공항에서 살을 잘라내듯이 떼어놓고 온 어린 진태…… 그를 도로 안고 왔다면 어떻게 되었을까? 지금 이 시간에 유진이며 영희보다도 진태를 그리는 정이 더욱 강한 것은 연민 때문인가, 자식이 그리운 본능 탓인가?

기철은 천천히 담배를 끄고 걷기 시작했다. 삶이 무엇인지, 죽음이 무엇인지 오랫동안 생각해보지도 않았던 질문이 머릿속에서 고개를 들었다. 죽음이란 나와는 전혀 무관한 것인 것처럼 생각조차 하지 않다가, 사람들은 가까운 사람의 죽음이 있을 때에나 겨우 인간에게는 죽음이, 즉 삶에는 마지막이 있음을 한 번쯤은 깨닫는가 보다.

'유진은 죽을까?'

기철은 자문하고는 고개를 저었다.

'아직 죽을 것까지는 없지. 기왕 한번 죽을 텐데 하필 그 나이에 죽을 것은 뭐람! 더 산들 무엇 하는가? 위대한 인물이 되기 위해서? 죽기 전에 해탈을 하기 위해서? 아니지, 정든 사람들에게 슬픔을 주지 않기 위해서다! 그렇지 않아? 유진! 살아야 할 이유는 그 때문이야.'

기철은 자문자답하고 홀로 피식 웃었다.

'남 때문에 사는가…… 그렇다!'

기철은 한 번 더 하늘을 쳐다보았다. 머리 위 저 멀리 하늘이 있는 것이 기이한 감조차 들었다. 하늘이 있고 땅이 있는 것조차 의식하지 않으며 나날을 보낸 것을 깨닫고 그는 스스로 놀랐다. 저 하늘 아래 살다가 간 무수한 인간이, 혹은 동물이, 식물도 무생물까지도 그의 존재와 죽음의 의미를 생각해보았는지도 모른다. 누구든, 어느 존재든 그 해답은 그 나름대로 가졌으리라.

기철이 편집실로 들어갔을 때에는 기사가 넘어간 후여서 편집실은 빈자리가 많았다. 부국장 자리도 비어 있었다.

"차 한잔 하고 옵니다. '경복'에서."

하고 부국장이 그의 책상 위에 쪽지를 남겨놓았다. 기사를 넘기고 나면 누구나 일에 몰두했던 반동으로 차 한잔은 생각이 나는 법이다. 부국장은 행선지를 밝혀두기 때문에 일에 지장을 주지 않아 좋았다. 급할 때에는 바로 연락이 되기 때문이다.

기철이 자리에 앉자 전화가 왔다. 뜻밖에 유진이었다. 기철은 유진이 살아났구나 싶으니까 정신이 번쩍 나는 것 같았다.

"잠 깨었어? 방금 갔었는데, 깊이 잠들어 있던데?"

"감사합니다. 폐렴쯤은 뭐 어떨려구요. 그렇게들 걱정하셨어요?"

유진의 음성은 힘이 없었다.

"아까 같아서는 전화도 못 할 것 같았는데."

"열이 내렸어요 지금은 38도예요. 차차 내려가겠지요."

"평온되고 나서 전화라도 하지, 더치면 어떡헐려구. 그런데 유진이 어떻게 될까 보아 걱정하는 사람이 한 사람 더 는 것 같던데?"

유진은 그 말을 자연스레 받아들였다.

"장기호 박사 말이에요? 나도 그 사람 좋아해요. 남 국장만치나."

"비교급 쓸 것까지는 없어. 아주 멋진 남성이던데."

"매력 있지요? 이런 말도 솔직하게 할 수 있는 국장이 계셔서 나는 참 행복한 사람이지요."

"그럼, 친구라는 것은 누구보다도 좋을 때가 있어. 애인, 남편, 아내보다도 말이지."

유진은 잠시 망설이더니,

"국장님, 혹시 건강 나쁜 데 없으세요?"

했다. 기철은 소리 내어 웃었다.

"아니, 누가 누구 걱정을 하고 있어요?"

"지금 막, 잠인지 혼수상태인지 깨어나니까 꿈꾼 것이 기억이 나서 부리나케 전화드리는 거예요."

"염려 말아요. 유진이나 어서 나아요. 나는 워낙 느려서 천당행은 완행열차나, 아니면 꽁지로나 탈 테니까."

기철의 말에 유진은,

"그런 자신은 누구에게도 금물이에요. 국장님도, 나도."

"그야 그렇지. 자, 얘기가 너무 길어도 안 좋을 테니까, 평열 되면 다시 합시다. 그런데 꿈이 어떤 거였지? 내가 해몽해주지."

유진은 별것 아닌 것 같다, 신경이 과민해졌는가 보다 하며 얼버무렸다. 꿈 얘기를 하면 오히려 기철에게 충격을 주어서 공연한 불행을 부를지도 모른다는 생각이 들어서다. 그녀는,

"당분간 무리하지 마세요. 집에 일찍 들어가시는 게 어떨까요?"

라고만 했다.

유진의 꿈은 너무도 선명하게 머릿속에 남아 있었다. 영희가 파랗게 우거진 산을 가리키며,

"저기 저것이 그 사람의 새집이에요. 곧 그리 갈 거예요."

했다. 산 중허리쯤에 사람들이 집터를 닦고 있었다. 솔잎 냄새를 맡을 수 있을 만치 유진들은 산 가까이에 있었다. 몇 발자국만 더 가면 산길로 들어서는 위치에서 우뚝 선 채 그녀는 꿈에서 깨어났었다.

유진은 꿈에서 깨자 사방을 둘러보았었다. 산이 아니고 병실에 있는 것이 어리둥절할 만치 꿈은 뚜렷한 현실 같았다. 옷걸이에 상준의 윗도리가 걸려 있었다. 상준은 잠시 바람이라도 쐬러 나간 모양. 불길한 예감을 유진은 견딜 수 없었다. 팔에 링거를 꽂은 채 일어나서 앉았다. 기철의 산속의 새집이란 무엇을 암시하는가. 무덤이 아닌가? 틀림없다. 가슴이 마구 뛰었다. 그녀는 우선 기철에게 전화를 걸어보았다. 유진의 불안을 전혀 모른 채 기철은 아픈 데란 한 군데도 없다며 여전히 그 태평스러운 느린 말투였다.

꿈이란 두뇌 활동의 복합적 영상(映像)이며, 따라서 앞뒤도 맞지 않는 난센스라고 상준은 언제나 유진의 꿈 얘기를 일축해버렸었다. 그 말이 이번만은 옳았으면 하고 유진은 간절히 바랐다. 기철의 음성을 듣고 나니 다소 안심은 된다. 그러나 꿈에서 본 산이 머릿속에서 떠나지 않았다. 유진은 오 현도사에게 전화를 걸었다. 도사의 설로는 전세의 업보가 아니더라도, 현세의 생령의 저주도 워낙 극렬하면 주효하는 것처럼, 남이 남을 위해 정성껏 기도하면 화를 면할 수도 있다고 했었다. 그렇기 때문에 남에겐 악한 짓은 하는 게 아니라고. 남을 위해서가 아니라, 즉 나를 위해 적선하는 거라던가. 그리고 그것은 지극히 속세적이고 초보적인 불도며 인간의 도(道)라고 덧붙였었다.

도사에게 꿈 얘기를 하고, 해몽을 받고, 기철에게 필요하다면 유진은 물론 도사도 함께 기도를 드려달라고 청해보려는 속셈이었다. 도사의 기도는 좀 더 효과가 있을 것 같았다. 그러나 도사는 집에 없었다.

상준이 병실로 들어오며,

"괜찮아?"

하며 반겼다. 그는 덥석 소파에 눕다시피 앉았다.

"당신 큰일 나는 줄 알았어. 사흘간 난 한잠도 못 잤어."

"미안해요."

유진은 꿈 얘기를 했다.

"남 국장이 어떻게 되는 게 아닐까요? 걱정이에요. 우리에게는 좋은 친구였는데."

유진의 말이 끝맺기 전에 상준은 벌떡 일어났다.

"혼수상태를 겨우 면한 사람이 펄펄 멀쩡한 사람이 죽을까 염려하는 것을 어떻게 해석해야 하지, 응?"

하며 상준은 눈의 노기를 감추지 못했다. 펄펄, 멀쩡한……이란 말을 듣는 순간 유진은 그 꿈은 그녀 자신의 죽음을 계시한 것이 아닐까 하는 생각이 문득 들었다. 영희가 그 사람이라고 해서 그녀의 남편이라고 단정한 것은 현실에서 아내가 남편을 그렇게 부르기 때문인데, 꿈에서 그 사람이란, 더구나 계시에 있어서 그 사람이 하필 기철이라고만 풀이할 수는 없지 않나 싶었다. 그렇다면 그 사람이란 누굴까? 유진은,

'설마 내가…….'

하고 생각했다. 그러나 혼수상태에 빠진 채 깨어나지 못했다면 그것이 곧바로 죽음이었으리라. 그녀는 내가 죽을지도 모른다 하는

가능성에 놀랐다. 죽음에 직면하면 허무하리라고 생각했었는데 막상 그렇지 않다. 그 허무는 죽음을 수용할 마음의 준비가 완료된 사람이 두려워하지도 거절하지도 않는 위치에서 죽음과 대등하게 마주 섰을 때 비로소 터득하는 철학이 아닐까 싶다.

마음의 준비가 없는 유진은 허무감은 없고 다만 당황하고 불안할 뿐이다. 내가 죽으면 아이들은 어떻게 하나? 동옥과 동기, 겨우 고등과 학생인데……. 번역하다 만 것은 어떻게 할까? 인생 40여 년에 무엇 하나 이루어 놓은 것도 마무리된 것도 없었다.

"내가 죽으면 아이들 잘 부탁해요."

하고 유진은 유언이라 생각하고 겨우 말했다. 그러나 죽음이 실감나지는 않았다. 건강 상태가 절박하지 않기 때문이리라. 상준은,

"누가 죽으라고 했어? 제멋대로 죽고 제멋대로 하는 유언, 체! 들어줄 사람 없다구."

하며 화를 버럭 냈다. 유진의 죽음이란 상준에게는 상상하기도 싫은 일이었다.

죽음이란 원래 기슭을 향해서 아득히 먼 바다에서부터 남실남실 다가오는 파도 같은 것인지도 모른다. 기슭을 치는 파도는 아무도 모르고 있는 사이, 오래전부터 멀리서 이미 준비되어 있었던 것이다. 결코 갑자기 기슭을 치는 파도는 없다.

기철은 유진의 전화를 끊자 담배를 피워 물었다. 전신에서 힘이 빠져나가는 것 같다. 유진이 죽을까 보아 의식한 것 이상으로 긴장했던 모양이다. 편집실에 조명이 일제히 켜졌다.

"벌써?" 하고 시계를 보니까 5시가 조금 넘었다. 부국장이 스프

링코트를 벗어서 어깨에 걸치고 들어왔다.

"국장님, 다녀오셨습니까? 환자는 어때요?"

하는 그는 피로가 씻긴 낯이다.

"시원치 않아요. 혼수상태에서는 깨어났는데, 열이 아직 38도나 된다니까."

"혹시 옛날 애인 아니세요?"

기철은 싱긋 웃었다.

"그렇게 보여요? 되게 미쳤었는데…… 젊을 때 일이야."

부국장이 담배를 피워 물었다.

"국장님이 그런 때도 있었을까요?"

하며 못 믿겠다는 눈치다. 매사에 감정의 반응이 느린 국장님이…… 하는 것 같다. 기철은,

"로맨스가 있었다는 것 좋지요. 현재도 친구로 사귄다는 것은 더욱 좋지. 연애하는 것도 결국은 나를 가장 인간으로서 이해해주는 인간을 찾는 것 아닐까? 연정이건 우정이건, 다른 애정도 거기에 귀착하는 것 같아요. 인간애 말이지. 어쩌구저쩌구하는 애정도 다 수식어고, 뼈대는 믿고 의지하는 인간애야."

부국장은 싱글싱글 웃었다.

"국장님다운 결론이십니다. 목숨 걸고 치고받고 싸우기도 하는 연애도 인간애로 누그러뜨리시니, 허허."

"연애는 좀 급템포가 되기는 하지만, 그렇게 법석해가지고 얻으면 무엇 하나. 인생이란 긴 거요. 느긋이 생각하면 제풀에 다 좋게 귀결될 걸 가지구 말이지."

부국장은 기철과는 말이 안 된다는 듯이 손을 저으며 웃었다.

그러고,

"국장님, 제가 오늘 저녁 사겠어요. 옛 로맨스 얘기나 들려주세요."

하며 일어섰다. 기철은,

"그럴까요?"

하며 역시 일어섰다. 창밖이 캄캄했다. 부국장이,

"조금 전까지도 훤했는데, 봄의 해는 갑자기 팍 진단 말이야."

하며 혼잣말을 했다. 기철도,

"어, 이것, 6시도 안 됐는데……."

하며 시계를 보았다. 저쪽 책상에서 어느 기자가 그들이 만든 석간을 펼쳐 들며,

"제주도에 꽃소식."

하며 큰 소리로 읽었다.

"꽃은 피네, 꽃은 지네."

하며 누군가 소월의 시로 맞장구를 쳤다.

"어, 그 참. 봄도 이제 가는가" 하고 느릿하게 소리치는 기자가 있는가 하면 "한잔 살 거요? 응? 산다구?" 하고 힘찬 소리를 지르는 사람도 있다.

기철은 석간신문 한 장을 말아 들고 자리를 뜨는데 갑자기 가슴에 통증이 왔다. 몇 번 밭은기침이 나왔다. 그는 미끄러지듯이 편집실 바닥에 쓰러졌다. 부국장이 깜짝 놀라며,

"국장님! 국장님!"

하고 소리치며 그를 끌어안았다. 퇴근 중이던 편집실은 동요했다. 응급차를 부르는 소리, 들것을 가져오라는 소리가 뒤섞였다. 건장

한 젊은 기자가 문제없다며 기철을 등에 업고 승강기로 뛰어갔다. 응급차를 못 기다리고 승용차에 기철을 싣고 그의 부하들은 병원으로 달려갔다. 그 승용차 뒤로 기자들이 분산해서 탄 택시가 너덧 대 따라갔다.

응급실은 기철의 부하 직원인 기자들로 거의 꽉 차 있었다. 그러나 그 많은 사람들 중 누구 하나 그가 죽은 것을 아는 이는 없었다. 의사가,

"이미 운명하셨습니다. 20분쯤 경과했습니다. 심장마비입니다."

하며 돌아섰다. 기자들은 모두 어이가 없어 멍하니 서 있었다. 부국장이 비로소 기철의 맥박을 짚어보았다. 맥은 미동도 하지 않았다. 심장도 움직이지 않았다. 부국장이 울음을 터트렸다. 기자들도 훌쩍훌쩍 울기 시작했다. 기철은 쓰러지며 바로 절명한 것이다.

"아무리 이럴 수가! 이럴 수가!"

부국장과 몇몇 기자는 의자에 쓰러지듯이 털썩 주저앉았다. 허탈감이란 바로 이런 것이로구나 하고 부국장은 생각했다.

유진의 열은 조금 더 내려서 37도 2부였다. 저녁에는 열이 오르는 법인데 내리니까, 썩 좋은 상태라고 회진 왔던 담당 의사는 기뻐했다. 기철이 이미 불귀(不歸)의 객이 된지를 모르는 유진은 그녀의 병세가 호전되니까, 심상치 않은 그 꿈은 아무래도 기철에 관한 계시인 것만 같아 불안이 시간이 갈수록 더해갔다. 상준은,

"위독한 주제에 딴 남자 일 걱정하는 것 좋아하는 남편이 어딨어?"

하며 소년처럼 단순하게 화를 냈다. 상준도 기철의 죽음을 알 리

가 없다. 간호사가 취침 전 검열(檢熱)을 하러 왔다. 그녀는,

"보슬비가 내리기 시작했어요. 이제 꽃이 활짝 필 거라 해요."

하며 상긋 웃었다.

보슬비는 밤사이에 폭풍우로 변했다. 바람은 성난 듯이 병실의 유리창에 빗발을 퍼부었다. 그 소리 때문인지 12시가 넘었는데도 유진은 잠들지 못했다. "빨리 나아. 앓아누워 있는 것은 생의 낭비야" 하던 상준의 말이 생각났다. 그는 또 "병이라는 적이 있으니 인생이란 게 의외로 투쟁투성인데, 인간 간의 생존경쟁만 있는 줄 알았었지"라고도 했다. 그는 유진의 급성폐렴 때문에 무척 놀랐던 것 같다. 밤새며 간호하느라고 피로가 쌓여 보였다.

유진은 지난 사흘을 머릿속에서 정리해보았다. 그저께 밤은 인사불성인 채로 입원하고, 어저께도 오늘도 산소마스크의 신세를 졌었다. 오 현도사가 왔을 때에는 고열로 눈뜰 기력이 없었고, 장 박사와 남기철이 왔을 때에는 산소호흡 중이었고 의식이 모호했다. 그러나 의식이 뚜렷해지며 남기철의 새집을 산속에 짓는 꿈에서도 깨어났다. 아무래도 그 꿈이 마음에 걸렸다.

그녀는 침대에서 내려와서 창가에 섰다. 빗물에 씻겨서 유리창 밖의 가로등 빛이 검푸른 잉크가 엎질러져 흐르는 것 같다. 공연히 무서워졌다. 그녀는 실내 전등을 켰다. 흰 벽에 하얀 침대, 하얀 가습기, 하얀 옷장, 나뭇빛 탁자, 나뭇빛 바닥…… 온통 소리 없이 고요하기만 하다. 그 고요가 무서워진다. 유진은 추워져서 담요를 한 장 더 덮을까 하고 간호사실로 갔다. 당번 간호사가,

"괜찮으세요?"

하고 놀란다.

"37도 2부라도 다시 올라갈 수가 있어요. 열이 또 오르면 힘들지요. 머리맡의 호출 벨을 누르시지. 안정하셔야 해요."

간호사는 담요를 들고 앞장서서 걸었다.

"김 선생은 아주 급한 고비를 넘기셨어요. 그저께 밤도 제가 당번이었거든요."

그래서 그녀는 유진의 상태를 잘 아는 모양이었다. 유진은,

"그랬던가요? 수고가 많으셨겠어요. 감사합니다."

하고 말을 했으나 그토록 위독했었는지 기억에 없었다. 그녀는,

"그때 죽었으면 지금쯤은 관 속이었겠지요?"

하며 웃었다. 간호사는,

"사실은 그 계속인지도 모르잖아요?"

한다. 유진은 깜짝 놀랐다. 죽고 관 속에 있을 거라는데 그 계속이라니, 그러면 지금 그녀와의 대화도 죽음의 세계 속일지 모른다는 얘기인가? 간호사는 그녀의 낌새를 알아차렸는지,

"농담이에요."

하며 웃었다.

"제가 정신과 병동에 있었을 때, 그런 착각을 하는 환자가 있었어요. 그 환자의 얘기를 듣고 있으니까 그럴듯하기도 해요. 이를테면 살을 꼬집어보면 아프지요. 아픔을 느끼니까 살아 있다고 생각하는데, 그 느낌은 어디까지나 본인이 느끼는 것이니까 사실은 사계(死界)에서 느끼고 있는지도 모른다는 거지요. 어떤 때는 자기의 해골이 보인다는 거예요. 점점 살이 붙어, 붙어…… 하고 손가락질을 하거든요? 저도 가끔 그 환자처럼 제가 살아 있는 세계에 있는지 죽어 있는 세계에 있는지 의심쩍을 때가 있어요. 더구

나 지금처럼 저렇게 비 오는 밤에 혼자 있든가, 입원 환자와 대화를 하든가 할 때는 말이지요."

간호사는 상긋 웃으며 유진의 침대 위에 담요를 펴고 그 위에 홑이불을 씌웠다.

"하지만 죽음의 세계라 할지라도, 사람과 만나 함께 얘기하고, 먹고, 자고, 움직이고, 느끼고, 생각하고 한다면 산 세계와 뭐 다를 게 있겠어요? 그렇다면 죽으나 사나 같은 것이라는 답이 나오지 않을까요?"

"그렇군요."

하고 유진은 건성 맞장구를 쳤다. 유진은 위험한 고비를 넘긴 환자에게 지금이 죽음 후의 세계일지도 모른다는 말을 하는 간호사가 정상적으로 보이지 않았다. 그녀야말로 정신 질환이 있는 사람이 아닐까 하고 얼핏 의심도 들다가 또 그녀의 하얀 옆얼굴이 섬뜩하게 무서워지기도 했다. 유령같이 느껴진다. 유령이라 해도 보통 사람의 형태인데 왜 무서운가?

'신경과민이야.'

하고 유진은 속으로 질책하며 침대에 올라가서 몸을 창 쪽으로 돌려서 누웠다. 간호사에게 무언의 거부를 보였다. 간호사가 나가고 혼자 있으니까 이 침대에서 수많은 사람들이 앓다가 죽은지도 모른다는 생각이 들었다. 식은땀조차 났다.

유리창마다 흔들리며 덜컥덜컥 소리를 냈다. 그러다가 창이 열릴 것 같다. 열리며 머리칼이 흩어진 유령이 쓰윽 들어설 것 같다. 창에 쏴아 하고 빗발치는 소리가 한 사람의 절규하는 소리도 같고, 여러 사람의 고함 소리 같게도 들린다.

유진은 추우나 옷을 더 입기 위해 침대에서 일어날 염이 나지 않는다. 움직이면 무엇인가의 보이지 않는 손이 덥석 그녀를 잡을 것만 같았다.

'유령이라는 게 있는가? 있다고 하자. 그러나 여기는 살아 있는 자의 세계다. 그것들을 지배하면 했지…….'

하고 그녀는 마음을 단단히 가다듬었다. 폐렴쯤 앓고 신경이 이토록 약해져서야…… 하고 생각하니 스스로 화가 났다.

1시가 5분 지났다. 그녀는 여전히 잠이 들지 않았다. 자야지, 자야지 빨리 낫지. 병은 낭비다. 자, 자! 하는데 출입문 쪽에서 똑똑 노크 소리가 나며,

"유진! 유진아!"

하고 남기철이 불렀다. 그녀는 후닥닥 놀라 문 쪽으로 귀를 기울였다. 꼭 두 번 부르고 아무 소리도 없다. 1시 8분이다. 아까 시계를 보았을 때에는 1시 5분이었다. 3분 사이에 잠들지 않았었다. 그녀는 계속 비바람 소리를 듣고 있었다. 생각도 하고 있었다. 환청인가? 유리창이 흔들리는 소리가 그렇게 들렸을까? 그러나 소리는 병실 출입문에서 들렸지 않은가? 이 깊은 밤에 기철이 올 리는 없었다.

환청임을 확인하기 위해 일어나서 문을 열어보고 싶었으나 무서움이 앞섰다. 문밖에 기철이 없다면 환청이 증명될 것이고, 증명되면 그 환청이 무엇이었나 생각하게 될 것이 아닌가? 유진은 산속에 기철의 새집을 짓는 꿈이 생각나 머리카락이 모조리 거꾸로 서서 당기는 것 같다. 공포 때문에 식은땀이 났다.

'기철이 죽은 것이 아닐까? 그리고 그 혼이 그것을 내게 알려주

려고 온 것일까? 설마 어저께 오후까지도 건강했던 사람인데…… 1, 2초 동안 깜박 꿈을 꾼 게지.'

하고 유진은 생각하나 마음속은 불안하고 어수선했다. 그녀는 기철이 출근하는 즉시 신문사에 전화를 해보기로 했다.

유진이 잠을 깨자 아침 검온을 하러 간호사가 체온계를 들고 들어왔다. 당번이 바뀌었는지 다른 간호사다.

"36도 9부인데요. 많이 좋아지셨습니다. 그래도 조심하셔야 해요."

하며 간호사는 기침을 몇 번이나 했는가, 잠을 잘 잤는가 등등을 체크했다.

7시에 동기와 동옥이 전화를 걸어왔다. 아침 문안 드리고 학교에 잘 다녀오겠다고 한다. 아빠는 아직 취침 중이라 했다.

창밖은 밤사이 씻긴 공기에 햇살이 한결 투명하게 퍼지고 있었다. 공포와 환청과 불안의 밤은 지나가고 모든 것은 정상이었다. 그리고 기철의 영혼이 그녀를 불렀다고 생각하며 공포에 떨었던 자신이 부끄럽게 느껴졌다. 기철인데 유령이라 한들 다를 게 없지 않은가. 죽으나 사나 그에 대한 정은 변하지 않을 것인데.

유진은 9시 10분이 되기를 기다렸다가 기철의 신문사로 전화를 걸었다. 아직 이른지 신호는 가지만 받지 않았다. 새벽 1시에 그가 부르는 소리를 들었다고 하면 그는 뭐라 할까 하고 생각하니 웃음이 저절로 입가에 퍼졌다. 그것이 현실이면 어떻게 되었을까? 혹은 '오늘 밤중에 한번 가볼까? 실험용으로. 그러구저러구 상상만 하지 말구 말이지' 하며 그 느린 투로 말할지? 유진은 산의 꿈 얘기도 할 생각이었다. 산속에 새집을 짓고 있는 꿈은 죽음과 관련이 있는 것 같으니까 명심하라고.

"신의 충고일지도 모르니까 건강에 각별히 조심하세요."

하면,

"신이 충고도 한다구? 신은 집행만 하는 줄 알았는데, 허허."

부드럽고 선량한 성품이 드러나는 그의 웃음소리가 들리는 것 같다.

"어쩌면 또 신이 피리어드를 찍어줄려는 모양이지?"

할지도 모른다. 유진은 언젠가 그가 그녀의 번역한 원고를 읽으면서 문장이 너무 길다, 여기서 자르고 달리 시작하지, 하며 종지부를 찍고 그녀의 한 문장을 세 문장으로 나누어준 기억이 났다.

"죽음이란 것도 이런 것인지 몰라."

기철은 기지개를 켜며 말했었다.

"끝이 없으면 지루한 거야. 적당히 마침표를 찍어야지. 자, 차 듭시다."

거기는 출판사 옆에 있는 조그만 다방이었다. 유진은 화를 냈었다.

"아무리! 문장을 쓰는 데에도 죽음을 의식하게 하세요? 취미도 잔인해요, 정말!"

"그럼, 문장은 그렇게 쓰는 법이야. 하지만 문장뿐인가 뭐? 언제나 죽음이란 이쪽에서는 보이지 않는 그림자지."

"사는 데에도 머리가 터질 지경인데 죽음까지 어떻게 생각하며 살아요?"

"그럴까? 뭐 그렇게 골똘히 생각할 건 없구. 심심하면 생의 반주조로 말이야."

기철은 기실 죽음에 대해 생각하는 사람 같지 않았다. 기철은 은근히 글을 쓸 때의 자세를 가르쳐주고 있음을 유진은 알아차렸었다.

직통전화는 계속 신호만 가고 받지 않는다. 유진은 교환을 불렀다. 교환양이 바로 나왔다.

"남기철 국장님 아직 출근 안 하셨을까요, 아니면 사내에 어디 계실까요?"

"실례지만 누구세요?"

교환양이 되물었다.

"김유진이라 하는데요."

교환양은 잠시 있다가 대답했다.

"남 국장님 돌아가셨어요."

"네?"

유진은 귀를 의심했다. 그녀는 후닥닥 일어나 앉았다.

"네? 돌아가셨다구요?"

순간 심장이 아파서 그녀는 손으로 가슴을 움켜쥐었다.

"어저께 퇴근하실 때 졸도하시고 바로 돌아가셨어요."

유진은 말없이 수화기를 놓았다. 놓았다기보다 수화기가 저절로 손에서 떨어졌다. 그녀는,

"기철 씨가 죽었어……."

하고 소리 내어 말해보았다. 소리를 내어도 전혀 실감은 나지 않았다. 타려고 애써 달려갔는데 기차는 이미 떠나서 아득히 사라져가는 것을 보고 서 있는 기분이었다. 그녀는 멍하니 앉아 있었다. 슬픔도 느낄 수 없었다. 진작 꿈 얘기를 해서 주의를 시켰으면 이

랬을까 하는 후회가 가슴을 조였다. 꿈은 예시였고, 밤중의 그의 부름은 아무래도 그의 혼의 소리였던 것만 같다. 많은 소리가 겹칠 때에는 구체적인 소리가 형성되어 어떤 환청 현상이 될 수도 있다. 하지만 그의 부름도 또 꿈도 우연의 일치라면 너무도 비상한 일치가 아닌가? 유진은 기철의 집으로 전화를 해보았다. 남자의 목소리가 들렸다.

"남 국장님은 어제께 순직하셨습니다."

상가에서 밤샘을 했는지 음성이 고되게 들렸다.

"어저께 5시 좀 넘어서 통화했는데요."

"그러면 바로 그 직후입니다."

그의 죽음은 확실했다. 영희의 말을 들으면 더욱 확실할 것 같았으나 갓 남편을 잃은 그녀를 전화까지 받으라고 할 수 없었다.

"기철 씨가 죽었다!"

하고 유진은 입에서 다시 말해보았다. 아무래도 실감이 나지 않는다. 놀라고 슬퍼서 두뇌가 사고력을 잃은 것만 같다. 그녀는 무턱대고 입원복을 갈아입고 병원 밖으로 나왔다. 옥외의 햇살은 누부셨다. 병원 뜰에 엊저녁의 비바람으로 꽃잎이 산산이 떨어져 흩어져 있었다.

그녀는 고열로 모호했던 머리가 이제야 현실로 돌아온 느낌이 들었다. 택시가 시가를 달리자 비로소 눈물이 조용히 흐르기 시작했다.

이제 슬픔도 못 느끼겠는데도 눈물은 끝없이 흘러내렸다. 슬픔은 지각 이전의 것일까. 아니, 슬픔이 너무 빨리 두뇌에 전달되어 미처 지각하기 전에 눈물부터 흐르는가 보다.

택시는 기철의 신문사 앞 큰 거리를 질주했다. 거기 어디쯤의 길가에 천하태평인 그의 모습이 보일 듯 보일 듯 했다. '오랜 사랑 남기철! 오랜 친구, 내 남기철!' 하고 생각하니, 유진의 목에서 헉 헉 소리를 내며 오열이 터져나왔다.

영희의 아파트에는 남자들이 많았다. 고인의 동료며 친구들인 것 같았다. 영희는 검은 긴 양복을 입고 있었다. 뜻밖으로 침착했다. 그녀는 유진의 손을 잡으며,

"좋은 사람이었는데……."

한다. 그러고 하얀 손수건으로 눈물을 뺨 위에서 두어 번 눌러 닦았다. 슬픔 속에서도 영희는 어딘지 지적인 세련미를 풍겼다.

덮여 있는 하얀 시트를 걷으니까 눈을 감고 있는 기철의 얼굴은 한없이 고요했다. 희고 깨끗하던 피부도 그대로였다. 깊은 잠을 자고 있는 것 같았다. 죽음이란 이런 것이었다. 유진은 속으로,

'기철 씨, 푹 잘 자요. 고마웠어요. 사랑해요. 앞으로도 나를 도와줘요.'

하고 하얀 시트를 가만히 다시 덮었다. 눈물이 다시 또 그녀의 눈에서 펑펑 쏟아져 내렸다. 영희가 옆에 있었으나 그 눈물은 솔직하게 자꾸만 흘러나왔다. 영희가 팔을 돌려서 유진의 등을 감싸 안아주었다. 그러고 손수건으로 유진의 눈물을 닦아주고 또 그녀 자신의 눈물도 뺨에서 눌러 닦았다. 유진은 영희의 따뜻하고도 절제 있는 태도에 감동했다. 기철 씨는 영희 같은 여성과 결혼해서 행복하게 살았다고 생각하니까 슬픔이 조금 가라 앉는 것 같았다.

응접실이며 거실에 조문객이 많아서 영희는 유진을 침실로 안내

했다. 침실에는 영희의 시고모가 침상에 누워 있다가 일어나 앉았다. 영희가 유진을 기철의 대학 후배라 소개하자 고모는 다짜고짜,

"부끄러워서 나는 살 수가 없습니다."

했다. 그녀는 70세가 넘어 보였다. 그녀는 울먹이며,

"늙은 나를 두고 멀쩡한 젊은이를 데려가다니…… 조카 하나 친정의 혈육으로 하늘처럼 알았는데, 손(孫) 한 점 없이 그만……."

하다가 말을 끊었다. 영희가 아이를 못 낳아서 기철이 자식도 없이 죽었다고 차마 말할 수 없는 모양이었다.

"며칠 전 꿈에 삼촌이 보였는데, 꿈을 깨고 걱정했었지요. 큰조카 딸이 교통사고로 급사할 때도 그 양반이 보였거든요. 일제 때 만주로 피신했다가 객사한 분인데 시체도 못 찾았지요. 객사 귀신이 잡아간 거요. 그렇지 않고는 그렇게 허망하게 갑자기 갈 수가 있나!"

독백 같기도 하고 유진들에게 하는 말 같기도 하다. 시고모는 주먹으로 가슴을 몇 번이나 치며 냉수를 가져오라고 했다. 답답해서 숨이 막히는 가슴을 주먹으로 쳐서 뚫고 찬물로 씻어 내려볼까 하는 것 같았다.

"총각으로 죽었으니 마누라가 있어 제사 한 번 지내주나, 자손이 있어서 젯밥 한 술을 떠놓는가. 외로운 귀신이 떠돌다가 그냥 멀쩡한 사람에게 붙는 거지."

그녀의 결론은 결국 기철의 무자식으로 귀착하는 것 같았다. 불만은 그뿐이 아니었다.

"그래, 음악인가 뭔가 틀어놓구 꽃 뿌리며 장사 지낸다며? 아이구, 기철의 넋은 어디로 갈 건고!"

영희가 유진에게,

"기철은 입버릇처럼 말했어요. 장례식 때는 수제천(壽齊天)이나 틀어놓고. 그 좌고(座鼓)와 피리 파트가 좋대요. 꽃이나 한 송이씩 정표로—"

시고모가 그녀의 말을 잘랐다.

"말을 그렇게 했다구, 그래 그렇게 해치우고 말 건가? 이 많은 돈, 이 재산은 다 무엇 할려구!"

"아무것도 믿은 종교가 없으니까 의식도 없을 수밖에요, 고모님. 평소 좋아하던 음악에, 좋아 못 살던 저 많은 친구들의 전송을 받으며 묻히니 그보다 더 좋은 의식이 어디 있겠어요. 아무 염려 마세요."

영희의 말이 끝나기도 전에 시고모는 훤칠한 키에 치맛자락을 싸안고 휑하니 방을 나갔다. 영희는 그녀의 뒷모습을 보며 눈을 둥그렇게 뜨며 이해할 수 없다는 듯이 어깨를 살짝 올렸다. 영희가 말했다.

"김 선생님이 폐렴으로 위독하시다고 기철 씨가 무척 걱정했었지요. 나으셔서 이렇게 와주시고, 친구라면 좋아 못 살던 사람인데, 저렇게 많은 친구분이 와서 밤샘해주는데, 장례식치고는 최고의 의식이지요. 목탁 소리 찬송가에 비하겠습니까? 김 선생님을 옛 애인이라고 심심하면 기철 씨를 놀려주었지요. 와주셔서 정말 감사합니다."

유진은 잠자코 그녀의 손을 잡았다. 유진은 자신의 우정을 이해할 수 있는 영희가 좋았다.

"참 좋은 내외분이셨는데……."

하고 말을 하고 보니까 유진은 새삼 기철의 죽음이 아쉽고 슬퍼졌다. 눈물이 조용히 두 뺨에 또 흘러내렸다. 기철 같은 사람을 잃은 슬픔은 청아한 냇물같이 유진의 마음을 청결하게 씻어주는 것 같았다.

기철의 유해를 묘지에 묻고 내려오는 산길에서 유진은 장기호 박사를 만났다. 장 박사는 기철이 죽기 몇 시간 전에 유진의 병실에서 첫인사를 교환한 사이여서 장례식에 오지 않고는 견딜 수가 없었다고 했다.

"마지막 지인이라는 묘한 인연 같은 것이 느껴져서요."

장 박사는 조문객들 중에 아는 이가 유진과 상준뿐인데, 그들은 고인의 가족처럼 앞자리에 있어서 가까이 갈 수도 없어서 장례 행렬 맨 끝에서 홀로 명복을 빌었다고 했다.

"감사합니다. 남 국장이 살아 있었다면 정말 좋은 친구가 되어 주셨을 텐데."

하고 유진은 말하며 기철이 마지막 전화에서 나보다 더 걱정하는 남성이 있었어 하며 장 박사를 말한 것이 생각났다. 기철에게만은 장 박사가 멋있는 남성이고 연정도 느끼고 있다고 말할 수 있었는데……. 그녀는 얼핏 외로움을 느꼈다. 사람의 한평생에서 배우자도 애인도 얻을 수 있으나, 깊이 이해해주는 친구를 얻기는 어려울 것 같았다.

그들 위에서 산길을 내려오며 부국장이,

"정말로 허무한데요. 참, 정말 허무해요!"

하며 여태껏 참았던 속의 말을 더는 못 참겠는지 몇 번이나 토해내듯이 소리쳤다.

"제가 저녁 사겠다고 했었지요. 그것이 5시 반 조금 지났을까요? 국장은 기분 좋은 낯으로 좋다고 했어요. 일어서니까 창밖이 어두웠어요. 봄의 태양은 금방 진다니까! 하고 제가 말했지요. 국장도 어, 벌써? 하며 석간 한 장을 말아서 손에 집어 들고 일어서셨지요. 일어서자마자 쓰러지신 거야. 난 처음에는 바닥에 떨어진 무엇을 주우려 하시나 했거든? 그랬더니 그만……."
하고는 소리를 내며 통곡했다. 여기저기서 훌쩍훌쩍 우는 소리가 났다.

"남 국장 같은 분은 없어요." 하고

누군가가 한마디 크게 소리쳤다.

"자, 그만하고, 한잔하러 갑시다. 누구도 목숨만은 장담 못 해요. 그저 오라고 하면 그 자리에서 당장 가야 하지요. 자다가도 밥 먹다가도 한길을 걷다가도…… 말이지. 허무해요, 허무."

상준은 장례식이 끝나고 귀가하자 죽음은 반드시 원인이 있는 거라고 주장했다. 그는 무엇인가가 부르면 당장 죽어야 한다는 죽음에 대한 통념이 마땅치 않다고 화를 냈다.

"잠꼬대 같은 소리야. 남 국장도 심장병이 있었거나 혈압이 높았거나 낮았거나 했을 거야. 원래 대범한 사람이라 이상이 있어도 묵살하고 있었던 거야."
하며 다음 주에 종합검진을 하러 가자고 유진에게 말했다. 상준은 유진의 상심이 큰 것은 아랑곳없이 여기저기 친구들에게 전화로 기철의 죽음의 경위를 설명하고는 정기적으로 종합검진을 해야 한다고 부산하게 설득하고 있었다.

강 노인과 석규는 밀린 사글세 5만 원을 마련해서 겨우 집주인에게서 놓여나서 신문로의 정임의 집으로 이사했다고 알려왔다. 그러고 며칠 후에 오 현도사도 그 집으로 이사 왔다고 했다. 도사가 세 들어 살던 집이 팔려서 임시로 온 것이라 했다. 전셋값이 해마다 올라서 먼젓번 돈으로 당장 전세 얻기란 힘겨운 일이었다.

정임이 피투성이로 피살된 지 석 달이 되는 신문로 집에는 그녀가 절명 직전까지 쓰던 비싼 외제 그릇이며 은수저며 비단 이불이며 수건 등이 생시 때와 똑같은 위치에 고스란히 그대로 있었다. 강 노인은 그 윤택 흐르는 물건들을 하나도 손대지 않고, 현관 입구에 있는 네 평짜리 문간방에 판잣집 시절의 세간을 풀고 살았다.

강 노인은 팔십이 넘도록 산 위의 판잣집에서 하루하루 집주인의 눈초리에 쫓기던 지겨운 삶을 청산하게 된 것이 오 도사와 유진의 덕임을 알고 있었다. 그 집은 죽은 정임이 오 도사에게, 오 도사가 유진에게, 유진은 강 노인과 어린 석규에게 준 것이다.

50년 전 정임이 늙은 이 대감의 소실로 있을 때 빌린 빚을 그 외손녀인 유진에게 갚으려고 했으나, 유진이 거절하자 오 도사와 교회에 30억대의 유산을 남겼다. 오 도사는 집만이라도 유진이 가져야 고인의 넋이 위로될 거라고 한 것을, 유진이 석규에게 주면 어떨까 하고 제의한 것이 결실되어 강 노인은 일평생 꿈에 상상조차 할 수 없었던 억대의 집에서 살게 된 것이다. 그러나 강 노인은 장차 집의 소유권마저 석규의 것으로 하리라고는 상상조차 못 하고 있었다. 죽을 때까지 임시로 사는 것이고 그나마 하늘의 은덕으로 알았다.

실지로 그 집의 소유권은 아직도 죽은 정임의 것으로 있었다. 오 도사도 유진도 상속을 거절했기 때문이다.

강 노인은 어머니 뱃속에서 이 세상에 태어날 때부터 팔십이 넘은 지금까지 빈곤에서 벗어나지 못했었다. 언제 죽게 될지 모를 나이에 사글세 값을 내지 않아도 되는 큰집 지붕 밑에서 살게 된 것이 새벽에 눈뜨면 신기해서 꿈같고, 밤에 잠들 때에는 저절로 천지신명에게 감사드리는 마음이 일었다. 오랜 세월 긴 사연에 얽혀 몇 사람을 거치고 온 그 집. '이것이 전세의 인연이었다면, 좀 더 일찍 연을 맺어주시지' 하고 그는 하늘이 원망스럽기도 하고, '이제야 내 죄가 소멸되었는가' 하고도 생각되었다. 그는 새벽 약수터에 전보다 일찍 갔다. 인적이 없는 산속 약수터에 갓 잠에서 깬 새소리를 들으며 약수 한 그릇을 떠놓고 하늘을 보며 기도했다.

"천지신명이시여, 오 도사와 김 선생께 복을 내려주십시오. 내 손자 석규에게만은 가난이란 아예아예 없도록 보살펴주십시오."

빈곤의 부자유, 빈곤의 모욕에 응어리 맺힌 강 노인은 어린 석규에게 가난 없도록 손바닥을 부비며 몇 번이나 되풀이해서 기도했다. 거처는 안정되었으나 자신과 석규의 식생활을 위해서 강 노인은 여전히 품팔이를 나가야 했다.

오 도사는 정임이 쓰던 방에 새벽과 잠들 때 반드시 들러서, 고인의 사진 앞에 앉아서 홀로 입속말을 했다.

"부디 좋은 데 가소. 그 잘난 기개를 잘 살려서 저승 가서는 좋은 일 많이 하소."

오 도사는 정임의 사진을 보고 넓은 이마며 또릿한 눈매며 콧날, 입술, 턱, 뺨의 모양을 관찰하면서, 술이나 따르고 남의 소실로 전전하면서 색욕과 물욕에만 빠져 살던 그녀의 일생이 새삼 애석했다.

"어째, 마음이 상을 안 닮았을꼬……."

그 상이라면 너끈히 사람 구실 백배 천배는 하다가 정승 상여 타고 묻힐 수 있었을 텐데…….

그녀의 환경이 그녀로 하여금 눈뜨게 못 한 것이 한스러웠다. 선천적으로 영리해서 한번 눈만 떴으면 그 팔자가 전혀 다르게 바뀌었을 것이다. 환경이 팔자소관인지, 마음이 팔자소관인지. 오 도사는,

"나무아미타불."

하고 목탁을 두드렸다.

교회에서 정임의 유산인 빌딩의 매각 처분이며 그 법적 수속도 맡아 하기로 했다. 돈이 되면 오 도사에게 갈 돈을 주기로 했으나 빌딩은 아직 처분되지 않았다. 빌딩 속의 사무실도 거의 전세로 들어 있어서, 교회에선 당장 다달이 드는 유지비를 내고 있는 형편이었다. 그래서 몫으로 받은 돈으로 최정섭 형제의 변호사도 의뢰하고 그들에게 차입도 하려고 하던 오 도사의 계획에 차질이 생겼다.

오 도사는 정임을 죽인 정섭과 정구 형제가 형무소에서도 계속 죽은 정임을 저주하는 데에 마음이 무거웠다. 그들은 제 잘못을 조금도 깨달으려 하지 않았다.

"할아버지 재산을 몽땅 빼돌린 늙은 첩년!"

"그년 때문에 우리가 신세를 요렇게 망쳤지."

제 손으로 죽이고도 아직도 증오는 가시지 않는가 보았다. 게다

가 사형이 될지도 모르는 자신들의 불행의 원인마저도 살인 행위에 있는 것이 아니고 정임이 할아버지의 재산을 가로챘기 때문이라고 믿고 있었다.

그들은 애초 불행의 발단이 그의 할아버지가 이중생활을 한 것에 있음을 생각해보려고도 하지 않았다. 할아버지의 사생활이 어떤 것이건 상관없고, 오로지 그의 재산이 누구에게 갔는가만이 절대적인 문제였다. 미결수인 최정섭은,

"당신은 누구요? 도사라는 게 무엇 해서 밥 먹고 사는 사람이지?"

하며 오 도사를 노려보았다. 아우 정구는,

"그년의 동생이요? 친척이요?"

하며 오 도사와 정임과 무슨 관계가 있는가 하곤 의심했다. 뿐더러 법원에서는 둘이 같이 찔렀다, 아우는 형이 찔렀지 나는 무관하다고 서로 버텼다. 그들은 어떻게든 살고 싶은 것이었다. 물질에 대한 욕망과 생존 본능 외에는 아무런 사고 능력도 없는 그 들을 면회하고 올 때마다 오 도사는 한탄했다.

'하늘은 어찌 사람을 저리 미련하게 태어나게 했을까!'

그들이 사형이 되더라도 진심으로 회개해서 죽어 저승에서 받을 벌을 조금이나마 덜어줄까 하는 정성인데, 태산이 우뚝우뚝 가로막는 것을 그녀는 느꼈다.

"저 산을 어찌 넘을꼬!"

한숨이 그녀의 가슴에서 터져 나왔다. 그들의 악귀가 다시 또 이승을 떠돌세라 두려웠다. 그 살인귀가 어느 육체의 허점을 틈타서 침범하면 그 육체의 소유자가 다시 악을 저지르게 된다고 그녀

는 믿고 있었다.

"관세음보살! 최정섭, 정구 형제의 귀에 부처님의 말씀이 들리도록 보살펴주소서! 나무아미타불!"

유진은 퇴원 후에도 사나흘간 미열이 있었다. 미열이 멎자 오현도사며 석규의 이사를 축하하느라고 신문로의 정임의 집으로 갔다.

강 노인은 일하러 나가고 석규도 집에 없었다. 오 도사가 정원에서 화초를 가꾸다가 유진을 반기며 거실로 안내했다. 유진은 그녀의 절름거리는 걸음걸이를 보고,

"무릎이 안 좋으신가 봐요."

했다. 오 도사는 밝게 미소하며,

"어디 무릎뿐이겠습니까?"

한다. 오 도사는 귀한 손님인데 이것밖에 없어서…… 하며 옥수수차를 따끈하게 끓여서 내놓았다. 값싼 옥수수차의 구수한 향기가 좋은 것에 유진은 놀랐다. 그녀는,

"어느 차보다도 좋습니다. 감사합니다."

하고 진심으로 말했다. 유진은 거실을 두리번거려 보았다. 정임의 죽은 얼굴이 눈앞에 선명히 보이는 것 같았다. 엷게 화장한 얼굴은 평화스러운 무표정이었다. 그녀의 입관 무렵의 어수선했던 분위기는 찾아볼 수도 없었고, 집은 구석구석까지 먼지 하나 없이 깨끗하게 청소되고 정돈되어 있었다. 유진은 기철의 죽은 얼굴이 머릿속에 떠올라서 기분이 침울해졌다. 그녀는 잠자코 옥수수차를 마셨다.

오 도사도 말없이 차를 마시다가 일어서서 어항을 들여다보더

니 망 국자로 빨간 붕어 한 마리를 건져서 옆에 있는 쟁반에 놓았다. 붕어는 접시 위에서 꼼짝도 하지 않았다.

"죽었습니까?"

하고 유진이 물으니까 오 도사는 고개를 끄덕이며 그녀를 유심히 보다가,

"네, 이제 금방. 아까까지 팔팔했는데……. 시름시름하다 죽는 것도 있고 여러 가집니다."

한다. 죽은 것은 땅을 파서 묻어준다고 했다. 큰 어항에는 까맣고 빨간 금붕어들이 작은 입으로 줄곧 물을 먹으며 헤엄치고 있었다. 까만 것의 한 마리가 아래 바닥 자갈에 코를 박고 움직이지 않았다.

"저건 죽은 건가요?"

하고 유진이 물으니까 오 도사는,

"아닙니다. 잠을 자거나 명상하는 거겠지요. 아니면 기도를 드리거나……."

"기도요?"

하고 유진이 되물었다. 그러나 도사는 못 들은 척하며 대답을 하지 않았다. 그녀는 망 국자로 다시 빨간 금붕어를 한 마리 건져내며,

"끝이 있다는 게 좋은 거다. 반복은 형벌이지. 관세음보살."

하고 죽은 붕어에게 말했다. 도사는 죽은 붕어 두 마리가 있는 쟁반을 마루에 내놓으며 사람에게처럼 말했다.

"석규에게 묻어주라고 할게."

"석규는 어디로 갔나요?"

"여기저기 교회를 돌아다닐 겁니다. 할아버지더러 일 나가지 말라고 하나, 강 노인은 일 안 하면 누가 밥 먹여주어? 예수가 언제 밥 줬어? 하며 조손 간에 아침에 큰소리가 오가더군요."

오 도사는 유진이 이사 축하 선물로 가져온 경단과 주악을 접시에 담아내며,

"이렇게 맛있는 것을……. 함께 듭시다."

한다. 그녀는 뜨거운 옥수수차를 컵에 또 따랐다. 그러고 잠자코 유진의 눈을 뚫어져라 한동안 보고 있다가 입가에 미소를 띠었다.

"김 선생, 나는 예수교를 깊이 모르나 일요일을 마련한 것에는 감탄합니다. 휴식은 구원입니다. 죽음도 휴식이지요. 죽음을 생각해낸 신은 과연 전지전능입니다."

별 뜻이 없이 지나가는 말처럼 조용하게 하는 말이나 도사의 한 마디 한 마디가 유진의 가슴에 와서 걸렸다. 오 도사가 그녀의 속을, 그리고 겪은 과거를 알고 있는 것같이 느껴졌다. 왜 하필 죽음에 관한 얘기를 하는가? 왜 죽음이 휴식이 라고 찬양하는가? 그녀는 기철의 죽음을 아는 것 같았다. 어떻게 해서 기철이 죽은 것을 알며 또 나의 상심은 어떻게 알까? 오 도사는 그것을 알고 그녀를 위로하려고 하는 것이 확실한 것 같았다. 도사가 펄펄했었는데 금방 죽었다고 하며 금붕어를 어항에서 건져내면서 그녀를 유심히 보던 것을 유진은 상기했다. 그것은 기철의 죽음을 말한 것이리라. 도사는 사람의 마음이며 운명을 볼 줄 아는 혜안을 가지고 있는가? 유진은 도사가 죽은 금붕어에게 "끝이 있다는 게 좋은 거다. 반복은 형벌이지" 하던 말도 그녀에게 은근히 죽음을 설했던 것임

을 비로소 짐작했다. 기철이 죽음을 인생의 피리어드라고 하던 것과 죽음은 끝이고 끝이 있어 좋다는 오 도사의 말에는 상통하는 것이 있는 것 같았다. 남들은 다 그런 생각을 하는데 그녀만 미처 죽음을 그렇게 생각 못 했던 것이 아닐까?

여름

그래서 밑도 끝도 없이 불쑥,

"남의 죽음도 꽤 충격을 줍니다."

하고 유진은 오 도사가 초능력적 영감으로 기철의 죽음을 알고 있는 것으로 하고 대화를 비약시켰다. 오 도사는 그녀의 그 마음조차 알고 있었는지 조용히 차를 마시고 나서,

"잃고 나서 그 무게를 알게 되지요."

한다. 그녀는 유진의 심경을 고스란히 말하고 있었다. 몇 달이고 전화조차 한 번 하지 않고 잊고도 있던 기철이나, 죽으니까 휑하게 형용할 수 없는 적막감이 들었다. 그러나 죽고 나서 그 가치를 알게 되는 것이 하필 기철의 죽음만은 아니리라.

"도사께서는 일반 진리를 말하고 계시나 지금은 유독 저에게만 해당하는 말씀 같아요."

오 도사가 특별한 영감을 갖지 않았더라도 이쯤 말하면 보통 사람이라도 그녀와 가까운 사람이 죽었구나쯤 짐작할 수 있는 게 아

닌가? 오 도사는 당연하다는 듯,

"네, 그렇지요."

하고 긍정하며 그녀의 눈을 꿰뚫어져라 바라보았다.

"도사님은 사람의 운명 같은 것을 예견하실 수 있으세요?"

도사는 고개를 저었다.

"그렇다면 신이겠지요. 육감이 예민해질 때가 있습니다. 생각지도 않던 일들이 현실처럼 눈에 보이기도 하지요."

유진은 오 도사에게 부쩍 흥미가 당겼다. 인간의 두뇌가 그런 활동도 할 수 있다는 것은 확실히 흥미로운 일이다.

"저의 오랜 친구가 최근에 갑자기 죽었거든요? 도사님이 저를 보시자 그것을 아셨던 것 같은데……."

도사는 진지한 낯으로 고개를 저었다.

"오랜 친구까지는 모르겠고, 그저 먼 인연의 사람의 상(喪)을 보았구나 하는 정도지요. 두고두고 가슴 아픈 것까지는 아니고."

그랬었다. 두고두고 비통한 죽음은 아니었다. 하지만 검은 옷을 입은 것도 아니고 각별히 침울한 표정을 지은 것도 아닌데 그녀의 주위에 어떤 죽음이 있었음을 어떻게 알 수 있는가? 유진은 기철의 죽음을 암시하는 꿈이며 한밤중에 기철이 문을 노크하며 그녀를 부르던 환청을 얘기했다.

"아무래도 그 우연의 일치가 이상해요. 정말 영혼이라는 게 이 세상에 존재할까요?"

"있다고 생각하면 있고, 없다고 생각하면 없겠지요."

"도사님도 그렇게 생각하십니까?"

유진은 조금 뜻밖이었다. 그녀는 있다고 확신하고 있는 줄 알았었다.

"도사가 별것이겠습니까?"

하고 그녀는 빙그레 웃었다.

"나더러 도사라고 하지만 나는 도사도 아무것도 아닙니다. 그저 불교 공부 좀 하는 사람입니다. 저승이 있고 없고는 아직 증명되지 않았습니다. 영혼의 유무도 그렇겠지요."

도사의 음성은 억양이 거의 없었다. 마치 잔잔한 물결이 흐르는 것 같았다. 그녀는 탁상시계를 보며 일어섰다.

"최정섭 형제 면회 시간이 되어서……."

"아직 언도가 안 났습니까?"

"곧 있을 거라 합니다. 자백해놓고 벌이 무서운 것을 알게 되자 형제가 서로 아우가 죽였다 형이 죽였다 하고 있으니…… 불쌍합니다. 나무아미타불."

사형이 아니면 무기징역이려니 생각하니까 유진은 그 단어를 입에 담을 수가 없었다. 법의 집행이라고 하나 살아 있는 사람을 죽이는 일이 끔찍스러웠다. 갑자기 대구댁의 혼이 이 집 안에 떠다니는 것 같은 느낌이 들었다. 정섭 형제들이 만일 처형된다면 그 원혼들도 이 집에서 배회할 것이 아닌가? 하고 생각하니 유진은 두려움을 느꼈다. 미워하고 죽이고 하는 그토록 끔찍스러운 일은 보지 않고, 듣지 않고 살 수 없을까?

"사람은 태어나서 살다가 누구나 죽습니다. 그런데 왜 괴로움이 있고, 끔찍스러운 일이 있을 필요가 있을까요? 그저 평화롭게 한세상 살다가 갈 수 없을까요?"

오 도사는,

"지옥과 천당이 공존하는 것이 지구가 아니겠습니까?"
"그렇다면 영계에 있다는 지옥과 천당은 어떤 것일까요?"
도사는,
"가 보지 않았으니 알 수가 없군요. 내가 어떻다고 말해야, 김 선생님이 곧이들으실 리도 없고……. 윤회 사상을 믿는다면, 이승이 곧 저승이 아닐까 합니다."
오 도사는 한숨을 쉬고 방으로 가서 옥색 치마저고리로 갈아입고 나왔다. 그녀의 우윳빛 살결이 한결 아름다웠다. 칠십대에도 저토록 아름다우니, 한창 젊을 때에는 대단한 미인이었으리라고 유진은 생각했다.
마당에 내려서니까 하늘은 구름 한 점 없이 파랗고 신록은 보드랍게 기름져 빛났다. 유진은 대기를 한껏 들이마셨다.
"우리나라의 초여름은 정말 아름답습니다."
유진의 말에 오 도사는,
"오늘은 매연이 덜해서 하늘빛도 파랗습니다."
"공해가 없었을 때는 우리나라의 초여름과 가을 하늘은 정말 아름다웠지요."
"하늘빛은 아름다웠지만, 사람 살기는 지금이 낫습니다. 김 선생은 젊은 분이라 그걸 잘 모르실 겁니다. 옛날 사람의 고생이야 어찌 이루 다 말로 할 수 있겠습니까? 밥 한 끼를 할려면 우물을 길어 올려서 씻어서 장작을 때는데, 걸핏하면 타지요. 걸핏하면 설지요. 그러면 남편이며 어른들은 야단을 치지요. 그 밥이나마 못 끓여 먹는 사람이 또 얼마나 많았습니까? 아주 옛날은 그만두고 20년대, 제가 십대 때만 해도 그랬습니다. 내 집만 해도 부엌

하인이 일곱 명은 있었지요. 중년도 있고 소녀들도 있었지만, 오로지 아사를 면하려고 남의 집 하인 노릇을 한 겁니다. 월급이 있었나요? 뭐 맛있는 것을 먹었나요? 고작 주인 식구 먹다 남은 것이나 먹었지요. 새벽부터 밤중까지 일했습니다. 그 힘든 취사가 끝나면 밤새우다시피 다듬이질, 바느질…… 그러니까, 거의 24시간 노동이지요. 나일론 섬유가 나온 50년대 이후나 바느질은 덜해졌을까요? 극빈자는 그렇다 하고, 의식 걱정 없는 집이라도 여자들은 사람 취급을 받지 못했지요. 남편이 아무리 고약해도 그저 참고 견뎌야지요. 시집살이라는 것이 노예살이였지요. 하인들은 정 못 견디면 나가기라도 했지요. 그러나 며느리는 가출도 못했습니다. 양반 계급에서는 더했지요. 가문의 명예가 가장 중요하니까요. 감정도 사상도 없는 목석 취급이었지요. 의무만이 있는 완전 노예였지요. 삼복더위에 온몸에 땀띠가 등이며 앞가슴을 깔아 덮어 곪아도, 겹겹이 속옷을 입고 버선도 신어야지요. 덥고 냄새가 나도 어디서 훨훨 벗고 씻을 데나 있습니까? 시골은 밤중에 냇가에서 씻는다지만, 서울서는 남이 다 볼 수 있는 물가에서 어떻게 씻습니까? 문 걸어 잠그고 부엌에서 겨우 씻으니, 하수도나 있을 땝니까? 우물에서 일일이 길어다, 궂은 물은 자배기에 담아서 밖에 들고 나와서 버려야 합니다. 겨울의 추위는 어떻겠습니까? 요즘 사람들이 그 고통을 어떻게 이해할 수 있겠습니까? 툭하면 얼어 죽었습니다. 더러 옛날의 인심을 그리워합니다. 그러나 지금도 인심 좋은 사람은 많습니다. 옛날에도 흥부가 있었지 않던가요? 옛날 사람들이 물질적으로 정신적으로 얼마나 고통스러웠는가를 요즘 사람은 모릅니다. 옛날이라니까 아득한 옛날 같지만,

불과 삼사십 년 전만 해도 옛날이 되었습니다. 옛날 세상이 좋다고 하는 사람은 특권층 중에도 남자만의 경우를 생각하고 하는 말이지요!"

오 도사는 맺힌 한에 몸서리치듯 고개를 저었다.

"도사님은 앞으로 세상이 좋은 방향으로 발달할 거라고 생각하시는 것 같은데요."

"네, 저는 그렇게 믿습니다."

"지난 생애가 아주 고생스러우셨던 것 같은데, 그 시대에 그만한 부자 댁에서 고등교육까지 받으셨는데 어째서 그토록 불행하셨을까요?"

유진은 내내 궁금하던 것을 물었다.

"여자였기 때문에 그랬지요. 좀 더 옛날에는, 아무리 잘나도 양반이 아니면 서당에도 못 다녔지 않아요. 그걸 미루어 보면 남녀의 차별이 이해가 되실 겁니다."

오 도사는 한숨을 내쉬었다.

"사회도 사회거니와, 나는 내 부모며 내가 부유할 때에 남의 고통을 이해 못 했기 때문에 그 죄를 이승에서 치르느라고 고생하는 것으로 생각하고 있지요. 한 지붕 밑에 살면서도 하인들의 고통을 전혀 몰랐으니까요. 그 사람들이 겨울이면 피부가 칼로 저민 듯이 갈라져서 피가 나는 것을 보아도 그 생활이 얼마나 힘겨운가는 몰랐지요. 더구나 십대의 내 나이와 같은 하녀도 있었답니다."

"그건 도사님이 모르신 거지요. 시대가 그런 것은 모르게 하는 시대였지 않습니까?"

"모르는 것이 바로 죄입니다. 불교에서 깨달음을 가르치지요.

그것은 옳습니다. 알고 저지르는 죄는 극죄이나, 모르고 저지르는 것도 죄입니다. 최정섭들 형제의 예만 보아도 그래요. 그 사람들은 대구댁을 죽인 것이 당연한 것으로 알고 있어요. 죄인 줄 모릅니다. 살인은 대개 누구나 죄인 줄 압니다. 그러나, 나를 위해 월급도 휴식도 없이 노동을 해야만 했던 사람들의 노고를 직접 보고도 몰랐다는 것은 죄가 아닌 줄 알기 쉽습니다. 눌은밥 찌꺼기나 먹는 사람들 앞에서 갈비며 맛있는 다과를 먹을 수 있는 파렴치가 죄지요. 그들의 고통이며 비감(悲感)을 몰랐다는 것은 그만치 자비심이 없기 때문이지요. 깨달음이 없었기 때문입니다. 죄가 됩니다. 죄요."

오 도사는 유진에게 말하는 것이 아니라 마치 자신의 참회록을 읽는 것처럼 절실했다.

"고통받는 가까운 사람이 있지요. 가족이건 우연히 만난 사람이건. 그들은 신이 보낸 사자(使者)입니다. 부처님이라 해도 좋습니다. 그 고통을 외면하는 것은 신을 거절하는 거지요. 세상에는 의식하지 않고 착한 일을 하는 사람이 있고, 모르고 예사로 죄짓는 사람도 있습니다. 또 옳다고 생각해서 고통을 무릅쓰고 헌신하는 사람도 보고, 양심에 거리끼는 일도 자아 합리화해서 악을 저지르는 사람도 봅니다. 적선은 어느 형태로도 모르게 보상을 받고, 지은 죄는 어떤 형태로건 간에 값을 받습니다. 그것이 정신적 고통이든, 육체의 아픔이든, 물질적 궁핍이든 간에…… 대까는 저승에 가서 받는 게 아니라 이제는 당장 이승에서도 받는 것 같아요. 스피드 시대라 그런지."

유진은 그녀의 말을 긍정도 부정도 할 계제가 못 되었다. 행위의 대가에 대해서 그녀는 오 도사처럼 생각해본 적이 아직 없었다. 인과응보가 아닌 일도 세상에는 너무 허다 않으니까. 나쁜 사람이 오히려 영달하기도 하고 순박한 어린이가 고통을 당하는 부조리를 오 도사는 한마디로 전세의 업이라 할 것이 뻔했다.

넓은 골목은 지나는 사람도 없이 한산했다. 집들이 큰 부촌이어서인지 길에서 노는 아이들도 없었다. 조금 걸으니까 골목이 꺾이는 모퉁이의 전신주에 사람이 기대서 있는 것이 보였다. 가까이 가니까 그 사람은 강 노인이었다. 그는 전신주를 두 손으로 붙들고 괴로워하고 있었다. 두 사람은 급히 뛰어갔다.

"웬일이세요, 할아버지?"

하며 오 도사가 그의 팔을 잡았다. 노인의 얼굴이 핏기 하나 없이 질려 있었다.

"점심 먹은……."

하며 그는 말을 잇지 못했다. 그의 이마에 땀방울이 가득히 송송 배어 나왔다. 점심 먹은 것이 체한 모양이었다. 쓰러지려는 강 노인을 오 도사는 다짜고짜 허리를 굽히게 하고 소매를 걷고 손가락을 그의 입에 넣어서 혀를 눌렀다.

"어서, 어서."

하며 그녀는 그의 등을 두들겼다. 우선 토하게 할 생각 같았다. 유진도 강 노인의 허리께서부터 척추를 따라 올라가며 두들겼다. 강 노인은 웨웨 하며 한참 괴로워하던 끝에 왈칵 누르스름한 것을 토했다. 냄새가 역겨웠다. 유진은 반사적으로 고개를 돌렸다. 라면이 뭉개진 누런 덩어리가 유진의 원피스에 몇 덩이 튀었다. '아이구 맙소사' 하고 유진은 속으로 말했다. 남의 고통의 입회자 노릇은 이제 그만하지 않을 수 없을까 하고 그녀는 생각했다. 강 노인에게 집이 있다고 알려주려고 산 위를 올라갔다가 비를 맞아 급성 폐렴에 걸려서 가까스로 나은 지금이었다. 같은 우연이라면 좀 좋은 일과 해후할 수는 없을까? 그녀는 실크 원피스를 입고 온 것이 후회스러웠다. 병석에서 모처럼 일어나서, 화창한 날씨며 신록에 매료되어 산뜻한 연둣빛 원피스를 입고 싶어서 입은 것이 하필 실크인데다가 오물이 튀었으니 드라이클리닝을 하는 수밖에. 돈으로나 시간으로나 손해다.

"더 토해야 해요, 자!"

오 도사는 계속 강 노인을 독촉했다. 노인 목에서 끽끽 하며 메마른 마찰 소리가 났다. 괴로워하며 그는 몇 번을 토하고 나더니 기진한 듯이 길바닥에 드러누웠다. 그의 눈은 검은자위가 밑으로 꺼져 들어갔다. 유진은 그가 죽는가 하고 깜짝 놀랐다. 그의 죽음에까지 입회하는가 생각하니 가슴이 덜컥 내려앉았다. 그러나 옆으로 쓰러져 누운 강 노인의 얼굴에 핏기가 조금씩 돌았다. 보름 남짓 보지 않은 사이에 그가 부쩍 늙어버린 것 같았다. 주름살도 더욱 패어 있었다. 그의 잿빛 잠바도 바지도 그의 피부만치나 낡고 주름투성이였다.

오 도사가 핸드백에서 휴지를 꺼내서 그녀의 손에 묻은 강 노인의 구토물을 닦아내고, 노인의 입가에 묻은 것을 닦았다. 유진도 옷에 서너 덩이 튄 것을 우선 닦았다. 그녀는 냄새가 역겨워서 호흡을 억제했다. 그러나 억제한 만치 다음 호흡은 저절로 더욱 크고 길어지니까 악취의 고통은 매한가지였다. 그녀는 눈치채지 않도록 조심하며 코를 강 노인에게서 되도록 멀리했다.

강 노인은 기운이 조금 나자 비틀거리며 일어섰다. 오 도사와 유진은 그를 부축해서 다시 집으로 가서 그의 자리에 뉘었다. 억대가 넘는 윤택하게 보이는 집 안의 방이나, 그의 이부자리는 거의 누더기다. 남의 집에 엉뚱하게 와서 살게 된 처지가 설명이 없어도 완연했다.

"꼭 죽는 줄 알았는데, 죄송합니다."

하는 강 노인의 말은 힘이 없어서 잘 알아들을 수가 없었다.

"할아버지 괜찮으세요?"

하고 오 도사가 물었다. 강 노인은 고개를 끄덕였다.

"석규 녀석, 그냥 오지 않구……."

하며 그는 눈을 감았다. 그 눈귀에서 귓가로 눈물이 한 줄기 주르르 흘러내렸다. 죽지 못하고 만 것이 한스러워선지 죽지 않아 다행스러워선지 아니면 토할 때 힘이 너무 들어선지, 그 어떤 원인의 눈물이건 유진은 가슴이 뭉클해졌다.

"저녁은 내가 죽을 끓여드릴게요. 염려 말고 누워 계세요. 석규도 곧 올 겁니다."

하고 오 도사가 큰 소리로 말했다. 강 노인은 고개를 끄덕였다. 그의 낯빛은 좋아지고 있었다. 오 도사는 손을 씻고, 저고리만 흰빛으로 갈아입고 나왔다. 옥색 저고리는 소매께에 강 노인이 토한 것이 많이 묻어 있었다.

그들은 다시 집을 나섰다.

"괜찮을까요?"

하고 유진이 혼잣말처럼 했다.

"괜찮구말구요. 체한 데에는 토해 없애는 것이 제일입니다. 노인과 아이의 급체는 죽기도 하지요. 하지만 고생이 많아서 쉽게 죽지 않는다는 말이 있듯이, 치러야 할 죗값이 있는 사람은 잘 죽지도 않는 것도 같아요. 강 노인도 고생스러워 그런지 건강합니다. 고생 많았지만 강 노인은 죽을 때는 다리 뻗고 좋게 죽을 겁니다."

하며 오 도사는 예언처럼 말했다. 유진은,

"그렇게 되도록 집을 싸게라도 팔아서, 강 노인과 어린 석규가 살 걱정 없도록 돈이 마련되었으면 좋겠어요."

"살인이 난 흉가라 쉽게 팔리지도 않고, 안 쓰는 방을 전세 놓을까 하고 내놓았지만 보러 오는 사람도 없어요. 그렇지만 무슨 걱정이 있겠습니까. 억대의 집이 있는데 무슨 방법이든 있겠지요. 김 선생님, 큰 적선 하셨습니다."

유진은 깜짝 놀라며,

"무슨 말씀이세요. 대구댁이 도사께 드린 유산이 아닙니까? 잊어버리셨나 봐요."

했다. 도사는 잠자코 고개를 저었다.

"김 선생님 줄려고 애초에 고인이 생각한 겁니다. 결국 김 선생이 갖게 될 겁니다."

도사는 또 예언 투로 말했다. 그러자 유진은 얼핏 불길한 생각이 스쳤다. 대구댁의 유산을 가져야 할 형편이 될 때에는 무엇인가 다급한 상황이 작용할 것만 같았다. 돌아가고 10년이 넘은 아버지가 수진의 꿈에 보여서 상준의 합자 투자를 못 하도록 경고했던 일이 갑자기 머리를 스쳤다. 그녀는 '신경과민이다' 하고 속으로 부정하며 또 과민이기를 바랐다.

그들은 세종로 네거리에서 헤어졌다. 오 도사는 최정섭 형제를 면회하느라고 형무소로, 유진은 백화점으로 향했다.

백화점은 붐비고 있었다. 그녀는 식구들의 여름 속옷을 사고, 바로 지하의 슈퍼마켓으로 갔다. 지하층은 좀 더 붐볐다. 미역, 멸치, 치즈, 버터, 머스크 멜론 등을 샀다. 식빵도 샀다. 에스컬레이터에 오르자 바로 뒤에서,

"김 선생님!"

하고 장 박사가 불렀다. 뒤돌아보니까 그는 그녀의 바로 한 칸 밑에 서 있었다.

"또 시장 보러 오셨어요?"

"네."

하며 장 박사는 고개를 끄덕였다. 그의 전신에서 깨끗하고 건장한 정력 같은 것이 확 풍겼다.

"영숙 씨 건강, 괜찮으세요?"

"늘 그렇지요. 선생님은 완쾌하셨나요?"

"네, 벌써."

"참 다행입니다. 입원 중에는 걱정스러웠어요. 이리 주세요."

하면서 박사는 유진의 쇼핑백을 덥석 옮겨 들었다. 유진은 거절할 겨를도 없었다. 그녀는 장 박사의 자동차에 탔다.

"영숙이는 요즈음 진통제를 맞기 시작했습니다."

차가 덕수궁 앞을 지날 때 장 박사가 말했다.

"그러면 암의 말기인가요?"

"의사는 그렇게까지 진행은 되지 않은 걸로 본다고 하는데, 본인이 못 견디겠다고 하며 맞지요. 정신 문제 같아요. 아프다면서

도 심령흰가에 갈 기운은 있거든요."

장 박사는 한숨이 나오는 것을 얼른 눌렀다. 장 박사는 능숙하게 운전했다. 차가 집 가까운 언덕으로 오르자 그는,

"저희 집에서 차 한잔 같이하시겠어요?"

하고 권했다. 영숙의 병문안도 할 겸 유진은,

"네, 그러지요."

하고 응했다. 약수터에서 사건 후로 유진 내외며 장 박사는 격의 없이 서로 집으로 차 정도는 청했었다. 봄의 어느 날이던가 역시 슈퍼마켓에서 만나던 날, 장 박사가 영숙과의 결혼 생활의 얘기며 유진 같은 여성을 진작 젊은 때 만났었다면 하는 화제가 있은 후부터 유진은 그를 볼 때나 생각할 때에는 착잡한 느낌이 섞였었다. 불과 물이 검은 땅에서 동시에 솟아오르며 불길도 일기 전에 꺼지는 광경을 먼 데서 가만히 지켜보는 듯한 느낌, 바로 그런 것이었다. 결혼 전이나 후나 직장 생활을 한 유진은 때로 남성들의 뜨거운 눈길도 모았으나 무감각이었다. 그쪽에서도 물론 한두 번의 눈길로 그쳤다. 그러나 장 박사에게만은 착잡한 느낌을 계속 갖는 것은 그가 좋기 때문이 아닐까? 그녀는 스스로를 분석하고 알고 있었다. 그녀는 무조건 좋다느니 무엇이 어떻게 된지도 모르는 사이 홀딱 반하고 있었다……는 어린 나이는 이미 아니었다.

현관문을 열어준 영숙의 안색은 창백했다. 그녀는,

"저희 집에 오실 줄 알았어요!"

하며 유진을 반겼다. 장 박사와 유진과의 사이를 은근히 의심하고 있는 영숙이가 그 의심의 촉각을 곤두세워서 끌어낸 육감이려니 생각하니까 유진은 조금 기분이 상했으나 가볍게 받고,

"심령술의 기술이 대단하신데요?"

하며 웃어넘겼다. 영숙은 주저 없이 말했다.

"그럼요, 훤하지요."

"참 부러운데요?"

하고 유진은 역시 가볍게 흘렸다. 그러나 훤하다면 다행이오. 우리 사이는 불과 물이니까. 다만 훤하게 알지도 못하면서 뭔가 야릇한 탈을 씌우려는 사람이 있어 문제지…… 하고 유진은 속으로 말했다.

장 박사는 어느 사이엔가 윗도리를 벗고, 커피포트에 스위치를 켜고, 찻잔을 준비하고 있었다.

"가만히 계세요. 차만큼은 내가 잘 끓입니다."

하며 그는 와이셔츠의 소매를 걷어 올렸다. 아이들도 없이 단 내외만 사는 집이나, 주부가 암에 걸려서 생명의 줄이 잘려가고 있는 집답지 않게 정돈이며 청소가 잘되어 있는 것이 장 박사 덕인 줄 유진은 짐작했다.

남편의 정신의 구석구석까지도 완전히 점령 못 해 몸부림치는 사랑의 편집광인 영숙과, 그녀와 결혼한 것을 잘못으로 이내 깨닫고 10년 가까운 세월을 자식도 만들지 않으며 괴롭게 버텨온 장 박사. 그들 내외의 암투가 끝날 날도 다가오고 있는지? 영숙이 얼마 못 가서 암으로 죽는다, 하고 생각하니까 유진은 한층 착잡한 기분이 들었다.

세 사람은 커피를 마셨다. 네덜란드풍의 레이스 달린 자줏빛 원피스를 입은 영숙이 해골이 되어 유진의 오른편에 앉아 있는 것 같았다. 장 박사도 눈 위치에 구멍이 휑하니 두 개가 뚫린 해골이 되어 하얀 뼈가 기계처럼 움직이며 커피를 따르는 것 같다. 그러다 보니 그녀 자신도 옷도 살도 없이 골격만 의자에 앉아 있는 것이 아닌가? 오른쪽의 해골이 말했다.

"커피 맛있게 끓였어요."

"그래? 고마워."

하고 왼쪽의 해골이 하얀 치열을 개폐하면서 말했다.

암의 말기인데 커피가 맛있을 수 있을까? 그쯤 되면 식욕도 전혀 없다던데? 하고 생각하니 유진은 잠깐의 상상이 날아가버렸다.

"정말 맛있게 끓이셨어요."

유진도 인사를 했다. 장 박사는 금방 사 온 블루베리 치즈케이크의 뚜껑을 열었다.

"그건 내가 썰 테예요."

하면서 영숙이 손을 내밀었다. 얇은 살가죽에 덮인 희고 길쭉한 손에 케이크 나이프를 잡고 그녀는 케이크를 잘랐다. 그녀는 말했다.

"당신, 그 빈 성냥갑 얘기 김 선생께 해드리세요."

"아실 텐데?"

"모르는데요, 안데르센의 동화인가요?"

장 박사는,

"아니요, 정말 그걸 모르세요?"

유진은 비로소 장 박사가 우스갯말을 하려는 줄 짐작했다. 전번에도 누구나 그 잡지를 읽은 사람은 다 알고 있는, 최근 유럽에서 돌고 있다는 우스갯말을 그가 처음 전달하는 얘기처럼 했으나 진부하지 않고 글로 읽는 것보다 훨씬 실감 나고 재미있었던 일이 상기되었다.

"어디 한번 해보세요."

"글쎄, 성냥갑 속에는 성냥이 들어가 있을 게 아닙니까? 그런데 성냥갑을 열었거든요? 그랬더니 비어 있드래요."

유진은 소리 내어 웃었다. 요즈음 도는 우스갯말 같은데 그녀는 아직 듣지 못하고 있었다. 뭔가 긴 스토리가 있는 줄 알았더니 간결하게 끝난 것이 우스웠다. 따지고 보면 성냥이 있는 줄 알고 열었더니 알맹이는 다 쓰고 빈 갑만 있을 때가 많은데, 그것을 우스갯소리로 여기는 사람은 없을 것이었다. 그리고, 그랬었다고 얘기를 해도 우스울 리는 없었다. 얘기 몰라요? 해서 기대를 걸었기 때문에 우스운 것이다. 영숙은 소리 내어 웃고, 또다시 손뼉을 치며 허리를 비틀면서 웃었다. 유진은 케이크를 먹다가 그녀의 웃는 모습을 보고 깜짝 놀랐다. 그녀는 단순하게 그 얘기 때문에 웃는 것이 아니었다.

"글쎄, 빈 갑이었대요, 빈 갑!"

하며 영숙은 굴러떨어질 듯이 허리를 꼬며 웃었다. 성냥으로 불을 켜려 했더니 성냥이 없었다…… 김 선생, 내 남편한테 행여 기대 말아요! 그는 당신을 사랑하지 않아요. 여보, 장 박사, 김 선생에게 행여 기대하지 말아요. 그녀는 당신 같은 바람쟁이 따위한테는 흥미조차 없는 거요! 하는 것 같았다.

창백한 얼굴에 기력도 없이 보이는 영숙이 유독 웃음소리만 힘을 주어 공허하게 웃는 모습에 유진은 소름이 끼쳤다. 해골이 끈질기게 앉아서 장 박사의 숨통을 휘어잡고 끌어당기고 있는 것 같았다. 장 박사가 그것을 견디고 살아남을까? 의심, 저주, 조소…… 이런 심리도 영숙은 사랑 때문이라고 생각하는지? 남편을 사랑하는 나머지 정상적인 사고 능력을 잃은 것이 아닐까? 유진은 아름답고 세련되고 예민한 영숙이 안타까웠다. 이성 간의 사랑 외에 그녀의 정신력을 쏟을 데는 없을까 싶었다.

집 속에서 장 박사만을 인생의 전부로 알고 그녀는 의심하고 실망하고 그래서 함께 멸망의 길로 가려고 하는 것 같다. 그녀는 인간에게 무엇을 얼마나 기대하고 있는가? 또 얼마를 절망하는가? 기대도 절망도 무한한 것인데…… 싶은 유진은 겨우 웃음을 멈춘 영숙에게,

"빈 성냥갑의 얘기, 정말 재미있어요."

하며 일부러 즐거운 듯이 웃었다.

오 도사는 형무소 정문 앞에서, 막 밖으로 나오는 윤 변호사와 마주쳤다. 최정섭과 정구의 변론을 맡은 국선 변호사다. 그는 바쁜 듯 서두르는 걸음으로 승용차 쪽으로 향하고 있었다. 오 도사는 혹시나 하며 물었다.

"저 아이들 만나주셨는가요?"

윤 변호사는 말했다.

"미안합니다. 딴 일로……."

"선생님, 사형만은 면하게 해주십시오."

오 도사는 무기라도 좋으니 죽이지만 말았으면 싶었다.

"그건 판사가 할 일이지요."

하며 그는 내처 걸어갔다. 오 도사는 중키의 딴딴한 체격의 젊은 변호사의 뒤를 따라갔다.

"그러면 영 절망입니까?"

변호사는 앞만 본 채,

"사형제도가 폐지나 된다면 모를까."

했다. 그의 표정이 굳어지면서,

"도사할머니 잘 생각해보세요. 스스로 땀 흘려 번 것만이 내 재산이 아닙니까? 조부의 유산을 가로챘다고 죽인다는 건, 요즘 사상으로는 이해하기 힘듭니다. 게다가 조부가 정부의 집에서 죽으면서 그 집에다가 집문서를 놓아두었다…… 그 조부의 의사도 사실은 확실치 않습니다. 법적 상속인이 유산을 갖는 것이 원칙이지만, 그 정부가 문서를 훔친 것은 아니잖은가? 라고 할 수도 있지 않습니까?"

"그러니까 어리고 모자랐던 그 생각을 관대하게 용서해달라는 거지요."

윤 변호사는 숫제 대꾸도 하지 않고 차에 올라탔다. 그는 운전대에서 얼굴만 내밀고,

"그건 종교에서나 해보세요!"

하며 발동을 걸었다. 오 도사는 정섭 형제의 목숨이 그의 손에 달려 있기나 한 듯 핸들을 붙들고,

"최선을 다해주세요. 사례는 최선을 다해 하겠습니다. 그 빌딩이 팔리면…… 곧 팔릴 겁니다."

했다. 그녀는 입속이 자꾸만 말라 들어가서 발음도 잘되지 않고 말의 내용도 유치했다. 윤 변호사는 무슨 엉뚱한 소리냐는 듯이 눈을 둥그렇게 뜨며 그녀를 흘깃 바라보고는 붕 소리를 내며 떠나버렸다.

그는 국선 변호사라 사례금은 염두에도 없을 것이었다. '돈 많

이 줄 테니 죄를 감해 다오' 한 것 같아 오 도사는 부끄러워서 낯이 화끈 달아올랐다. 그의 성의에 보답하겠다는 뜻이 그렇게 표현되어버린 것이다. 따지고 보면 가장 적절한 표현인지도 모르나. 그녀는 멀어지는 윤 변호사의 차를 보며,

"너무 젊어서……."

하고 홀로 고개를 저었다. 34세의 수재라는 변호사. 그 자신이 정섭들을 용서 못 하고 있는 모양이니…….

'젊은 혈기니까 정의감만 있을 테지.'

하고 오 도사는 속으로 말했다. 가슴에서 우러나는 변론이 아닌데 어떻게 판사의 마음을 움직일 수 있을까? 그녀는 안타깝고 답답했다. 전번에 만났을 때에도,

"살생은 한 사람으로 그쳐야 합니다. 그 때문에 또 살생이 일어나면 안 됩니다."

라고 했더니 윤 변호사는,

"사람은 자기의 행위에 대해서 책임을 져야 하는 거예요."

하며 면도한 파란 턱을 만지작거리면서 눈을 똑바로 뜨고 오 도사를 쏘아보고 있었다. 더 이상은 한마디도 듣지도 말하지도 않을 듯이 냉랭했다. 그러나 그는 변론 잘하기로 이름난 변호사니까 오 도사는 한 가닥의 희망을 걸고 있었다.

"책임은 져야 하고말고! 목숨 끊어지는 날까지 죗값을 갚아야지! 하지만 또 다른 살생만은 마소, 살생만은 제발 마소."

하며 그녀는 몸서리를 쳤다. 사형은 엄연한 살생이다.

수번(囚番) '09'의 정섭이 면회실로 나왔다. 그의 눈빛을 보는 순간 오 도사는 섬뜩해졌다. 일주일쯤 안 본 사이에 살기등등하던

두 눈이 퀭하니 깊이 꺼져 있었다. 죽음의 그림자가 깃든 눈이다.

"며칠 동안 계속 꿈에 보랏빛 나비가 몇십 마리씩 전신에 날아와서 폭삭 죽는 바람에 잠을 설쳐서…… 제기럴."

하며 정섭은 손등으로 눈을 부볐다. 오 도사는 틀렸구나! 하고 생각하자 다리가 부들부들 떨렸다.

정임이가 정섭에게 피살될 때에 입고 있던 유똥 치마저고리가 보랏빛이었다. 정섭의 꿈은 정임 때문에 그가 곧 죽을 것을 암시하는 것에 틀림없었다.

"감방의 좌장이 보랏빛을 꿈에 보면 좋은 일이 있다는데?"

하며 정섭은 그렇지 않느냐는 듯이 오 도사를 쳐다보았다. 오 도사는 말문이 꽉 막혔다. 살인범에게 좋은 일이란 무엇인가? 좋다면 무엇이 얼마나 좋은가? 정섭은 지은 죄를 전혀 깨닫지 못하고 있는 것이다. 그 살의를 품은 채로 저승에 가게 되는구나. 그들이 수감된 후 석 달 동안 면회하고 사식도 그치지 않고 넣은 까닭은 행여 회개해서 마음을 깨끗이 씻어 갖게 하려고 한 것이었다. 그것도 허사였고, 꿈 얘기를 들으니 그의 죽음도 임박한 것 같았다. 모든 게 허사였다. 그녀는,

"보랏빛 나비? 보랏빛 옷 입은 사람 기억나지 않나요?"

했다. 정섭은 늘 반말이다.

"안 나는데? 국민학교 때의 여자 선생 중에……?"

그는 부리부리한 검은 눈을 한쪽으로 추켜올렸다. 기억을 더듬는 모양이다. 검은자위가 위로 올라가자 순간 누리끼리한 흰자위만 눈 전체를 확 덮었다. 오 도사는 그의 죽은 얼굴을 보는 것 같아 소름이 끼쳤다. 정섭은 말했다.

"없는데."

"손 권사가 입고 있던 옷 생각나요?"

오 도사가 말했다. 그러자 갑자기 정섭은 "으허!" 하고 괴성을 지르며 전신을 떨었다.

"어쩐지 꿈의 나비들이 찐득찐득했지. 제기럴, 그 여편네의 피처럼."

그는 손정임의 피를 털어내듯 온몸을 떨며 흔들었다.

"빌어먹을 년, 죽어서도 날 못살게 굴어!"
하며 그는 날카롭게 내뱉었다. 제 손으로 죽이고 나서도 그 증오는 가시지 않는 모양이었다.

"죽은 사람은 용서해요. 그 여자도 돈 없어서 그렇게 살아온 사람 아니요? 실수가 있었다면 할아버지 쪽이 아닐까? 젊은 때는 머리가 잘 도니까, 곰곰 생각해봐요."

오 도사의 말이 끝나기 전에,

"미친 늙은 년! 그년하고 어떤 사이야? 도적년 편드는 년 못 봐준다."
하며 정섭은 소리쳤다. 정섭은 도적질은 나빠도 도적을 죽이는 행위는 옳다고 생각하고 있는 모양이었다. 간수가 큰 소리 내면 퇴장시킨다고 주의를 주었다.

"최정섭, 잘 생각해봅시다. 할아버지 것을 훔친 건 아니오. 할아버지가 준 거요. 그 여자는 없어서 배우지 못하고, 여자라 직업도 없어서 평생 가난하게 살았소. 없어서 그 여자를 저주하게 된 처지이니, 그 사정은 남보다 더 잘 알 게 아니오? 그 여자를 불쌍히 여기고 용서해주고, 그리고 죽인 잘못을 깨달아요."

정섭은 신경질적으로 소리를 쳤다.

"듣기 싫어! 그년 때문에 우리 할머니, 아버지, 어머니가 하루아침에 길바닥에 쫓겨나서 거지가 된 거야. 그런 년, 열 번이고 스무 번이고 죽여야 해. 그래서 내가 스무 군데는 더 찔렀지."

"나무아미타불, 그 증오 때문에 그 귀중한 목숨을 바꾸다니…… 나무아미타불."

정섭은 소리를 치며 돌아섰다.

"목숨을 바꿔? 내가 왜 죽어? 난 죄 없다!"

오 도사는 눈앞이 캄캄했다.

연이어 면회한 아우 정구는 뜻밖에 낯빛이 기쁜 듯이 훤히 밝았다. 오 도사는 반가워서 그의 손을 덥석 잡으려고 저도 모르게 두 손을 내밀었다. 그러나 둘 사이를 유리창이 차단하고 있었다.

"도사할머니, 사식 넣어주신 것 잘 먹고 있어요. 감사합니다, 나 같은 죄인을……."

하고 말하는 정구의 눈망울은 맑게 빛났다. 오 도사는 귀를 의심했다. 정구의 눈에는 이슬이 고였다. 그는 죄를 깨닫고, 뉘우치고, 그리고 하늘의 용서를 빌고 있는 것이다.

"변변치 못하나, 내 성의이니 그리 알고."

오 도사는 뜨거운 것이 가슴에서 치밀어 올라서 말을 못 이었다. 옥바라지 석 달 동안 그들의 입에서 감사라는 말이 나온 것은 이번이 처음이었다. 정구의 나이 갓 스물두 살. 놀음과 주색에 빠져서, 내려오는 조상의 재산을 물처럼 뿌리다가 정부 집에서 조부 최광수가 죽었을 때 그는 겨우 네댓 살밖에 되지 않은 어린이였을 것이다. 정임에게 어떤 원한이 뿌리 깊을 까닭도 없었을 것이다.

다만 생활이 힘겨울 때마다 할머니고 부모가 손정임의 비행 때문에 고생한다고 뇌고 뇐 것이 어린 정구와 정섭을 세뇌한 것이 아닐까? 그렇다고 살인을 어떻게 하는가? 오 도사는 죽은 최광수의 저주가 그 손자에게 옮겨 와서 살인을 저지른 거라는 생각에 고개를 끄덕였다.

"땅문서를 최가가 준 건 아니지만, 내 이불 속에서 죽었는데, 갖고 있던 문서를 본처 집에 들고 갈 년은 누고?" 하던 대구댁의 말도 잊혀지지 않았다. 최광수가 주지 않은 것을 그녀 멋대로 처분한 사실을 아무도 모르나 대구댁의 죄는 남아 있었던 것이다. 20년 가까이 지난 후 그것이 탄로 나서 최광수의 손자들이 그녀를 죽였다. 대구댁이 피살되기 전 며칠 사이, 까맣게 잊고 있던 최광수가 그녀의 꿈에 몇 번이나 보이던 것도 우연으로만 넘길 수 없는 대목이니, 필경 죽은 최광수의 넋이 때를 찾아 복수한 것이리라. 도사는 한번 지은 죄는 몇 세(世)를 거듭해도 갚아지고야 마는가 하고 생각하니 죄악의 사슬의 집요함에 소름이 끼쳤다.

정구가 조그만 소리로,

"도사할머니, 나흘 전 아침 세수를 하는데 나비 한 마리가 내 어깨에 와서 앉더니 영 날아가지 않아요. 나를 좋아하는 놈도 있구나 싶어 내버려두었더니, 감방에 들어올 때에야 훌쩍 날아갔어요. 날개깃이 쬐금 어깨에 떨어졌는데, 그 날개가 보랏빛이었어요." 한다. 오 도사는 깜짝 놀랐다. 정섭의 꿈에도 보랏빛의 나비가 보였다고 하지 않았던가? 그녀는 물었다.

"꿈이 아니구?"

"아니에요, 생시예요. 함께 있던 감방 친구가 '어허 나비 봐라'

그랬는걸요? 어깨에 떨어진 날개를 보자 번개같이 그때 일이 생각나더군요. 그만 온 머리카락이 거꾸로 솟는 것 같았어요. 그 여자가 그때 입었던 옷이 꼭 그 나비 날갯빛 같은 보랏빛이었거든요? 그리구, 난 그 여자의 머리를 잡아당겨서 내 손에 머리칼이 한 움큼 쥐어졌었는데, 나비의 날개 한 귀퉁이가 떨어진 게 그 머리칼 같은 생각이 퍼뜩 들었어요. 도사님, 혼이라는 게 이 세상에 떠돌아다니는 모양이지요? 난 그냥 그 나비가 날아간 쪽에다 대고 손을 부비며 용서해달라고, 잘못했다고 그랬지요."

오 도사는 두 손을 합장하고 있었다.

"도사할머니, 그랬더니 그렇게 기분이 좋아질 수가 없어요. 군때 다 벗기고 깨끗한 물로 싹 씻고 나온 것 같아요. 세상도 환히 밝게 보여요. 난 이제 죽어야 합니다. 죽을 준비가 다 되어 있어요."

"아니, 정구는 안 죽어."

팔팔하고 싱싱한 정구의 육체를 모지게 꺾어 죽이다니. 생으로 잘린 풋줄기가 하늘로 치뻗는 것을 보는 것 같았다. 그녀는 고개를 세게 저었다.

'삶이라는 게 무엇이 그리 좋다고 이승에 저런 생명을 던져주었는고!'

오 도사는 세상에 생명을 탄생시킨 하늘이 원망스러웠다. 차단 유리만 없다면 어린 정구를 품에 꼭 껴안아주고 싶었다. 그의 죄도 불안도 다 씻어서 멀리멀리 흘려보내주고 싶었다. 정구는 밝은 낯으로,

"사람을 죽였으니 죽어야지요. 진작 그것을 깨달았으면 그렇게

어리석은 짓은 안 했을 거예요. 그것도 내 팔자지요, 뭐. 할아버지 잘못 둔 것도 내 팔자고요."

후세 가서는 부디 좋은 부모 만나서 옳은 말 들으며 제발 복 많이 받아라 하고 오 도사는 속으로 간절히 빌었다.

"아니, 정구는 안 죽어. 감형이 될 거야. 어른들이 어릴 적부터 그렇게 가르쳐서 세뇌를 시킨 거니까."

하고 말하고 보니 윤 변호사가 이렇게 변호를 하면 어떨까 싶었다. 하필 변호사 자격이 있는 사람만이 변호해야 할 이유는 무엇일까? 변호사보다도 훨씬 죄수의 마음을 잘 아는 사람이 변호를 하는 것이 더 효과적이 아닐까? 그녀는 그 방면의 사정에 어두운 것이 안타까웠다. 법조문을 다 알고 기술적으로 하는 변호와 사랑과 열의로 하는 변호, 그 어느 쪽이 더 효과가 있을까? 오 도사는,

"정구야, 힘내어요. 나비가 사뿐히 앉았다가 날아간 것은 좋은 징조요. 손 권사의 빌딩이 팔리면 두 형제 좋은 일 하며 이 세상에서 실컷 잘 살다 갈 수 있어. 평생 돈 걱정 없이 말이지. 알아들었지? 재판정에서 피고 진술을 하라고 하면 오랜 세월 세뇌당해서 판단을 바로 할 능력이 없었다고 해요."

정구는 도리어 오 도사를 달래듯이,

"죽어도 괜찮아요. 목매는 밧줄이 직경 5센티나 된다고 해서 처음에는 무서웠는데—"

오 도사는 고개를 세게 저었다.

"아니다, 사형은 아니다. 죽은 손 권사가 너를 용서했다. 그 표시로 날개 한 귀퉁이를 남겨두고 간 거다."

"괜찮습니다, 내가 가야 할 길 아닙니까. 그걸로 속죄하다니 췻

값이 너무 가볍습니다."

오 도사는 저도 모르게,

"관세음보살!"

하고 입에서 흘러나왔다.

"정구, 나비 보자 그렇게 마음이 달라지던가?"

"아니요, 그 전부터 조금씩 마음이 그렇게 돌아가데요."

"그래, 그게 고마워서 손 권사의 넋이 나비가 되어 정구의 어깨에 날아 앉았을 거야."

"날개 조각을 떨어뜨린 것도 생각하면 묘해요."

"그렇지, 자기라는 걸 알리고, 그리고 용서한다는 뜻을 표시한 거겠지."

"나비가 영혼이라니!"

하며 정구는 깊이 한숨을 내쉬었다.

"영혼이고말고! 이 세상에 나무고 꽃이고 물이고 짐승이고, 혼 없는 것이 어디 있겠어. 사람이 몰라 그렇지. 정구는 용서를 받았으니 형무소 안에서건 밖에서건 착하게 살아가요. 복 받을 거요."

정구의 눈에 이슬이 핑그르르 고였다.

"할머니, 형무소도 인생살이인 걸 알았어요. 지옥은 지옥이겠지만 맘먹기 따라 고생도 낙이지요. 하지만, 난 때가 너무 늦었어요. 사람을 죽인 거예요. 미련해서 깨닫지 못하고, 누구 하나 나를 올바르게 지도해주지도 않았어요. 내 운명이 그리 기박했던 거지요. 나 같은 놈은 이 세상에서 고개 들고 살 자리를 애초에 하늘이 주지 않았던 거예요."

하고 나서 정구는 차단 유리에 이마를 대고 방성통곡했다.

그것은 참회의 통곡보다도 환경을 잘못 타고난 것이 사무치도록 원통한 통곡 같았다. 제 말대로 미련하지만 않았었다면 그 나쁜 환경을 오히려 딛고 서서 더욱 크게도 될 수 있었을 텐데. 그것도 운명인가. 도사도 유리에 이마를 대고 정구와 함께 울었다.

"나무아미타불!"

'제발 대구댁, 저 애들을 살려주소, 마! 한을 씻고 살려주소' 하고 속으로 말하며 오 도사는 형무소 정문을 나섰다. 파랗던 하늘이 어느 사이엔가 흐려져 있었다. 여름을 재촉하느라고 소나기 한 줄기라도 쏟아지려는 것 같았다.

버스에 흔들리면서 오 도사의 가슴속에서는 눈물이 한없이 흘러내렸다. 세상에 태어나면서부터 굶주림을 해결하느라고 전전긍긍하다가, 그래도 자연의 섭리로 육체는 자라 성인이 된 스물네 살배기 최정섭, 스물두 살배기 최정구의 형제가 측은하고 불쌍했다.

'마음속은 언제나 증오로 칼 바퀴가 지겨운 소리를 내며 돌고, 대명천지 밝은 세상에 그 둘 마음속에만은 유독 밝은 빛 한번 스며들지 않았다. 그러다가 살인의 죄까지 저지르고 말았으니 그 인생이야……. 어린이의 빈곤은 어른의 잘못이요, 나라의 잘못이 아닌가? 빈(貧)이 곧 죄의 근원이 되는 거라.'

거기까지 생각하다가 오 도사는 고개를 흔들었다.

'아니다. 빈이 아니다. 정섭 형제의 비극은 최광수의 색욕과 대구댁의 탐욕과, 그리고 그들 자신에 붙은 원귀, 악귀가 발동한 총결산이다.'

"나무아미타불."

오 도사는 사람을 백팔번뇌의 뭉치로 만든 신이 차라리 원망스러웠다.

날씨가 후덥지근해졌다. 그녀는 구름이 몰려드는 하늘을 보며 장마철이 일찍 오려나? 하고 생각했다. 몇십 번 맞는 장마다. 그녀도 이승을 하직할 때가 가까이 온 것 같았다.

그녀가 집으로 들어가니까 석규가 아까 죽은 금붕어를 묻느라고 호미로 마당 한구석을 파고 있다가 벌떡 일어서서 인사를 했다.

"지금 오십니까."

"할아버지 급체한 것 어떠시대?"

"모르겠는데요. 하던 일 마저 해야 한다고 하시면서 아까 나가셨는데요."

"좀 쉬지 않고, 그 노인 양반이……."

목숨도 모질구나 싶어 오 도사는 한숨이 저절로 나왔다. 전생에 무슨 죄를 졌기에 팔십이 넘어서도 육체노동을 해야 겨우 목에 풀칠을 하는지.

오 도사가 거실에 올라서니까 안방 문에 무엇인가 검은 그림자 같은 것이 얼른 스치는 것 같았다. 그녀는 안방의 문을 열어보았다. 자개 문갑 위에 정임의 사진이 조용히 놓여 있을 뿐이었다.

'대구댁, 나 댕겨 왔소. 시름없는 그 세상에서 마음 푹 놓고 사시소!'

그녀는 정섭 형제가 보았다는 나비가 무엇일까 생각하며 마당을 보고 멍하게 섰다. 석규가 눈을 둥그렇게 뜨며 물었다.

"도사할머니, 뭐 하고 계세요?"

"아무것도 하지 않는다. 네가 예뻐서 보고 있는 거다."

석규는 죽은 금붕어를 땅에 묻고 거기다가 타원형의 하얀 자갈

돌을 세웠다. 비석인가 보다. 그러고는 쪽 나간 플라스틱 바가지에 물을 떠 와서 스텐 숟가락으로 무덤 위에 뿌리며,

"아멘, 아멘."

하고 고개를 숙이고 있었다. 교회를 놀이터 삼아 다니더니 어느 교인의 장지에까지도 따라갔었던 게로구나 하고 오 도사는 생각하며 석규의 모습을 지켜보았다.

"복 많은 석규야, 예수 가르치는 대로 크거라. 네 복을 축복한다."

김유진 선생 같은 사람을 만나게 된 것만도 희한한 복이 아닌가, 산 위의 극빈자였던 아이가…….

정섭 형제의 판결 공판은 예상외로 앞당겨서 다음 주에 있었다. 정섭은 수십 마리의 나비가 달려들어 전신에 피같이 끈적끈적한 촉감을 남기고 죽은 꿈의 예시대로 사형이 선고되었다. 그 꿈은 원귀의 저주로 죽는 것을 역력히 예시한 거라고 오 도사는 생각했다. 정임의 시체에서 흐른 피가 정섭의 전신을 덮어 죽이는구나 하고 생각하며 그녀는 업보의 집요함이 새삼 두려웠다. 정구에게는 무기징역이 선고되었다. 오 도사는 그녀가 죽을 때까지 그의 옥바라지를 할 생각이었다. 모범수가 되면 언젠가 석방이 될 수도 있지 않을까? 빌딩이 팔리면 그를 위해 정기예금을 해두기로 도사는 마음먹고 있었다. 정구는 마음먹기 따라서 고생도 낙이고 형무소도 하나의 인간 사회라고 했었다. 인간 문명의 발달이 극에 이른 것 같은 오늘날에도 세계 어느 곳에선가는 제도며 생활양식이 미개 그대로의 상태여서 형무소보다 나을 것도 없는 사회도 있을 것이다. 정섭은 처형될 날을 기다리면서도 손정임 때문에 집안도 망하고 나도 망했다고 아무 데서나 소리를 쳤다.

정섭은 남의 악은 보여도 자신의 악행은 끝내 완전히 보이지 않았다. 같은 죄를 짓고도 형과 아우는 그렇게도 판이하게 달랐다. 종교에 귀의하든가 깊이 참회하든가, 생사를 달관한 경우에는 죽음을 사랑으로 혹은 평화로 받아들이나, 증오와 원망에 쌓여 있을 때에 사형수는 죽음의 공포 때문에 난폭해지고 더러 발광하기도 한다고 교도관은 전했다.

'하늘이시여, 정섭에게 사랑을 주소서. 착한 마음으로 죽게 해서 그 원귀가 이 세상에 떠다니지 못하도록 하소서.'

오 도사는 눈을 감으며 속으로 합장했다.

정구가 형무소에서 목사며 스님의 말을 열심히 들으려 한다는 말을 듣고 오 도사가 기뻐한 것도 잠시였다. 정구는 같은 감방의 죄수끼리 싸우는 것을 말리다가 머리를 헛맞아서 그 자리에서 숨졌다. 그것은 어쩌면 자살행위였는지도 모른다. 죽일 듯이 서로 치고받는 사이를 정구는 뛰어들었다 한다. 최정구…… 세상에 태어난 지 만 21년 7개월 21일 세 시간 만에 그는 이승을 떠났다.

정구의 셋집에는 시체에 가까운 중풍의 어머니와 일하다가 팔 하나를 잃은 아버지 덕기가 멍하니 앉아 있었다. 덕기는 아버지 최광수가 색욕에만 빠지지 않았던들 물려받은 재산으로 부유하게 생활할 수 있었던 사람이다. 그의 아버지의 잘못 때문에 그는 아들 둘을 살인자로까지 만들게 된 것이다.

정구를 공동묘지에 묻고 내려오며 덕기는 팔 없는 양복 소매를 흔들며 뇌고 되뇌었다.

"아, 나는 2층 양옥에서 그때만 하더라도 누구 부럽지 않게 살았었어요. 그냥, 그년만 없었다면 우리는 지금, 참……."

색에 빠져 가산을 탕진한 최광수에게만 허물이 있는 것이 아님을 오 도사는 덕기의 뒤를 따라가며 깨달았다. 그렇게 잘살 때 무엇이든 배워서 열심히 일하며 살았더라면 오늘처럼 처참한 일을 겪지 않아도 되었을 게 아닌가? 세상에 몇 사람이 일생 놀며 살 만한 유산을 물려받던가? 나태와 무자각의 죄, 그 죗값을 덕기는 지금 받고 있는 것이 아닐까? 그것을 못 깨닫는 것도 팔자일까?

장지에서 돌아오는 길에 석규가,

"도사할머니, 오늘 죽은 사람, 나쁜 사람이었대요."

한다. 오 도사는 깜짝 놀라며,

"누가 그러던?"

하고 한길에서 멎어섰다.

"아까 중이 염불하는데 뒤에서 사람들이 그래요."

석규는 오불관언이라는 듯이 맑은 눈동자를 깜박이며 말했다.

"아니다, 세상에서 제일 착한 사람이 되어 저승으로 갔다. 옛날에는 나빴지만, 알겠니? 옛날 갖고 말하는 것은 어리석은 사람이지. 지금 어떤 사람인가를 갖고 말해야 한다."

"옛날에 사람을 죽였어도요?"

오 도사는 말문이 꽉 막혀버렸다. 석규가 어려서 아무것도 모르리라고 생각한 것이 그녀의 착각이었다.

"사람을 죽이면, 저도 죽어야 하는 거야. 저승에 가서는 무지무지한 벌을 받는다. 그렇지만 나중에 워낙 착한 사람이 되면 그 죄가 감해지지."

석규는 초롱초롱한 눈빛으로,

"누가 감해줘요? 사람이요? 하나님이요?"

오 도사가 석규의 영리함에 놀라며 한참 생각하다가,

"사람도 하나님도……."

하니까 석규는 알았다는 듯이 말했다.

"똑같구나."

"무엇이 같으니?"

"사람하고 하나님하고."

오 도사는 당황하며 한참 생각하다가,

"아니다, 같지 않다. 겉은 같아도 속은 전혀 다르다. 예수님도 부처님도 사람처럼 생겼다고 우리와 같은 사람은 아니다. 늬가 전에 살던 산집의 주인하고 너의 할아버지하고, 겉은 다 같지만 속은 전혀 다른 사람이지?"

석규는,

"그럼요!"

한다.

"그보다는 더 엄청나게 다르단다. 사람이 노력하면 그분들처럼 될 수 있단다. 석규야, 너는 좋은 사람 되어 복받고 살 사람이다. 예수 말씀하신 대로 착한 마음 갖고 사는 거다."

하며 오 도사는 석규의 손을 꼭 쥐어주었다.

시외버스에서 시내버스를 갈아타는데 석규가 언덕에 있는 교회를 가리키며,

"전에 저 교회에 있던 목사가 바람이 나서 교인들이 내쫓았대요."

한다. 전에 사람을 죽인 사람이며 전에 바람난 목사며…… 석규는 마치 나쁜 것만 듣고 다니는 것 같다. 나쁜 것도 듣고 보아두면 거

기에 대한 무엇인가를 터득할 수도 있지 않을까 하고도 오 도사는 생각해보았다. 험하고 악한 것을 듣지도 보지도 않고 살 수는 없는 세상일 바에야.

"나쁜 사람을 어떻게 생각하니?"

석규는 일언지하에,

"나쁜 사람은 나쁜 사람이에요, 벌받아요."

한다. 석규에게 세월이 좀 더 흘러야…… 하고 생각하며 그녀는 어린아이에게 던진 그녀의 우문에 겸연쩍게 웃었다.

강 노인은 마당의 화초에 물을 주고 있었다. 오 도사를 보더니,

"장례 잘 치르셨어요?"

한다. 오 도사는 석규가 영리해서 말도 잘하고 말귀도 잘 알아듣더라고 칭찬을 했다. 강 노인은 호스 끝을 손으로 눌러서 물을 세게 내뿜으며,

"고 녀석이 교회에 돌아다니더니 주둥이만 까지구선! 으레 교회 다니면 입 까지고, 절에 다니면 능청맞게 되는 거라니까!"

하며 소리를 팩 질렀다. 석규는 강 노인의 말은 들은 척도 하지 않고,

"나비다, 나비다."

하고 두 손을 벌리며 잡으려고 꽃밭으로 뛰어들었다. 하얀 나비가 두 마리, 붙으며 떨어지며 수국 위를 날고 있었다.

오 도사는 그 나비 두 마리가 대구댁과 정구의 넋같이 생각이 들어 한동안 멍하니 서서 보았다.

'저토록 단짝이 될 수 있는 것을…….'

오 도사는 한숨을 쉬며 말했다.

"할아버지, 저 나비들 참 정다워 보이지요? 손 권사하고 정구의 넋이 친구가 되어서, 이 집에 와보는 것 같아요. 신기해라."

"신기할 게 뭐 있어요. 죽으면 그만이에요. 아, 그만치 살아보시고도 아직 모르세요?"

하며 강 노인은 무엇엔가 화풀이하듯 소리쳤다.

"흔해빠진 죽음복도 나한테는 없어요. 내가 어릴 때 살던 동네 뒷산에 몇백 년인가 묵은 고목이 있었는데, 그게 천수를 다하고 죽었다고 해서 게다 대고 마을 사람들이 고사깨나 지냈지요. 나는 할아버지 따라서 절깨나 넙죽넙죽 했는데, 그 나무귀신이 내게 붙었는지? 오장육부가 늙어서 다 삭아 내려야 숨이 끊어질 모양이에요. 무슨 놈의 팔자가 명만 타고 났어!"

하며 강 노인은 물을 뿜던 호스를 놓고 주먹으로 허리를 두들겼다. 아까부터 뭔가 화난 것 같더니 원인은 그것인 성싶다. 석규가 불안한 듯이 잠자코 그를 바라보았다. 강 노인은 석규를 한참 멀거니 보다가,

"네 할애빈 안 죽는다, 걱정 마라. 안 죽는다. 무슨 터진 팔자라고 죽겠어? 엉?"

석규의 어린 눈에 여전히 불안과 슬픔이 스쳤다. 그는 할아버지가 죽을까 해서 불안하고 슬펐다. 혼자서 어떻게 사나? 그것은 큰 공포다.

그때 전화벨이 울렸다. 전화 소리만 나면 석규는 좋아라고 뛰어가서 받았다. 그는 기계에서 사람의 소리가 들리는 것이 신기했다. 세상에 태어나서 그가 사는 집에 전화가 있기는 처음이어서 그것이 더욱 신기했고, 벨소리는 그를 흥분시켰다. 거실에서 전화

를 받은 석규가 소리쳤다.

"진주댁 할머니, 전화 받으래요."

"진주댁?"

오 도사는 석규가 늘 도사할머니라 부르다가 진주댁이라고 하는 것이 이상했다.

"누구라고 하니?"

"복덕방이래요."

오 도사는 빌딩이 팔리려나? 아니면 이 집에 세 들 사람이 있는가 기대하며 급히 거실로 올라갔다. 수화기 속에서 남녀의 음성이 여러 가닥 혼선되어 있다. "여보세요, 여보세요" 하니까 복잡한 혼선 속에서,

"내가 하나는 데려갔지. 또 하나는 고생 좀 시켜가지고……."

하는, 여자인지 남자인지 분간키 어려운 소리가 들렸다. 오 도사는 혼선 속을 다시 여보세요, 여보세요 했다. 혼선 상태가 뚝 멈추며,

"오 도사세요? 복덕방이에요."

하고 복덕방 노인의 소리가 났다. 언제나 목에 가래가 걸린 것 같은 그 목소리다.

"방 보러 오는 사람이 통 없습니다. 온채로 내놓으시면 혹 어떨까 합니다. 그렇게 한번 해보시겠습니까? 온채로 세놓으면 4000만 원은 받을 수 있는데, 누구든 우선 상속을 하고, 명의를 변경한 후에 전세든 월세든 내놓지요. 죽은 사람하고 어떻게 계약합니까. 명의변경 먼저 하세요."

복덕방은 그 점을 한 번 더 강조했다. 상속재산의 반 이상이나 되는 상속세를 내려면 유진이건 석규건 이 집을 팔아야 세금 낼

돈을 마련할 것이다. 오 도사는,

"상속자와 의논해서 알려드리지요."

하고 급히 전화를 끊었다.

"하나는 데려갔지. 또 하나는 고생 좀……" 하던 말소리가 귀에 걸려서 그녀는 복덕방의 말도 건성 들었다. 그것은 도대체 누구의 무슨 말이었을까? 갑자기 소름이 오싹 끼쳤다. 그녀는 남쪽 창가의 의자에 옮겨 앉아서 홀로 곰곰 생각해보았다. 아우 정구는 내가 이미 데려갔고, 형 정섭은 죄를 뉘우치지 못하니 좀 더 고생시켰다가 죽게 하겠다……?

대구댁의 말소리가 아닌가? 유령의 소리? 죽은 혼이 이승을 배회한다고 반신반의하는 그녀도 유령의 음성을 들은 것은 처음이었다. 그 음성은 대구댁의 카랑카랑한 음성 같지는 않았다. 남성인지 여성인지 분명하지도 않았다. 분명치 않아서 더욱 공포스러운지 모른다. 그러나 그때 전화는 몹시 혼선 상태였다. 한 사람은 나은 직장으로 데려가고 한 사람은 고생되겠으나 좀 더 두었다가 자리 나면 데려간다는 지극히 흔한 현실적 얘기일 수도 있다. 유독 대구댁의 영혼의 소리라고 생각할 근거는 없지 않은가? 그렇게 생각을 고쳐보나 오 도사는 섬뜩하던 기분이 좀체 가셔지지 않았다. 그녀는 마당에서 제기를 차고 있는 석규에게 물었다.

"복덕방 할아버지가 진주댁 있느냐고 그러던?"

"아니요, 할아버지가 아니고 어떤 여자가 그랬어요."

"여자가?"

오 도사의 등이 다시 오싹했다.

"……?"

"석규는 내가 진주댁 할머니인지 어떻게 알았지?"

"몰라요, 난 진주댁 할머니가 누군지."

"그러면 진주댁 할머니 전화 받으라고 왜 그랬을까?"

"아아, 그것 말예요? 전화에서 그래서 나도 그랬지요."

석규는 말하고는 힘차게 제기를 찼다. 그의 눈망울이 즐거운 듯이 초롱초롱 빛났다. 오 도사는 한 가지를 더 물었다.

"아까 저기서 날던 흰나비 두 마리, 아직도 있니?"

석규는 제기차기를 멈추고 마당 동쪽을 흘깃 보더니,

"없어요, 날아갔나 봐요."

한다. 마당 뒤쪽에서 강 노인이 무엇인지 그를 꾸짖는 소리가 났다. 석규는 계속 제기를 차며 노인 소리가 난 쪽으로 갔다.

'대구댁의 소리였다!' 하고 오 도사는 속으로 말했다. 그녀를 진주댁이라고 부르는 사람은 대구댁밖에 없다.

그러나 우리나라에 진주댁이라고 불리는 사람은 얼마든지 있을 것이다. 진주와 연관이 있거나 거기서 사는 기혼 여성이면 늙거나 젊거나 대부분 그렇게 불릴 수 있는 것이다. 전화 혼선에서 어느 여자가 진주댁을 찾았고, 그 찾는 것과는 전혀 관계가 없는 다른 사람이 "내가 하나는 데려갔지……"라고 할 수도 있지 않은가? 그야말로 우연의 일치이기 쉽다. 하나, 역시 오 도사는 그 전화의 목소리가 우연의 일치 같지 않았다.

정구가 교도소에서 사고로 죽기 전에 그의 어깨에 날아 앉았던 보랏빛 나비며, 정구를 산에 묻고 집에 들어서자 꽃밭에 날던 흰나비 두 마리며, 그리고 방금 전화의 목소리 등을 생각해보니까 무엇인가 심상치 않은 것이 느껴졌다.

오 도사는 안방으로 가서 문갑 위에 있는 정임의 사진 앞에 앉았다. 그녀는 정임의 반듯한 이마며 또릿한 눈매를 보며 살아 있는 사람에게처럼 말했다.

"보소, 그리도 이승에 미련이 많습디까? 멀쩡한 젊은 아이 둘 희생시켜놓고, 무엇이 모자라서 이승에 드나드요? 그만 가소. 마음 푹 놓고, 아예 다시는 오지 마소."

그녀의 음성에는 차차 노기가 섞였다.

"재물도 무엇 하나 대구댁 거라는 건 없소. 말짱 이승에 두고 갔으니 이승 꺼요, 알겠소? 돌고 돌아도 이승에서 도니 이승 꺼요. 잘 알아들으소이. 애초 이승 올 때 무엇 갖고 왔었나? 맨손 아기로 태어났으니, 맨손으로 가는 거라. 내 말 몬 알아듣는 소리 있소? 일해서 번 돈이라고? 그래도 이승 사람의 호주머니에서 나온 게 아이요? 땅 파서 생긴 돈이라 캐도 이승의 땅 아이요? 마 마, 훨훨 잊어버리고, 저승에서 고향 사람들 복 많도록 축수나 드리소. 이승에는 아예 얼씬 말고."

그렇게 말을 하고 보니 대구댁이 살아서 거기에 앉아 있는 것 같다. '와, 나만 손해 보라 카요?' 하며 그녀가 당장 커다란 눈을 짓궂게 흘기는 것 같다. '좋은 여자가 환경을 잘못 타고 나서……' 하고 그녀는 새삼 대구댁의 일생이 애석했다.

그녀는 거실로 나왔다. 양쪽 무릎이 시큰거리더니 푹푹 쑤신다. 정구의 무덤이 공동묘지 중에서도 높은 데여서 과로한 것 같다. 돈이 모자라서 좋은 자리를 택하지 못했는데, 돈이 되면 서쪽 비탈진 데 축대를 견고하게 쌓아 올려야겠다고 그녀는 생각했다.

강 노인이 꽃밭에 물을 주던 손을 멈추고,

"장마 질 것 같아서 물도 적당히 줘야겠어요."

한다. 오 도사는,

"그렇게 하세요. 잡초는 내가 뽑지요."

했다. 강 노인은 장단을 붙여 노래하듯,

"억수같이 장마 지고 나면 데어 버스러지게 더웁다가, 가을바람 불었는가 하면 단풍 지고 이내 낙엽 지고, 얼음 얼며 겨울 오고, 추워 얼어 죽을 지경이 되는구나 하고 있으면 새 울고, 봉오리 맺혀 봄이 오고…… 사계절이라는 게 빨리도 돌지."

하며 긴 호스를 둥글게 말았다.

"사철 구경 여든 번에 아들 죽고, 손자 죽고, 마누라 죽고, 손녀 죽고…… 모난 소리 한 번 한 적 없는데도, 가슴에 못만 박혔더라. 그 어느 때 한 번 끼니 걱정 안 해본 적 있었던가?"

오 도사는 강 노인의 노랫가락 같은 푸념을 들으며 유진에게 전화를 걸었다. 복덕방의 말을 전하니까 도사의 이름으로 상속을 하든가 석규의 이름으로 하라고 고집했다. 유진은 티끌만큼도 정임의 유산에 욕심이 없음을 오 도사는 새삼 확실히 깨달았다.

"세상에 저런 사람도 있는데. 보소, 대구댁, 당신은 뭐 할라고 남의 땅문서는 팔아치워가지고……."

하며 그녀는 끌끌 하고 혀를 찼다.

'김 선생이 약지. 공연한 공짜 돈 가지면 엉뚱한 화가 닥치는 법. 공돈의 몇백 배 만 배나 되는 재앙 말이지. 세상에 공짜가 어디 있겠어. 하지만 이 유산만큼은 이를 갈며 주는 뇌물도 아니고, 조부한테 빌린 것을 손녀에게라도 갚을려고 한 것인데…….'

오 도사는 거기까지 생각을 하다가, 이 집만은 정임의 원대로 유진에게 가도록 해야겠다고 결심했다.

그녀는 30억 원이나 되는 그 빌딩이 팔리는지 교회에 알아보려고 다이얼을 돌렸다. 빌딩이 팔리면 상속세를 내고 그간의 관리비를 내고 전세 권리금을 갚더라도 교회와 그녀에게는 각각 몇억 원쯤은 올 수 있다고 한다. 그녀는 갑자기 큰돈을 갖게 되는 것이 실감도 나지 않고 기쁨과는 동떨어진 기분이다. 정구 형제 옥바라지라도 할까 했더니 정구는 죽고 정섭도 죽었다. 소유주였던 대구댁은 피살되고…….

"사람은 가고 없는데, 돈만 남았구나!"

하고 그녀는 소리 내어 말했다. 그 재산 때문에 한 사람은 피살되고, 그 재산 때문에 두 생목숨이 꺾였다. 교회의 박 목사는 불경기라 빌딩을 살 사람이 나타나지 않는다고 하며 매달 나가는 관리비가 벅차다고 엄살을 부렸다. 박 목사는 빌딩이 팔리지 않으니까 상속 권리를 교회에 넘겨주면 오 도사에게 매달 얼마씩의 생활비를 주겠다고 전에 한번 제의한 적도 있었다. 그녀는 거절했다. 앞으로 구십까지 20년을 더 산다고 가정하고, 월 20만 원의 생활비를 받는다면 4800만 원이다. 20년은커녕 10년도, 아니 불과 몇 달도 더 못 살지 모른다. 남는 돈은 어떻게 되는가? 그야 교회에 기부할 수도 있고, 그녀가 죽은 후에는 다른 사람에게 유산상속분만큼 다달이 계속 지불하도록 계약을 할 수도 있다. 그러나 그녀는 대구댁이 하지 못한 일을 대신 하고 죽어야 할 의무를 느꼈다. 유진에게 대구댁이 살던 집을 주고, 정섭 형제의 무덤을 보아주고 나머지는 직접 적선에 쓰는 것이다. 그녀는 손을 씻고 주문 맡은 뜨개질을 시작했다. 강 노인이 마당에서 말했다.

"도사님은 그런 큰 부자신데, 삯뜨개질은 무엇 하러 하세요? 눈 아프게."

"돈이 생길 거라고 가만히 앉아 있다가, 돈 구경도 못 하고 굶어 죽게요?"

강 노인은 허허 웃으며,

"하긴 그래요."

"누구에게나 좋은 때가 올 텐데, 그걸 모르고 우왕좌왕 허둥지둥 사는 게 인생인 것 같아요. 그뿐이겠어요? 한 치 앞에 구렁텅이가 있는 것을 못 보고 좋아라 춤추기도 하지요. 장래가 어떻건 지금 당장 하늘 무서운 줄 알고 살아야 할 텐데. 남에게 사람 못 할 짓은 하지 말아야지."

도사의 말에 강 노인은,

"도사님, 씨 뿌린 대로 거두는 사람 몇 사람이나 보셨어요?"

한다. 오 도사는 빙그레 웃었다.

"석규 할아버지, 전세의 업으로 생각합시다. 그렇지 않고는 달리 해석할 도리가 없지 않아요?"

"죄를 모르는데 벌만 주는 것이 무슨 소용입니까? 죄를 지으면 첫째, 본인이 뉘우치고 벌을 달게 받아야 벌의 뜻이 있지 않겠습니까? 내 팔자가 업이라면 전세에 무슨 나쁜 짓을 했던가 알아야 하지 않겠어요?"

강 노인은 아들과 손자가 죽은 것이 두고두고 생각해도 납득이 가지 않았다. 아들은 일본의 징용으로 죄인처럼 잡혀가서, 일본의 어느 탄광에서 죽어 시체도 보지 못하고 말았다. 그 아들인 손자는 6·25 때 인민군에 끌려가서 생사도 모른다. 나라에 변이 있을 때마다 왜 나만 하나씩 혈육을 없애야만 했는가? 왜? 나만! 왜?

"일제 때 우리나라에서, 공출(供出) 적은 사람을 낱낱이 일본 놈에게 일러바쳐서 저는 호강하며 살던 놈이, 해방이 되어서 이제 죽나 보다 하니까 웬걸요? 더 난 체하고 국회의원인가 무엇엔가 출마한다고 법석 칩니다. 6·25 때도 무리 지어 동네 돌아다니며 의용군으로 나가라고 남의 자식들깨나 잡아먹던 놈이, 수복되니까 멀쩡히 잘난 체하고 국회의원 나간다고 돌아다니는 것은 무언가요? 착한 사람이 고생고생하며 살다가 비참하게 죽는 것은 무슨 이치입니까? 그래가지고 그 전세의 업보라는 게 없어지게 됩니까? 갓난애가 굶고 앓다가 죽는 것이 무슨 뜻입니까? 그 아이가 어떻게 죄를 깨닫습니까?"

하며 강 노인은 단숨에 말해버렸다. 그의 얼굴은 벌겋게 닳았다. 목에는 핏줄까지 퍼렇게 섰다. 그는 원통해서 발을 구르며 악을 쓰고 싶은 심정이었다. 오 도사는 뜨개질하던 손을 멈추고,

"그걸 아는 사람이 어디 있겠어요? 업보가 정말 있나 없나, 후세가 있나 없나, 또 전세도 있나 없나 확실히 안다면 이 세상에서 사는 사람들의 모양이 상당히 달라질 것입니다."

강 노인은 오 도사의 말이 끝나자마자,

"달라지기는 무엇이 달라지겠어요? 사람 죽이면 저도 죽는 줄 알면서도 여전히 죽이지 않습니까? 사람에게서 악성(惡性)을 뽑아야지, 그렇지 않으면 감옥의 벌도 지옥의 벌도 소용없어요. 남보다 나쁜 짓 더 하는 예수쟁이 못 보셨나요? 엉큼한 중놈은 어떻게 하구요?"

한다. 오 도사는 '그렇구먼!' 하고 속으로 생각했다.

"악성이 발동해서 죄짓는 게 업보요."

강 노인은 갑자기 기운이 팍 꺾여 말했다.

"어차피 구차하게 사니까 업보고 무엇이고도 생각하게 되는 겁니다. 한참 신나게 사는 사람은 그런 것 저런 것 생각해볼 겨를이나 있겠습니까?"

"석규 할아버지, 꼭 그럴까요?"

하며 오 도사는 손을 털고 일어섰다. 이런 얘기 백번 해보아야 장님 금강산 구경하기가 아닌가? 인간이 무엇을 안다고…….

강 노인의 말대로 우리나라의 사계절은 급격히 오나 보다. 해가 떨어지며 무덥기 시작하는 것이 여름에 접어들며 장마부터 몰아칠 모양 같다.

오 도사는 저녁을 먹고 나서 어둑어둑해진 마당의 나무의자에 앉았다. 해 진 하늘에 검은 구름이 모여들었다. 마거리트 꽃이 한창이다. 넝쿨장미도 봉오리 졌다. 장마 지고 나면 새빨갛게 만개하리라. 집주인이 살아 있을 때에는 이 무렵이면 이 나무의자에 앉아서 도사에게 차 대접을 하며 지나간 세월의 억울하던 얘기를 곧잘 했었다. 그 많은 헛애인들의 주책스럽던 얘기며 음탕하던 얘기도 홀로 킬킬 웃으며 곧잘 했었다.

비를 재촉하는 듯 바람이 한 가닥 불며 지나갔다. 마거리트 사이에 두드러지게 솟아난 잡초가 보여서 오 도사는 일어나서 그것을 뽑았다. 잡초를 뽑고 의자에 다시 앉으려니까 등에 무엇인가 물체 같은 것이 닿는 느낌이 들었다. 그녀는 반사적으로 뒤돌아보았다. 대구댁이 생시처럼 조용히 앉아 있었다. 섬뜩해지는 것을 누르며 그녀는 속으로 '헛것을 보는구나' 하고 말했다. 대구댁의 환영은 금방 없어졌다. 생시같이 느낀 것은 느낌뿐이지, 정확히 옷의 빛깔이 무엇이며 표정이 어떤 것이었는지 지각할 수 없었다. 환영은 한복을 입고 무표정이었다. 오 도사는 환영이 있던 옆에 앉았다.

"보소, 대구댁, 귀신인들 어떻겠소. 당신이 나를 해칠 리는 없을 테고. 이승에 미련 갖지 말라 카지 않소? 못 알아듣소? 거기서 불쌍한 최정구나 잘 보살펴주이소, 마!"

하며 그녀는 환영이 있던 자리를 노려보며 말했다.

"나를 벗 삼아 데려갈려면 그렇게 하소. 내 언제 거기 가는 것 무섭다 캅디까? 이승에서 별로 할 일도 없고, 누구를 위해 살아야 할 사람도 없는데."

하고 다시 말했다. 그러나 오늘은 나비로, 전화에서 목소리로, 또 환영으로 대구댁을 만나고 보니 묘한 기분이었다. 그녀의 혼이 아직도 떠돌아다니는 것 같아 불공이라도 드리고는 싶으나, 기독교를 믿고 교회에서 장례를 치렀으니까 죽어서도 기독교인으로 두는 것이 옳을 것 같았다.

"예수시여! 대구댁의 모든 허물, 널리 용서하소서. 불쌍한 영혼 더욱 사랑해주소서. 최정구의 영혼도 편히 쉬게 하소서. 저승에서는 어느 복 많은 모자의 연으로라도 맺어주소서."

그렇게 기도를 드리고 보니 예수교에서는 불교처럼 환생을 믿지 않는다는 것이 얼핏 머리를 스쳤다.

"아무려나, 사랑하고 용서하는 것을 마다할 신이 어디 있을라고?"

하고 혼잣말을 뇌면서 그녀는 집 안으로 들어갔다.

이내 하늘에서 빗방울이 후두후두 소리를 내며 땅 위에 떨어졌다. 그러고 쏴 하고 쏟아지기 시작했다. 번개가 여기저기 번득이며 천둥이 연달아 으르렁대었다. 바람이 질주하며 빗속을 회오리쳤다. 마치 하늘과 땅이 하나가 되려고 용을 쓰는 것 같다. 강 노인은 곤드라져 자는 석규 옆에서 창밖을 내다보았다.

"금년도 장마를 보는구나!"

유진이 대구댁의 유산을 석규에게 물려주려고 이 집으로 이사를 시켜주지 않았다면 그는 지금쯤 산 위의 무허가 판잣집에서 억수 같은 비를 전신에 맞으며, 날아가는 판자 지붕 위에 비닐을 덮고 그 위에 벽돌을 얹느라고 허둥대고 있었을 것이다. 지금은 벼락이 쳐도 끄떡도 하지 않을 철근콘크리트 집 속, 따뜻한 방에 편히 앉아 있다.

그는 창턱에 두 손을 고이고 턱을 받친 채 대쪽처럼 쏟아지는 비를 보고 있었다. 해마다 원수 같던 장마도 몇십 번째 만나고 보니 정든 것같이 느껴졌다. 지겹다 지겹다 해도 장마도 길어야 일주일이다. 장마 끝나면 땡볕 쏟아지다가 어김없이 선선한 가을바람은 불었다. 그러고는 하얀 눈이 잔잔히 땅 위에 덮는 겨울이 오고, 또 얼마 가지 않아 언 땅 속에서 야들야들한 새순이 힘차게 솟아 나오며 봄은 왔었다.

강 노인은 얼마 안 가서 이 땅에서 죽어 떠나리라 생각하니까 가난하고 괴롭고 슬프고 원통하던, 형벌만 같던 일생을 지내던 이 땅의 산천초목이 한없이 그립게 느껴졌다. 그에게 정겹던 사람이며 그를 멸시하고 또 괴롭히던 사람들도, 유엔군으로 참전했던, 보기에도 이상하던 백인이며 흑인 들마저도, 만나서 스쳐 간 모든 사람들이 그리웠다.

나무 밑에 돗자리를 깔고 그의 등을 긁으며 잠재워주던 주름투성이의 가난했던 할아버지는 이 땅에서 나서 이 땅에서 살다가 죽어 이 땅에 묻혔다. 그의 아버지도 어머니도 형제도, 또 아내도 자식도 손자 손녀도 역시 이 땅에서 태어나서 살다가 죽어서 이 땅에 묻혔다. 나도 그렇지 않은가?

"이것이 도대체 무슨 인연인고?"

그는 그 피를 나눈 인연이 하필 넓은 천지에서도 한국이라는 땅에서 맺어진 일이 이상하고 신비롭기까지 했다.

외국인이건 한국인이건, 나쁜 사람이건 좋은 사람이건 그와 만났던 모든 사람들이며, 그가 본 산이며, 물이며, 나무며, 풀이며, 새며, 나비며 꽃 들도. 또한 해며 달이며, 눈과 비도, 몇억겁 년의 얽히고설킨 인연이 있어 이 땅, 이 생애에서 만난 것이 아니었을까 생각하면 다시없이 소중한 만남이 아니었던가? 그는 무엇인가 보이지 않는 절대적 힘의 그 의지에 깊이 고개 숙여짐을 느꼈다. 그는 '하늘이시여, 경배하나이다. 다만 경배하나이다' 하고 속으로 말하며 두 손을 합장했다. 그는 석규의 자는 얼굴을 보며 머리를 쓰다듬었다. '석규야, 저승 가서 또 만나 같이 살자. 그때는 너의 아빠 엄마하고 오래오래 함께 살자. 지겹던 가난 없는 유복한 신세로 그렇게 살자' 하고 속으로 말했다. 그는 창가에 쏟아져 내리는 비를 보며 이 생각 저 생각에 밤이 깊어가는 줄도 몰랐다.

가난에 찌들며 권세고 명성 따위는 꿈에도 상상해본 적 없는 일생이었다. 아들과 손자 손녀가 죽었을 때 하늘을 원망하고 팔자를 한탄했을 뿐, 누구를 원망한 일도 저주한 적도 없었다. 누구의 돈

10원 한 장도 빌려 써서 갚지 않은 일은 없었다. 하물며 10원 한 장도 사기 치거나 훔친 일도 없었다. 마음으로나 돈으로나 갚아야 할 빚 없이 훌훌 떠나니 마음이 풍족하고 평화로워 한없는 행복감에 젖었다. 인생 막판에 가서 김유진 선생과 오 도사의 은혜를 입고 있으니까 빚이 있다면 그것이 빚이리라. 그는 목숨 다하는 날까지 그들에게 정성을 바치리라 마음먹었다.

하지만 도대체 무슨 인연으로 이토록 큰 복을 받게 되었는지 그는 신기하고 송구했다.

'석규가 예수 믿어 예수께서 준 복일까? 아니면 이것도 내 팔자 소관일까? 때는 올 때에 비로소 오지, 사람의 힘으로는 오지 않는 걸까?'

그러나 강 노인은 앞으로 살 집 걱정, 굶을까 하는 걱정이 없어진다 해도 팔십이 넘은 목숨이 더 살면 얼마를 더 살까 싶다. 빚 없이 홀가분히 간다 해도 고아로 홀로 남을 석규가 안쓰러웠다.

'어려서 부모 잃고, 한 점 혈육의 할애비까지 가니, 너는 어찌해서 혈육의 복을 그리도 못 타고났느냐.'

그는 오 도사와 김 선생과 또 석규가 믿는 예수에게 그를 맡기고 갈 수밖에 없노라고 생각했다.

그날 밤, 오 도사는 단풍잎이 하나씩 둘씩 떨어지는 나무 밑에 강 노인이 서 있는 것을 꿈에서 보았다.

꿈을 깬 오 도사는 처음에는 그가 가을날 낙엽 질 때 죽을 거라고 홀로 해몽했다. 그러나 낙엽 지는 자체가 죽음을 뜻하기도 하니까, 그의 죽음이 임박한 예시인지도 모른다는 생각이 들었다. 봄이면 꽃 피고 가을이면 낙엽 지는 대자연처럼 강 노인의 죽음은

지극히 자연스러운 일이리라. 오 도사는,

"그렇지!"

하고 무릎을 치며 일어서서 대구댁이 쓰던 안방에 가서 패물함을 열었다. 커다란 다이아반지가 하나, 비취반지가 하나, 묵직한 금반지가 다섯, 금목걸이 둘, 금박이로 용을 넣은 은수저 스무 벌이 들어 있다. 자질구레한 보석이 많은 것보다는 물건다운 것 하나면 된다던, 배포 크던 대구댁의 패물다웠다.

대구댁의 값진 옷가지며 패물은 유진과 서로 상속권을 미루다가 석 달이나 그냥 그대로 두었던 것이다. 오 도사는 그 패물함을 들고 거실로 가서 석규와 강 노인을 불렀다. 강 노인은 거실로 들어서자,

"비가 오니 일거리도 없지요. 오늘은 집 안 청소나 좀 철저히 하겠습니다. 천장까지도 털고."

하며 앉지도 않고 청소 기구 반침 쪽으로 갔다. 오 도사는,

"석규 할아버지, 여기 좀 앉으시죠. 석규도 이리 오너라."

하고 어항을 들여다보고 있는 석규를 불렀다. 그러고 그녀는 석규와 강 노인의 목에 금목걸이를 하나씩 걸어주었다. 강 노인은,

"이게 무엇입니까? 아니, 이게 웬 겁니까?"

하고 놀라서 어쩔 줄을 몰라 했다. 석규는,

"이건 금목걸이라는 거예요. 교회 가면 이런 것 많이 걸고 나와요. 할아버지는 교회 안 가니깐 모르지."

한다. 오 도사는,

"할아버지, 이제 그걸 가지실 때가 왔나 봅니다. 내가 미처 생각을 못 해서…… 생각이 드는 것도 다 때가 있는지? 그것, 김유진

선생님에게 물려 가는 것인데, 끝내 마다하니 할아버지 그걸 팔아서 넉넉하게 맛있게 잡숫고, 파출부 불러서 조석 시키세요. 김유진 선생님하고 의논해서 은수저도 반지도 다 돈으로 바꿀 테니까 먹고 사실 걱정 아예 버리세요."

했다. 죽고 나서 천만금을 주느니, 강 노인에게는 살아 있는 얼마 동안이라도 그렇게 해주는 것이 옳을 것 같았다. 진작 이런 생각이 들지 않았던 것도 익는 시간이 필요했던가? 강 노인은 고개를 저었다.

"도사님, 이것은 김 선생님께 드려야 합니다. 이 재물 때문에 세 사람이 생목숨을 잃었지 않았습니까? 내가 뭐라고 팔자에도 없는 재물을."

하며 강 노인은 목걸이를 벗었다. 오 도사는,

"원수는 남이 갚아준다고 하지요? 은혜도 남이 갚아주는가 봅니다. 전세에서건 이승에서건, 알건 모르건 간에 할아버지가 받을 일을 한 게 아닐까요? 더구나, 김 선생이 사심(私心) 한 오라기 없이 석규에게 준 재물이 아닙니까? 깨끗한 적선입니다. 받읍시다. 할아버지도, 나도."

강 노인은 겨우 오 도사의 속을 짐작한 것 같았다.

"내가 금방 가기라도 할 것 같아 그러십니까?"

오 도사는 솔직하게 고개를 끄덕였다.

"석규 할아버지나 나나 갈 때가 다가왔어요. 석규 때문에 눈이 감기지 않을 것 같지요? 그래도 할 수 없지요. 갈 사람은 가는 거지요. 칼을 빼 들고 세상을 쓸 듯이 정복하던 영웅도, 악명 높던 살인자도 때가 오면 모든 것 털어버리고 갔어요. 돈, 권력, 이름을 잡으려고 갖은 권모술수를 쓰며, 심지어 사람을 죽이기까지 해도 잡지 못하는 사람이 있는가 하면, 그렇게 해서 잡는 사람도 있지요. 또 남이 찍거나, 흔들거나, 모른 척하고 묵묵히 제구실만 하고 있어도 부귀영화를 누리는 사람도 있지요. 석규 할아버지 말대로 착한 사람이 고생만 하다가 처참하게 죽기도 하지요. 이런 것을 어떻게 해석하고 또 수긍해야 한단 말인가요?"

오 도사는,

'사람이 가진 때나 없을 때나 업을 잊지 말아야지. 오늘의 내 신세가 내일의 네 신세일 텐데.'

속으로 말하며 일어나서 유진에게 전화를 걸었다.

유진은 오 도사가 정임의 패물을 나누어 가졌다는 말을 듣고 말했다.

"참, 잘하셨어요. 밍크코트며 목도리도 팔아서 쓰세요. 부탁이에요."

그녀는 어머니의 주입 탓인지는 모르나 대구댁에게 호감을 가질 수는 없었다. 더구나 남에게 갈 것을 횡령한 재산 아닌가. 그녀가 돌아간 어머니의 말을 빌린다면 부정 탄 재물이다. 그런 것을 몸에 붙이면 재앙이 온다는 미신을 믿지 않더라도 기분상 깨끗지 못했다. 유진의 어머니는 아무리 미술적 가치가 큰 골동품이라도 어떤 사람의 손때가 묻은 것인지 모른다고 하며 골동품은 사지 않았었다. 유물에 소유주의 혼이 담겨 있건 없건 그것은 별문제로, 유진은 대구댁이 입던 밍크코트며 목도리며 그녀의 목에 걸었던 목걸이며 손가락에 끼었던 반지는 절대로 몸에 붙이기 싫었다. 오 도사는,

"김 선생, 대구댁은 참 불쌍한 사람입니다. 김 선생이 거절하면 저승 가서도 눈을 못 감을 겁니다."

한다. 유진은 50년 전의 돌아간 외조부와 관련된 일을 지금 와서 그녀와 연관 지으려는 것이 지겨웠다. 그녀는 더구나 외조부의 얼굴도 본 적이 없다. 그녀가 세상에 태어나기 전에 죽은 사람이다.

"저와는 전혀 관계없는 일이에요. 그렇게 해서 모은 돈 가지고 산 것을…… 싫습니다."

그녀는 오 도사 때문에 쓸데없이 대구댁의 일로 신경을 쓰게 되누나 생각하니까 신경이 솟았다.

"돈에 미쳐서 정신병원에 들어갈 사람이라면 모를까! 안녕히 계세요."

하며 그녀는 전화를 끊었다. 유진은 이제 정임에 관한 것과는 완전히 손을 떼고 싶었다.

전화를 끊고 나니 조금 지나친 것 같다. 미안했다고 생각하며 그녀는 밖으로 나왔다.

두 시간의 수업을 마치고 유진은 우체국에 가서 수진에게 편지를 부쳤다.

여기는 예년처럼 장마가 시작됐고, 물가가 오르고 불경기다. 형부는 너의 국제전화에도 불구하고 기어이 그 일을 추진하고 있다. 꿈 따위 때문에 사람이 움츠러들고 있으면 아무것도 못 하고 만다고 하며. 그의 말도 일리는 있으나, 네가 형부의 계획을 알지도 못했는데, 하필 외국에 있는 너의 꿈에 아버지가 나타났으며 합자 투자 얘기를 하시는지, 생각할수록 이상하다. 정말 영혼이 있는지? 영혼이 있어 이 세상에 무슨 형태로든 교류를 갖고 싶어 하는지? 잘 있거라, 수진아.

편지를 우편함에 던지고 나니 수진이가 돌아가신 아버지와 어머니의 유일하게 남은 혈육이라는 것이 생각났다. 그러자 그녀가 더욱 애틋하게 사랑스러워졌다.

우체국에서 나오려니까 정문에 비를 피해 사람들이 즐비하게 서 있었다. 그 속을 비집고 나와 우산을 펴 들었으나 발을 내디딜 엄두가 나지 않았다.

"한차례 쏟아지고 나면 가자" 하고 누가 그녀의 뒤에서 말하고 있다. "내일은 갠다니까, 오늘 실컷 올 작정이구먼"이라는 말도 들렸다. 유진도 그들 사이에 끼여서 빗줄기만 바라보았다.

'어디에서 홍수만 나지 않으면 좋겠는데……' 하고 그녀는 생각했다. 해마다 장마 지면 홍수가 나서 인명 피해며 재산 피해가 있었다. 우리나라의 풍토병이라고 상준은 말했으나, 다른 나라처럼 허리케인이나 화산 폭발 같은 가공할 현상은 없는 땅이니 희망은 있는 땅인데, 싶다.

그녀 앞에 갑자기 잿빛 승용차가 서더니,

"김 선생님!"

하고 장 박사가 씩씩하게 소리를 쳤다.

"모셔다 드릴까요? 타세요."

유진도 뜻밖이라 반가워서 덮어놓고 차에 올랐다.

"뜨거운 커피나 한잔하실까요?"

하며 장 박사는 차를 명동 쪽으로 몰았다. 장 박사의 온몸에서 깨끗하고 힘찬 정력이 확확 풍겨왔다.

"김 선생님, 저녁 식사 같이해주세요. 6시가 다 되어가니까 시간도 알맞습니다. 한번 좋은 곳으로 모시고 싶었습니다."

하며 그는 큰 빌딩 속으로 유진의 등을 밀다시피 하며 들어갔다. 그는 전례 없이 대담하고 왠지 자신에 차 있었다. 유진은 영숙이 심령술로 보았다는 환상이 생각나서 잠시 망설였다.

장 박사가 유진의 속을 알 리 없었다. 그는 에스컬레이터를 타고 앞서 내려갔다. 그 뒤를 유진도 따라 내려갔다. 유진의 의사도 물어보지 않고 앞서 걷는 장 박사에게 이끌려 가다가 프랑스식 레스토랑 앞에 이르자 유진은 비로소,

"장 박사님."

하고 불렀다. 그녀는,

"지금 식사 생각은 전혀 없어요. 뜨거운 차나 마시고 싶은데요."

했다. 장 박사는 레인코트를 벗으려다 말고,

"정말이세요?"

하며 유진의 눈을 빤히 들여다보았다. 유진은 그의 시선을 정면으로 받으며 버텼다. 장 박사는 할 수 없다는 듯이 레인코트를 다시 입었다.

사실 유진은 무척 시장했었다. 오 도사가 자세히 열거하는 정임의 패물에 관한 얘기를 듣다가 점심시간을 놓쳤다. 게다가 언젠가 영숙이 심령술로 보았다는 대로 그 호텔의 그 식당으로 들어가게 되니까 그녀는 황급히 거부했다. 영숙의 예언대로 움직이게 되는 것이 왠지 꺼림칙했다.

커피숍은 외국인으로 붐볐다. 웨이터들이 바쁜 듯이 돌아다니

나 구석에 있는 유진의 테이블 쪽은 미처 보지도 못하고 있는 것 같다. 장 박사가 몇 번이나 손을 들어서 겨우 그들은 커피를 주문했다.

유진은 커피를 마시며 만일 영숙에게서 심령술로 보았다는 레스토랑의 얘기를 듣지 않았다면 지금쯤 포도주라도 마시며 호화로운 테이블에서 식사를 하고 있었을지도 모른다고 생각했다. 그렇다면 그녀의 심령술이라는 것이 터무니없이 허구적인 것만은 아니지 않는가 하는 생각도 들었다.

"영숙 씨는 가끔 심령술이라는 것을 집에서도 하세요?"

장 박사는 빙그레 웃었다.

"김 선생님이 무엇을 그렇게 골똘히 생각하고 계시나 했더니…… 왜 그러세요? 김 선생님이 저와 함께 식사하는 것을 심령술이라는 것으로 보았다고 하던가요?"

유진은 아니요, 라고 하는 대신에,

"그런 말을 자주 하나요?"

하고 반문했다. 장 박사는,

"아닙니다, 하도 저에 관한 한 옹졸한 사람이라 혹시 그랬었나 하고……"

하더니,

"자, 정말 식사 안 하시겠어요? 저는 먹고 들어간다고 전화를 해 두어서 좌우간 먹어야 할 형편입니다."

한다.

"영숙은 죽을 먹는데 내가 밥을 먹으면 반찬 준비, 설거지하기…… 피차 귀찮지요."

"늘 외식을 하시나요? 설거지가 귀찮아서요?"

"그런 편이지요."

유진도 결국 비프스테이크를 주문했다.

"저렇게 잘 잡수면서!"

하며 장 박사가 즐거운 듯이 소리쳤다. 유진은,

"사실은 좀 배가 고팠어요."

하고 솔직하게 말했다.

밖에서 쾌활하게 웃으며 식사를 하나, 집에 가면 창백한 영숙이 의심 찬 눈으로 덩그러니 고요한 집 안에서 나와서 현관문을 잠자코 열어주는 장 박사의 생활…… 명쾌하게 웃고 있는 그 얼굴 뒤에 가지가지의 번민이 실처럼 엉켜 있는 것만 같다.

유진은 약수터의 동호객(同好客)들 중에서 우연히 만난 장 박사와 영숙인데, 그들의 사생활에 어느덧 조금씩 깊이 관여하게 되고 말았다.

일이 끝나도 밖에서 배회하는 장 박사는 영숙에게는 좋은 남편이 아니라고 유진은 생각하며,

"전문적인 간호사나 가정부라도 입주시키면 환자를 위해서 좋을 텐데요. 장 박사님도 설거지 걱정 없이 댁에서 저녁 잡수실 수 있고…… 어마, 너무 간섭했을까요? 실례했습니다."

하며 그녀는 조금 당황했다. 장 박사는,

"천만에요. 김 선생님, 이런 얘기를 터놓고 해주셔서 감사합니다. 가정부도 두었으면 오죽 좋겠습니까? 낮에 내가 없는 사이에 가끔 파출부를 불러서 청소는 시키는 모양입니다. 견뎌보라고, 외식을 계속해도 잔소리 한마디 하지 않아요. 잘 먹으라고 하지요.

찬 여자예요. 지독합니다. 제 말로는 사랑해서 그런다고 하지만, 믿지 않으면서 사랑할 수 있습니까? 사랑이 아니라 아집이지요. 인간적인 이해도 없이 사랑만이 어떻게 있을 수 있겠어요."

그의 어조가 격해지더니 갑자기 멈추었다. 그는 유진의 눈을 한참 보다가 커피를 천천히 마셨다. 아직도 하고 싶은 말이 많은데 참고 있는 것 같다. 따로따로 보면 멋있고 훌륭한 영숙과 장 박사가 일단 부부가 되면 늪에 빠져 허덕이는 백조가 되어버리는 것도 이해하기 어려운 일이다. 잠시 후에 장 박사는 말을 이었다.

"이혼하자고 심각하게 말한 적이 있었지요. 그러나 영숙은 그런 의사가 전혀 없었어요. 그렁저렁하는 사이에 그녀는 위장을 앓기 시작했어요. 1년쯤 지나니까 암이 되었어요. 병세가 진행되면서 그녀의 의심하는 성격도 더해갔지요. 정말 이혼을 하려고 몇 번이나 결심했었지요. 차마 죽을 사람한테 강요는 못 하겠고……. 젊은 때 잠깐 생각 잘못한 대가가 너무 큰 것 같아요. 정말 너무 큽니다. 앞날이 캄캄할 때도 있지요."

유진은 속으로 한숨이 나왔다. 그의 고통을 충분히 이해할 수 있을 것 같았다. 영숙의 죽음만이 그를 해방시키는 것이 아닐까? 그리고 장 박사가 그것을 기다리고 있는 것이 아닐까 생각하니 유진은 암담한 느낌이 들었다. 사람과 사람의 만남이 사랑으로 시작해서 그런 종말로 맺게 되는 것이 불쾌했다. 아름답지 못한 정감은 불쾌감을 자극했다.

영숙은 남편이 그녀뿐 아니라 지난 10년 동안 어떤 여자도 안은 일이 없었다고 했다. 장 박사는 사랑하지 않을 때에는 욕망도 일어나지 않는 결벽증이라던가, 그런 말을 하며 그녀는 자못 자랑스러운 듯했다. 남편이 그녀 외에는 아무도 사랑하지 못한다고 마치 유진에게 알아들으라는 듯이 하는 말 같기도 했다. 그 무렵 잠시나마 장 박사에게 연정 같은 것을 느꼈기 때문에 유진은 영숙의 예민함에 내심 놀라기도 했었다. 그녀의 권유로 심령회에 다녀온 2, 3일 후였으리라. 심령회에서 명상하는 동안 영숙의 머리에 그 비슷한 것이 떠올랐는지? 어쩌면 장 박사에의 기대가 증오로 변해서 영숙은 그의 억압하는 육체의 고통을 냉소하며 즐기고 있는지도 모른다.

부부만이 단둘이 사는 집에서 한 사람은 냉소하고, 한 사람은 지겨워하면서 사는 모습은 상상만 해도 음울하다. 잠자코 샐러드를 먹고 있던 장 박사가,

"어, 저기 남 국장 부인 아닙니까?"

하며 한 줄 건너 저쪽 테이블에서 어느 외국인과 차를 마시는 영희를 가리켰다. 영희는 외국인 같은 몸짓으로 뭔가 열심히 즐겁게 얘기하다가 우연히 유진 쪽을 보더니 손을 흔들며 일어서서 똑바로 이쪽으로 걸어왔다. 유진도 반가워서 일어서서 그녀를 맞이했다. 기철이 죽은 후 전화로 두어 번 서로 안부만 물었을 뿐이다. 영희는 두 손으로 유진의 손을 감쌌다.

"어이구, 우리 기철 씨 옛 애인!"

하며 그녀는 감싼 손을 흔든다. 유진은,

"언제 떠나세요? 수속은 다 되셨어요?"

했다. 전번 전화에서 영희는 프랑스로 간다고 했었다. 영희는 이것저것 정리할 것이 많아서 9월 중순쯤 될 것 같다고 한다. 그녀는 조그만 소리로,

“기철 씨가 살아 있었다면 의논할 게 많은데 없으니 참 답답해요. 선생님, 저 프랑스인 어때요?”
하며 커다랗고 선선한 눈에 웃음을 담뿍 담았다. 유진은 뜻밖의 질문을 받고 당황했다. 결혼 상대로 어떠냐는 뜻이다. 아이를 갖고 싶어서 기철과 결혼한다고 거침없이 말했던 영희이니 그런 말쯤은 생각해볼 여지도 없이 할 수 있으리라. 유진은 웃으며,
“멋있는데요.”
하고 가볍게 흘려버렸다. 영희는,
“기철 씨가 없으니까 고독해서 못 살겠어요. 떠나기 전에 한번 천천히 만나주세요.”
하며 장 박사에게 가볍게 눈인사를 하고 제자리로 가버렸다.
9월에 간다면 두 달 남았다. 기철은 죽고, 영희는 떠나고…… 영숙은 생명이 촌각을 다투고, 언젠가는 장 박사도 또 나 자신도 죽어 이 세상에서 없어질 것이다, 하고 문득 유진은 생각했다.
저기서 맥주잔을, 또 찻잔을 기울이고 있는 중동 어느 나라 사람 같은 이도, 저쪽 테이블의 연인들 같은 젊은 남녀들도, 몇십 년 후면 지금 이 커피숍을 꽉 메운 사람들은 모두 죽어서 없고 그 후 세대의 사람들이 이 자리를 메울 것이다. 어쩌면 이 빌딩도 헐어 없어지고 이 자리에 다른 모양의 건물이 서겠지…… 이리하여 인류는 없어지며 생기며 이어가는 것이구나…….
“안 선생이 저를 못 알아보시지요?”
하며 장 박사가 물었다.
“그럴 거예요. 장례식 때는 조객도 많았고 경황도 없었을 거예요.”
“아주 밝은 성격인데요?”

하며 장 박사가 활짝 웃었다.

유진에게는 영희의 출현이 탈출구의 역할을 해준 것 같았다. 장 박사와 함께 있는 시간이 길어감에 따라 압박감 같은 것이 가슴을 차츰 짓누르고 있었다. 그가 좋아서다. 유진은 장 박사를 볼 때면 언제나 그가 강력한 흡인력으로 그녀를 그 쪽으로 잡아당기는 것 같은 것을 느꼈었다. 아니, 그녀는 그에게 빨려 들어가고 있었다.

"네, 명랑한 사람이에요. 사이좋은 부부였는데 안됐어요."

장 박사는 대꾸 없이 그녀의 눈을 가만히 바라보고 있었다. 그 눈빛은 고독하다고 말하던 영희보다도 훨씬 고독해 보였다. 그의 고독감이 유진의 전신을 절절히 싸 감는 것 같다. 유진은 한결 압박감을 느꼈다. 유진은 그 기분을 뿌리치려고 손을 들어서 웨이터에게 커피를 더 주문했다.

창밖은 어둑어둑했다. 비가 또 한차례 쏟아지고 있었다. 커피숍의 대형 유리를 빗물이 쓸고 갔다. 장 박사가 말했다.

"비가 너무 오지요? 여름은 힘이 넘쳐서 무엇인가를 파괴해야만 성이 가시는 모양이에요. 비가 오니까 날도 일찍 어두워집니다. 저 비만 뜸해지면 가십시다."

한다. 8시다. 장 박사도 두 잔째 커피를 마셨다. 그는 술을 주문하지 않았다. 그는 유진에게 담배를 피우겠는가 묻고 한 개비에 불을 붙여 물었다. 그것도 탐탁지 않은지 재떨이에 비벼 끄며,

"김 선생님, 학생 시절 얘기 좀 해보세요."

한다. 그러고는 얼굴이 조금 밝아졌다.

"장 박사님부터 한번 해보세요."

"제 학창 시절은 너무 무미건조해서 할 얘기가 없어요. 국민학

교 2학년 때에 어머니가 돌아가셨는데, 참 충격이 컸지요. 나도 죽어버리고 싶었어요. 형제가 없으니까, 집에 가면 아버지만 계셨지요. 아버지는 재혼하셨는데 계모마저 얼마 안 가서 돌아갔어요. 아버지도 형제가 없었어요. 아버지는 법학 교수였는데 꽤 재산은 많았지요. 다시 계모를 맞을까 어쩔까 하는 중이었는데, 아버지마저 돌아가셨지요. 그때가 중학 3학년 때지요. 제 이모가 저더러 혈육의 연이 기박한 사람이라고 했지요."

유진은 깜짝 놀라며 말했다.

"말도 안 돼요. 세상에 태어나자 엄마가 죽는 사람도 있어요. 어린 고아는 얼마나 많습니까. 열 살이 넘어서 부모가 돌아가신 것 가지고 그렇게 생각하는 것은 너무 욕심이 많으신 거예요."

"아닙니다. 이모의 말이 맞아요. 내 운명이지요. 뭐, 그렇게 타고 났으니 어떡합니까? 가끔 내 운이 그래서 더 살 수 있는 부모가, 심지어 계모마저도 일찍 죽은 것이 아닌가 싶어 내 목숨에 대해 혐오증도 느껴지지요."

유진은 아연해서 뭐라고 말해야 할지 몰랐다.

"아니에요. 전혀 틀렸어요. 그렇게 세상을 좁게 보시면 안 돼요. 세상에는 얼마나 부모 없는 어린이가 많은데…… 설혹 그런 운명의 생명을 위해서 부모가 일찍 돌아가셨다고 해요. 그 생명이야말로 얼마나 귀중한 생명이겠어요. 자기 목숨마저 희생해서 살리는 생명이니 그렇지 않아요?"

하고 말하고서 유진은 스스로 놀랐다. 여태껏 한 번도 생각해보지 못한 고아의 생명에 가장 올바른 해석을 했다고 생각해서다.

"고아라면 그렇게 축복받은 운명이 아닙니까? 불행하다면, 그

값진 생명을 깨닫지 못하는 게 원인이에요."

"그럴지도 모르지요. 저도 성인이 되니까 그런 생각은 점점 없어지기도 했지요. 사랑하는 아내를 만나게 될 희망 때문에 그랬을 겁니다. 나는 영숙을 만나 사랑했지요. 그녀에게 온갖 기대를 걸었었지요."

장 박사는 갑자기 말을 뚝 그쳤다. 그는 담배에 불을 붙이다가 재떨이에 끄고 커피를 마셨다. 그러고 바로 또다시 담배에 불을 붙였다. 유진은 그가 기대 밖인 영숙의 흉이라도 볼까 해서 조마조마했다. 장 박사와 영숙이 몇 마디씩 한 말로 그들 사이가 어떤 것인 것쯤 그녀는 알고도 남음이 있었다.

장 박사는 조금 후에 말했다.

"비가 잠잠해집니다. 이제 가실까요?"

"네, 겨우 잠잠해졌어요."

하고 유진은 일어섰다. 그녀는 기분이 홀가분했다. 기대에 어긋난 아내일지 모르나 잠시나마 연정을 표한 딴 여성 앞에서 아내의 흉을 구차하게 늘어놓지 않은 장 박사의 뒤를 따라 나가며 유진은 그에게 인간적인 신뢰감을 느꼈다.

현관문을 열고 나가자 실비가 바람에 날려서 얼굴을 확 적셨다. 유진이 손수건으로 뺨을 누르고 있는데 장 박사가 레인코트를 벗어서 유진의 어깨에 걸쳐주며,

"감기 드시겠는데?"

하고는 차를 가지러 빗속을 뛰어갔다. 그의 태도가 자연스러워서 유진도 개의치 않고 어깨에 둘렀다.

잠깐 서 있는데도 추웠다. 그의 레인코트가 고마웠다. 차를 기

다리며 서 있는 사람들이 "어잇 추위" "엇, 추워" 하며 어깨를 움츠린다. 어떤 사람은 도로 현관 안으로 들어가기도 한다.

주차장이 붐비는지 한참 만에 장 박사가 차를 몰고 왔다. 차에 오르자 유진은 그의 레인코트를 벗으려고 했다. 장 박사는 유진이 추워 보인다 하며,

"그냥 계세요."

한다. 굳이 싫다고 하는 것도 부자연스러운 것 같아 유진은 그대로 걸쳤다. 장 박사는,

"여름에도 비가 오면 춥습니다. 국민학교 1학년 때, 시험에 1년 중에 추운 때는? 하고 여름과 겨울이 써져 있었지요. 저는 주저 없이 여름에다 ○표를 했었지요. 엇헛허."

하고 유쾌하게 웃었다.

여름에 비가 오면 집 안에 앉아 있으려니 으스스 추웠고, 겨울에는 눈이 오나 바람이 부나 밖에 나가 뛰며 돌아다니니까 땀을 흘렸다며,

"그러니까 여름이 추울 수밖에요. 물론 보기 좋게 빨간 펜의 큼직한 가위표를 받았지요."

하고 또 소리 내어 웃었다. 그의 밝은 표정 밑에 어두운 그림자가 바람처럼 언뜻 스쳐 갔다. 아내가 싫어서 육체의 욕망마저도 억제하는 갈등이며, 혈육의 인연이 희박함을 운명으로 수용하려는 심경 뒤에는 얼마나 무서운 고독이 뿌리박고 있는 것일까. 유진은 그의 고독의 심연에 행여 한 발자국이라도 빠질까 보아 두려웠다. 그러나 그녀는 이미 그 심연을 들여다본 불안을 느꼈다. 그것은 그녀의 연정인지 동정인지, 같은 인간으로서의 이해와 포용인

지…… 아마 그 모든 것을 혼합한 감정일지 모른다. 어둠 속에서 다시 굵어진 빗발을 가르며 차는 잠자코 달렸다.

차 안의 공기는 무겁고 착잡했다. 무언의 압축된 공기가 폭발할 것 같은 긴장감마저 감도는 것 같다. 유진이 견디다 못해 침묵을 깨었다.

"장 박사님, 우스갯말 하나 피력해보세요."

"청중이 한 사람밖에 없으니 흥이 날지 모르겠어요. 빈 성냥갑 얘기나 또 할까요?"

하며 장 박사는 씁쓸히 웃고는 입을 다물었다. 영숙이 전번에 그에게 그 얘기를 하도록 강요하던 기억이 나서 유진도 잠자코 있었다.

영숙은 장 박사와 유진의 사이가 불탈래야 탈 수 없는 빈탕이라는 것을 장 박사 자신의 입으로 말하게 하며 쾌감을 느끼려는 것 같았다.

장 박사에게는 유진은 생각도 없으니 혼자 사랑하지 마슈, 또 유진에게는 내 남편은 당신 따위 염두에도 없으니 아예 짝사랑 따위 상상도 하지 말아요, 하는 식으로 그때 유진은 받아들였었다. 장 박사도 그때 일이 생각났는지 빈 성냥갑의 우스갯말은 하지 않았다.

두 사람이 아무 말도 하지 않은 채 차는 유진의 집까지 왔다. 유진은 여태까지 아무것도 느낀 것도 생각한 것도 없던 양 자못 상식적인 예의 바른 음성으로,

"감사합니다. 안녕히 가세요."

하며 차에서 내렸다. 장 박사는 차를 돌려 담 모퉁이에 섰다가 유

진이 집으로 들어가자 다시 그의 집을 향해 쏟아지는 빗속을 뚫고 갔다.

그는 초인종을 누르려다가 호주머니에서 열쇠를 꺼내어 대문과 현관문을 열고 거실로 들어갔다. 어두운 조명 밑에서 영숙이,

"어서 오세요. 저녁 잘 잡수셨어요?"

하며 기계적인 인사를 한다. 장 박사는,

"당신은 좀 어때요. 소화는 잘돼?"

하며 혼자서 레인코트를 벗어 빗방울을 털고 옷걸이에 걸었다.

"흰죽을 조금 먹었는데, 아직은 괜찮아요."

하며 영숙은 가스스토브의 심지를 돋우었다. 그녀는 여름에도 춥다며 곧잘 스토브를 썼다. 알맞을 만치 덥도록 보일러를 돌리려면 기름이 너무 든다면서 벌써 3년째 쓰고 있다. 잘 때에는 전기담요도 썼다. 건강이 나쁘니까 추위에 약했다.

"환기를 자주 해야지."

하고 장 박사가 말했다. 심지를 돋우니까 열 평쯤 되는 거실이 후끈하다. 영숙은,

"설마 가스중독으로 죽겠어요? 그렇게 되면 큰일 나게요? 당신이 의심받지요."

한다. 장 박사는 깜짝 놀라며 그녀를 노려보았다.

"말이라고 다 하는 거야?"

영숙은 꼼짝 않은 채,

"우습게 볼 일이 아니에요. 죽은 원인이 무엇인가 밝혀놓고 죽어야지요. 10여 년 동안 내 의식주를 만족하게 해준 사람에 대한 은혜는 최소한 잊지 않고 있으니까."

한다. 그러고,

"내가 먼저 죽는다고 누가 귀적(鬼籍)에 등록해두었던가요? 사인은 피차 분명히 해야 해요."

영숙의 음성은 차분하기 이를 데 없다. 어두운 조명 속에서 스토브의 열을 받아 그녀의 창백한 얼굴에 보랏빛이 일렁거렸다. 눈썹 밑에 깊숙이 박힌 커다란 두 눈이 이글이글 타듯이 빛났다. 그 얼굴을 받치고 있는 가느다란 목은 그림자가 되어 흑청빛이다. 장 박사는 흡사 유령을 보는 것 같아 소름이 쫙 끼쳤다. 바람이 창유리를 흔드는 소리도 왠지 기분 나빴다.

영숙의 형상에 놀라 미처 그녀의 말을 음미하지 못한 장 박사는 조금씩 시간이 감에 따라 그녀가 말한 뜻의 두려움을 깨달았다. 그녀의 말은 부부가 서로 살해 용의자일 수 있다는 의미였다. 즉 살해할 수도 있다는 뜻이 아닌가?

그는 그녀를 몇 해 동안 정신으로나 육체로나 사랑하지 않았었다. 그러나 그는 그녀의 생활을 충분히 보장해주었고, 달리 여자를 만든 적도 없다. 그런 남편을 아내가 죽일 수 있다고 누가 생각할 수 있을까? 아마도 영숙뿐일 것이다.

'살의까지!'

장 박사는 무서운 형상의 영숙을 다시 한번 가만히 바라보았다. 그녀의 정체를 꿰뚫어보고 싶었다. 영숙은 요괴인가, 인간인가? 인간이건 요괴이건 그럴 수 있을까? 아무도 강요하지 않는 책임을 혼자서 다하려고 얼마나 노력해왔는데? 그 노력이 일고의 가치도 없는 것이었단 말인가? 일고의 가치도 없는 것을 견디느라 그는 10여 년을, 아까운 그 삼십대를 완전히 스스로 짓밟은 셈이었다.

남에게, 이를테면 고학생이나 불우한 사람에게 그만한 돈을 주었더라면, 영숙도 아내가 아니고 남이었다면 그들은 그에게 얼마나 감사했을까? 남편이라는 관계였기 때문에 그녀는 감사는커녕 죽이고 싶을 만치 그를 증오한다.

'도대체 부부라는 게 무엇인가?'

그는 분노에 떨며 속으로 절규했다. 감정이 절정에 솟아올랐다가 다음 순간 낭떠러지로 일직선으로 떨어져 내렸다. 그는 가슴의 동계를 누르듯 담배를 재떨이에 천천히 비벼서 껐다. 긴 한숨이 나왔다.

'부부라는 것은?'

그 대답은 그 자신이 너무나 잘 알고 있었다. 그는 결코 자격 있는 남편은 아니었다. 모든 사연은, 즉 생활비를 충분히 공급하고, 딴 여자와 동침한 적도 없고 외박 한 번 한 적 없고, 아내에게 큰소리로 험한 말 한마디 한 적도 없다…… 생략하고, 요컨대 그는 알맹이 없는 남편이었다.

'빈 성냥갑!'

그것이 생각나자 비수가 정수리에 꽂히는 것 같다. 빈 성냥갑 얘기를 하자며 깔깔 웃어대던 영숙은,

"네가 아무리 남편의 의무를 다한답시고 애써보아도, 어차피 헛수고야."

하고 희롱했던 것이 아닌가? "나는 빈 성냥갑이에요. 당신이 노력을 해도 헛수고예요" 하고 제 입으로 말한 게 아닌가?

'잔인한 계집!' 하고 속으로 외치며 장 박사는 벌떡 일어섰다.

그 기세가 심상치 않았던지 영숙은 움찔하고 자세를 고쳐 앉으며 그를 쏘아보았다. 고양이가 발톱을 감추며 무엇인가를 노리는 것처럼 그녀의 두 눈은 살기마저 띠며 냉랭히 빛났다. 장 박사는 그녀에게서 시선을 돌렸다. '늦었어. 너무 늦었어' 하고 그는 속으로 중얼거렸다. '그녀를 한때라도 열애하지 않았어야 했다. 그 깨달음이 너무 늦었고, 그녀가 병들기 전에 이혼했어야 했다. 이제는 그것도 너무 늦었다.' 장 박사는 언제나처럼 잠자코 그의 방으로 들어가 문을 잠갔다. 실수를 보상한다는 명목 아래 영숙을 기피하면서도 이혼할 생각은 하지 않고 있다가, 겨우 이혼을 결심하니까 그녀는 암 환자가 되어 있었다. 암 선고를 받은 영숙에게 이혼 선고까지 차마 할 수 없었다. 그는 불행하나 책임감 있고, 또한 인간다운 인간으로 자부하고 있었다. 그러나 영숙에의 깊은 이해도 관용도 없이, 그것은 다만 형식적인 책임 수행이며 즉흥적인 동정의 자아도취에 불과했음을 지금 그는 깨달았다. 영숙이 암이라고 할 때에 그는 그녀가 얼마 안 가서 죽을 것이라 생각했었다. 그러면 아주 자연스럽게 해방되리라고까지 생각하지 않았던가? 남편으로서의 역할도 완수하고, 동시에 해방도 되고, 만일 살의를 품었다면 영숙보다도 그가 10년이나 먼저였지 않았던가? 예민한 영숙이 그것을 간파하고 점점 그를 멸시하고 증오한 것이 아닐까? 영숙을 힐난할 자격이 나에게 과연 있는가? 장 박사는 내일 강의할 노트를 책상에 펴놓았으나 한 글자도 눈에 들어오지 않았다. 그는 영숙을 잘 몰랐고, 그 자신도 잘 모르며 살아온 것이었다.

지금 그는 가슴속 깊이 박혀 있던 책임감과 인간적인 동정심의 소유자라는 자아도취의 가시를 확 뽑아버린 것 같았다. 그러자 가슴이 무한히 부드럽게 열리는 것을 느꼈다. 그리고 가슴은 열리며 유진에의 그리움으로 넘쳤다. 아니, 그런 것이 아니었다. 아이러니컬한 일이나, 유진에의 그리움에 닫혔던 가슴이 열리고, 그리움에 떠는 물결이 해저 깊이 박힌 가시를 뽑아버린 것 같다.

어떤 것이 먼저고 뒤인지 확실치 않았다. 어쩌면 동시에 일어났는지도 모른다. 어떻건 장 박사는 유진이 그리울수록 마음이 넓고 포근하게 열리는 것을 느꼈다.

거실에서 영숙이 환풍기의 스위치를 누르는 소리가 났다. 이내 기계가 돌아갔다. 조금 있다가 멎었다. 안방의 문소리가 났다. 째각하고 잠그는 소리가 났다. 그러고는 아무 소리도 나지 않는다. 빗소리도 없다. 장마가 멎나 보다 하고 장 박사는 생각했다. 장마 뒤의 약수터로 가는 산길이 눈에 선하다. 싱그러운 나뭇가지, 푸른 잎사귀, 흐르는 물줄기, 그윽한 산 내음, 지저귀는 새소리…… 그는 어서 날이 밝기를 고대하며 침대에 들어갔다.

그러나 좀체 잠이 오지 않았다. 고독감이 전신을 한꺼번에 엄습했다. 어릴 때에는 어머니가 그리워서, 또 계모가 그리워서 홀로 멍하니 하늘을 바라보았었다. 고등학교 학생 때에는 게다가 또 아버지까지 그리워서 울었다. 그들은 모두 돌아간 연후였다. 어릴 적부터 혈육이 그리워지면 바로 외로움이 따랐었다. 대학을 나오고 유학을 갈 만치 성인이 되니, 없어진 혈육에 대한 그리움은 엷어졌으나 고독감은 더해갔다.

그는 남을 사랑하지 않아서 고독한 것이 아닐까? 좀 더 이편서부터 적극적으로 사랑해보면 어떨까 하고 반성도 했었다. 그러나 친구와 아무리 격의 없이 사귀어도 홀로 있으면 역시 외로웠다.

영숙을 만나서 열중했으나 이내 냉각돼버렸다. 그 이유는 여러 가지였다. 결혼하자 그녀가 그를 사랑하는 나머지 직장에 가는 것도 꺼려할 만치 그를 종일 독점하려는 데서부터 마찰이 생겼다고 할까?

'그렇지 않아' 하고 그는 속으로 홀로 말했다. '그녀의 성격이 싫었던 거지. 성격보다도, 그녀는 찬 여자야. 냉혈녀였다. 그것을 내가 알았기 때문일 거다.'

그 무렵에 집에서 일을 하던 나이 든 아줌마가 부엌에서 요리를 하다가 칼로 손가락을 베었을 때 그녀는 보고도 한마디도 없이 방에 들어가서 화장을 고치고 있었다. 내가 "아주머니!" 하고 놀라 뛰어가서 지혈을 해주고, 약을 바르고 거즈를 대어서 반창고를 감아주었다. 영숙은 그날 밤에 내 손이 아줌마의 손을 만졌다고 몸부림을 치며 울었다. 아줌마는 내 죽은 착한 계모의 나이쯤 되는 사람이었다. 그녀는 그런 것을 나에의 사랑이라 생각하는 여자였다. 결정적으로 영숙에게서부터 마음이 굳어진 것은 그 일이 있은 후였을 것이다. 감은 눈꺼풀 속에 지난 일이 뚜렷이 떠올랐다.

'잔인한 여자였다' 하고 그는 홀로 말하며 몸을 떨었다.

장 박사는 한밤중에 잠이 깨었다. 초저녁까지 내리던 비 소리가 나지 않는다. 장마도 이제 멎으려는가?

영숙의 방 쪽에서는 아무 소리도 나지 않았다. 거실을 가운데에 두고 있는 거리니까 방 안에서 움직이는 소리가 서로 들릴 리는 없었다. 그러나 때로 밤중에 그녀의 방 문소리가 나고, 그녀의 나이트가운이 마룻바닥을 스치는 소리가 부엌까지 가서 멎고, 이윽고 보온병에서 조용히 물이 나오는 소리가 들릴 때도 있었다. 슬리퍼 소리가 문득 멈추었다가 다시 날 때는 그녀가 현기증이 나서 의자나 벽에 기대서 있는 때다. 서 있는 시간이 봄만 해도 1, 2분이었다. 그러나 여름 들어서는 3, 4분으로 늘어났다. 그것은 그녀의 건강이 악화된 것을 의미하는 것이다.

그녀의 주치의는 암이기 때문에 앞으로 3년도 못 갈지 모른다고 했었다. 그렇지 않으면 암이 아니라는 것이다. 심한 궤양이나, 악성이 아닌 혹일 수도 있다고 했다. 그러나 영숙은 차차 소화가 나빠지고 여위어갔다. 암일 가능성이 크다. 수술을 하면 희망도 있으련만 그녀는 한사코 거절하고 있다. 수술 도중에 마취된 채 죽는 것은 싫다고 했다. 그 심정은 이해할 수 있으나, 수술 도중에 죽는 것으로 굳게 믿고 있는 것이 장 박사는 싫었다. 그녀는 인위적으로 타인의 의도에 의해서 죽게 된다고 의심하는 것이 아닐까? 수술을 빙자한 위장 살인? 그 타인이란 그를 말하는 것이 아닐까? 의심도 분수가 있다고 그는 분개했다가, 그녀를 그렇게 의심하는 그 스스로가 혐오스럽기도 하다. 결혼 초부터 그녀의 의부증이랄까, 병적으로 의심 많은 성격이 그를 그렇게 생각하도록 만든 것 같아 그녀에게 한결 불쾌감을 느꼈다.

그가 그녀의 수술을 원하는 것은 그녀가 건강하게 되기를 원하기 때문이다. 그녀의 건강은 그에게는 해방을 뜻하는 것이다. 건강하다면 그는 이혼할 수 있기 때문이다. 암 환자로 있는 한은 그는 절대로 이혼할 수 없었다.

"수술하면 낫는다는 보장은 없지 않은가?"

그러나 주치의 말에는 혹 오진이라는 기적도 있으니까 수술을 해보는 것이 좋을 거라고 했다. 암이 아니면 90퍼센트는 건강을 되찾는다고 했다.

"수술 결과 암이면 어떻게 될까요?"

"암도 초기라면 몰라도, 상당히 진행되었다면 오히려 생명은 단축됩니다."

의사의 말은 그도 알고 있는 상식이다. 그래서 그는 지루하게 그녀의 죽음을 기다리느니, 수술을 해서 암인가 아닌가 결판을 내고 싶은 것이다.

'지루하게 기다려……?' 하고 그는 소스라쳐 놀랐다. '그녀의 죽음을 내가 바라고 있다!'

만나서 사랑하고 결혼한 종말이 이럴 줄이야! 그는 영숙이 미운 것보다는 그의 불운이 원망스러웠다. 사랑하는 부모는 일찍 여의고 사랑해야 할 아내는……. 잠이 못 들어서 애를 쓰다가 장 박사가 깜박 잠이 들었는데 영숙의 방 문소리가 났다. 장 박사는 퍼뜩 다시 잠이 깨었다.

보온병에서 물 따르는 소리가 났다. 슬리퍼 소리가 부엌과 거실 사이의 장식장께서 멎었다. 영숙이 현기증이 난 것이다. 그녀는 장식장에 기대어 서 있으리라고 장 박사는 상상했다. 그는 시계를 보았다. 1시 25분. 밖에서는 계속 아무 소리도 없다. 이럴 때면 그는 분침을 보는 습관이 어느 사이엔가 들어버렸다. 1분, 2분…… 4분이 지나도 아무 소리도 없다. 숨결 소리는 들리지 않기 때문에 그녀의 호흡의 상태는 파악할 수가 없었다. 4분이 지나도록 현기증이 계속되면 그 괴로움이 어떤가 알 만하다.

장 박사는 일어나서 거실로 나갔다.

영숙은 장식장에 기대어서 다리를 뻗고 앉아 있었다. 고개가 뒤로 젖혀지고 천장을 향한 얼굴은 하얗게 질려 있었다. 이마에 식은땀이 송송이 배어 나와 있었다. 장 박사는,

"여보!"

하고 불렀다. 영숙은 대답 없이 길게 숨을 쉬며 고개를 가누었다. 눈을 멍하니 떴다. 생기 없는 눈동자가 전등 빛을 받아 둔하게 빛났다. 장 박사는 순간 소름이 끼쳤다. 그녀의 죽은 얼굴을 보는 것 같았다.

"물 마실 테요?"

하고 장 박사가 물었다. 영숙은 고개를 저었다. 그녀는 천천히 한숨을 토해내고 일어섰다.

"이제, 살아났어요. 아까는 아주 숨이 넘어가는가 했는데."

하며 영숙은 혼잣말처럼 했다. 그녀는 방문을 열자 부축하고 있는 장 박사의 손을 어깨에서 털어 던졌다. 그녀는 방으로 들어가서 딸그락하고 문을 잠갔다. 한쪽이 한 치를 물러서면 다른 한쪽은 두 치를 물러섰다. 그리하여 9, 10년의 세월이 흐르는 동안 그들 내외는 서로 함락할 수 없는 탄탄한 요새를 쌓아 올렸다.

'그토록 증오하면서 이혼할 생각은 하지 않는지?'

장 박사는 방으로 다시 돌아와서 담배를 한 대 피워 물었다. 담배를 끄고 잠자리에 들어갔는데도 잠은 좀체 들지 않았다. 머릿속이 얼음장처럼 맑고 투명해졌다.

'공연히 병 얻어서 아까운 목숨 단축시키고.'

'결혼하지 않았으면 위암에 안 걸렸을 텐데.'

영숙이 언젠가 하던 말이 두서없이 머릿속에 떠올랐다. 그녀의 말은 병의 원인도, 목숨이 단축되는 이유도 모두 장 박사에게 있

다는 뜻이었다. 그러니까 남편을 단죄할 권리가 의당 있다고 생각하는 것이리라. 그녀는 이혼해서 떠나느니 곁에 있으면서 괴롭히는 것이 가장 좋은 단죄라고 판단했을 것이라고 그는 생각했다.

영숙의 재산은 장 박사의 재산만큼 있었다. 외딸로 태어난 그녀에게 부모가 큰 유산을 남겼다. 생활 때문에 이혼을 주저할 형편도 아니고, 남편에게 미련이 있는 여자도 아니었다. 그녀가 이혼하지 않는 것은 목숨이 있는 마지막 시각까지 배반한 남편을 괴롭히려는 생각 때문이 아닐는지.

그는 그녀의 냉담한 인간성에 정이 떨어지고, 그녀는 그가 사랑하지 않게 됨을 알자 차게 굳어졌다. 그녀의 의심은 거미줄처럼 줄을 치고 가장 세련된 언행 속에 섬뜩한 냉소를 느끼게 했다. 처음 몇 해 동안은 장 박사는 지겹도록 그녀가 싫었다. 그러나 그는 그가 택한 결혼에 책임을 잊지 않았다. 증오하는 것 외에는 그녀에게 동거자로서 지켜야 할 의무와 예의는 빠짐없이 이행했다. 그는 그러한 그 자신이 싫었다. 왜 죽든가 살든가 알 바 아니라며 이혼을 못 하는가? 아니면 왜 그녀를 용서하고 사랑하지 않는가? 신도 악마도 못 되는 지점에서 그는 영숙이 싫었다가 그 자신이 더더욱 싫었다가 했다. 감정과 이성의 갈등은 되풀이되었다. 그는 어떤 구석으로 홀로 자꾸만 가고 있는 것 같은 끝없는 고독감에 빠져들고 있었다.

그 고독감은 유진을 우연히 만나고, 그녀를 그리워하고부터 한결 더 깊어지는 것 같았다. 그녀가 그리울 때마다 그의 인생은 무언가 근본적으로 착오가 있는 것 같은 허탈감이 몰아쳤다. 그가 유진에게 적극적으로 나갈 수 없게 하는 것도 그 허탈감의 작용 때문인지도 모른다. 결코 그녀가 남편이 있는 여성이어서가 아니었고 그에게 아내가 있어서가 아니었다.

'그리운 사람은 내 곁에 있게 안 되는 운명.'

어릴 때부터의 막연한 이런 관념이 그의 의식의 심층에 뿌리박혀 있었던 것 같다.

'모든 것은 너무 늦었어.'

이런 생각은 청소년 시대의 한때의 우울증이나 낭만적인 기분에서 오는 것과는 달랐다. 그가 인생 40여 년을 외롭고 성실하게 살아온 끝에 얻은 결론 같은 것이었다.

2시가 지났는데도 잠이 들지 않았다. 영숙의 방 쪽에서는 아무 소리도 나지 않았다. 빈혈이거나 격렬한 통증 때문에 아까 같은 상태가 방 안에서도 또 낮에도 일어나지 않을까 하는 생각이 든다. 그녀의 죽은 듯한 얼굴이 뚜렷이 떠올랐다. 그러자 그는 갑자기 그녀가 이미 죽은 것이 아닐까 하는 생각이 머리를 스쳤다. 아까 본 영숙은 환영이 아닐까? 아무 소리도 없는 한밤중 탓인지 그는 침대에 자신이 누워 있는 사실마저 현실 같지 않았다. 인간의 세계를 떠난 다른 어떤 세계 속에 있는 것 같았다. 영숙도 그도 이미 죽은 후의 세계에 와 있는 것 같다. 그렇게 생각을 해도 두려운 기분은 없었다. 원래 삶이란 그런 것이 아닐까 하는 막연한 생각이 들었다. 저쪽에서 살 때에는 산 사람, 이쪽에서 살 때에는 죽은 사람…… 그렇게 생각하며 그는 홀로 빙그레 웃었다. 왜냐하면 그가 저쪽이라고 생각한 쪽은 사람들이 사는 세계를 생각했기 때문이다. 마치 그는 지금 이쪽, 사후의 세계에 있는 것처럼.

그는 누운 채 천장과 방 안을 둘러보았다. 옷장이며 그림이며 책상 들이 어둠 속에서 윤곽을 보인다. 보이는 것인지, 기억 속에 있던 것들이 보이는 것인지. 그러자 갑자기 그 자신이 죽어 있는 것 같기도 하고, 살아 있는 것 같기도 하고, 그 중간 지점에서 허공에 둥 떠 있는 것 같은 느낌도 든다. 죽음과 삶의 다른 점이 무엇인가 모르겠다.

그는 이런 느낌을 강렬하게 언젠가도 경험했던 것 같다. 어머니가 돌아갔던 소년 때였는지 유학중이었는지. 어릴 때에는 어머니가 없는 이 세상에서 살고 싶지 않아 그랬었고, 유학중에는 박사학위를 수여받던 전후에 그렇게 느꼈던 것 같다. 힘든 과정을 겪고 목표하던 것을 성취하고 보니까 허탈감이 몰아닥쳤다. 타계해서 10년, 20년이 넘는 아버지와 어머니와 계모의 생각이 강렬히 되살아났다. 이상하게도 그들이 그리워 애통한 것이 아니라, 그들과 지극히 가까운 거리에 있는 것 같은, 아니 마치 함께 있는 것 같은 실감이 났었다. 아침에 세수를 할 때면 어머니의 부드러운 손이 얼굴을 씻어주는 것 같았다. 수염을 깎으려고 거울 앞에 서면 생시 때처럼,

"우리 기호 봐, 수염이 나려고 자국이 났네."

하며 사랑스러운 듯이 하던 목소리가 뒤통수 깊은 데서 들려왔다.

저녁에 식사를 하려고 오븐에서 햄버거를 꺼내면,

"너도 이제 미국 생활에 익숙해졌구나. 암, 그래야지. 남자도 지가 먹는 것은 지가 만들어야 한다."

하는 아버지의 음성이 역력히 귀를 스쳐 가기도 했다.

장 박사는 부모며 계모가 살아 있었다면 그가 건강하게 성장하고 유학 와서 일단은 할 일을 다 하게 된 것을 보여드렸으련만 하

는 간절한 생각 때문에 그렇게 착각했었는지 모른다. 어떻든 그는 삶과 죽음을 구분할 수 없는 무한히 안정된 의식 속에서 며칠을 보냈었다. 그는 죽음이 두렵지 않았다. 죽음이 친밀하게 느껴졌다. 죽음이 삶의 변형으로밖에 느껴지지 않았다. 그때부터 그는 죽음과 삶의 공존을 잠재의식 속에 담고 있었는지 모른다.

장 박사는 어느 결에 잠이 들었는지, 무엇인가 어수선한 꿈에서 깨었다. 꿈은 기억나지 않았다. 새벽 4시가 가깝다. 그는 일어나서 커튼을 걷었다. 어두운 하늘에 별이 몇 개 빛나고 있다. 장마가 걷힌 것이다. 일기예보에는 오늘부터 장마는 개고 본격적인 더위가 시작될 것이라 했다. 그는 무엇인가 구제받은 것 같은 홀가분한 기분이 들었다.

약수터에 갈 생각 때문이다. 장마 동안 약수터에 가지 못한 것이 그는 답답했던 것 같다. 그는 급히 세수를 하고 현관 열쇠를 호주머니에 넣었다. 영숙이 잠이 들어서 문을 열어주지 않든가 외출하는 것에 대비해서다. 그녀는 새벽에 정신 집중을 하면 위통도 덜해지고 기분이 좋아진다든가 해서 이따금씩 새벽에 나가기도 했었다. 기도로써 암을 치유했다는 예도 있다니까. 영숙도 수술을 안 할 바에야 다른 방법으로든 낫기만 한다면 좋지 않을까 하고 생각하기도 했으나, 그는 기도 치유는 거의 믿지 않고 있었다. 기적은 있기는 있다. 그러나 그것은 나에게 일어났을 때에만 믿게 되는 것이 아닌가? 내게는 아직 기적이 일어난 적이 없었다고 그는 생각했다.

장 박사는 현관 메모용 흑판에 '약수터'라고 적어놓고 집을 나섰다. 그들은 서로 행선지를 흑판에 적기로 되어 있었다. 그것을 보고 서로의 행선지를 아는 것이다. 영숙은 '심령회'니 '쇼핑'이니 하고 적어둘 뿐이다. 장 박사도 어느 사이엔가 그렇게 하게 되었다. 그는 처음에는 불쾌했으나 습관이 되고 보니까 얼굴을 보며 말하는 것보다는 신경이 쓰이지 않는 장점이 있는 것을 알았다. 말로 할 때에는 표정이며 음성도, 또한 몸가짐조차 신경이 쓰였었다. 이를테면 "학교에 가요" 하고 장 박사가 말하면 영숙은 어느 때에는 무표정으로 "다녀오세요" 하고, 어떤 때에는 장 박사를 보지도 않고 새초롬하게 표정을 굳히며 "네, 다녀오세요" 했다. 그 말 뒤에 말로는 되지 않는 숱한 말들이 구름처럼 모여드는 것을 느낀다. 그녀 쪽에서도 그럴 것이었다. 강의도 없으면서 학교에 가는 체하는구나. 나와 함께 있는 것이 싫은 게지. 학교는 무슨 학교에 가? 누구하고 점심이나 영화 약속을 했겠지…… 얼굴 보면 훤한 거지 뭐…….

가로등이 켜 있는 골목을 나서자 그는 유진이 왈칵 그리워졌다. '그녀도 갈 텐가? 너무 일러서, 아니 장마 끝이라 생각도 안 하는지 모르지' 하고 그는 홀로 속으로 말했다.

약수터로 가는 큰길에는 사람이 보이지 않았다. 여느 때 같으면 더러 서너 명씩 무리 지어 가는 것이 보이는데, 장마 끝이라 산길이 질까 해서 나서지 않는지도 모른다. 아스팔트길은 파인 데는 빗물이 고여 있으나 비에 씻겨 깨끗했다.

산기슭에 다다를 무렵 하늘은 잿빛을 띠기 시작했다. 몇 개 반짝이던 별도 보이지 않았다. 동쪽 산 너머에서 해가 뜨기 시작하나 보았다. 앞으로 얼마 안 가서 남산 위에 해가 보일 것이다. 여름 해는 금방 뜨고, 질 때도 금방 지니까.

나무들 속에서 새소리가 들려왔다. 그 소리가 투명한 음악처럼 아름답다.

산길에 가득 돋은 풀잎에는 빗방울인지 이슬인지 맑은 물방울이 방울방울 맺혀 있었다. 어둠 속에서 나뭇잎들의 향기가 가슴을 싱그럽게 한다. 그의 발소리에 선잠을 깨었는지 새들이 여기저기서 지저겼다.

장 박사는 오늘따라 새삼 새벽 산의 신비로움에 몸을 떨었다. 그는 가파른 산길에 멈춰 서서 동쪽을 돌아보았다. 검정 보랏빛과 엷은 황금빛 하늘을 등지고 남산이 검게 서 있었다. 이편 하늘은 잿빛 속에 푸른빛을 띠기 시작했다.

아래 기슭에서 사람의 말소리가 들렸다. 산 위쪽에서도 두런대는 소리가 들렸다. 그보다도 먼저 온 약수터객이 있었던 것이다. 장 박사는 빙그레 미소가 흘러나왔다. 그들도 그만치는 약수터 생각이 간절했을 것 같아서다.

산을 오름에 따라 그는 유진을 만날 듯한 예감이 들었다. 애틋한 그의 바람이 예감을 자아내게 하는지.

약수터에는 대여섯 명의 남자들이 약수를 마시며 바위에 여기저기 앉아 있었다. 안면이 있는 사람은 없었으나 장 박사는,

"안녕하세요."

하고 인사를 했다. 남자들이 서로,

"안녕하세요."

"물맛이 기막힙니다. 그 장마에도 여전하지요. 정말 옥수요, 영수(靈水)입니다."

하며 반겼다.

약수는 장마로 양이 불어서 콸콸 흘러나왔다. 한 모금 마시니까 짜릿한 약수가 전신을 말끔히 씻어주는 것 같다. 마음이 안정되며 행복감마저 느끼게 한다. 그는 왠지 지금 마시는 것이 마지막인 것 같은 기분이 들었다. 그렇게 느낄 아무런 동기도 없었다. 약수를 입에 대는 순간 갑자기 그런 느낌이 들었다.

남산 뒤의 흑자(黑紫)빛 하늘은 둘레가 점점 넓게 황금빛으로 선염되어 퍼졌다. 장엄한 교향악이 들리는 것 같다.

이윽고 둥근 해가 한 모퉁이를 드러내었다. 모두들 일제히 일어서서 그 장관을 바라보았다. 모두 숨을 죽이고 아무런 소리도 하지 않았다.

태양은 바로바로 올라오며 눈부신 황금빛이 되어 남산 위에 떴다. 새는 한결 더 지저귀고, 나뭇잎은 기름져 반짝였다. 장 박사는 산길을 대여섯 명이 무리 지어 올라오는 사이에서 유진을 발견했다.

그녀는 파란 진바지를 입고, 윗도리도 반팔 진을 입고 있었다. 상준은 보이지 않았다. 장 박사는 못 박힌 듯 선 자리에서 움직이지 않았다. 유진은 땅을 보며 천천히 올라왔다. 약수터 마루까지 와서야 얼굴을 들었다. 그녀는 바로 옆에 서 있는 장 박사를 보자 놀라지도 않고 밝게 웃었다.

"안녕히 주무셨어요?"

"네, 선생님도?"

그들의 말은 짧았으나 한참 동안 조용히 서로 바라보았다. 그들은 서로가 상대를 잘 알고 있었다. 그들은 강렬한 감정을 억제하고 있었다. 그들의 지성과 연륜이 무리 없이 억제하고 있었다.

유진은 함께 온 사람들 사이에 끼어서 약수를 마시고, 허리와 등 운동을 했다. 그녀는 남들처럼 팔을 흔들어 팔운동도 했다. 함께 제자리 뛰기를 하고 심호흡을 하니까 어린아이로 되돌아간 것처럼 머릿속이 맑고 상쾌했다.

그녀는 소나무에 기대서서 잠시 쉬었다. 약수객들은 두드러지게 적었다. 비 끝은 늘 그랬었다. 강 노인과 석규는 비 끝이어도 왔었는데 지금은 보이지 않았다. 그들을 못 본 지 2주일은 된 셈이다.

석규는 일요일이면 교회에 가자고 조르더니 신문로로 이사하고부터는 조르지 않았다. 오 도사가 옆에 있어 따뜻하게 해주니까 사람 그리운 정이 절박하지 않은지, 어쩌면 3, 4개월 동안에 정신적으로 부쩍 성장했는지도 모른다.

오 도사에게서는 정임의 유물을 팔아서 강 노인과 석규의 생활을 돕겠다고 하는 전화가 있은 후 전혀 아무런 연락도 없었다. 무소식이 희소식이려니 싶다. 혹 강 노인이나 오 도사가 병이 났는지도 모르겠다는 생각도 드나, 유진은 그렇다면 석규가 그녀에게 알렸으려니 하고 고쳐 생각했다.

그동안 상준이 회사의 합자 선과 만나느라고 일본으로 떠났었다. 중동과 아프리카도 들러 올 계획이어서 그는 2개월의 여행 예정이었다.

유진이 산길을 내려가니까 산 중턱쯤에서 장 박사가 기다리고 있었다. 그들은 그것이 당연한 양 말없이 나란히 내려갔다. 미끄러운 데는 장 박사가 그녀의 손을 잡고 도왔다. 그들은 잡은 손에 감정을 보이지 않았다. 그들은 친구처럼 내려가는 데 도와주고 도움을 받았다. 그러나 장 박사는 잡은 그녀의 손을 그대로 잡아당겨서 그녀의 몸 전체를 품에 안고 싶었다. 그는 오랫동안 억제했던 성의 욕망을 강렬하게 느꼈다. 전신이 마비될 것 같았다. 그러나 그는 그 욕망을 가만히 삭였다.

큰길로 내려서자 완연한 아침이었다. 길에는 더러더러 사람이 왕래하고 있었다. 교회로 가는지 성경을 들고 가는 중년 남성이 보였다. 그러고 보니 오늘은 일요일이었다. 장 박사가 말했다.

"저희 집에서 커피 안 드시겠어요?"

"영숙은 좀 어떠세요?"

하고 유진은 아까부터 묻고 싶은 것을 물었다.

"괜찮습니다. 늘 그렇지요. 함께 커피나 해주세요."

하고 장 박사가 또 청했다. 유진은,

"그렇게 하지요. 영숙 씨 먹을 만한 것을 사 가고 싶은데, 죽은 어떤 것을 먹나요?"

"당근죽 먹었다 잣죽 먹었다 하지만, 그녀 자신이 산 것만 먹으니까……."

"네, 그러면 그만두지요."

하고 유진은 얼른 말했다. 환자는 그 자신이 좋은 것을 먹어야 비위에도 받을 테니까. 남이 간섭하지 않는 것이 좋을 것 같았다. 유진은 영숙의 건강이 아직도 지탱하고 있는 것이 오히려 이상했다. 그녀가 거의 죽어가는 모습을 보았기 때문이다. 그런 고비를 몇 번이나 넘기면서도 살아가는 사람이 있는가 하면, 남기철처럼 건강하게 활동하는 중에 갑자기 쓰러져서 불과 5분이나 10분 만에 절명하기도 한다. 정말 사람의 목숨이란 재천인가? 장 박사가 초인종을 두어 번 눌렀는데도 안에서는 아무 기척이 없었다.

"여태 잘 리는 없을 텐데, 세수를 하는 중인가?"
하고 장 박사는 혼잣말을 하며 열쇠로 대문을 열고, 현관문을 열고 거실로 올라갔다. 유진도 따라 들어가서 그가 권하는 대로 창가에 있는 식탁에 앉았다. 전번에 영숙이 기대섰던 냉장고는 그대로고, 숨을 몰아쉬며 누어서 물을 찾던 소파도 그대로 있다.

장 박사는 윗도리를 벗고 반소매 남방셔츠 차림으로 손을 씻고 나오더니 커피포트에 물을 붓고 스위치를 넣었다. 영숙의 방에서는 아무 소리도 나지 않았다. 장 박사가 그녀의 방문을 가볍게 노크하며 말했다.

"여보, 김 선생님 오셨어."

그러나 방 안에서는 여전히 아무 소리도 없다. 커피가 끓으며 향기가 거실 가득히 퍼졌다. 장 박사가 찻잔에 커피를 따랐다. 그러고 그는 한 번 더 영숙의 방을 노크했다. 대답이 없다. 그는 핸들을 돌려보았다. 잠겨 있다. 장 박사는 그제야 현관 벽에 걸려 있는 흑판을 보러 갔다. '심령회'라고 영숙의 달필이 씌어 있다. 그는 아차 하고 난처한 감이 들었다. 영숙이 없는 줄 알면서 집으로 초대한 것으로 유진이 알까 해서다.

'아무리 내가 그럴 의사가 있다면 그녀를 버젓이 호텔 방엔들 초대 못 할까!'
하고 그는 혼자 자신을 갖고 식탁 쪽으로 갔다.

"김 선생님, 미안합니다. 영숙이가 심령회에 가고 없어요. 어쩌다 새벽에 가기도 합니다만."

그는 말을 태연히 했으나 왠지 조금씩 낯이 붉어졌다.

유진은 그의 심리의 움직임을 환히 보는 것 같았다. 부인 없는 사이에 그녀를 집에 불러들이는 비열한이라고 유진이 생각할까 보아 큰 체구의 장 박사가 소년처럼 당황하고 있다. 유진은 그의 순박하고 정직함이 한결 좋았다. 그녀는 그의 속을 모른 체하고 말했다.

"기도로 암을 고친 예가 많다고 해요. 영숙 씨도 그랬으면 좋겠지요?"

"글쎄요, 그랬으면 좋겠는데……. 아침 식사도 하시지요."

장 박사는 살아났다는 낯으로 토스터에 식빵을 넣었다. 그는 빵을 넣은 데에 또 넣으려다가 얼른 다시 꺼냈다. 역시 당황하고 있는 것 같다. 유진은 자신이 그를 죽도록 사랑하고 있음을 알고 있었다. 그가 좋아서 지금 무아무중이었다. 다만 그녀는 그것을 속으로 억제하고 있었다.

장 박사는 냉장고에서 버터, 치즈, 베이컨, 오이, 양상추 따위의 먹을 만한 것은 죄다 내놓았다. 우유며 오렌지 주스, 토마토 주스, 꿀병까지 나와서 4인용 식탁이 빽빽하다.

"그만하세요. 다 못 먹습니다."

"밥도 있어요. 양식이 싫으시면 밥으로 하시지요. 김치도 있어요. 빵 먹을 때 김치 먹어도 일미입니다."

하며 장 박사는 의자에 앉으려다 밥을 가지러 다시 일어서려고 했다.

"빵으로 하겠어요."

하는 유진의 말에 장 박사는 비로소 커피를 한 모금 마셨다. 유진도 마셨다.

"커피 맛있지요?"

하고 장 박사가 물었다.

"네, 맛있어요."

유진도 대답했다. 한참 동안 둘 사이에 말이 없었다. 말이 없으니까 유진은 압박감을 느꼈다. 무엇이라도 얘기를 했으면 하나 얼른 화제가 떠오르지 않았다. 장 박사는 유진과 시선이 마주치니까,

"참, 계란을 먹지요. 반숙으로 할까요? 스크램블로 할까요?"

하며 일어섰다. 그러고 즐거운 듯이 말했다.

"저는 스크램블을 잘합니다. 미국서 자취할 때 익힌 기술이지요."

"그건 제가 하겠어요."

하며 유진은 일어서서 부엌 쪽으로 발을 옮겼다. 장 박사는 놀란 듯이,

"아닙니다. 손님인데……."

하며 그녀보다 먼저 가려다가 유진의 손등과 그의 손이 스쳤다. 순간 그의 손이 유진의 손을 덥석 잡았다. 유진이 반사적으로 손을 빼려는데 장 박사는 선 채 그녀의 몸을 왈칵 당겨 안았다. 장 박사는 유진의 머리부터 어깨며 등을 쓰다듬으며 그녀의 뺨에 뺨을 대었다. 그의 뺨은 뜨거웠다. 그의 전신에서 슬픈 음악 같은 것이 흘러나오는 것 같았다. 사실 장 박사는 그의 감정이 기쁜지 슬픈지 몰랐다.

유진은 옷 위로 그의 몸이 점점 뜨거워옴을 느낄 수 있었다. 그녀는 결혼 전 이십대 때에 첫사랑의 남기철과 골목길 담 모퉁이에서 이렇게 서 있었던 것이 생각났다. 그때는 남성의 몸이 뜨거워지는 이유를 몰랐었다. 이제 그녀는 장 박사의 더워지는 몸을 따

뜻하게 이해하고 있었다.

그녀의 몸도 조용히 열리며 그를 받아들일 것 같았다. 유진의 몸은 세포마다 따뜻이 이슬이 고여 넘쳐 사랑의 불길에 괴로워하는 남자의 몸을 감싸주려는 것 같았다.

유진은 소파에 누운 채 장 박사를 안으면서, 영숙이 바로 그 소파에서 물을 찾으며 사경을 헤매던 것을 잊고 있었다. 그녀는 지금 장 박사를 사랑해주고 싶은 생각뿐이었다. 그리고 사랑을 구체화할 수 있는 육체의 실체가 새삼 고마웠다. 그녀의 어깨며 가슴을 더듬는 장 박사의 손은 떨리고 있었다. 마치 신비로운 보물을 만지는 것 같아 그는 두려움과 기쁨에 떨었다. 사랑하는 남녀의 성교는 세상에서 가장 경건한 행복의 순간 중의 하나라고 어느 시인이 일찍 읊었던가! 그러나 장 박사는 그 행복이 무한히 두려웠다. 그녀를 범하면 안 된다는 생각이 강력히 머리를 지배했다. 범하기 전까지는 두 사람의 의사에 달려 있으나 범한 후에 일어나는 일은 그들의 의사 밖의 일이 아닌가. 만일 유진이 임신한다면……? 하고 생각하니 갑자기 머리에 찬물이 끼얹히는 것 같았다. 그러면서도 그녀를 범하고 싶은 욕망에 몸도 마음도 마비되는 것 같았다.

장 박사는 그 갈등에 시달리며 가만히 유진의 맨가슴에 얼굴을 묻었다. 그때 초인종 소리가 요란하게 울려 퍼졌다.

그들은 후닥닥 놀라 일어났다. 가슴이 마구 뛰었다. 그녀는 허둥지둥 풀어진 앞가슴의 단추를 끼웠다. 초인종은 다시 자신 있게 크게 울렸다. 영숙임이 틀림없을 것이었다.

장 박사가 인터폰으로 가는 동안 유진이 식탁에 가서 앉았다.

다리도 심장도 떨리고 있었다. 식탁 위에 금방 빵을 먹을 수 있는 차림이 되어 있었다. 영숙이 보더라도 간혹 들러서 커피를 함께하는 유진이 오늘은 가벼운 식사쯤 하는 것으로 받아들일 것 같아 유진은 조금 마음이 놓였다. 그러나 그것은 완전히 아전인수 격인 기대에 불과한 것이었다. 가뜩이나 영숙이 의심하는 사이인 그 두 사람이 단둘이서 그녀의 집에서 식사하는 것을 정상적인 일로 받아들일지, 유진은 거기까지 미처 생각해볼 여유가 없었다.

그녀는 인터폰에 귀를 기울였다. 뜻밖에도 석규의 말소리가 힘차게 쩌렁쩌렁 울려왔다.

"장 박사님이세요? 김 선생님 여기 안 계세요?"

"안 계신데…… 왜 그러지?"

"교회에 같이 가시자구요. 에이씨! 약수터에서는 다녀가셨다고 하고 집에는 아직 안 오셨다구 하구. 안녕히 계세요."

장 박사는 인터폰을 놓자 긴장이 풀리는지 그 자리에 서서 한숨을 쉬었다. 유진도 긴장이 확 풀렸다. 그녀는 가슴의 동계가 멎자 조금 전 당황하던 자신이 추해 보여 두 볼이 화끈 달아올랐다. 그녀는 수치심에 견딜 수 없어 의자에서 일어서서 현관 쪽으로 달렸다. 장 박사는 그녀를 덥석 안았다. 유진은 고개를 저었다.

"여기는 싫어요! 여기는!"

하고 그녀는 장 박사의 포옹에서 빠져나갔다. 그도 더 이상 그녀를 만류하지 않았다. 그는 선 채 한동안 그녀를 보고 있다가 천천히 유진에게 다가갔다. 그는 신을 신고 있는 유진의 손등에 조용히 키스했다. 그러고,

"안녕히 가세요."

라고 했다. 침통하게 가라앉은 그의 눈에 이슬이 고였다. 유진은 흔들리는 마음을 채찍질하며 돌아섰다.

"안녕히 계세요."

한길에 나오자 그녀는 크게 한숨을 토해냈다. 무엇엔가에서 해방된 홀가분한 느낌이 들었다. 그러나 몇 걸음 못 가서 머무를 것을…… 하는 아쉬움에 가슴이 조이듯 아팠다. 장 박사의 침통하던 눈빛이 눈앞에 자꾸만 떠올랐다. 그의 숨결이 아직 전신을 뜨겁게 훑는 것 같았다. 그 불길에 허덕이며 그녀는 채찍질하듯 큰길을 정신없이 걸어갔다. 주택가 양쪽에 늘어선 집들도 수목도 눈에 들어오지 않았다. 그러자 또 꿈에서 깨어난 듯 석규의 초인종 소리에 당황하던 자신의 모습이 기억나며 그 모습의 추악함에 저절로 낯이 붉어졌다.

'당황해야 할 사랑이라는 것이 사랑이라 할 수 있을까?'

그녀는 조금 냉정해지며 그렇게 생각했다.

'당황과 추악…… 사랑한다면 당황하지 말아야지. 초인종 소리에 영숙이 왔는가 하고 왜 놀라 떨었는가? 그 사랑이 당당할 수 있는 것이라면 왜 놀랐는가? 왜? 왜?' 그녀는 괴로워서 걸을 수가 없었다. 그녀는 잠시 눈을 감고 어느 집 담에 기대섰다가 다시 집으로 향해서 걸었다.

'꺼림칙한 구석이 있는 연애, 추악하지 않은가? 네가 사랑하는 것은 허위다. 변명이다. 그저 정욕에 못 이겨 잠깐 탈선하다가 말 것이라는 잠재의식이 굳게 박혀 있는 거다. 그렇기 때문에 너는 망설임 없이 그에게 안기지 않았는가? 좋아서 못 견디겠다느니, 죽어도 좋을 만치 사랑한다느니 할 테지만, 너는 한 번도 장 박사의 부부 관계가 붕괴된다든가 너의 가정이 해체되어버리는 것을 상상조차 한 적이 없었다. 즉 너는 그것을 원하지 않는다. 결론은 흔해빠진 그 바람이 났다가 가라앉는다……는 거다, 흔해빠진.'

'아니야, 그렇지 않아. 그렇지 않다.'

유진은 한길을 걸으며 홀로 추궁하고 힐난했다. 그리고 홀로 대꾸하고 변명했다. 머릿속에선 그렇게 하나, 장 박사에게 쏠리는 애욕은 전신을 아프게 후려쳤다. 그 애욕에 견딜 수 없어 그녀는 전신주에 등을 기대고 잠시 걸음을 멈췄다. 그녀는 시계를 보았다. 7시가 조금 넘었다. 일요일 아침이어선지 문을 연 가게는 없었다. 거리는 한산하고 고요했다. 비 온 후의 한여름 하늘은 푸르고 눈부셨다. 산이 가까워 공기는 깨끗하고 신선했다.

그녀는 심호흡을 했다.

집에 가려면 5분쯤 더 걸으면 된다. 그러나 그녀는 집으로는 가고 싶지 않았다. 그녀는 전신주에 기댄 채 다시 푸른 하늘을 보았다. 아무래도 장 박사가 그리워 견딜 수가 없었다.

'아이 원트 힘(I want him), 아이 원트, 아이 원트!'

하고 그녀는 속으로 절규했다. 장 박사의 눈빛과, 그의 숨결과 그의 체온 외에는 아무것도 들리지도 보이지도 느껴지지도 않았다. 그녀는 저만치 보이는 공중전화 박스까지 갔다. 송수화기를 들고 다이얼을 돌리는 동안 뜨거운 눈물이 두 눈에서 줄줄 흘러내렸다. 그가 그리워서다.

저편에서 전화를 드는 소리가 났다. 유진은 가쁜 숨결을 누르며,

"여보세요."

했다. 장 박사는 금방 유진의 음성을 알아차렸다.

"김 선생님!"
하고 말을 잇지 못한다. 한참 후에,

"그리 오시겠어요? 그 커피숍으로."

"네. 지금 바로 가겠어요."

"저도 지금 바로 가겠습니다."

그들의 말은 짧았으나 수많은 사연이 담겨져 있음을 서로 직감했다.

장 박사는 전화를 해준 유진이 더욱 사랑스러웠다. 자신을 뿌리치고 갔으나 그녀가 자신을 사랑하고 있음을 너무도 잘 알고 있었다. 그들은 석규의 초인종 소리에 헤어지게 되었으나 그냥 이대로 물러설 수는 없었다. 그들은 서로 사랑에 앓는 육체를 원하고 있었다.

전화를 끊자 그녀는 택시를 잡으려고 한길로 향했다. 아까와는 달리 그녀의 걸음은 침착했다. 그와 만날 약속을 하고 나니까, 회오리치던 정열이 조금 가라앉는 것 같았다. 그녀는 아까처럼 우연한 계기로 정열이 폭발해서 무엇이 무엇인지 모르고 사랑의 욕망에 뛰어든 상태는 아니었다. 이제 그녀는 조용히 그리고 좀 더 깊이 그를 원하고 있었다.

지금 한번 만나고 말지, 앞으로 장 박사와 더 계속 만나게 될지, 그래서 그녀의 환경에 변화가 있을지…… 그런 것은 생각할 여지도 없었다. 그녀는 장 박사를 사랑하고, 그의 사랑을 받아주는 것 외에는 아무 생각도 없었다. 그가 가자면 호텔의 방이든 시외든 어디든지 갈 생각이었다. 유진이 문이 닫힌 가게 앞을 지날 때 뒤에서,

"선생님!"

하고 석규가 소리쳐 불렀다. 유진이 뒤돌아보니까 석규는 파란 반소매에 흰 반바지를 입고 두 손을 벌리며 달려와서 그녀의 허리를 덥석 안으며 한 바퀴 돌았다. 장마 동안 못 본 그녀가 그리웠던 것이 역력했다. 유진도 그의 손을 잡아주며 말했다.

"잘 있었니? 할아버지도, 도사할머니도 안녕하시구?"

"다들 너무너무 잘 있어요. 할아버지도 고기반찬하구 밥 맛있게 잘 자셔요. 파출부 아줌마가 와서 밥도 해주고, 빨래도 다 해줘요. 할아버지는 임금님이 따로 없대요. 자기가 임금님 신세가 되셨대요. 그게 모두모두 김 선생님 덕분이래요."

하다가 석규는 갑자기 고개를 꾸벅하며,

"감사합니다."

한다. 유진은,

"아니다, 아니다"

하고 당황하며 건성 대답했다. 그녀는 석규와 얘기할 경황이 없었다. 그녀는 택시가 오는가 하고 두리번거렸다. 석규는 즐거운 듯이 만면에 웃음을 띠며 씩씩하게 말했다.

"선생님, 교회에 가세요. 오늘 장례식이 있는데요, 불쌍한 영혼이라고 많이 와서 기도해주랬어요."

"불쌍한 영혼?"

"네, 그러니까 선생님도 가셔서 기도해주세요."

"그래, 그러지. 그런데 난 지금 좀 바쁜 일이 있어서, 나중에 갈게."

하며 유진은 마침 달려오는 택시를 손을 들어 잡았다. 그녀는 잡고 있던 석규의 손을 놓고 택시에 올랐다.

"석규야, 조심해. 나중에 보자."

하며 그녀는 그를 뒤돌아보지도 않았다. 석규가,

"안녕히 가세요."

하고 택시의 뒤에서 소리를 쳤다. 택시는 움직이고 있었다. 차가 조금 달리고 나서 유진이 뒤돌아보니까 조그만 석규가 멍하니 그 자리에 서서 그녀의 차를 바라보고 있었다. 이윽고 그 눈에서 눈물이 떨어지는 것을 주먹으로 문지르며 그는 오른쪽 골목으로 들어갔다. 유진은 순간 잘못했구나, 가는 데까지 태워다 줄 것을, 하는 생각도 들었으나 '오늘은 재가 왜 저렇게 나에게 걸리적거리나' 하는 생각도 들었다. 아까도 초인종을 눌러서 놀라게 하더니…… 좀 이상한 느낌이 들었다. 석규는 불쌍한 장례식에 유진과 함께 가고 싶어서 그녀의 집 주변을 돌아다니고 있었던 것이다.

7시 반. 일요일 아침의 중심가는 한산했다. 그녀는 혹시 장 박사의 차가 지나가지 않을까 하고 창밖을 보았다. 전화를 끊고 차를 잡을 때까지 불과 10여 분밖에 지나지 않았으니까 늦더라도 그보다 얼마 차이는 나지 않을 것 같았다. 그가 바로 운전을 하고 갔더라도 차를 차고에 넣고 커피숍까지 올라가려면 시간이 걸릴 것이다. 커피숍에 어쩌면 거의 동시에 다다를 듯했다.

아침의 커피숍은 붐비지 않았다. 장 박사는 아직 보이지 않았다. 그녀는 전번에 장 박사와 앉았던 자리가 비어 있어서 거기에 가서 앉았다. 입구에서 바로 눈에 띄는 자리여서 더욱 그곳을 택했다.

그녀는 바로 커피를 시켜서 한 모금 마셨다. 장 박사가 끓여준 커피도 한 모금밖에 못 마셨던 것이 그녀의 기억에서 되살아났다. 연이어 그에게 안겼던 것이 뚜렷이 기억났다. 풍성한 유방이 아팠다.

'그의 손길이 그리운 것이다.' 그녀는 스스로의 속을 응시하며 천천히 커피를 마셨다. '남기철도 사랑했고, 남편도 사랑했다. 40세가 넘은 지금 너는 또 새삼 남자가 그리워 미치는가?' 그녀의 마음 한구석에서 이런 소리가 들려왔다.

'그래요, 옳아요. 사실 그대로예요' 하고 또 한 소리가 대답했다. '같은 짓이야, 상대가 다를 뿐 너에게 일어나는 현상은 다 같아. 뻔한 것 아닌가. 자, 자, 정신 차리고, 뻔한 짓 그만하고, 집으로 가요, 가.'

그러나 장 박사를 원하는 정열은 여전했다. 그뿐 아니라, 그 누구도 장 박사만치 그녀를 사랑하지 않았던 것 같고 그녀도 지금에야 진정으로 남자를 사랑해보는 것 같았다.

'내 생각이 왜 이렇게만 될까?'

하고 그녀는 생각했다. 전번 비바람 치던 날 "여름은 무엇이든 파괴하고 말 것 같지요?" 하던 장 박사의 말이 생각났다. 정말 내가 무슨 일을 저지르려고 이러나? 하는 데까지 유진은 생각해보았다. 그러나 파괴라는 것은 별달리 마음에 걸리지 않고, 다만 그가 그리워 머리끝에서 부터 발끝까지 절절이 저려왔다.

10분이 지나도 장 박사는 오지 않았다. 택시로 오느라고 늦는가? 하고 그녀는 생각했다.

승마복 차림의 노부부가 들어와서 유진의 옆자리에 앉더니 주스와 계란과 팬케이크를 시켰다. 유진도 아침 식사를 해야겠다고 생각하다가 장 박사와 함께 들 양으로 커피만 마셨다.

8시가 20분이나 지났는데도 장 박사는 오지 않았다. 설마 이토록 늦을 리는 없었다. 교통사고? 그럴 것 같지는 않았다. 혹은 영숙이 심령회에서 돌아와서……. 그러나 그들은 서로 외출에 간섭하는 사이가 아니니까 이 경우는 해당되지 않는다.

'그렇지, 영숙에게 무엇인가 일이 생긴 것이다.'

하고 생각하자 틀림없이 그런 것 같았다. 그녀가 죽었을까? 아니면 위독해서 병원에……? 있을 법한 일이었다.

'그러나, 하필 지금!' 하는 아쉬움이 일었다. '아니, 교통사고인지도 몰라' 하는 생각이 들며 그녀는 조금 불안해졌다.

9시다. 곧 나가겠다고 그가 전화를 한 시간은 7시 20분 안팎이었다. 그때부터 거의 한 시간 반이나 지났다. 차로 오면 불과 10분 이내의 거리가 아닌가. 아무래도 심상치 않았다.

그녀는 장 박사에게 전화를 걸었다. 신호는 가나 받지 않았다. 연이어 세 번이나 걸었으나 빈 소리뿐이었다. 영숙은 심령회에서 오지 않았고, 장 박사는 외출을 했는지 일부러 받지 않는지 유진은 답답하고 조금 짜증스러워졌다. '만날 생각이 변했더라도 오겠다고 했으면 와야지' 하고 생각하나 유진은 장 박사가 생각이 변할 사람으로 여겨지지는 않았다. '사고라도?' 하는 기우가 강해졌다. 그러자 가슴이 두근거렸다. 그녀는 혹시나 하고 집으로 전화를 걸었다. 동옥이 나왔다. 엄마한테 전화 온 데 없었느냐니까 한 군데 있었다 하며 낭랑한 목소리로 말했다.

"약속한 데 못 간다구 전해달랬어요."

유진은 머리 위부터 찬물을 뒤집어쓴 것 같다.

"언제쯤 왔었니?"

"5분 전쯤."

하며 동옥은 영영사전을 오빠하고 같이 쓰니까 불편하다며 나간 김에,

"제 걸로 따로 하나 사다 주세요. 꼭요, 꼭, 엄마."

한다. 중학교 2학년생에게 영영사전은 어려울 텐데 욕심이 많은 동옥이 공연히 떼를 쓰고 있었다.

"응, 그렇게 할게."

하고 그녀는 허둥지둥 수화기를 놓았다. 전신에서 힘이 쑥 빠져나가는 것 같았다. 그녀는 서 있을 수가 없어서 도로 테이블에 가서 앉았다.

'약속한 데 못 간다고…….'

곧 가겠다며 절박한 음성으로 말하던 그가 왜 금방 변했을까? 5분 전쯤 전화를 한 것으로 미루어 유진이 기다리다가 집에 왔을 법한 시간이라 생각한 것 같았다. 그는 이쪽으로 발길을 돌렸다가 마음을 고쳐서 다른 데로 간 것이 아닌가? 왜 그랬을까? 왜 마음이 변했을까? 영숙이 심령회에서 왔는가? 영숙에게 무슨 변이 생겼는가? 직접이든 간접이든 영숙 때문에 못 나올 만큼 하찮은 사랑이었던가? 그녀는 그렇게는 생각하고 싶지 않았다. 그것은 너무도 큰 모욕이니까.

헤어질 때에 그의 눈에 맺혔던 물기를 유진은 상기했다. 그는 결코 비겁하지도 소심하지도 않았다. 그가 나오지 않는 것은 나를 사랑해서다, 하고 그녀는 생각했다. '흔해빠진 그 바람이 난 주제에 모욕이니 사랑이니 하고 갈팡질팡하는 것은 하잘것없는 자존

심이 궁리해 내는 소리다' 하고 마음 한구석에서 냉소와 함께 쓰디쓴 소리가 들려왔다. '바람은 아니다' 하고 그녀는 고개를 저었다. 그녀는 '허위는 티끌만치도 없었다. 진실했다' 하고 계속 독백했다. '무슨 소리! 허위가 없었다구? 머리가 안 도네, 참. 영숙에게, 또 네 남편과 아이들에게 허위가 없었던가? 진실과 허위는 실물과 그림자처럼 불가분의 상태로 네게 있었다!'

현기증을 느끼며 그녀는 커피를 한 모금 또 마셨다. 아침 5시에 일어나서 정확히 말해서 혹시 장 박사를 만나려나 하는 기대 속에서 산으로 갔다가 지금 9시…… 불과 네 시간 동안 그녀는 어딘가 딴 세상에 갔다 온 것 같다. 도저히 현실 속에서 일어났던 일 같지 않았다. 그러나 그것은 너무도 적나라한 현실이었다.

그녀는 지친 몸과 마음을 안고 커피숍 밖으로 나왔다. 밖은 햇빛이 찬란했다. 아침인데도 한여름의 더위를 느낄 수 있었다. 그녀는 어디로 갈까 하고 잠시 생각했다.

'그렇지, 동옥이의 영영사전을 사고 집으로 가는 것이다.'

그러고 아무 일도 없었던 것처럼 아이들과 얘기하고, 식사도 하고, 또 새벽이면 건강을 위해 약수터에도 갈 것이다. 아무 일도 없었던 것처럼 그 산에서 새들은 울고 약수는 맑고 차게 흐르리라.

그러나 유진은 아무 일도 없었던 것처럼은 되지 않았다. 마음 한구석에 큰 구멍이 뚫린 것같이 휑하니 허전했다.

그가 오지 않아 다행이었다 하는 생각이 처음으로 들었다. 인간의 애욕이라는 것은 도대체 언제까지 계속되는 것인가? 애욕은 연령과 관계없이 불을 켜대면 언제라도 타는 성질의 것인가? 아니면 타지 못한 애욕만이 남아서 언제까지나 타는, 그것은 아직도 덜된 사람만의 방황하는 모습인가?

그녀는 서점을 향해 천천히 걸어갔다. 지난 반년 동안 그녀는 조금씩 장 박사를 그리워한 것 같다. 아니, 처음 보는 순간부터 그에게 이끌렸었다. 그것이 조금씩 가열되어 드디어 오늘 아침에 폭발하고 만 것이다.

한번 몹시 휩쓸고 간 애욕은 그것이 강렬했던 것만치 흔적도 짙은지, 덩그러니 비어만 가는 가슴을 안고 그녀는 눈부신 한여름의 거리를 걸어갔다.

유진은 사전을 사가지고 택시를 탔다. 택시는 광화문을 지나서 한참 가다가 겨울에 대구댁의 장례식을 치렀던 교회 앞을 지났다.

'대구댁이 죽고 벌써 세 계절이 가는구나. 겨울, 봄, 여름…….'

하고 생각하는데 교회 정문인 예쁜 철문에 석규가 기대서 있는 것이 유진의 시야에 들어왔다. 멍하니 서 있는 어린 석규가 한없이 고독해 보였다. 유진은 그냥 지나칠 수가 없었다. 그녀는 차를 세워서 내렸다. 석규는 유진을 보자 달려왔다.

"선생님! 지금 예배 중이에요. 장례식도 곧 시작할 거래요. 어서 가세요."

하며 석규는 손을 잡아당겼다. 유진은 목사의 설교 같은 것을 듣고 있을 염이 나지 않았다. 그러나 막상 지금부터 무엇을 해야 하는 목적도 서 있지 않아서 석규가 끄는 대로 교회 안으로 들어갔다. 안은 사람들이 가득 차 있었다.

"예수께서는 우리 육체는 신이 계시는 성전이라 하셨습니다."

하는 목사의 말소리가 열기 있게 장내에 퍼지고 있었다.

"악마는 항상 이 성전으로 들어올려고 노리고 있습니다. 악마를 내쫓는 파수꾼은 내 양심뿐입니다."

유진의 뒤에서 "아멘" 하고 누가 한숨과 함께 토해내고 있었다.

"하나님이 나에게 맡기신 이 거룩한 성전을, 우리는 신성하게 깨끗이 언제나 잘 지켜야 합니다. 잘 가꾸어야 합니다…… 아멘."

"아멘."

우연의 일이나 목사가 그녀에게 일부러 들으라는 듯이 하는 말 같기도 했다. 애욕이라는 악마가 들어와서 광란을 부렸던 육체……

'아니다!' 하고 그녀는 강력히 속으로 부정했다. 그녀는 속에서 또 독백했다.

'사랑이었다고 하자. 만일 그가 나왔다면 지금쯤 너는 원하지도 않는 임신을 하고 있을지도 모른다. 임신을 하지 않았다고 해도 매일반이다. 아니, 부정하지 마라. 사랑이라는 것, 그것은 너에게 있어 그의 육체를 가져보고 싶은 욕망에 불과했던 것은 아니었는지?'

그녀는 퍼뜩 놀랐다.

'임신이라구?'

그녀는 옆에 앉아서 즐거운 낯으로 두리번거리고 있는 어린 석규를 새삼스럽게 바라보았다. '만일 석규가 초인종을 누르지 않았다면……' 하고 생각하니 초인종을 눌러서 그녀의 사랑의 현장을 파괴한 것 하며, 장 박사를 만나러 호텔로 가려할 때에 허리를 붙들고 매달리던 일 하며, 지금 하필 신의 성전의 설교를 듣도록 그녀를 이끌고 온 석규의 존재가 다만 우연으로 보이지 않았다.

'신이 내게 보내준 사자인가?'

유진은 다시금 석규를 바라보았다. 그리고 생각했다.

'사랑을 잃으니까 별것을 다 생각하는구나. 그를 사랑한 것이 그리도 큰 죄악이었나?'

석규는 유진의 속은 아랑곳없이 눈동자를 빛내며 속삭였다.

"이제 곧 장례식을 해요. 불쌍한 영혼 말예요."

하며 단상을 가리켰다. 왜 하필 이번 장례식만은 불쌍한 영혼이라고 하는지 유진은 의아했다.

단상의 설교단에는 검은 천이 씌워지고 있었다. 11시에 있을 장례식 준비가 진행 중이었다. 유진의 뒤에서,

"참, 남의 속깨나 썩이더니."

"그래요. 정말, 예수라도 믿었으니 다행이지."

"저런 사람 때문에 교인들이 공연히 욕먹어요."

서너 사람이 소곤거리는 소리가 들렸다. 장례식의 주인공인 '불쌍한 영혼'의 얘기를 하는 것 같아 유진은 등 뒤에 신경을 세웠다.

"글쎄, 누구든 한번 연애했다 하면 물불 가리지 않고 열중했잖아요."

"그 김 씨 댁도 몇 달 동안 얼마나 시끄러웠어요."

"그래, 그래, 그랬지."

"이번에는 외국 학생이었대요. 유산 수술하다가 잘못되었다고들 해요."

"벌받은 거지 뭐!"

유진은 귀를 막고 싶었다.

……예수께서 가라사대 너희 중에 죄 없는 자가 먼저 돌로 치라 하

시고……

유진은 그 말씀이 『마태복음』에 있었는지 『요한복음』에 있었는지 기억할 수 없으나 지금처럼 예수의 그 말이 절실하게 가슴에 와닿은 적은 처음인 것 같았다.

11시 조금 전에 '불쌍한 영혼'의 관이 검은 천에 덮여서 교우들의 운구로 단 앞에 놓였다. 유가족이 누군지, 망자는 기혼자인지 미혼인지, 나이는 몇 살인지, 아니 그 이름조차 유진은 몰랐다. 그러나 불사르지 못해 전전하다 죽은 애욕의 수인이 이제는 그 감옥에서 해방되어 편안하라고 기도했다.

세상에는 어디 애욕의 수인뿐이랴. 대구댁처럼 돈의 수인, 정구형제처럼 복수의 수인, 살해의 수인, 사기, 모함, 권력, 오만, 도벽, 허영의 수인 등등, 사람이 한번 어느 계기, 어느 찰나에 그 욕망에 갇혀버리면 죽을 때까지 영영 해방되지 못하고 영오의 혼이 되어버리는 경우가 얼마나 많은가? 예수는 그 영오의 혼을 불쌍히 여기고 용서한 것이다.

유진은 당황해야 할 애욕을 잃은 대신 무언가 여태껏 모르던 것에 눈이 뜨이는 것 같았다. 용서한다는 것의 진실한 의미는 욕망의 수인이 된 자를 불쌍히 여기는 자비심에 있다는 것을.

장례식이 끝나고 석규와 헤어질 때에 유진은 그의 볼에 빰을 부볐다. 그녀는 속으로 생각했다.

'너와는 아무래도 전세에 무슨 깊은 인연이 있었나 보다. 네가 내게 고마운 존재인지 괴롭히는 존재인지는 모르나.'

석규는 대구댁의 유산 덕으로 가난은 이제 면한 것이 역력했다.

대구댁은 죽고 그 유산이 유진에게, 유진이 오 도사에게, 오 도사가 석규에게……. 유진은 그 돈이 그렇게 되어 정말 잘된 것 같았다.

'그 은혜를 오늘 너는 내게 그렇게 갚았니? 세상에는 공짜가 없다더니…….'

하고 그녀는 속으로 말했다.

집으로 돌아온 유진은 내심 장 박사의 전화를 기다렸다. 그러나 한밤중까지도 그에게서는 전화가 걸려오지 않았다. 커피숍에 나오지도 않고 전화도 하지 않는 장 박사…… 그렇게 되어주기를 바라면서도 유진은 가슴을 쓸고 간 아쉬움을 어떻게 할 수도 없었다.

다음날 새벽 5시에 유진은 습관이 되어 잠에서 깨었다. 약수터에 갈까 말까 하고 그녀는 망설였다. 어저께의 기억이 뚜렷해서, 그를 만나면 아무 일도 없었던 것처럼 대할 수는 없을 것 같았다. 애욕이 다시 불탈지. 한편 진실로 사랑했던 신뢰를 통해서 오히려 더욱 넓게 깊게 그와 연결되는 느낌도 들었다. 그를 만나더라도 "왜 안 나오셨어요?" 하고 묻지 말아야지 하고 그녀는 생각했다. 그녀가 가장 하고 싶은 질문이었으나 그 물음은 지난 일의 반복을 몰고 올지도 모른다.

'그 괴로운 사랑만은 이제 그만두자. 아니, 더욱 뜨겁게 불태워야지…….'

유진이 누운 채 그런저런 생각을 하고 있는데 전화가 왔다. 상준이 카이로에서 하는 건가 싶어 수화기를 드니까 뜻밖에 영숙의 목소리가 들렸다.

"김 선생님!"

다급한 목소리다.

"그이가 죽었어요!"

"네?"

하고 유진은 벌떡 일어났다.

"시이모 댁에도 연락을 해놓았는데…… 혼자 있는데, 경찰이 와서……."

"경찰이 왜 왔어요?"

"자살이니까 조사를 해야 한대요. 좀 와주세요. 죄송합니다."

영숙의 음성은 급하나 거의 꺼져가는 것 같다. 유진은 세수를 하고 옷을 갈아입는 사이 줄곧 온몸이 덜덜 떨렸다. 블라우스의 단추도 몇 번 놓쳤다가 겨우 끼웠다. 그녀는 영숙의 집으로 달려가며,

'왜 죽었을까? 정말일까? 왜, 왜? 어떡허나 어떡허나.'

하고 속으로 연신 소리치고 있었다. 그의 죽음은 아무래도 실감나지 않았다. 영숙이 나를 또 전번처럼 골탕 먹이려고 꾸미는 연극이 아닐까? 하는 생각도 드나 유진의 발은 뛰어가고 있었다.

영숙의 집 거실에는 경찰관이 세 사람 앉아 있었다. 백지장처럼 창백한 영숙이 젓가락만치나 가는 목을 소파 등에 기대고 앉아서 경찰관에게 답변하고 있었다.

"새벽 3시쯤이에요. 가스 냄새가 나서 일어나서 부엌으로 가보니까 가스는 꺼져 있었어요. 냄새가 그 사람 방문 밑에서 나는 것 같아 난로를 켜고 잤는가 싶어서 문을 열어보니까……."

장 박사는 가스난로의 꼭지를 빼어놓고 가스 자살을 한 것이었다.

"알겠습니다. 엊저녁에는 수상한 점이 없었습니까?"

"없었습니다. 나는 내 방에서 자고 그는 그의 서재에서 공부하다가……."

경찰관은 내외가 각방을 쓰는가고 물었다. 키가 큰 경찰이 장 박사의 책상 위에 놓여 있던 노트를 펴 들었다.

"주인의 필적이 확실합니까?"

앉아 있는 경찰관이,

"확실해요. 그 앞에 있는 기계공학에 관한 강의 준비한 것하고 펜도 필적도 똑같아."

"유서를 노트에 써놓고…… 좌우간 참 분명한 성격이셨던 것 같습니다."

하고 한 경찰관이 정중하게 말했다. 노트 한 장에,

'영숙, 먼저 가요. 부디 건강에 조심해요.'

그리고 연월일을 적고 새벽 2시라고 적혀 있었다. 키가 큰 경찰관이,

"그런데 다음 페이지에 쓰인 것이 이상하단 말이야."

하며 고개를 갸우뚱했다. 거기에는 두서없이,

'안녕히 계세요! 장기호.'

그리고 새벽 2시 10분 이라고 쓰여 있었다. 수취인이 다른 사람 같다.

영숙이 변명하듯이 말했다.

"가스 냄새에 몽롱해진 것 아닐까요?"

"밀폐된 방에서 10분쯤 맡으면 어쩔어찔하게 될까?"

하며 경관은 고개를 꼬았다. 유진은 그것이 그녀에게 쓴 그의 마지막 인사말임을 직감했다. '안녕히 계세요. 김유진 선생!' 장

박사는 차마 김유진 선생에게, 라고 쓸 수 없었을 것이 아닌가. 영숙에게 유서를 쓰고 10분간 무엇을 얼마나 생각하다가 그녀에게 단 한마디만 썼을까. 그 짧은 하직 인사의 말 속에 무궁무진한 사연이 적혀 있는 것 같았다. 유진은 가슴이 뜨거워지며 오열이 왈칵 터져 나오려는 것을 간신히 참았다. 그의 죽음은 어김없는 현실이었다.

장 박사의 내종사촌들이 왔다. 경찰은 자살을 인정하고 나갔다. 영숙은 기진맥진한 상태로 소파에 쓰러지듯 드러누워 있었다. 유진도 현기증이 나서 쓰러질 것 같았다. 그녀는 잠깐 집에 다녀오겠다고 영숙에게 말했다. 장 박사의 이종사촌 댁이 영숙에게 물을 먹이고 있었다. 영숙은 눈을 감은 채 유진에게 알아들었다는 듯이 고개를 끄덕였다.

유진이 현관에서 신을 신고 있으니까 영숙이 거실의 벽을 한 손으로 짚으며 나왔다. 그리고 아무 말 없이 장 박사의 노트에서 한 장을 떼어서 그녀에게 주었다. 그것은,

'안녕히 계세요. ××××년 ×월 ×일 새벽 2시 10분. 장기호.'

라고 적은 장 박사의 유서였다. 그것은 유진만이 아는 장 박사의 마지막 인사였다. 유진은 그것을 받아 손에 쥐고, 뒤도 돌아보지 않고 영숙의 집을 달리듯이 나왔다.

'그녀는 알고 있었다. 그녀는 다 알고 있었어!'

유진의 목에서 비로소 슬픔과 가책의 오열이 꺽꺽 소리를 내며 나왔다. 유진은 영숙에게 부끄럽고 미안했다. 그러나 그 감정은 얼마도 지속하지 않았다. 그녀의 머릿속은 장 박사로 꽉 차 있었다.

'머무를 것을…… 머물러 정열을 한껏 불사를 것을!'

후회가 아프게 가슴을 조였다.

'왜 자살했을까? 왜, 왜?'

미진함과 안타까움에 그녀는 몸부림치며 외치고 싶었다.

그녀는 한길을 걸으며 터져 나오는 오열을 누르려고 애를 썼다. 오열을 누르려고 할수록 숨이 막히고 가슴이 터지듯이 아팠다. 눈앞이 까매지며 그 속을 빨간 점들이 무수히 오르내렸다. 못 견뎌서 그녀는 골목 안 어느 집 담에 기대어 서서 심호흡을 했다. 몇 분이 지났을까, 한참 만에 눈앞이 보이기 시작했다. 가슴의 통증이 조금 가셨다. 놀라움과 슬픔에 회오리바람 치던 격정도 조금 가라앉는 듯했다. 격정이 쓸고 간 가슴속에서 그녀는 조용히,

'장 박사가 죽었다. 자살했다.'

하고 말해보았다. 되풀이해서 말해보나 실감 나지 않았다. 그러나 그것은 확실한 현실이었다. 어저께 아침까지 늠름하게 살아 움직였던 생명이 지금은 죽고 없다. 그녀는 하늘을 쳐다보았다. 하늘은 맑고 파랬다. 태양이 눈부셨다. 순간 온 세상이 허무했다.

'내가 서 있는 데가 저승인가 이승인가, 혹은 전세(前世)인가? 그 외의 다른 어떤 세계인가? 나는 도대체 무엇이며 누구인가? 이승이란 무엇이고 저승이란 무엇일까? 삶의 세계란 무엇이고 죽음의 세계란 무엇일까?'

가끔 솟아나는 의문이나, 지금 그녀는 그 의문의 미로에 한 발자국 더욱 깊이 들어서 있음을 느꼈다. 그녀는 그 대답을 절실히 알고 싶었다. 아버지, 어머니, 경아 고모, 남진 오빠, 그리고 기철과 장 박사처럼 정들고 사랑하던 사람들이 죽어 없어지는 것을 보아와서일까? 돌이켜 보니 올 들어 겨울, 봄, 여름 사이, 그녀가 알

던 사람이 많이 죽었다. 정섭과 정구는 원한에 맺혀 대구댁을 죽였다. 정구는 교도소에서 사고로 죽고 정섭은 언도대로 처형되었다. 정구가 그의 잘못을 회개한 데 반해서 정섭은 교도소 안에서 법관을 저주하고 간수며 감방의 동료들을 폭행했다. 대구댁을 죽였어도 아직도 미워서 욕설을 퍼부었다. 그러나 대구댁을 죽이고 나서 마치 정다운 사람을 따라가듯, 그녀가 간 저승으로 그들은 총총히 따라가버려서 죽은 넋이 되어버렸다.

선량하고 낙천적이던 기철은 개나리가 활짝 피던 봄날, 갑자기 심장마비로 거짓말처럼 죽었다. 급성폐렴으로 위독하던 유진은 죽지 않고, 유진을 염려하던 그가 오히려 먼저 죽었다.

장 박사는 오늘 새벽, 불과 몇 시간 전에 스스로 목숨을 끊었다.

증오하던 혼도, 사랑하던 혼도, 고민하던 혼도, 용서하던 혼도, 착해서 괴롭던 혼도, 악해서 강하던 혼도, 아름다운 혼, 흉측하던 혼이 모두 저승으로 훌훌 가버렸다. 그러고 그들은 아무 말이 없다.

더러 밀짚모자를 쓴 아이들이 주전자며 물통을 들고 횡대로 그녀의 곁을 지나갔다.

"어, 덥다."

"수영하러 가자"

하는 말이 들렸다.

"뚝섬이나 아니면 동해안에 가보자."

아이들의 음성은 건강하고 희망에 차 있었다.

유진은 다시 걷기 시작했다. 그녀의 머릿속에 죽음의 행렬이 잇달았다. 사람은 교통사고로 죽고, 여러 가지의 사고로 죽고, 살인강도에게 죽고, 유괴되어 죽고, 전쟁터에서 죽고, 암살되고, 굶어 죽고, 병사하고, 혹은 자살한다. 인류 역사가 시작된 이래 헤아릴 수 없는 무수한 위인의 죽음, 성인, 선자(善者)의 죽음, 극악무도한 자의 죽음, 온갖 애증, 은수(恩讐)의 죽음 들을 살아 있는 사람은 알고 있다. 어쩌면 살아 있는 사람보다도 죽은 사람을 더 많이 더 잘 이해하며 사람들은 살고 있는지도 모른다. 그러고 보니 이 세상을 어떻게 살아 있는 자만의 세상이라고 할 수 있을까? 유진은 인적이 드문 주택가를 걸어가며 그녀가 사랑하는 모든 죽은 혼들이 따뜻한 눈길로 그녀를 감싸며 함께 걸어가고 있는 것 같은 느낌이 들었다. 사랑하는 혼들과 함께 있는 듯한 편안한 마음속에서도 역시 장 박사의 죽음은 가슴을 찢는 것같이 아프고 슬펐다. 격한 오열은 가라앉았으나 눈물은 소리 없이 그녀의 뺨을 흘러내렸다. 그녀는 주위를 둘러보았다. 주택가 사잇길에는 잠시 인적이 끊기고, 막바지로 치닫는 여름의 세계는 하늘도 땅도 누부셨다. 유진의 감정은 조금씩 가라앉아갔다. 그녀는 비로소 이마에 밴 땀을 닦았다.

동기와 동옥은 등교하고 없었다. 집 안은 고요했다. 그녀의 가슴을 뒤흔들었던 폭풍우의 자국에 비해 너무도 변함없이 고요했다. 그녀는 현관문을 잠그고 동기의 방을 지나 거실에 들어갔다. 그러자 그녀는 섬뜩 놀라며 그 자리에 섰다. 거실 식탁에 장 박사가 등을 보인 자세로 앉아 있었다, 선명한 하얀 노타이를 입고. 어저께 그녀를 포옹했던 때의 그 옷이다. 유진은 선 채 그 허영(虛影)을 뚫어져라 응시했다. 한참 동안 그것은 없어지지 않았다. 그녀는 속으로 '가세요!' 하며 마치 현실처럼 힐책하듯이 말했다. 허영을 볼 만치 내가 그를 사랑했구나 하고 생각하며. 허영은 좀체 움직이지 않았다.

유진은 갑자기 기이한 감이 들었다. 장 박사가 자살했다고 하는 일련의 사건…… 영숙이 전화를 하고, 그녀가 달려가고, 경찰관이 있었고, 북받치는 오열과 현기증…… 장 박사의 유서를 손에 들고 집으로 돌아온…… 그것이 현실인지? 지금의 환각이 현실인지…… 아니다, 저기 있는 장 박사는 환각이다! 하고 그녀는 영숙이 들려준 그의 유서를 손에 쥔 채 속으로 소리쳤다. 그녀는 스스로 놀랄 만치 허영을 쏘아보며 속으로 소리쳤다. 허영은 잠시 후에 조용히 일어서더니 등을 보인 채 없어졌다. "됐어!" 하고 유진은 홀로 말하며 정확한 보행으로 허영이 앉아 있던 그 의자에 가서 앉았다. 순간 공포감이 들려는 것을 눌렀다. 그녀는 만약 지금 공포에 사로잡히면 앞으로 계속 환각에 지고 말 것 같아서 안간힘을 썼다. 그래서 옆 의자나 맞은편 의자나 혹은 떨어져 있는 안락의자에 앉아도 되는 것을, 그것이 명확히 환각이었음을 스스로 인식하기 위해 그녀는 바로 그 의자에 앉았다. 의자는 물론 비어 있었고, 그녀의 육체만이 그 공간을 가득 채웠다. 그러나 머리칼을 뒤통수에서 무엇인가 잡아당기는 것 같아서 오싹 소름이 끼쳤다.

'무서울 것 없다. 귀신이라도 장 박사의 귀신이 나를 해칠 리는 없지 않은가.'

하고 생각하며 유진은 겨우 공포감을 달랬다.

'아니, 귀신이라도 장 박사의 귀신이라면 상관없다. 그는 죽었어도 나는 그를 사랑한다.'

식탁 위에는 식사 준비가 되어 있었다. 동기와 동옥이 먹고 허겁지겁 등교한 흔적이 역력하다. 토스터 안에 구워진 빵 한 쪽이 들어 있고 잼과 버터 그릇은 뚜껑이 열린 채로 있다. 유진은 그 뚜껑을 덮고, 접시와 컵을 씻으려고 부엌으로 갔다. 오싹오싹 소리 없는 바람이 일며 무엇인가가 등 뒤에서 따라오는 것 같았다. 그녀는 '또야!' 하고 스스로 화를 냈다. 그러고 자조했다. 그의 환영을 두려워하고 기피하면서 무슨 사랑을 한다고 어저께까지 미친 듯이 헤맸던가. 잠시의 공포도 싫어서 그의 허영을 쏘아보는 그 이기적인 마음이 스스로 싫었다. 그 공포란 생명의 위협을 느끼는 생존 본능의 발동이 아닌가?

'생존 본능이란 이토록 이기적인 것인가? 그렇게 열중했던 그에의 사랑이란 것이 결국 이런 것이었던가?'

그녀는 스스로 서글펐다.

'그러나 그를 진정으로 사랑했었다. 사랑했었다!'
하고 그녀는 속에서 외쳤다. 가슴이 뭉클하며 또다시 눈물이 흘러내렸다. 그리고 울면서도 사랑의 과거형을 쓰고 있는 것을 그녀는 깨달았다. 장 박사도 그에의 사랑도 이제는 과거가 되어버린 것이다.

무아무중으로 내닫던 정열은 이제 지나가버렸다. 그러나 지금은 전보다 더욱 그를 이해할 수 있을 것 같았다. 맑고 깊은 비감이 따뜻한 인간애로 영원히 그와 연결되는 느낌이 들었다. 어릴 때부터 혈연이 희박하다 하며 그런 자신의 생을 혐오한다고 말하던 그의 표정이 새삼 그녀의 기억에 되살아났다. 그의 자살은 결코 돌발적인 것이 아님을 그녀는 충분히 알 수 있었다. 오히려 그녀는 그의 자살을 예감하고 있었던 것 같다.

'석규가 초인종을 누르지 않았더라도 그는 나를 범하지 않았을

것이다.'

하고 유진은 생각했다. 그 무서운 그의 고독감이 애욕조차 백지화시켰으리라. 그토록 쾌활한 그의 외모의 한 꺼풀 안쪽에는 고독이 끝도 없는 동혈(洞穴)을 파고 있었던 것이 아닐까.

'하지만 꼭 자살해야만 했을까? 어차피 언젠가는 죽을 것을. 그도, 나도!'

유진은 그의 자살이 뼈저리도록 새삼 애석했다. 고독한 채 죽은 것이 아쉬웠다. 석규가 초인종을 누르고 간 후에 내가 먼저 그에게 내 몸을 왜 열어주지 않았던가. 내 육체가 아프도록 그를 원했으면서. 그랬다면 그는 자살을 하지 않았을지도 모른다. 그녀는 아쉽고 그리움에 또다시 오열했다.

그녀는 정원으로 나갔다. 밖은 섭씨 34도. 파란 잔디 위에 불 같은 햇살이 쏟아지고 있었다. 유진은 잔디 위에 무릎을 꿇고 앉아서 장 박사의 유서를 펴보았다.

'안녕히 계세요. ××××년 ×월 ×일 새벽 2시 10분. 장기호.'

유진은 속으로 말했다.

'안녕히 가세요. 살다가 나도 갑니다.'

장 박사의 사연 많은 짧은 그 한마디에 그녀도 천만 가지의 마음을 한마디로 말할 수밖에 없었다. 그녀는 유서를 그의 몸처럼 한참 동안 가슴에 안았다. 유서는 죽은 혼 같기도 하고 살아 있는 육체 같기도 했다. 성스러운 정감이 전신에 퍼져갔다.

그녀는 그의 천만 가지의 말이 담긴 한마디, '안녕히 계세요'라고 쓰인 쪽지를 치켜들어 망설임 없이 성냥을 켜댔다. 그 쪽지에 불길이 확 붙으며 공중에 떠올랐다. 마치 장 박사의 혼이 무(無)로

승화하며 하늘로 날아가는 것 같았다. 그것은 바래지고 찢어지는 일 없이 영원히 그녀의 기억 속에 남을 것 같았다.

'잘 가세요. 이제 고독도 없으시겠어요.'

하고 유진은 속으로 말했다. 유서는 공중에 뜬 채 완전히 타버렸다. 까맣게 되어 조금 남은 조각들이 흔들리며 하늘하늘 내려왔다. 유진이 두 손으로 받아 잡으려니까 그것은 잿가루가 되어 손가락 사이에서 떨어져 잔디 위에 흩어졌다. 잔디를 손으로 헤쳐 보니까 잿가루는 형체도 없어졌다.

"잘 가세요, 잘 가세요!"

허무감이 유진의 가슴을 깊이 할퀴고 지나갔다. 그녀는 눈을 들어 문득 하늘을 보았다. 정원 남쪽에 우뚝 서 있는 모과나무가 눈에 들어왔다. 줄기며 가지가 싱싱하게 뻗고 잎사귀는 파랗게 터질 듯이 반짝이고 있었다. 그녀는 갑자기 꿈에서 깨어난 기분이 들었다. 그녀는 잔디에서 일어나서 모과나무 줄기에 기대어 섰다. 여태껏 먼 어느 허공에서 모습도 없는 미로를 열심히 헤매다가 제자리에 돌아온 것 같은 기분이다. 그 미로를 벗어나게 한 것은 어린 석규 같기도 하고, 장 박사 같기도 하고, 작열하는 햇살 같기도 하고, 싱싱하게 서 있는 나무들 같기도 했다. 그 모든 것이 방황하는 그녀를 보살펴주고 따뜻하게 감싸주는 것 같다. 그녀는 장 박사며, 석규며, 하늘이며, 햇빛이며, 나무며, 잔디며, 꽃들…… 온갖 대자연에게 무한한 정애(情愛)가 솟아나는 것을 느꼈다. 그녀는 천천히 걸음을 옮겨 거실로 들어가서 가만히 문을 닫았다.

장 박사는 유진이 생각하는 것처럼 고독해서 자살한 것이 아니었다. 그는 유진이 허둥지둥 나가는 것을 보았을 때 그의 연정은 잘못된 것임을 직감했다. 그러나 유진이 공중전화로 다시 만나기를 원했을 때 그는 흔들렸다. 그는 아무것도 생각하기 싫었다. 그들의 사랑의 전도, 후도……. 그는 떨리는 손으로 외출복으로 갈아입었다. 방을 나가려는데 그의 머릿속에 이런 말이 스쳐 갔다.

'그렇게 나가면, 김 선생은 파멸이다!'

그러자 그는 깜짝 놀라 섰다.

'그렇다, 김 선생은…….'

그는 책상 앞의 의자에 털썩 주저앉았다. 창밖에 푸른 하늘이 보였고, 책상 위 왼쪽에 노트와 책이 몇 권 쌓여 있었다. 그러나 그의 눈에는 유진의 모습밖에 보이지 않는 것 같았다. 전신이 떨리며 눈물이 흘러내렸다.

'그녀와 다시 백지로 돌아가더라도…… 돌아가야지. 하지만 그냥 이대로 헤어질 수는 없다. 차 한잔만 함께 마시고 오자, 오직 차 한잔만…….'

그는 스스로에게 애걸했다.

그는 강의 노트가 책상 위에 비뚤어져 놓여 있는 것을 바로 놓고, 침착한 걸음으로 거실로 나가서 흑판에 '외출, 외식' 하고 썼다. 영숙에게 외출해서 외식한다고 알려놓은 것이다. 영숙이 심령회에서 그보다 더 늦게 귀가할지도 모르나 의무처럼 그렇게 썼다.

현관문을 열고 나가자 장 박사는 깜짝 놀랐다. 대문 안 포치에 파랗게 되어 핏기 없는 얼굴로 영숙이 주저앉아 있었다. 예의 그 호흡곤란의 발작이다.

'하필 지금!'

순간 그는 눈에 보이지 않는 무엇인가에 분노가 솟구침을 느꼈다. 현기증이 나며 전신에서 기력이 술술 빠져나갔다. 영숙의 이마에는 식은땀이 송송이 배어 나오고 안색은 검게 질려갔다. 푹 꺼진 눈꺼풀 속에서 동자는 초점을 잃은 것 같았다.

장 박사는 당황하며 영숙의 핸드백에서 구급약을 꺼내서 그녀의 입에 넣었다.

"영숙이, 먹어요, 약이야! 먹어! 정신 차려, 살아야지. 살아야 해!" 하고 소리쳤다. 영숙은 알아들었는지 무의식중인지 약을 씹었다. 장 박사는 부엌으로 뛰어가서 냉수를 가져와서 영숙의 입에 넣어주었다. 영숙은 크게 숨을 몇 번 토해냈다. 한고비는 넘긴 것 같았다. 얼굴에 핏기도 조금 돌았다.

그렇게 될 때까지 왜 초인종을 누르지 않았는지 장 박사는 이해할 수 없었다. 초인종을 눌렀을는지도 모른다. 어쩌면 초인종을 몇 번 누르고, 응답이 없으니까 열쇠로 대문을 열고, 닫고…… 거기서 주저앉았으니 그사이에 고통이 얼마나 컸을까? 영숙이 아픔과 사투를 하고 있을 때, 그는 초인종 소리도 들을 수 없을 만치 유진을 생각하는 데에 미쳐 있지 않았던가?

장 박사는 영숙에게 미안하고, 한편 그녀가 귀찮았다. 그러나 그는 영숙을 등에 업고 집 안으로 들어갔다. 축 늘어진 영숙은 무거웠다. 그의 머릿속에 막연히 '절대 지기 싫은 십자가'라는 생각이 스쳤다.

영숙은 거실 소파 위에서 차츰 회복했다. 그녀는 혼자 힘으로 일어서서 냉수를 한 컵 천천히 마시고, 한마디도 없이 그녀의 방으로 들어갔다. 장 박사는 불쾌감을 눌렀다. 주치의는 그녀의 발작 상태로 미루어 길어야 6개월이라고 전화에서 말했다. 새삼 진

찰해볼 것도 없다고 했다. 그러고 습관인 양 "기적이 일어난다면 몰라도, 즉 오진이라는 기적 말이지요" 하고 덧붙였었다.

'길어야 6개월……'

앞으로 6개월을 그와 그녀 사이에 깊은 빙하(氷河)를 두고 살다가 그대로 사별할 것이다. 후회와 가책 같은 것이 속에서 고개를 드나, 그는 선 채 영숙의 굳게 닫힌 방문만 바라볼 수밖에 없었다. 그 흑갈색의 어두운 목제 문은 그들 사이의 얼음 같은 침묵을 암시하는 것 같았다. 그는 무거운 마음으로 고개를 떨구고 서재로 돌아갔다.

'영숙을 잠시나마 사랑했던 것이 나쁜가? 지금 사랑하지 않는 것이 나쁜가?'

그는 그녀를 동정하고 이해했다. 그는 그녀에게 늘 미안했다. 그들은 오래전부터 부부가 아니었다. 장 박사가 그녀를 거부한 것이다. 그녀를 신뢰하는 동거인으로 인식했다.

'문제는……'

결혼한 것이 결정적으로 잘못이었던 것이다. 그 말은 마치 젊은 때가 있었던 것이 잘못이다, 과거에 흘러간 시간이 있었던 게 잘못되었다는 것과 같은 뜻이 아닌가? 어불성설이다.

장 박사는 피로감을 느꼈다. 조금 전까지도 울고 싶을 만치 사랑했던 유진마저도 흘러간 먼 시간 속에 가물가물 사라져가는 것 같다. 사랑도 미움도 명예욕도 생활의 의욕도, 일체가 멀리멀리 그에게서 떠나버리는 것 같았다.

그는 시계를 보았다. 9시가 가까웠다. 유진이 그 커피숍에서 한 시간 이상을 기다리리라 바라지도 않았고 그렇게 생각할 수도 없

었다. 그러나 커피숍에 전화로 물어보았다. 그녀는 없었다. 집에도 없었다. 유진이 있었다 해도 그는,

"미안합니다. 약속을 못 지켜서, 용서하세요."

라고밖에 말하지 못했을 것이나.

장 박사는 오랜만에 영숙과 함께 집에서 점심을 먹었다. 영숙은 잣죽을 먹고 그는 볶음밥을 먹었다. 영숙은 식사 동안 내내 아무 말이 없었다. 장 박사가,

"늘 집에 있는 아줌마를 한 사람 구합시다."

했다. 영숙도 반대는 하지 않았다. 그러나,

"파출부가 사흘에 한 번 와서 먹을 것 마련해서 냉장고에 넣어 두니까, 설거지는 디시워셔가 하고……."

하며 느긋한 태도다.

"아까처럼 그렇게 발작이 나면 어떡허지? 내가 없을 때는……."

"죽는 거지요. 뭐, 늘 그러면서도 죽지 않고 살아나잖아요? 죽게 되면 죽는 거지요. 누구나 죽을 때는 혼자 죽는 게 아니겠어요? 그렇지요?"

영숙이 그에게 무엇인가 추궁해오는 것 같아 장 박사는,

"그렇지."

하고 대답할 수밖에 없었다. 그는 영숙과 같이 식사도 하고 얘기도 했으나 그 모든 행위가 허공에 떠서 헛소리를 하고 있는 것 같았다. 유진을 단념한 후로는 모든 것이 실체가 없는 허공 속에 떠 있는 것 같았다. 그는 그 자신이 살아 있는 것 같지 않았다. 깊은 허무감이 심장을 후벼 팠다.

그들은 저녁 식사도 같은 식탁에서 함께했다. 영숙이 그녀의 침

실로 들어가면서 소파 옆에 놓인 가스스토브를 가리키며 장 박사에게 말했다.

"저걸 부엌 반침 속에 옮겨놓아주세요."

장 박사는 밤늦게까지 공부했다. 그는 아무래도 내년 봄 학기에는 미국에 교환교수로 가야겠다고 마음을 굳히고 있었다. 가을 학기라면 더 좋겠으나 지금 여름도 가고 있으니까 그것은 불가능했다. 혼자서 여행을 떠날까고도 생각했다. 어떻든 몸도 마음도 훌훌 털고 어디든 먼 곳으로 가버리고 싶었다.

그는 공부를 하다가 거실로 나와서 커피를 끓여서 마셨다. 그러고 가스스토브를 옮겨야지 하고 생각하며 그것을 들었다. 그러자 갑자기 내 생(生)도 옮겨야지 하는 생각이 들었다.

'생의 현주소 말이지.'

하고 그는 홀로 속으로 말했다. 그는 스토브를 부엌으로 들고 가는 대신 그의 서재로 들고 갔다.

그는 영숙이 언젠가 말했듯이 그녀에게 혐의가 가게 할 수는 없었다. 그는 펼쳐진 노트에 하직 인사를 썼다. 유진에게도 하직 인사를 적었다. 그러나 김유진 선생에게, 라고 쓰는 것은 삼갔다. 쓰면 오히려 영숙이 유진에게 보여주지 않을 것 같아서다. 영숙은 아마도 찢어 없앨 것이라고 생각했다. 김유진 선생님에게, 라고 쓰지 않으면 유진이 볼 기회가 있을 수도 있으리라. 유진이 짐작만 해주면…… 하고 그는 바랐다.

'못 보아도 할 수 없지.'

하고도 생각했다.

'안녕히 계세요.'

늘 쓰는 하직 인사이나 이 세상에서 마지막으로 쓰는 글이니 유서다. 유서란 이런 것이었구나. 늘 쓰는 똑같은 그 말, 안녕히 계세요, 안녕히 가세요.

'그만 생각하자. 그리고 어서 이생에서 자리를 옮기자.'

하고 그는 생각했다.

그는 가스스토브의 호스에 달린 잠금장치를 풀었다. 이내 가스 냄새가 났다.

더러 자살하는 사람들이 하는 것처럼 그는 정장할 것도 없다고 생각했다. 그는 늘 입는 잠옷을 입고 침대 속으로 들어갔다. 정신적으로나 물질적으로나 진 빚도 없고 미련도 없어 홀가분했다. 마음은 시원하고 평화로웠다. 고독감도 없었다.

'자, 가자.'

하고 그는 속으로 말했다.

가을

장 박사가 자살하고 나서 하루가 지나고, 사흘이 지나고, 열흘이 지나고, 입추도 처서도 지났다. 상준은 예정했던 여정보다 훨씬 더 길어져서 석 달 만에 돌아왔다.

오는 날부터 그는 매우 바쁜 것 같았다. 한밤중에도 국제전화가 오갔다. 일본을 불러서는 마쓰모토라는 사람을 찾고, 그와 통화가 끝나고 나면 불쾌해했다.

"마쓰모토는 할 수 없는 놈이야!"

날이 가고, 달도 바뀌고, 조석의 바람에 가을이 짙어가고 있음을 느끼지 않을 수 없었다. 표면은 잔잔하건 부산하건 폭풍우로 뒤덮이건, 그 아래에서는 세월의 물살이 쉴 새 없이, 변함없이 천고의 리듬 그대로 흐르고 있었던 것이다.

이상하게도 남편이 죽은 후에 영숙의 안색은 조금씩 좋아졌다. 장 박사의 장례식이 있은 열흘 후쯤 유진이 그녀를 방문했었는데, 그때 이미 그녀의 건강은 호전하는 징조가 있었다. 영숙은,

"죽도 소화하기 힘겨웠는데 빵도 먹을 수 있고, 고기도 잘 익히면 먹을 수 있어요. 이상하지요."

했다. 죽을 것 같던 호흡곤란도 횟수가 훨씬 줄었다 한다. 암이 틀림없었다면 기적이 일어난 것이고, 기적이 아니라면 그녀의 병은 처음부터 암이 아니고, 남편에 대한 욕구불만으로 극도의 신경쇠약증에 걸렸었던 것이라고 유진은 생각했다. 정신이 질병까지 만들어내는 실례를 본 것 같아 속으로 놀랐다.

"그 사람은 철저한 이기주의자였지요. 죽음도 끝내 그렇게 이기주의자답게 자살한 거예요."

영숙은 남편의 죽음도 불만스러운 것 같았다.

"지위가 없었나요, 돈이 없었나요? 남 보기에 자살의 동기가 없지 않아요? 그러니까 자연 그 동기가 내가 될 수밖에요. 자기 자신은 좋아서 택한 길이니 좋겠지만, 나는 그만 악처가 되고 만 거지요. 뭐, 뻔해요. 장례식 때 온 동료 교수들이며 친척들도 유난히 나를 관찰하더군요. 저것이 그 좋은 남편을 죽였지, 하고. 부정하실 것 없어요. 그 사람은 죽는 순간, 돌보아주어야 할 자식도 없고, 마누라는 재산도 넉넉하니까 걱정할 것 없고, 이 세상에 미련도, 누구에게 진 빚도 없다. 홀가분하고 평화롭다…… 하고 생각했을 겁니다. 철저한 에고이스트지요."

영숙은 조금 흥분하고 있었으나 그녀의 말은 꽤 정곡을 찌르고 있는 것 같았다. 장 박사는 그의 죽음을 한 번도 그런 각도로는 생각하지 못했을 것이다. 영숙에게 악처였다는, 그의 죽음의 동기라는 무거운 부담을 줄 줄은 생각 밖에 있었던 것 같다. 아니, 영숙은 그의 의식 밖의 존재였을까. 준수한 장 박사가 어째서 인생을 외롭게만 보고 외롭게만 살아왔을까. 유진은 새삼 그의 삶과 죽음이 안타까웠다.

영숙은 장 박사의 유서에 대해서 한마디도 하지 않았다. 잊어버리고 있는지, 장 박사가 유진을 홀로 좋아하다가 마지막 순간에 한마디 적은 것쯤으로 아는지도 몰랐다. 만약 그 일요일 아침, 거실의 안락의자에 있었던 두 사람을 안다면 그녀는 어떻게 대할지 알 수 없는 일이다. 아니, 어쩌면 다 알고 대수롭지 않은 것으로 생각하는지도 몰랐다. 말썽의 불씨가 불씨로써 끝난 것을 굳이 들추어낼 것은 없다는 생활철학인지도 모른다. 어디까지를 알든지 모르든지 간에 태연한 영숙 앞에서 유진은 처음으로 그녀 자신의 모습의 기이함을 발견한 것 같아 홀로 낯을 붉혔다. 기이함…… 그것은 혼자서 애타고, 혼자서 갈등하고, 혼자서 미안해하고 부끄러워하는 모습이었다. 추한 자신의 모습에 당황하면서도 장 박사의 고독의 아픔이 그녀의 가슴에 아프게 박혀왔다.

'사련의 변명이 아니다. 연정도 결국은 한 인간에의 깊은 이해가 아닐까? 그것이 진정한 연정의 참모습이리라.'
하고 그녀는 생각했다.

며칠 전에 영숙에게서 전화가 걸려왔다. 혼자 살기에 집이 커서 외사촌에게 맡기고 아파트에 이사 왔노라고 했다.

"심령회가 있는 아파트의 바로 옆 동이에요. 한번 놀러 오세요."
하는 영숙의 음성은 원기는 없으나 명랑했다. 심령회가 있는 아파트…… 그곳은 차로 30분은 걸리는 곳이다. 그곳이 아득하게 먼 곳처럼 유진은 느꼈다. 영숙도 장 박사처럼 다시 만날 수 없는 세계로 가버린 것 같았다. 적적함이 소리 없이 한 방울씩 그녀의 가슴속에 떨어졌다.

정원에 핀 장미꽃이 시들어 떨어지고 약수터로 오르내리는 산에는 단풍이 물들고 있었다. 예정대로 안영희는 유럽으로 떠났다. 흰 바탕에 감색 물방울 블라우스가 그녀의 화사한 몸매를 한층 돋보이게 하는 것 같았다.

그녀 옆에 언젠가 커피숍에서 "저 사람 어때요?" 하고 묻던 그 젊은 외국인이 여행 가방을 들고 서 있었다. 애인 사이인지?

"저 사람, 객지에서 좋은 친구가 될 것 같아요."

하고 유진이 말했다. 영희는 장난스럽게 눈망울을 돌리며,

"결혼할까요? 그런데 결혼할 구실이 없어요. 젊은 때는 아이를 갖고 싶은 것이 구실이었는데. 참, 가방 들기 싫어서 할까요?"

하며 킥킥 웃었다. 영희는 일정한 여행 계획도 없다 한다. 막연히 세상 구경하며 스스로 배우는 것이 미술이라고 했다. 그녀는 여러 명의 전송객들 사이를 요정처럼 하늘하늘 누비며 활발히 하직 인사를 하고 있었다.

영희는 탑승구로 나갈 때 유진에게 다가와서 그녀를 두 팔로 가슴에 껴안았다. 그러고 유진의 귀에 속삭였다.

"사랑하는 기철 씨 생각이 나요. 김 선생님, 안녕히 계세요."

그 말을 듣자 유진은 아까부터 서서히 밀려오는 기철에의 추억이 한꺼번에 왈칵 터지며 눈시울이 뜨거워졌다. 겉으로 밝고 명랑한 영희도 속으로는 기철이 없어서 외로운 것이다. 착하고 성실했던 기철은 죽어 없고, 맑은 하늘처럼 구김 없는 아름다운 영희는 지금 멀리 떠나고 있었다. 그리고 그토록 사랑했던 장 박사도 이제는 없었다.

공항 밖에 나오자 찬 바람이 유진의 뺨을 스치고 갔다. 석양을 뒤로 달리는 차창 밖에는 누렇게 익은 벼가 바람에 흔들리고 있었다. 곧 추수가 시작될 것 같았다. 어느 사이엔가 추석도 지나갔다. 금년도 마지막 길로 들어서고 있었다.

한국의 가을은 아름답고 짧다. 하늘은 높고 푸르고, 산에 붉고 노란 단풍이 물들고, 맑고 서늘한 바람이 불어 가을이구나 하고 있노라면 금방금방 낙엽이 지고, 세찬 바람이 몰아치고, 어느 날 아침 갑자기 수은주가 영하로 내려간다. 그러고는 언 땅에 또 언 산에 언 지붕에 눈이 하얗게 내리덮여 온 세상은 새싹을 배는 겨울로 들어간다.

영희가 탄 비행기는 남쪽으로 가고, 유진이 탄 차는 동북쪽으로 서울을 향하고 있었다. 1분, 2분…… 시간이 흘러갈수록 유진은 영희와 멀리 떨어져감을 느꼈다. 그녀가 좋아하던 기철의 아내였기에 더욱 정겨웠던 영희였다.

'부디부디 행복해요. 하늘이시여, 외로운 영희를 보살펴주소서.' 하고 그녀는 속으로 기도했다.

'영숙 씨도…….'

기도의 언어가 가슴속에서 우러나왔다. 하마터면 영숙에게 깊은 상처를 주는 죄인이 될 뻔했던 것이 그녀는 가슴 아팠다. 어린 석규가 없었다면 유진은 지금쯤 얼마나 더 큰 죄를, 아니 얼마나 더 흉한 상처를 가슴에 새기고 있었을까 싶다.

달리는 차창에 천진난만한 석규의 얼굴이 환히 웃으며 비치는 것 같다. 석규가 마스코트처럼 귀엽고 고맙고 사랑스러웠다. 그를 만난 지도 오래되었다. 유진은 근간 약수터에서 만나자고 전화를 해야겠다고 생각했다. 가난해서 늘 마음에 걸리던 석규가 이제 살기에 넉넉한데다가 집이 멀어지니까 등한해지고 있었다.

'내 마스코트를 잊어서야!'

하고 그녀는 속으로 말했다.

두 가정이 파괴될 위험도 깨닫지 못할 만큼 갈구하던 장 박사. 그와의 사랑은 마치 검은 하늘에 잠시 피었다 꺼진 불꽃 같았다. 아련히 슬펐다. 그러나 탈 듯 탈 듯 하면서도 뜨겁게 타지 못하고만 첫사랑의 기철은 무겁게 유진의 가슴에 자리를 잡고 그녀에게 훈훈한 향수를 안겨주었다. 장 박사에의 사랑보다도 기철에의 정이 짙은 것은 오랜 세월이 주는 인간 신뢰의 지울 수 없는 연륜 때문이리라.

차는 제2한강교를 달리고 있었다. 한강은 푸르게 흐르고, 서쪽 산 너머로 새빨간 해가 방금 떨어졌다. 땅 위에 어둠이 깔렸다. 허공에서 시간의 조류가 도도히 흘러가는 소리가 들리는 것 같았다. 유진은 숙연해지며 기철을, 장 박사를, 아버지를, 어머니를, 그리고 경아 고모며 남진 오빠며 시부모며 대구댁이며 정섭과 정구들…… 모든 죽은 사람들을 생각했다. 그들이 타고 가버린 시간의 조류 소리가 쏴 하고 고막을 흔들며 멀리멀리 사라져갔다.

유진은 오랜만에 번역하던 원고를 꺼내어 보았다. 2막 2장의 중간에서 펜이 멎고 있었다. 기철이 소개해준 출판사는 불황에 못견디어 문을 닫고 말았다. 번역이 완성되어도 어느 출판사에 출판을 의뢰할지 막연했다. 대중 과자의 품명처럼 알려진 이름이 아니라면 선뜻 나설 출판사가 있을 리가 없었다. 유진은 비로소 기철이 그녀의 재능을 인정해주는 단 한 사람이었음을 깨달았다. 그는

수필도 소설도 쓰라고 늘 충고했었다. 재능을 끌어내어 닦고 길러야 된다고 하며,

"유진은 게을러. 그만한 재주를 왜 자각 못 하지?"

하고 느슨한 투로 말했으나 눈동자는 꼿꼿했었다. 기철은 유진을 연애 상대의 이성으로서만 생각한 것이 아니었음을 그녀는 다시금 곰곰이 깨달았다. 기철에게는 장 박사와의 사련의 방황도 그 뉘우침도 감춤 없이 털어놓을 수 있었을 것이다. 그는 아마도,

"좀 더 적극적이었어도 괜찮을 것을 그랬어. 연애란 것이 그다지 큰 문제는 아니니까 말이야. 그렇잖아?"

했을지도 모른다. 어쩌면 또,

"장 박사가 죽지 않았으면, 유진에게 나처럼 좋은 친구가 되어주었을 텐데 죽었단 말이야. 그러니 어떡허지?"

라고 했을까. 유진은 책상 앞의 창밖으로 밤하늘을 쳐다보았다. 별들만이 조용했다. 정원 어딘가에서 투명한 귀뚜라미 울음소리가 한 가닥 들렸다. 왠지 큰 한숨이 나왔다. 그녀는 펜을 들어 일기에 한 줄을 적었다.

'남기철…… 그 크나큰 상실이여!'

11시가 넘었는데도 상준은 귀가하지 않고 있었다. 그는 말은 없으나 무언가 초조한 것 같았다. 마쓰모토라는 사람과 국제전화가 더욱 잦았다. 유진의 육감으로는 상준이 합자하는 사업이 잘못되어가고 있는 것 같았다. 파리에 있는 수진의 꿈에서 돌아가신 아버지가 하시더라는 말이 마음에 걸리는 탓인지는 모르나. 그 새벽 수진의 국제전화 음성이 지금도 기억에 생생히 살아 있었다. "전화한 걸 보니 뭔가 급한가 보지?"

"급한 건 없는데, 엊저녁 꿈에 오랜만에 아버지를 뵈었어."

"그래? 좋았겠다, 얘."

"그런데 말이지, 아버지가 허둥지둥 달려오시더니, 너의 형부 합자 투자 절대 말라고 해라 하시잖아. 이상해서 전화하는 거야. 아버지 꿈 꾼 지 2년이나 되는데……. 형부가 그런 계획이 있어? 이상해."

유진은 그때 전신에 전율이 오싹 끼쳤던 것을 지금도 기억하고 있었다. 상준이 합자 투자하려는 것을 먼 파리에 있는 수진이 알리가 없지 않은가? 그녀의 꿈에 돌아가신 아버지가 보이며 그것을 말하고, 또 못 하게 하시다니! 상준은 수진의 꿈은 우연의 일치라고 일소에 붙였었다. 유진이 범상치 않은 꿈이라며 합자 계획을 취소하라고 하니까 상준은,

"꿈 때문에 하려던 일을 못 해서야 어떻게 살아? 꿈이 좌지우지한다면 인간은 사고 능력이 없이 사는 물체에 불과하지 않아? 지성인이 저런 소리를 하니, 참!"

하고 화를 냈었다. 그때가 초봄이고 지금은 늦가을이다. 상준이 계획했던 일은 진행 중인가 본데 유진은 일이 어떻게 되어가는지 알 수 없었다. 수진의 꿈 얘기가 마음에 걸리나 그녀는 상준처럼 터무니없는 우연의 일치로 생각하고 싶었다. 또 그러기를 바랐었다. 상준이 계획대로 이미 진행했으니 꼭 성공해야만 되겠기 때문이다. 나이 쉰 살이 되어가며 크게 실패한다면 재기는 힘든 일일 테니까. 게다가 그는 전 재산을 걸었다고 하며, 성공하면 굴지의 회사가 되고 실패하면 "살 집도 없어지는 거야" 하고 말했다. 그렇게 되면 네 식구의 생활이 어떻게 되는지는 생각하지 않는 것 같았다. 낙천적인 그는 실패는 상상도 못 하는지도 모른다.

오랜만에 오 도사가 전화를 했다. 대구댁이 죽고 첫 번째의 생일이라 저녁 식사라도 생전에 알던 사람끼리 모여서 먹으면 그녀의 넋이 위로될 것 같다고 했다. 예수교를 믿고 죽었으니 제사는 지내줄 수 없고, 그냥 지나치자니 섭섭해서……라고 말하는 오 도사의 청을 거절할 수 없었다.

오라는 저녁 7시에 가니까 오 도사는 거실에 식탁을 차려놓고 기다리고 있었다. 석규와 강 노인은 보이지 않았다. 어디로 갔을까 하고 궁금해하는데 오 도사가 말했다.

"석규하고 노인은 교회에 가고 없어요. 강 노인은 예수교를 믿기 시작하더니 사뭇 성자 같은 얼굴이 되어갑니다. 전에도 교인이라는 이름만 없었다 뿐이지 교인 중의 교인다운 사람 아니었던가요? 착하고 부지런하고, 하늘 두려운 줄 알고 사람에게 지성이고……. 알량한 생활비 아껴서 저금한 돈이 1만 5000원이 되었다던가요. 그걸로 산동네 판잣집에 살던 때에 옆집에 살았던 사람이 황달에 걸렸는데, 돈 없어서 병원도 못 간다는 사람에게 털어주고 왔어요. 그러더니 사흘에 한 번 오는 파출부도 못 오게 하고 손수 밥을 지어요. 분에 넘치는 짓 하면 천벌받는다나요. 지붕 있는 집에서 연탄 쌓고 사는데…… 남한테 왜 밥 짓게 하느냐고 하지요. 천당이 딴 데 있는 게 아니라, 바로 지금이 천당에서 산답니다."

유진은 어이가 없어서 한마디도 하지 못했다. 그 살림이 풍족해서 천당이라니……. 오 도사는 밥을 먹으며 계속했다.

"노인은 그게 다 김 선생과 내 덕이라고 믿고 있습니다. 내가 몸둘 바를 모르겠어요. 김 선생이 그렇게 해준 것이 아닙니까?"

유진은 자신의 이름이 나오니까 깜짝 놀랐다.

"별말씀을 다 하세요. 대구댁이 남긴 유산이지요."

오 도사는 고개를 끄덕였다. 그리고 그녀는 아무 말도 하지 않았다.

집주인은 죽어서 없는 집에서, 죽은 사람의 생일을 기념하느라 단 두 사람이 조촐한 음식을 먹고 있었다. 대화가 뚝 끊어지니까 거실이 한결 썰렁하게 한기가 돌았다. 밖의 기온이 영상 7도쯤 되는 날씨니까 실내도 냉할 수밖에. 유진은,

"도사님, 춥지 않으세요? 억대 집에 사시고, 30억이 넘는 빌딩이 있으시니 보일러를 돌리고 사십시오. 사시면 앞으로 얼마나 더 사시겠습니까."

오 도사는 빌딩이 곧 팔릴 것 같다고 교회에서 연락이 왔다고 했다.

"팔리면 그 돈으로 대구댁이 못 하고 간 속죄를 대신 해주고 가야 할 텐데…… 나무아미타불."

하고 오 도사는 한숨을 내쉬었다.

"김 선생, 오늘이 그 사람이 태어난 날입니다. 갓난아이가 어미 뱃속에서 나올 때는 다 같은 모양이 아니겠습니까? 그 핏덩이가 자라서 그렇게 살다가 그렇게 죽어 흙에 묻혔습니다. 무엇 하러 제 자신도 고마워하지 않고 남도 저주하는 생을 하늘은 주었을까요? 오늘은 종일 그런 생각들이 나더군요."

유진은 본 적도 없는 외할아버지의 첩이었던 대구댁에 관해서 깊이 생각하게 되지 않았다. 외할아버지의 빚을 갚기 위해 유산의 3분의 1을 그녀에게 남기겠다고 하는 것도 거절한 처지다. 대구댁은 그녀에게는 완전히 타인이었다. 그러나 흥미도 없는 타인의 넋

을 위로하기 위해서 초청되어 온 유일의 손님이 된 것이 기이하게 생각하면 참 기이한 인연 같기도 했다.

오 도사는 밥상을 물리고 하얀 도자기 주전자에 끓는 물을 부었다. 산속 나뭇잎의 향기가 났다. 유진은 물었다.

"향이 좋은데, 무슨 찹니까?"

"새로 개발된 거랍니다. 옛날에는 우리나라 차가 좋았는데, 나라가 궁색하게 되니까 사람들이 세끼 끼니에 허덕였으니 차를 찾을 수 있었겠나 싶어요. 이제 한국 차라는 말이 심심치 않게 서민 속에서도 들리니, 나라가 좀 먹고살게 되었구나 하고 홀로 기뻐하고 있지요. 이 차는 마시고 나서 한참 있으면 몸에서 향기가 은은히 풍기지요."

"그런 차도 있었던가요? 듣고 보니 차는 국력이다, 라는 말씀 같은데."

"그렇게 볼 수도 있지 않을까 싶습니다. 김 선생은 나 같은 하잘것없는 늙은이가 국력 생각하는 것이 우스우시겠지요? 사람이 사는데 기쁨이 있다면 내가 복되고, 또한 내가 만나는 사람이 복된 것이지요. 그러니 내 나라가 복받도록 바라는 것은 당연하지 않겠습니까?"

하고 오 도사는 찻잔에 차를 따르며,

"드시지요, 알맞게 우러났습니다."

한다. 오 도사는 차를 한 모금 마시고 나더니,

"나는 예수교인은 아닙니다마는, 대구댁의 죄를 용서해주시고 그 넋이 편하도록 보살펴줍시사고 오늘 틈만 나면 기도했습니다. 지은 죄가 어떻게 씻어지겠습니까. 몇 갑절의 보상을 해야 조금은 감해질 것이겠으나, 마음이 왠지 한없이 어리석게 되며 그렇게 빌었지요."

하고 말을 뚝 그쳤다. 그녀는 찻잔을 테이블에 놓고 잠시 눈을 감았다.

"주 예수시여."

하고 그녀는 조그맣게 말했다. 유진에게도 그렇게 기도해주도록 바라는 것 같았다. 대구댁의 넋을 위로하기 위해서 초청한 것은 이 순간을 위함이었음을 유진은 짐작하면서도, 갑자기 예수그리스도가 불러지지 않아 그녀는 잠자코 있었다.

오 도사는 감았던 눈을 뜨고 가만히 일어나서 부엌으로 가더니 새빨간 홍시를 한 접시 들고 왔다.

"아이구, 내 정신 좀 보세요. 이걸 대접하려고 준비해놓고는 하마터면 잊어버릴 뻔했어요."

빨갛게 익은 홍시는 한국의 가을의 상징이기도 하다. 유진은 홍시를 스푼으로 떠서 먹으며,

"참, 맛있습니다."

했다. 오 도사는 그 말을 듣지 못하는지 아무 말도 없이 그녀의 얼굴을 찬찬히 보았다. 도사 특유의 눈으로 관상을 보는구나 하고 유진은 생각했다. 이윽고 오 도사는 빙그레 웃고 시선을 홍시 접시로 옮기고는 한 스푼을 입에 넣었다. 기철의 사후 유진을 보더니,

"김 선생, 가까운 사람을 잃었지요?"

하고 대뜸 알아낸 오 도사였는데, 지금은 무슨 말을 할 건가 유진은 흥미로웠다. 장 박사의 죽음을 알까? 그를 어떻게 표현할까? 그 역시 가까운 사람이라고 할 텐가? 그러나 오 도사는 장 박사에

관한 말과는 전혀 방향이 다른 말을 했다.

"김 선생은 전세에서 30냥의 빚을 지고 태어난 사람입니다."

"네?"

하고 유진은 뜻밖이라 제풀에 소리가 크게 나왔다.

"그만하면 아주 작은 빚이지요. 어떤 사람은 수만 냥의 빚쟁이도 있습니다. 너무 빚이 많아 사람으로 태어나지 못한 사람도 있습니다. 축생, 미물로 태어나기도 하고, 지옥에서 영영 아비규환하는 사람도 있지요. 영영 말입니다.(그녀는 소름끼치는 듯 몸을 떨었다.) 빚이란 돈뿐 아니라 물심양면으로 진 빚이지요."

"얼굴을 보고 어떻게 아십니까?"

"얼굴만 보나요? 김 선생의 생년월일은 내가 기억하고 있으니까 그것저것 종합하는 거지요."

그러고 보니 언젠가 물어보아서 생일과 출생한 시간을 무심코 말한 기억이 났다. 유진은 오 도사의 기억력에 놀랐다.

"도사님은 그것을 확신하십니까?"

"100퍼센트 정확하지는 않지만 대체로 10퍼센트는 맞지요. 손금, 사주, 관상을 무시 못 합니다. 아주 엉터리일 때도 있지요. 그런 경우는 그것의 풀이를 잘못한 때이지요. 사람이 하는 일이니 그렇지 않겠습니까? 사기꾼이 간판을 걸고 현혹시키는 경우도 있습니다. 운명론이 아니라 통계학에 속한다고 나는 생각합니다. 그것을 불교나 무당에 속하는 미신이라는 사람도 있으나, 『카라마조프가의 형제들』에서 조시마 장로가 드미트리 카라마조프를 보자 그 발에 엎드려서 절을 하지 않습니까? 아참, 그 발에 키스를 했던가. 앞으로 닥치는 그의 고난을 예견한 거지요. 이를테면 관상을 보고 영감을 얻은 것이겠지요? 기독교에도 그런 것이 있지 않습니까?"

"참, 그런 장면이 있었지요."

하고 유진은 말했다. 오 도사가 고등교육을 받은 지성인이었음을 그녀는 또다시 상기했다.

"모든 종교는 상통하는 데가 있나 봅니다. 하늘의 뜻을 뛰어난 사람들이 먼저 깨닫고, 그들을 통해서 가르쳐졌기 때문에 표현 방법이 다르게 되는 것이 아닐까 싶어요. 지금 만일 예수가 강림해서 말씀하신다면 나는 왕 중 왕이라는 표현은 안 하실 게 아닐까 싶어요. 그 시대는 왕이 있는 사회라 그렇게 말하신 게 아닐까요? 하기야 제자들이 그렇게 해석해서, 그 시대 사람이 알아듣도록 말하고 기록해둔지도 몰라요. 불교에서는 졸리운 것도 죄악시하고 있는데, 그것도 생각하면 재미있습니다. 석가가 계시던 곳이 더운 지방이라 사람들이 잘 졸고 게을렀던 성싶어요. 그래서 그것을 경계하기 위해 하신 말씀 같은데…… 어떻든 은하수가 별로 이루어진 강이고, 지구는 그 물방울 같은 별들의 하나 크기보다도 작은 별이라지 않습니까? 그 많은 별들이 어떻게 해서 존재하게 되었을까요? 그리고 그 어처구니없이 큰 우주라는 것이 몇 개나 있다니…… 맙시사! 창조주가 있다는 것을 부인할 수가 없습니다. 과학이 신을 증명하고 있지 않습니까? 신이 빛이라고도 하고 에너지라고도 합니다만. 아이구, 오늘은 내가 왜 이렇게 말이 많을까요."

오 도사는 부끄러운 듯이 말하며 미소했다. 유진은 그녀가 전세에서 졌다는 빚이라는 것이 마음에 걸렸다.

"전세에 진 빚은 어떻게 갚아지는가 궁금합니다."

하고 그녀는 말했다. 오 도사는,

"다 갚으며 살고 있는 것입니다. 자신이 모를 뿐이지요."

"빚이 있더라도 이승에서 착한 마음으로 착한 일을 많이 하면 면죄도 되고 복도 받지요. 하지만 내가 그것을 어떻게 확언할 수 있겠습니까. 다만 믿을 뿐이지요. 김 선생은 계산 없이 남에게 도움을 많이 주어서 빚이 모르는 사이 조금씩 갚아졌습니다. 앞으로 갚아야 할 빚이 조금 남아 있는 것 같은데."

오 도사의 눈이 갑자기 퍼렇게 빛나며 유진을 쏘듯이 보았다. 그러고 그녀는 시계를 보며,

"석규가 올 때가 되었는데……."

하며 말머리를 돌렸다. 더 이상 유진의 관상풀이를 입 밖에 내고 싶지 않은 것 같았다.

8시 반이다. 유진은 오랜만에 석규며 강 노인을 만나보고 가려고,

"설거지는 제가 하겠어요."

하며 일어섰다. 오 도사는 펄쩍 뛰다시피 하며 만류했다. 유진은 하는 수 없이 차만 마셨다.

전세에서 진 빚을 다 갚으며 산다는 것은 무엇을 뜻하는 걸까? 장 박사에게는 내가 진 빚을 갚았을까? 사랑으로 갚았다면, 영숙과 상준을 기만한 죄는 무엇인가? 사랑과 기만의 변행을 오 도사 식으로는 어떻게 설명하는가? 장 박사가 죽음으로 그와 나의 죄를 속죄한 것인가? 그렇다면 내가 그에게 진 그 빚더미는 어떻게 갚아져야 하는가? 앞으로 갚아야 할 빚이 내 인생에 아직 남아 있다니, 그것은 무엇일까? 유진은 약간의 불안감이 이는 것을 어쩔 수 없었다.

현관문이 덜컥 열리더니 석규가,

"선생님!"

하고 두 팔을 활짝 벌리며 뛰어와서 유진을 꽉 부둥켜안았다. 유진도 그를 꽉 껴안고 뺨을 부볐다. 석규의 뺨은 찼지만 향기롭고 보드라웠다. 산 위 판잣집에서 살던 때의 터지고 피딱지가 앉았던 그 뺨은 흔적도 없었다. 석규는,

"할머니, 다녀왔습니다."

하고 인사를 했다. 오 도사는,

"우리 복덩이, 어서 오시오."

한다. 찌든 가난에 부모 없던 불행한 석규가 이제는 복덩이가 되어 있었다. 약수터에서 만난 인연으로 유진을 알게 되어 대구댁이 남긴 큰 유산을 얻게 되었으니 그렇게 지은 이름인지. 그 천진함이 남의 마음에 복을 주어 복덩이라 하는지. 강 노인이 유진에게 공손히 인사를 했다. 요즈음은 약수터에서 만나지 못해 섭섭하다고 하니까,

"교회에 새벽 기도 하러 가느라고 산에는 늦게 가게 되어서요."

"할아버지는 세례 받게 되어요. 목사님이 그랬어요."

하며 석규가 눈망울을 초롱초롱 빛내며 사뭇 우쭐하며 말했다. 그는 홍시를 흘리지 않고 먹느라고 큰 접시를 턱 밑에 받쳐 들고 있었다. 강 노인은 성인 같다고 하던 오 도사의 말 때문에 선입감이 들어서인지 눈망울은 맑게 빛나고, 힘겹게 찌들어 보이던 얼굴이 기쁨에 넘쳐 있는 것 같았다. 강 노인은 말했다.

"김 선생님, 저는 늙게 선생님 같은 분을 만나 하늘에 감사하며 살아왔는데, 우리 석규 때문에 이제는 예수를 알게 되어 하루 한시도 기쁘지 않을 때가 없습니다. 진작 예수를 알았으면 합니다만, 그것도 팔자에 있어야, 때가 와야 그 인연도 맺어지는가 보아요."

"노인이 내게 전도하느라고 애를 씁니다."

하며 오 도사가 잔잔하게 웃었다. 인연이며 때라는 말은 불교에서 많이 쓰는 말임을 생각하고 유진도 빙그레 웃었다. 강 노인은 유진의 마음속을 아는지 모르는지,

"예수를 믿고 나니 아무 걱정이 없습니다. 그저 열심히 부지런히 일하면 됩니다. 내 죽고 사는 것이 다 그분의 뜻대로 하는 것이니 말입니다. 내가 발버둥 쳐봐야 어찌하겠습니까. 천지를 창조하신 그분에게 맡겨야지요."

"할아버지에게 기쁨을 주신 예수님께 나도 감사합니다. 우리 복덩이에게는 말할 것도 없고."

하며 오 도사는 석규의 머리를 쓰다듬었다.

"그런데 나는 나대로 할 일이 있으니 어떡헐까. 마땅치 않으면 보고만 계세요."

하더니 오 도사는 촛대와 초를 가지고 마당으로 나갔다. 유진도 그녀를 따라 나갔다.

달이 없는 하늘에는 별들만이 가득 반짝이고 있었다. 바람은 없으나 기온은 냉했다. 어두운 마당에 탁자를 갖다 놓고, 그 위에 오 도사는 촛불을 하나 켰다. 그러고 그녀는 사람의 이름을 조그맣게 불렀다.

"아버지 오석순, 어머니 이자연, 고모 오영애, 달순이, 연지 엄마 강릉댁, 정 서방, 김숙자, 황미숙…… 손정임, 최정섭, 최정구."

오래전에 죽은 정겨운 부모며 혈육이며 친구며 하인들이며, 또 최근에 알게 된 살인범인 정섭 형제까지 다 부르고 나자 그녀는 하늘을 쳐다보고 두 손을 합장하며 깊이깊이 허리를 굽혔다.

"모든 죽은 영이시여, 편안하소서, 편안하소서, 온갖 시름 다 잊고 편안하소서, 편안하소서."

오 도사의 진지함에 홀리다시피 되어 유진도, 강 노인도, 석규도 고개를 숙였다.

몇 개 남지 않은 단풍잎이 바삭하고 소리를 내며 쌓인 낙엽 위에 떨어졌다.

"천지신명이시여! 그들의 혼을 편히 쉬게 하소서. 모든 허물 다 용서하시고, 편히 쉬게 하소서. 그 업을 불쌍히 여기시고, 편히 쉬게 하소서. 업에서 헤어나지 못하는 영도 건지시어 부디 아름다운 영으로 만드소서."

다시 굽혀진 오 도사의 허리는 좀체로 펴지지 않을 것 같았다. 마른 잎이 또 바삭하고 어둠 속에서 소리를 내며 떨어졌다. 촛불은 꺼질 듯 꺼질 듯 하면서도 살아나서 어두운 마당에 길게 노랗게 흔들렸다. 방황하는 혼들이 촛불을 찾아 하나씩 모여드는 것 같은 느낌이 들어 유진은 기분이 야릇했다. 한편 경건해지기도 하고 한편 무섭기도 했다. 깊이 구부렸던 허리를 한참 만에 일으키고 오 도사는 유진들에게 고개를 숙여 인사를 하며 말했다.

"감사합니다. 내가 아는 모든 죽은 사람의 혼을 늦가을에 한 번씩 위로해봅니다. 부모며, 일가친척이며, 소꿉친구며, 옛 동창생이며, 이웃이며, 윗사람이었건 아랫사람이었건 누구나 다. 나쁜 사람이었건 좋은 사람이었건. 마지막 계절을 보내며, 죽은 사람들을 한 번씩 생각해봅니다. 모두가 다 착하고 사랑하는, 아름다운 혼이 되었을 것 같습니다. 그런 혼이 산 사람을 보살펴주면 세상도 그렇게 아름다워질 것 같습니다. 악령이 사람에게 씌워지지 않도록 비는 거지요."

그러고 오 도사는 말했다.

"결국, 산 사람의 욕심으로 귀착하는지는 모릅니다만."

"가을을 마지막 계절로 보시나요?"

"그렇지요. 조락과 추수."

"그러면 겨울은요?"

"모든 생명의 씨를 배태하는 생명의 시작이지요. 흔히 겨울을 휴식의 계절, 혹은 죽음의 계절로 연상하지만 사실은 그 반대가 아닐까요? 또 그 모든 것이 공존한다고도 할 수 있겠지요. 참 묘합니다."

유진이 대문을 나서는데 오 도사는,

"어째 마음이 스산합니다. 낙엽이 져서 그런지는 몰라도. 각별히 몸조심하십시오. 별일은 아닐 것 같습니다만."

한다. 유진은 염려해주어서 감사한다고 했다. 석규는 강 노인과 같이 유진이 차를 타는 한길까지 배웅했다.

"할아버지 세례식에 오세요. 선생님, 꼭 오세요. 나도 새 옷 한 벌 사놓았어요."

하며 석규는 좋아서 어쩔 줄을 모르는 듯 소리를 쳤다.

유진은 오 도사가 한 말이 심상치 않은 것 같았다. 마음이 스산해서…… 그것은 유진에게 무언가 언짢은 일이 있을 것 같은 예감이 들어서인지도 모른다. 그래서 그녀는 오늘 밤 모든 죽은 영혼을 불러 위로하고, 악령이 유진에게 해를 끼치지 못하도록 그녀가 믿는 신에게 빌어주었는지도 모른다. 그러려고 대구댁의 생일을 핑계해서 그녀를 오도록 한 것도 같다. 또 다른 때보다 유달리 다변했던 것도 무엇인가 유진에게 은근히 하고 싶은 말이 있었던 것이 아닐까.

유진은 왠지 그런 것만 같아 사뭇 미신스러운 오 도사의 행위이나 그녀를 위해 써주는 그 마음이 고마웠다.

오 도사가 말한 '갚아야 할 전세의 빚'에 대한 약간의 불안감은 며칠이 지나는 사이 유진의 의식 밑으로 숨어버린 것 같았다. 한동안은 상준의 회사 일이 잘못되는 것이나 아닐까, 그래서 투자한 돈으로 전세의 그 빚이라는 것을 갚게 되는 것이 아닐까 하고 불안했었다. 상준은 유진의 그 불안을 소리 내어 웃었다.

"오 도사의 설이 옳다고 합시다. 그러면 히틀러는 어떻게 빚을 갚지? 스탈린은? 이를테면 도저히 돈 몇 푼으로 갚을 수 없는 죄 말이야."

"그런 죄인은 사람으로 태어나지 못한대요. 지옥에서 영원히 갇혀 있든가, 생을 받아 이승에 태어나도 되풀이 되풀이 시궁창에서 사는 지렁이나 구더기가 된답니다."

유진은 티 테이블 앞에서 석간 한 장을 보다가 언젠가 오 도사에게서 들은 것을 말했다. 상준은,

"신(新) 『신곡』인데? 혹시 오 도사의 몇 번째의 전신(前身)이 이태리의 단테가 아닐까?"
하며 놀렸다.

그는 리모컨으로 여기저기 텔레비전의 채널을 돌리더니 아예 스위치를 꺼버렸다.

계속 늦게 피로한 낯으로 귀가하던 상준이 오랜만에 가족과 함께 저녁을 먹고 차를 마시며 이런 얘기를 하는 여유가 있는 것이 어떻게 생각하면 회사 일의 급한 불은 끈 것도 같고, 그 정반대 같

기도 하다.

"회사 일은 잘돼가요? 수출은 잘돼요?"

하고 유진이 물으니까 상준은 신문을 펴 들며,

"두고 봐야지."

한다. 그러고는,

"오 도사는, 죽음은 즉 다시 태어나는 것이라 했겠다. 부활이란 말이지? '내 말은 생명이요, 부활이요……' 하는 것과도 비슷한데?"

"다를 거예요. 부활이라도 오 도사의 부활은 극락을 가기 위해 수련을 쌓을 수 있는 인간으로 태어난다는 것이고, 예수의 부활은 영원한 생명으로 태어나는 것 아니에요?"

상준은 소리 내어 웃었다.

"두 마리의 길 모르는 양들이 멋대로 아는 척하고 있네."

유진도 웃었다. 상준은 유진의 기색에는 아랑곳없이,

"지렁이, 구더기 같은 미물에게 의식을 갖게 한다는 건 잔인한 형벌이야. 도사의 상상으로서는 히튼데?"

한다. 상준이 오 도사의 설에 흥미 있어 하는 것은 다행이었으나,

"전세의 인연으로 태어난 인생이라. 그러니까 내가 실패해도 전세에 진 빚을 갚았다고 생각하면 후련하겠어."

하는 데에는 유진은 어이가 없었다.

"그렇다면, 일본 놈한테 전세에 진 빚이 있단 말이지?"

오 도사의 말을 긍정하는 것 같았으나 일본인 얘기가 나오니까 상준은 낯빛이 달라졌다.

"도사 말에는 윤회 과정에서 반드시 한국인은 한국인만으로 태어나는 게 아니래요. 일본 사람도 한국에 태어날 수 있고, 우리도

일본인으로 백인으로도 흑인으로도 태어날 수 있답니다. 죄업은 불멸이라 어떤 형태, 어떤 장소, 어떤 시간에 어떤 신분으로 태어나서든지 업보의 인연은 치르게 된대요."

상준은 앗하하 하고 소리 내서 웃으며,

"오 도사님은, 자아 최면에 단단히 걸렸어. 그렇다면, 현세의 죄인은 전세의 빚을 갚는 것이 되니까 피장파장이구먼, 뭐."

"아니지요. 죄의 충동이 이는 것은 전세의 인연 때문이고, 그것을 참고 또 용서 못 하면 현세에서건 내세에서건 업보를 받고 만답니다. 인내와, 사랑과, 자비만이 업보에서 벗어나게 되는 길이래요."

상준은 펴 보고 있던 신문을 테이블에 놓으며 말했다.

"도사교는 별난 것인가 했더니, 남이 다 해놓은 것이구먼."

"달라요, 한 가지만은. 그 사람은 남의 종교는 무조건 이교도라고 증오하지 않던데요? 나무아미타불을 부르던 입으로 예수그리스도도 불러요. 정말 종교인은 그만한 아량이 있어야 할 것이 아닐까요? 오 도사 같은 아량이 예수교인에게 있었다면 십자군이며, 아메리칸인디언 말살이며, 흑인 학대며, 유태인 학살 같은 끔찍한 역사는 없었을 거예요."

"뭐, 그리 광범하게 살필 것은 없어. 기독교 내에서도 신·구교 간의 피 흘리는 역사는 없었나? 종교라는 것도 사람이 만든 것이니까 그렇게 졸렬한 취약점을 드러내는 거야. 어느 종교는 안 그런가? 불교의 나라 캄보디아를 봐. 당장 지금의 그 모양을 말이지. 윤회며 대자대비를 몰라서 그러는가? 당신은 도사에게 감염된 것 같아. 윤회 사상은 그럴듯하지만 말야, 수학적으로 안 들어맞어. 왜냐면 인구가 점점 증가하는데, 전세에 없었던 사람은 어느 영이 들리지? 이를테면, 내가 죽었어. 다시 태어났어, 살다가 죽었어…… 언제까지나 한 사람이네.(상준의 음성은 열을 띠어갔다.) 오 도사는 여기에 대해서 이렇게 답하겠지. 신이 목적이 있어 사람을 만들어냈다고. 인구를 증가시켰다고. 혹은 우마 같은 축생들도 사람으로 태어나게 했다고. 그러면 숫자가 맞을지도 모르지. 대관절 우리는 매일 보는 텔레비전의 구조며 원리조차도 까맣게 모르잖아? 여섯 구짜리 라디오가 여섯 구 이상의 능력은 발휘할 수 없어. 그것처럼, 인간의 차원에서 인간 이상의 차원은 알 수 없는 거야. 모두가 가상이고, 믿는 것뿐이야. 믿음이란 자신에게 최면을 거는 거지. 어쨌거나 예수의 말이나 부처의 말은 다 좋아. 그리고 원효대사의 해골바가지 일화도 걸작이야. 다 마음먹기에 달렸다는 말이지."

그는 펴 들고 있던 신문을 식탁 위에 놓고 녹차를 더 따라 마셨다.

"그런데 말이지, 행여 전세에 내가 뙈놈이나 왜놈이었다는 가상만은 절대로 싫단 말이야!"

하고 상준은 탕 소리 내어 문을 닫고 방으로 들어갔다. 유진은 깜짝 놀랐다. 상준이 그토록 화를 내는 것을 보니 그 일본인에게 아무래도 무슨 일을 당하고 있는 것 같았다. 그녀는 착잡한 심정으로 상준이 닫은 문만 한동안 보고 있었다.

유진 내외는 한동안 불교며 예수에 대해서 말은 했으나 어느 쪽도 자신들도 종교를 가져볼까 하는 생각은 추호도 없었다.

가을이 깊어가며 유진은 바빴다.

동옥과 동기 방의 도배도 다시 했다. 대문에 페인트도 칠했다. 겨울의 눈과 봄의 비며 여름의 장마에 대비해서다. 해마다 가을에 한번 칠을 해서인지 2년 가까이 되는 철 대문이 아직 녹슬지 않고, 밨겨진 데도 없었다.

페인트공이 검은 녹색으로 칠하는 것을 보고 있다가 유진은 문득 장 박사를 생각했다. 그의 집은 칠을 하지 않는지. 장 박사가 살아 있었다면 함께 같이 칠하자고 했을지도 모른다. 그러면 재료비도 인건비도 싸게 들 것이라고 하며 즐거워하지 않았을까? 어쩌면 일하기 좋아하는 그가 손수 붓에 페인트를 묻혀서 칠했을지도 모른다. 헐렁한 작업복을 입고, 모자를 쓰고……. 그가 죽고, 또 영숙이 이사 가고 나서 유진은 한 번도 그 집 쪽으로 가본 적이 없었다. 그 집을 생각조차 하지 않았었다.

'그렇지, 그 집의 대문은…….'

하고 그녀는 지금 겨우 상기했다. 그 집 대문은 통나무를 가로 몇 개 이은 것 같은 멋진 문이었다. 집 건물의 벽도 광택 없는 목재였다. 지금 생각하니 아담하고 멋이 흐르는 집이었다. 장 박사가 살아 있을 때에는 그 집에 사는 사람들에게만 마음이 쏠려서 미처 건물의 멋을 알 겨를이 없었던 것이다. 이제 그 멋을 발견했으나, 머릿속에 떠오르는 그 집은 속이 빈 폐허 같아 솔솔이 공포감마저 인다.

장 박사의 죽음이 준 격렬하던 아픔은 이제 그날 같지는 않았다. 장기호 박사…… 그녀의 가슴의 호수에 하얀 돌 하나가 떨어지며 아프고 애절한 여운을 깊숙이 남겼다. 그리고 그뿐이다. 그나마 세월이 흐른 탓인지, 너무 아파서 미처 아픔의 크기를 인식 못 하는지.

겨울을 재촉하는 것처럼 며칠 동안 비가 잦았다. 한번 비가 내리고 나면 수은주가 조금 내려가고, 두 번 내리고 나면 바람이 세게 불며 수은주는 조금 더 내려갔다.

유진은 우산을 받쳐 들고 정원에 섰다. 뜨겁던 여름날 장 박사의 유서를 태웠던 잔디에 서보았다. 잔디는 누렇게 마르고, 장미도 라일락도 모과나무도 모든 꽃나무들이 잎사귀 하나 없이 줄기와 가지만이 늦가을의 찬비를 맞고 서있었다. 이제 눈이 오면 그 나신에 눈이 덮이고, 봄이 되면 거짓말처럼 거기서 싹이 터서 잎이 돋아나고 꽃봉오리가 맺혀 만발할 것이다.

유진은 무릎을 굽히고 앉아서, 유서가 타서 재가 되어 흩어졌던 잔디를 손바닥으로 쓸어보았다. 그때 푸르고 싱싱하던 잔디는 이제는 완전히 누렇게 시들어 비를 맞아 젖어 있다. 풍덩…… 하고 가슴의 호수에 또 하나의 돌이 던져졌다. 아프도록 애절하다. 유진의 기억에 오 도사가 하던 말이 가만히 떠올랐다.

"세월이 조금 흐르면 사람들은 잊습니다. 갓 태어났을 때의 자신을 기억하는 사람은 없습니다. 지나간 일도 조금씩 희미해집니다. 잊고 또 잊으니 어찌 죽음의 그 광활한 세계를 지나온 현재의 생명이 전세를 기억할 수 있겠습니까? 전세는 있고 내세도 있다고 생각합니다. 사람이 모를 따름입니다."

장 박사의 죽음을 홀로 가슴 아파할 때 도사가 한 말이다. 그녀의 혜안이 오늘의 유진의 마음을 미리 알고 한 말인 것도 같고, 망각하는 것을 통해서 무엇인가를 깨달으라고 은연중에 가르쳐준 것 같기도 하다.

'정말 그럴까?'

이렇다 할 뛰어난 학식이 있는 것도 아니고 지도적인 위치에 있는 것도 아닌, 오히려 지극히 미미한 존재인 오 도사이나, 유진은 사귈수록 그녀의 인품에 이끌리고 있었다. 그녀의 말에 귀를 기울이게 되는 것은 그녀의 행위가 누구보다도 성실한 데가 있기 때문이리라. 초 여름이던가 강 노인이 체해서 길에서 괴로워할 때 오 도사는 손가락으로 노인의 혀를 누르며 토하게해서 살려내던 일은 그 누구도 쉽게 할 수 없는 일이었다.

약수터로 가는 가파른 산길은 늘 좁은 그 길이다. 그 길에 수북이 쌓인 낙엽이 어저께 종일 내린 비로 흠뻑 젖어 있다. 발밑이 미끄러웠다. 아무도 쓸어내지 않고 땅에 묻지 않아도 낙엽은 겨울을 나는 동안 어느 사이엔가 형체가 없어져버린다. 홀로 바스러지고 썩으며 산흙이 되는 것인지.

"미끄럽습니다. 조심하세요."

하며 위에서 내려오는 약수객이 유진에게 주의를 주었다.

"고맙습니다."

하고 유진은 대답했다. 그 사람이 장 박사가 아닌 것이 가슴에 서운했다. 6시인데도 동지를 향해 가고 있는 세월의 아침 하늘은 검은 납빛이었다. 늦가을의 비 끝이라 산 공기는 얼듯이 찼다.

약수터에 처음 오르기 시작한 것은 작년 여름. 상준과 건강을 위해서였다. 공해 없는 물을 마시고 맑은 아침의 산 공기와 걸어서 얻는 건강의 장점 등 건강만 생각하고 시작한 것이다. 신체의 건강은 얼마나 좋게 변했는지 모르겠으나, 1년 남짓 흐르는 사이 유진의 가슴에는 갖은 만남이며 이별이며 사건이며 정감이며 사념의 흔적 들이 겹겹이 연륜을 짙게 새기고 있었다.

대구댁의 피살, 정구 정섭 형제의 사형과 옥사, 오 도사와의 만남, 기철의 죽음, 장 박사와의 열애며 그의 자살, 사랑스러운 영희와의 이별, 고뇌로 살아온 착한 강 노인과 귀여운 석규와의 해후의 흔적들…….

약수터에는 여남은 명이 쉬고 있었다. 더러 "안녕하세요?" 하고 인사를 한다. 유진도 인사를 했다. 산을 오를 무렵에는 추위조차 느꼈는데 오르고 나니 오히려 땀도 난다. 찬 약수를 마시니까 기분이 상쾌하게 가라앉았다.

해가 솟지 않는지, 하늘이 흐렸는지 먼 산도 보이지 않았다. 유진은 잠깐 섰다가 산길을 내려갔다. 강 노인도 석규도 보이지 않았다. 아침 예배를 드리려고 교회로 간 모양이었다. 천진한 석규를 생각하니 사랑스러운 웃음이 저절로 입가에 떠올랐다.

'귀여운 석규야, 축복받거라!'

하고 그녀는 속에서 기원했다. 그러자 장 박사가 생각났다. 왼쪽 가슴에 응어리가 맺힌 듯 둔한 아픔이 왔다. 그 아픔은 이성으로서 그리워하는 연애 감정인지, 그보다도 강렬한 그의 고뇌에의 깊은 공감인지, 혹은 연민인지, 그를 잃은 아쉬움인지…… 그녀는 서서히 뜨거워지는 눈등을 손수건으로 눌렀다. 약수객들이 "안녕하세요!" 하고 소리치면서 씩씩하게 산길을 오라왔다. 유진도 "안녕하세요" 하고 응답했다. 가라앉은 그녀의 음성이 공허하게 어두운 산속에 퍼져갔다.

산을 벗어나서 한길로 내려서니 구름이 몰려오며 빗방울이 하나둘 떨어지기 시작했다. 유진은 걸음을 서둘렀다. 이번 비가 오고 나면 수은주가 곤두박질할 것 같다. 냉습한 대기가 차차 뼛속까지 스며들었다. 이제 가을도 다 가고 있었다.

유진은 집에 오자 동기와 동옥의 아침 식사를 준비해주었다. 중간고사라고 둘이 다 도시락은 필요 없다 한다.

동옥은 무비카메라를 어깨에 메고 세계를 누비며 추악은 고발하고 아름다운 것은 알리는 것이 소원이었다. 전쟁터에도 뛰어들어 카메라를 돌리겠다 한다. 동기가,

"전쟁이 텔레비전 통 안에서 일어난다면 말이지?"

하며 비꼰다.

"사람 무시 말아요. 오빠처럼 다른 별로 인류를 옮겨다 놓겠다는 공상과학도보다는 실현성이 있다구."

"실현성이 있을 거야. 총알이며 대포며 핵탄이며 세균탄이며, 그런 것들이 최소한 동옥만은 피해줄 테니까."

남매는 서로 눈을 흘기다가 학교에 늦겠다고 하며 허둥지둥 식탁을 떠났다. 유진은 전쟁이라는 것이 박물관이나 스크린에서만 볼 수 있는 골동품이 되고, 지구보다 좋은 환경의 별에 사람이 왕래할 수 있는 날이 있을 것 같은 착각에 잠시 사로잡혔다.

'내 자식 동기, 동옥에게 은혜를 주십시오. 전쟁은 옛 얘기로만 있게 해주십시오.'

하고 유진은 그들의 뒷모습을 보며 대문 앞에 홀로 서서 하늘과 땅에 경건히 기도했다.

빗줄기가 굵어지고 소리치며 내렸다. 그것이 그대로 얼 것같이 춥다. 상준은 아이들이 등교하고 나서야 일어났다. 조금 침울한 안색이었으나 식사는 맛있게 했다. 커피를 마시며 그는,

"비가 오니까 추운데?"

한다. 하고 싶은 말을 감추고 있는 것처럼 건성 그렇게 한마디 하고 내처 말이 없다.

"춥지요? 보일러를 좀 돌립시다. 밖은 0도쯤 되는 것 같은데."
하며 유진은 보일러에 스위치를 넣었다. 식당 온도가 섭씨 15도다.
"올겨울에 기름값 내리는 수는 없을까요?"
하며 유진도 더운 커피를 마셨다. 상준은,
"그런데 말이지."
하고는 입을 다물었다. 상준이 할 말을 망설이는 경우는 거의 없었다. 필경 올 것이 왔구나! 하고 유진의 가슴이 철렁 내려앉았다. 그녀의 예감은 적중했다. 침묵하고 있던 상준이,
"조그만 전세방이라도 보아두어야 하겠는데."
한다. 유진은 왜 그래야 하느냐고 묻지 않았다. 그녀는 미친 듯이 소리치고 싶은 감정을 누르고 차게 말했다.
"그것 봐요. 내가 하지 말라고 했잖아요! 그때 수진의 꿈에 아버지의 영이 나타나셨던 거예요, 내 아버지의……."

유명이 다른 그 영이 얼마나 걱정스러웠으면 수진의 꿈에 나타나서라도 경고를 하셨을까, 하고 생각하니, 돌아가고 10여 년이 흘렀으나 아버지의 애정이 새삼 절절이 가슴에 스며들었다. 그 반동으로 상준에의 증오가 가슴을 뒤죽박죽으로 휘저었다. 상준은 소리를 빽 질렀다.
"정신없는 소리 말어! 내 사업이 실패한 것보다 당신 정신 상태가 더 문제야. 그 꿈은 우연의 일치야. 바보! 잘못이 있다면, 내가 그를 믿었다는 것뿐이야. 왜 믿었느냐구? 허욕이 있었기 때문이지. 수출을 해서 어쩌면 일확천금을 얻게 될지도 모른다고 생각한 거지. 그래서 무리를 한 거야. 잘되었으면 운이 좋았다고 생각했겠지. 그러나 이렇게 되는 것이 원래는 원칙이야. 허욕이 생기니

까 판단이 그릇돼서 전혀 모르는 마쓰모토까지 믿게 되더군. 대학 동창이 친구라고 소개해서 무조건 믿은 거지."

유진은 미우나 그의 과오를 알고 있는 상준에게 한마디도 할 수 없었다.

"허욕이 잘못의 출발이었지. 오 도사 식으로 말한다면, 무엇이 나를 허욕으로 뒤집어씌웠다고 하는 거겠지? 전세의 그 무슨 인연으로? 허허."

상준은 집은 사채권자에 넘기고 공장을 인수할 사람을 찾기로 했다. 공장이 팔리면 빚을 갚고도 조그만 돈은 남을 것이다. 거기서 또 출발을 해보자고 생각하니 그는 마음이 오히려 후련했다. 상준은 말했다.

"인생이란 에스컬레이터 타듯이 가만히 서 있으면 저절로 위까지 모셔다지는 게 아니야. 당신은 실망했겠지만 물론 나도 기분 좋지는 않아. 하지만 전쟁 난 것보다는 낫지 뭐야. 걱정 말구, 내일은 전셋집이나 알아보아. 이 집은 열흘 내로 명도해야 할 거야. 그러지 않으면 또 이자를 내야 해. 그러기 위해서 또 빚을 내야 해."

그야 물론 전쟁이 나서 가재도구 다 버리고, 폭격 맞아 없어지고, 가족은 뿔뿔이 흩어져서 생사도 모르게 되고, 피 흘리고 죽고 죽이고, 피의 보복 등 생지옥의 전쟁보다는 낫다 뿐이겠는가? 유진은 가까스로 마음을 가다듬고 물었다.

"얼마 정도의 전셋집을 구해볼까요?"

"200만 원 정도면 되겠어. 그 이하면 더욱 좋구."

200만 원짜리 전셋집이라면 석규가 살던 산동네의 그 판잣집이나 될까? 그렇지 않으면 여러 가구가 사는 집의 방 한 칸. 그렇지 않으면 시외로 나가야 할 것이었다.

가재도구 몇 가지를 팔면 몇 푼은 더 보탤 수 있을지 모르나, 열흘 내에 마땅한 집을 구할 수 있을지 의문이고, 아이들의 학교에서 멀리 떠날 수는 없지 않은가? 겨울은 코앞에 다가오는데……. 이것이 오 도사가 말한 전세의 그 빚인가? 아니, 상준의 고집 때문이다. 그녀는 참다못해 한껏 소리를 치고 싶었다.

'그렇게 말렸건만 우기고 하더니!'

그러나 그녀는 상준을 공격할 겨를도 없이 눈앞이 아찔하며 흐늘흐늘 의자에 앉은 채 쓰러졌다. 충격 탓도 있겠으나, 봄부터 쌓였던 마음의 피로가 한꺼번에 모습을 노골적으로 드러내는 것 같았다.

상준은 유진을 안아 일으켰다. 잠시의 빈혈 상태에서 유진은 깨어났다. 상준은 그녀에게 커피를 따라주며 말했다.

"당신이 고생하는 것은 안됐지만, 나는 수진의 그 꿈 때문에 계획한 일을 취소하는 허약한 인간이 되느니 차라리 지금처럼 된 것이 좋아. 염려 말어. 고생은 당분간일 거야. 괴로울 때면 생각해. 전쟁보다 낫다고. 그리고 나 때문에 남이 고생하는 것보다는 낫고."

유진은 지지 않았다. 그녀는,

"당신은 고생을 사서 하는 거예요. 남의 말에 귀를 기울일 줄 알아야 해요. 눈에 보이지 않는 것도 외경할 줄 알아야 해요. 오만해서 당한 거예요!"

하고 말했다. 상준은 소리 내어 웃었다.

"나는 고생이라고 생각하지 않아. 설사 무일푼이라 해도 나는 건강해. 건강한 몸 있겠다, 공부한 것 있겠다, 그사이 쌓은 경험 있겠다. 왜, 굶을까 봐 그래? 당신은 휴머니즘깨나 찾더라만, 좀 편하지 않은 생활을 할 것 같으니까 그렇게 펄쩍 뛰는군. 여태까지, 누구는 가엾다, 형편이 딱하다 하고, 돈도 갖다주고, 비 오는 날 산꼭대기까지 가서 석규네 도와주려다가 하마터면 죽을 뻔한 일도 있었지. 그런 휴머니스트가 어째서 남이 하는 물질적 고생을 한다니까 그렇게 야단이지? 정말 뜻의 휴머니스트는 남의 고생을 함께 체험하는 사람이야. 슈바이처나 테레사 수녀를 보라구. 당신의 휴머니즘은 휴머니즘이 아니야, 감정의 사치야. 이제 깨닫겠지?"

유진은 참을 수 없었다. 그녀는,

"감정의 사치라고 해도 좋아요. 그런 감정도 없는 냉혈한보다는 나은 사람이에요."

하고는 의자에서 일어섰다. 그때 전화가 왔다. 상준이,

"네, 그렇게 하세요. 전화도, 그럼요. 집 명도할 때 함께, 네, 네."

한다. 전화도 집도 다 없어지는 모양이다. 상준의 음성은 과장 없이 선선했다. 완전히 다 털고 정리해버린다고 생각하니 그는 실지로 기분이 상쾌한 것인가?

유진은 현실 같지 않았다. 그녀는 현실인지의 여부를 알아보려는 듯이 눈을 크게 뜨고 거실의 유리문을 보았다. 밖은 비가 내리고 있었다. 현실이 아닌가! 벽돌 조각이며 기왓장 들이 비닐을 누르고 있던, 석규가 살던 판잣집 지붕이 머릿속에 떠올랐다. 그런 집을 알게 된 것도 무엇인가의 인연이었을까? 하고 그녀는 문득 생각했다. 그렇게 생각하다가 유진은,

'그러나…….'

라는 단서를 붙였다. 그러나 나는 석규에게 그 가난의 고통을 면

하게 했다. 그런데 그 고통을 체험까지 시켜야겠다는 눈에 보이지 않는 그 의지의 심사는 얼마나 고약한가? 선의에 대한 보답이 이런 것인가? 유진은 승복할 수 없었다.

'그렇다면 악의에 대한 결말은 반드시 단것인가?'

하고 그녀는 스스로 의문했다. 하나에 하나를 보태면 2가 아닌 것이 인간사가 아니던가? 그래서 전세의 업이라는 것이 있다고 하지 않는가. 혹은 신이 천당으로 인도하기 위해 부과하는 시련이라고도 해석하지 않는가. 사람들이 오죽 두렵고 답답하고 불합리한 일투성이였으면 그렇게라도 납득해서 번뇌의 돌파구를 찾으려 했을까?

아니, 정말 그런지도 모른다. 그것을 믿는 사람은 목숨이 끊어져도 그렇게 믿는다. 종교가 있는 사람은 아마도 그렇게 생각하는 유진을 비웃을 것이다.

종교가 없는 유진도 그런 말들이 귀에 솔깃하던 때도 있었다. 그러나 이번만큼은 처음부터 끝까지 신이 준 시련도 업보도 아닌, 상준의 잘못이라고 그녀는 생각했다.

아무 일도 없는 듯 밝은 얼굴로 출근하는 상준의 등 뒤에서 유진은 거듭 같은 울분을 속으로 터뜨렸다.

"아버지의 충고를 비웃더니 그 모양 참, 볼만하구려!"

그녀는 속에서뿐 아니라 실지로 악을 쓰면 속이 좀 풀릴 것 같았다.

그녀는 아무도 없는 집 거실에서 홀로 소파에 앉았다. 누렇게 마른 만추의 마당이 조용히 눈에 들어왔다. 담배를 한 개비 피워 물었다. 그 맛은 모르겠으나 격정이 조금 가라앉는 것 같다. 그녀는 내 아버지의 충고를…… 하고 마치 살아 있는 사람의 충고처럼 서슴없이 여기고 있는 자신을 비로소 깨닫고 스스로 어리둥절했다. 수진이 파리에서 살고 있는 것처럼 아버지도 어딘가에 살고 계시는 것같이 여기며 여태껏 살아온 것 같다. 수진과 편지 왕래를 자주 하지 않는 것처럼 아버지와도 그렇게 하고 있었던 것 같다.

건재하고 있음을 믿고, 서로 만나지 않아도 그 정에 변함없음을 믿고 서신 왕래를 하지 않으며 사는 경우도 있다. 그녀는 1년에 한 번쯤 꿈에서 죽은 사람들과도 만났다. 어떤 꿈에서는 그쪽에서 일방적으로 얘기를 할 때도 있고, 말없이 그녀와 서로 의사를 교환할 때도 있었다. 그러나 그것은 현실과는 아무 상관도 없는 것이었다. 대체로 죽은 사람의 모습이 슬쩍 나타났다가 금방 사라지는데, 그 표정이 기쁜 것 같거나 고단한 것 같거나 화난 것같이 유진에게 보였었다. 무언극 같다고나 할까? 그 무언극이 상징적인 데가 더러 있었다. 동기를 낳는 날, 아버지가 꿈에 환히 웃는 얼굴로 어렴풋이 보였다. 유진은 병원으로 해산하러 가며 순산할 것과, 생전에 아버지가 좋아하던 아들을 낳을 것이라는 예감을 가졌다. 그녀는 예감대로, 아니 꿈의 상징대로 순산하고 아들을 낳았다.

유진의 친구는 어린 딸이 감기를 앓고 있는데 돌아가신 그녀의 어머니가 하얀 옷을 입고 오더니 아무 말도 없이 딸을 업고 산으로 올라가더라 했다. 꿈을 깨고 그녀는 불길한 예감에 떨었다. 극진한 간호에도 불구하고 며칠 후 예감대로 어린 딸은 죽었다. 또 다른 친구 한 사람은 꿈속에 눈부신 빛 속에서 손 두 개를 보았는데, 그것이 왠지 예수의 손같이 느껴졌다. 꿈을 깨고 나서 그녀는 생전 읽어보지 않던 성경을 사서 읽기 시작했다. 그녀는 예수가 그녀를 부른 것이라는 생각을 떨쳐버릴 수가 없었던 것이다.

꿈속에서 해도 보고, 달도 보고, 용도 보고, 초목도 꽃도, 음식물도 본다. 사람이 일상에서 보는 것과 상상할 수 있는 것을 꿈에서도 보고, 그 꿈을 무엇인가의 상징이나 계시로 해몽하기도 한다. 꿈속의 무언극은 말은 없어도 상징적으로 충분한 의사를 전달하는지. 그러나 수진의 꿈에 아버지가 나타나서, 상준이 외국인과의 합자 투자를 못 하도록 노골적인 충고나 예언 같은 것을 한 일은 처음 있는 일이었다. 그래서 유진은 수진의 꿈을 흘려들을 수가 없었는지 모른다.

꿈이며 영의 세계의 불가사의함을 유진은 아직도 부정하지 못하며 살고 있었다. 만일 아버지가 살아 있어 그런 충고를 했다면 전혀 들으려 하지 않았을지도 모른다. 긴가민가하다가 몇 달이 지나는 사이 잊고 있었는데, 이제 그 결과가 꿈과 적중하고 보니 유진은 새삼스럽게 돌아간 영을 생각하지 않을 수 없었다.

수진의 꿈의 아버지는 도대체 정체가 무엇일까? 죽은 영이 이 세상과 연관을 갖는가? 가져서 교류가 있다면 왜 상준의 꿈에 직접 나타나지 않고 먼 유럽에 있는, 상준의 회사 일과는 아무런 상관이 없는 수진의 꿈에 나타났을까?

그렇기 때문에 더욱 이상하게 여길 수도 있지 않은가? 상준이나 유진의 꿈이었더라면 잠재의식이라 설명될 수 있겠으나, 합자를 전혀 모르는 수진의 꿈이니 신비스럽게 느끼는 것이다. 어쩌면 영계에서 낮밤 없이 무수히 송신을 하나 이승에서 그것을 수신하지 못하거나 전혀 상관없는 데에 전파가 떨어져서 무효가 되는 것이 아닐까? 아버지가 보낸 전파가 수진의 꿈에서 수신된 것일까? 아니면 수진에게 알리는 것이 효과가 있으리라고 저승에 계신 아버지가 생각한 것이 아닐까? 그러지 않으면 상준이 잠재의식이려니 하고 개의치 않을까 보아……. 상상과 의문과 영계에 대한 한 가닥의 외경심은 유진의 머릿속에서 뭉게구름처럼 피어올랐다.

상준의 말대로 수진의 충고는 우연의 일치일 수도 있다. 그러나 우연의 일치라는 것은 무엇인가? 우연이라는 것은 일소에 붙여져야 할 가치밖에 없는 것인가? 정말 그런가? 우연의 일치야말로 오묘한 섭리가 깃든 것이 아닐까? 상준을 만나서 결혼한 것도, 남기철을 만나서 사랑했던 것도, 장 박사를, 석규를, 오 도사를 만난 것도 모두가 우연이 아니었던가? 기철은 대학 다닐 때 어느 눈 오는 날 교정에서 우연히 만났고, 상준은 고등학교 강사로 나가던 때에 어느 철학 세미나에서 만났다. 석규와 강 노인과 장 박사 들은 약수터에 다니다가 만났다. 오 도사는 손정임의 피살 후 만나게 된 것이다. 그 만남들이 모두 우연의 계기였지 않은가? 그 엄청난 우주 속에서 하필 한국 땅에, 이 시기에 태어난 것도 우연이 아닌가? 부모의 몇 번째 자식으로 태어난 것도 우연이라면 우연이다. 모든 우연을 오 도사는 필연이라고 했다.

우연이건 필연이건 유진이 살아 있고 상준의 계획이 실패한 것은 현실이었다. 우연이건 필연이건, 신의 시련이건 전세의 업이건 그 모든 것의 총결산인 현실은 살아 있는 사람인 유진이 처리해야 할 과제였다.

유진은 전세방을 구하러 처음 며칠은 가까운 동네를 둘러보았다. 그러다가 멀리 변두리까지 두루 다녔다. 그러나 그들 네 식구가 살 만한 집은 없었다. 집의 조건을 갖춘 최소한의 침실과 부엌과 화장실이 있는 집은 없었다. 집은 없고, 한집 속에 있는 방 하나를 세 들어 사는데 화장실과 부엌과 수도는 공동용이었다. 샤워실 같은 것은 상상할 수도 없었다. 유진은 그런 데서 사는 사람들이 있다는 것에 놀랐다. 공동용이 아닌 화장실과 부엌이 있는 집은 공교롭게도 석규가 살던 산 위의 판잣집뿐이었다. '하필 이 집에?' 유진은 이것은 또 무슨 우연인가 싶어서 속으로 놀랐다. 또다시 상준이 미웠다. 집을 명도해야 할 날은 앞으로 이틀로 다가와 있었다.

그나마 당장에 이사할 수 있게 비어 있는 집은 그 판잣집밖에는 없었다. 그녀에게는 돈의 여유도 시간의 여유도 없었다. 시간이라도 있었다면 가재도구며 패물이라도 팔 수 있을 것이다. 급하게 팔려니까 정당한 값의 반의반 값도 되지 않았다. 패물들이 돈이 된다 해도 그 돈을 집 전셋값에 털어 넣는 것도 문제였다. 당장 무엇으로 식생활이며 일상 활동을 할 텐가? 판잣집 주인 김 씨는 욕심이 진흙처럼 덕지덕지 엉겨 붙은 것 같은 몸집으로 버티고 서서 유진을 누런 눈으로 슬슬 훑어보았다. 그는,

"왜 그러세요? 석규가 다시 살러 온답디까? 그 부잣집에서 쫓겨났나?"

했다. 유진은 대꾸도 하지 않고 산을 내려갔다.

'저, 사람 같지 않은 놈의 집에…….'

도저히 살 수 없을 것 같았다. 무허가 집을 세놓아 돈을 받으면서 석규네의 밀린 돈 5만 원을 받기 위해 어린 석규를 인질로 잡다시피 한 김 씨가 아닌가. 그 때문에 유진이 급성폐렴에 걸리면서까지 주선한 정임의 집에 석규가 이사하는 데에는 며칠이나 걸렸었다.

그러나 유진은 지금의 형편에 집주인이 밉고 고움을 따지고 있을 수 없음을 알고 있었다. 감정을 버리고 이사를 한다고 해도 그 집은 취사도구 몇 개와 이불 하나, 요 하나밖에는 수용할 능력이 없다. 그녀가 갖고 있는 냉장고며 오븐이며 옷장이며 책상이며 책들은 그 어디에 두어야 하는가? 그런 것들 없이 어떻게 사는가?

살고 싶은 의욕이 한 겹씩 한 겹씩 벗겨져 나갔다. 서산으로 넘어가는 붉은 태양도, 화려하게 채색되는 하늘도, 아름답던 산들도 그녀의 눈에는 노랗게 바랜 그림처럼 보였다. 그녀는 몸도 마음도 지칠 대로 지쳐 있었다.

산 중허리를 가로질러 가는 바람이 찼다. 사람은 약해지면 눈에 보이지 않는 힘을 생각하게 되는 모양이었다. 유진은 산길을 내려오며 오 도사가 말하는 전세의 죄업이라는 것을 골똘히 생각했다. 하지만 전세에서 지은 죄가 무엇인지도 모르며 보상한다는 것은 납득할 수 없었다.

집에서는 상준과 아이들이 짐을 싸느라고 한창이었다. 상준은 와이셔츠의 소매를 걷어 올리고 여행용 트렁크에 옷을 넣고 있었다. LP 디스크며 그의 책은 종이 상자에 이미 차곡차곡 넣어져 있었다.

동옥과 동기는 그들의 교과서며 문학책이며 과학책 들을 들기 좋은 높이로 포개어서 끈으로 한 뭉치씩 묶으며 콧노래를 부르고 있었다. 동기가,

"책은 내 재산이니까 먼저 챙겨놓고……."

했다. 동옥이가 대꾸했다.

"다 털어보아야 텔레비전 하나 값도 안 되는걸."

"많고 적은 것이 문제가 아니잖니. 내 것이니까 소중하지."

"제 것이래? 엄마 아빠가 사준 거지. 오빠가 언제 돈 한 푼 벌어 봤어?"

"준 이상은 소유권이 내게 있다구. 이를테면 이 전자계산기 말이야. 지금은 내 손에 있거든? 그러나 내가 지금 이것을 너한테 주고 싶어서 확 이렇게 던져주었다고 해. 자, 주었지? 가령 말이다. 그러면 그때부터의 소유권은 네게 있어. 나는 그것에 대해서 왈가왈부할 권리가 없는 거야. 앞으로 나한테 무엇이든 줄 때는 잘 생각하고 해."

"염려 마! 버릴 건 있어도 오빠한테 줄 건 없네!"

하며 동옥이 홱 돌아앉았다.

"핏대 올릴 것 없어. 네가 모르는 것 같아서 가르쳐주었을 뿐이야."

하고 동기는 능청을 떨며,

"다음에는 아버지 재산을 챙겨야지."

하며 부엌으로 갔다. 방에서 상준이,

"동기야, 빨리 와. 동옥아, 빨리빨리."

하고 소리쳤다. 아이들이 방으로 뛰어가서 까르르하고 웃는다.

"아빠 서커스 할 뻔하셨어!"

하고 아이들이 손뼉을 치며 웃었다.

'재들은 가난이 어떤 것인지 실감하지 못하는구나.'

하고 유진은 거실 의자에 쓰러지다시피 앉아서 생각했다. 그러자 태어나면서부터 그 고통에 시달리며 살아온 어린 석규의 얼굴이 떠올랐다.

'귀여운 석규야, 너는 그 고통을 이젠 면했지. 영원히 그래라.'

하고 속으로 기도하듯이 말하다가 제 발등에 떨어진 불도 못 끄는 주제에, 싫어 유진은 석규 생각을 얼른 털어버렸다. 그녀도 일어나서 식구들의 옷을 운반하기 좋은 종이 상자에 챙겼다. 동옥이 부엌에서,

"무거워, 빨리 들어."

하며 소리쳤다. 아이들은 무언가 생활에 변화가 있을 것 같으니까 호기심도 생기고 모험심도 생겨서 즐거운가 보았다.

"무거워도 참아야 한다. 오븐은 아버지의 재산이지만, 부모 자식 간에는 노력을 아끼면 안 되느니라. 천륜의 소치요……."

동옥이 들고 있던 오븐을 소리 내어 바닥에 놓았다.

"오빠하고는 같이 일 안 해!"

하며 동옥은 찬장 앞에 가서 그릇을 싸기 시작했다.

"냉장고는 어떻게 할까요?"

하고 동기가 소리치니까 방에서 잠깐 쉬며 담배를 피우던 상준이,

"싸두어야지, 내버릴 건 하나도 없다."

"그런 것 갖다 둘 데도 없어요!"

하고 유진은 발작적으로 소리쳤다. 상준은 들은 척도 않고 말했다.

"잘 싸두어. 얼마 안 가서 다시 쓰게 될지 모른다."

"언제 다시 쓰게 돼요? 내일이에요? 한 시간 후예요? 네? 그런 것 갖다 둘 데가 어디 있어요? 갖다 둘 자리가 있다면 돈 내야 해요. 한 친들 공짜 땅이 어디에 있어요? 말짱 다 내버리는 거예요. 내버려!"

상준은 방에서 거실로 얼굴을 내밀었다.

"아직 집 명도할 시간이 안 됐어. 정확히 말하면 지금이 5시니까 오늘 남은 일곱 시간하고 내일 24시간, 모레 24시간, 그리고 16일의 오후 2시쯤 명도한다면 아직도 예순아홉 시간이나 남아 있어."

상준은 당장 갈 데가 없으면 회사의 창고에 들어갈 생각으로 있었다. 물론 수출하려고 만들어 쌓아놓은 제품 한 모퉁이에서 사는 것이다. 회사가 동업자를 구하든가 아니면 처분될 때까지 그렇게 사는 수밖에 없었다. 팔아 처분되면 뜻밖으로 투입한 자본을 건질 수도 있고, 그 반대로 한 푼도 못 건지거나 오히려 빚을 지는 경우도 있을 것이다.

그러나 미리 걱정해서 전전긍긍할 생각은 없었다. 그런 시간에 다른 확실한 계획이나 짜는 것이 그의 성격에 맞았다. 그는 오늘 저녁과 내일, 동업자가 될 세 사람과 만날 약속이 되어 있었다. 모두 다 기대가 빗나갈지도 모른다. 최악의 경우라도 우리 식구는 모두 건강하고 어른이다. 동기와 동옥도 제가 벌어 제가 살 수 있는 나이다, 하고 그는 최후의 포석까지도 든든히 깔고 있었다. 유진은,

"당신의 낙천성은 낙천이 아니라 무모고, 허풍이고, 주책이에요. 우리는 이제 석규가 살던 산꼭대기의 판잣집에 살게 되었어요. 현실을 좀 직시하세요. 그런 것도 사는 목숨이라고 그리 좋고 그리 희망적인가요? 산다는 게 그리도 영광되고 대견해서?"

하고 소리를 쳤다. 상준은,

"석규도 살던 집에 우리가 왜 못 살지? 당신의 휴머니즘이 어떤 것이었나 아직도 못 깨달아? 내가 무턱대고 잘되려니 하고 요행을 바라는 게으르고 허황한 낙천가로 보이겠지. 그러나 내 낙천은 빈곤이나 부나 마찬가지로 보이는 낙천이야. 게으르지도 허황되

지도 않아. 오히려 꿈같은 것을 믿지 않는 가장 착실한 낙천이지. 나는 목적을 성취하는 데에 사는 의의를 느껴본 적은 없어. 한 가지 일을 성취하기 위해 노력하는 과정을 평가하며 살아왔어. 도대체 말이지, 목적하던 것이 달성되었다고 해. 인생이 그것으로 끝나는가? 그다음에 그것을 유지하기 위해서 해야 할 일이 또 있는 거야. 이를테면 내 이번 계획이 성공해서, 공장이 잘 돌아가고 수출이 시작됐다 합시다. 그걸로 끝나나? 수출고를 늘리고 싶을 게 아니요? 또 상품이란 자꾸만 개량 발달하는 거니까 품질의 연구도 계속해야 해. 다른 나라에서 어떤 더 좋은 물건을 발명, 생산하지 않는가 하고 정보도 캐내지…… 일은 더 많아. 내 계획이 실패했어. 그러나 실패하는 것도 인생이야. 한번 겪으며 이겨내는 거야. 성공한 상태에서 일해 나가면, 좀 몸이 편하겠지. 돈이 있으니까. 실패한 속에서 할려면 불편하지. 돈이 없으니까. 그러나 재미있다고 생각하면 그거나 저거나 마찬가지야. 대관절, 당신은 인생을 굉장히 거창한 그 무엇인 줄 알고 있는 게 아니요? 나더러 낙천주의라고 비웃지만, 당신이야말로 인생이란 것에 대단한 기대를 거는 낙천가 같은데?"

유진은 옷을 챙기던 손을 멈추고 상준을 한참 동안 바라보았다. 그녀는 주책스럽게만 여겨왔던 상준이 확실한 생활철학을 나름대로 가지고 있는 것에 내심 놀랐다. 그러나 그녀는 이렇게 말했다.

"당신의 인생관도 좋지만 나는 싫어요. 돌다리도 두들기며 갔었다면 가족을 이 지경에 떨어뜨리지는 않았어요!"

"아직도 시간의 여유는 있고, 내 인생이 끝난 건 아니야. 사는 것 자체를 즐길 줄 알아요, 좀. 나는 당신처럼 휴머니스트도 아니고, 꿈이니 심령술이니 영혼이니 내세니 예수그리스도니 하고 부리나케 뛰어다니고 얻어듣고 다니지도 않아. 그러나 좋든 궂든 주어진 인생을 즐기며 살 줄만은 알아."

상준은 유진을 아예 무시하는 양, 저녁을 먹고는 보리수 노래를 콧노래로 부르며 넥타이를 매고 정장을 했다. 혼자서 어깨에 바바리코트를 걸치고 약속되어 있는 동업자를 만나러 나갔다. 동기와 동옥은 공부하느라고 제각기 방으로 들어갔다.

유진은 서랍에서 옷을 꺼내어 종이 박스에 하나씩 챙겨 넣었다. 필요해서 샀던 옷이며 입고 싶어서 맞춘 값진 옷 들이 지금은 다만 주체스럽고 귀찮기만 하다. 특별히 주문해서 만든 비싼 목각의 의장이며, 너덧 개의 비싼 골동품이며, 고르고 골라서 산 침대며 침구 들도 보기 싫고 모두 짐스럽기만 하다. 그렇다고 티만 한 미련도 없이 버릴 용기도 없었다.

유진은 전쟁 때 배낭 몇 개에 먹을 것과 패물 몇 가지와 가족사진과 겨울옷 몇 가지를 넣어서 아버지 어머니와 수진과 하나씩 나눠서 등에 지고 집을 떠나던 생각이 났다. 가족사진에는 2차 대전 때 죽은 남진 오빠와 동해안의 어느 산마루에서 풍장 한 경아 고모의 얼굴도 있었다.

대포며 따발총 소리에 떨며 달리면서, 살아 있는 네 식구의 목숨만 부지하게 된 것도 하늘의 은혜라고 유진의 아버지는 감사했었다. 그때 가족 중의 누구도 두고 온 세간이며 버리고 나온 집을 애석히 여기는 사람은 없었다. 상준의 말대로 어떤 고난도 전쟁의 고난보다는 비교할 수 없을 만치 낫다.

그런 줄 너무도 잘 아나, 당장 지금 버릴 수는 없고 지니기도 힘든 세간들 때문에 유진은 불쾌하기 이를 데 없었다.

그녀는 일어서서 거실로 나가 창가에 앉았다. 밤이 된 정원에 수은등이 켜져 있었다. 가지만 남은 모과나무며 장미나무가 괴괴(怪怪)하게 초현실미조차 안겨준다. 아름답다고 그녀는 생각했다.

유진은 담배를 피워 물었다. 연기를 뿜어내며, 정원을 보고 있노라니까 옷가지며 세간이 주던 중압감에서 잠시나마 해방되는 것 같다. “귀엽다던 석규도 살던 집에 우리가 왜 못 살지?” 하던 상준의 말이 기억에 살아났다.

‘그렇지, 그 가난 속에서도 새순처럼 더럽혀지지 않고 발랄하게 웃으며 석규는 살았었다. 지금 석규는 강 노인이며 오 도사에게 사는 기쁨을 주고 있다. 석규는 언제나 귀엽고 사랑스럽다. 그 석규는 태어나며 가난의 고통을 겪었었다. 그렇게 청순한 석규가 무슨 잘못을 저질렀기에……?’

문득 돌아간 어머니가 하시던 말이 기억났다. “왕비도 난리가 나면 보리방아를 찧는다.” 그것은 전권을 휘둘렀던 오만하고 표독했던 민비가 임오군란으로 시골로 피신하던 때의 일을 교훈 삼아 내려오는 한국 사람의 속담이었다. 민비를 쫓던 사람들이 머리에 꾸지레한 수건을 쓰고 마당에서 보리방아를 찧고 있던 변장한 민비를 몰라본 것이다. 고난과 바로 마주 선 까닭인지 그런 종류의 속담만 그녀의 머릿속에 떠올랐다. “물에 빠지면 가만히 있으면 저절로 뜬다. 살려고 허우적거리면 그럴수록 가라앉아 죽는다.” “비바람이 칠 때에는 칠 대로 버려두고, 대피소에서 지나갈 때를 기다려라. 때가 되면 제풀에 잠잠해진다. 사람이 억지를 쓴다고 잠잠해지는 것은 아니다.” “하늘의 뜻을 따르면 고난을 이겨낸다.”

운명론적인 속담이 많으나, 운명으로 받아들이건 아니건 간에 참아야 할 때에는 참고 견디는 것이 상책이라는 말에는 틀림없었다. 유진은 조금씩 스스로에게 눈이 떠가는 것 같았다. 그녀의 휴머니즘은 상준의 말대로 감정의 사치였지 않았던가? 제 몸은 구름 위에 올려놓고, 밑을 내려다보고, 동정심의 중압감을 견디기 어려워서 그 중압감을 배설하려는 행위가 아니었는가? 냉혈한보다는 그야 물론 백번 낫겠지. 그러나 남이 겪는 고통을 나만은 왜 부당하다고 생각하는가? 특권 의식이 뿌리박혀 있지 않았나? 아름다운 옷을 입은 그 알량한 휴머니즘의 내부는 그런 오만이 진을 치고 있지 않았던가? 수진의 꿈을 비웃어서 그 벌로 상준이 실패라도 한 것처럼 힐난하지만, 그녀 자신은 남편의 계획을 위해 무엇을 했던가? 아무것도 도운 일이 없었다. 그렇게 수진의 꿈에 자신이 있었다면 최소한 적극적으로 못 하게 말리기라도 했어야 했지 않은가? 타인의 노력의 결과가 잘되면 침묵하고, 잘못되면 총공격을 가하는 그런 종류의 인간이 아니었던가? 그것은 욕망은 강하면서 책임은 지기 싫은 가장 비겁한 이기주의자다. 게다가 상준이 애태우며 해외 시장을 돌아보는 사이, 나는 장 박사에게 미쳐서 상준의 존재조차 잊고 있었지 않았던가? 허풍선이니 경솔하다느니, 무모, 주책 등등의 가장 짜증스러운 언어로 상준을 비난할 수 있다면, 고난도 책임도 지기 싫은, 안팎이 다른 휴머니스트인 나는 어떤 인격자인가?

유진은 뭉게뭉게 우러나는 자아 혐오감에 당황하며 피울 줄도 모르는 담배를 계속해서 두 개비를 피웠다. 담배가 과했던지 담배 연기가 목에 걸려서 기침이 연신 막히며 터지며 나왔다. 그 모양도 보기 흉했다.

유진은 의자에서 일어섰다. 거실이며 방이며 부엌이며, 어디건 옷가지며 그릇이 너저분하게 늘어진 속에서 계속 캑캑 기침이 나왔다. 유진은 고생은 싫고, 너절한 것은 추해서 불쾌하고, 담배 연기가 목에 걸리니까 반사적으로 기침이 나는 그 모든 구질구질한 동물적 조건을 지닌 육체가 주체스러웠다.

그녀는 장 박사의 자살이 문득 생각났다. 그의 죽음이 한없이 맑고 아름답게 느껴졌다. 푸른 수은등의 정원과 마주 앉아 그녀는 어느덧 살며시 자살을 생각하고 있었다.

'내가 죽어도 상준은 너끈히 잘 살아나갈 거고, 재혼해서 오히려 더 행복할 수도 있는 것이다. 동기와 동옥도 5, 6년만 더 크면 제각기 애인이 생겨서 내가 그리 큰 비중의 존재가 못 될 것이고……. 남들이 남편이 돈이 없으니까 자살했다는 둥, 어쩌면 장 박사가 그리워서 죽었다는 둥 터무니없는 억측을 하면서 쑤군댈지도 모른다. 그러나 그런 쑥덕공론이 길게 간들 얼마나 갈 것이며, 남이 나를 왕이라 한들, 패자라 한들 귀담아들을 계제가 아니다. 내가 나 자신이 주체스럽고 싫어진 마당에.'

유진은 고난을 혐오하고 상준에게 실망하다가 결국은 자아 혐오의 늪에 빠져버린 자신을 발견했다. 그녀는 말없이 자살한 장 박사가 부러웠다. 가스 자살…… 손쉽고, 죽은 형체도 자는 듯이 깨끗한…… 그렇다. 방법은 그것이 좋겠다고 그녀는 생각했다. 그녀는 가스레인지가 있는 부엌으로 갔다. 부엌은 어수선했다. 찬장의 문마다 모두 열려 젖혀 있다. 바닥에는 싸다 남은 그릇이며 신문지가 발 들여놓을 틈도 없이 흩어져 있었다. 살 때에는 그 모양이며 색채를 세심히 검토해서, 어떤 것은 몇 번이나 가 보아서 산 것도 있다. 그것들이 모두 주체스럽고 보기 싫었다. 모조리 들어다가 높은 산 정상에서 와르르 소리 내어 떨어뜨려 산산조각을 내어서 가루로 만들어서 형체도 없앴으면 싶다. 그러자 나름대로 애써 그려온 그녀의 인생의 그림에 시꺼먼 먹물을 확 부어 마구 휘저어 찢어 던지고 싶은 충동마저 인다. 인생이란 과연 살 만한 가치가 있는 것일까? 어떤 떠들썩한 영광된 삶도, 어떠한 초라하고 비참한 생도 그게 그것 같다. 무슨 차이가 있는가? 살기에 불편하고 편안한 정도의 차이다. 다음 순간,

'내가 얼마나 깊이, 얼마나 넓게 인생을 살아보았다고 그렇게만 단정하는가?'

하고 그녀는 스스로를 꾸짖었다.

'수많은 인간이 천지개벽 이래 태어나서 생각하며 살다 죽었어도 누구도 인생이 무엇이라는 것을 확실히 파악하고 죽지 못했다. 더러 사랑이요, 투쟁이요, 고해요, 희생이요, 인생은 하늘이 준 임무요…… 등의 말로도 설명하고 있으나 모두 제각기 제 나름대로의 환경에서 추출해낸 얘기다. 그 아무것도 설득력이 없다. 예수나 석가의 말조차도 지금의 나에게는 역부족이다. 그렇다, 내가 언제 무엇을 안다고 했었나? 나는 지금 티끌만 한 오만도, 자신도 없다. 설혹 인생의 정체가 기실 대단한 무엇일지라도 나는 이제 싫다는 거다. 기쁨도 사랑도 가도 가도 반복, 반복, 그것뿐이다. 노모어(no more)!'

어수선한 부엌 한가운데 서서 유진은 가만히 눈을 감았다.

'죽건 살건 탈출하고 싶다!'

그녀의 마음 한구석에서 절규하는 소리가 난다. 살아 있으면서 탈출한다는 것은 이혼을 뜻하지 않는가? 유진은 지금껏 정체 모르는 검은 그림자가 가슴에 출몰하던 것이 바로 이것이었음을 비로소 깨달았다. 그녀는 오랫동안 상준을 사랑하지 않은 것 같다. 상준도 역시 그녀를 사랑하지 않은 것 같다. 같은 것이 아니라, 않았다! 2, 3년 이래 유진은 그를 그리워한 적이 없었고, 그의 성격상의 결점만 눈에 띄어 기억 속에 누적되었다. 그렇다고 밉거나 싫어서 정식으로 그와의 생활을 검토해볼 지경까지는 가지 않았었다. 그의 존재가 무엇인가 깊이 생각하지도 않고 습관처럼 살아왔다.

이제 그 습관에 문제가 생긴 것이다. 그 습관이 짐스럽고 싫어진 것이다. 오랫동안 그 감정은 숨겨져 있다가 환경의 급변으로 노출된 것이다. 생각하면 그것도 속 들여다보이는 일 아닌가? 만일 상준이 실패하지 않았다면 이혼을 생각했을까? 따뜻한 양지만 찾아다니는 고양이처럼 양지가 없으니까 달아나려고 사방을 물색하는, 얄밉고 치사한 고양이처럼 철저한 이기주의자! 하고 그녀는 스스로를 경멸했다. 그러나,

'그렇지 않아, 그와 청산하고 싶을 뿐이다!'

하고 마음 한구석에서 지친 소리가 들린다. 그럴듯한 그런저런 이유가 다 있겠으나 현재로서는 그와 더 이상 살고 싶지 않다! 하는 그것뿐이다.

'이런 구질구질한 현실에서 탈출하고 싶다.'

하고 그녀는 마음속에서 거듭 소리치고 있었다.

'아니, 그것보다도…….'

그녀는 가스레인지의 스위치를 켰다. 그것을 다시 끄고 호스의 밸

브를 만져보았다. 드라이버로 못을 돌리고 고무 밸브를 빼면 소리도 형체도 없이 가스가 나올 것이다. 그녀는 "왜 죽었어요, 왜? 왜?" 하고 장 박사가 자살했을 때 눈물을 흘리며 악을 쓰며 외치던 것이 생각났다. 소리치며 운 것은 타인이고, 죽은 본인은 모든 인간사를 초월한 하늘에서 무심코 그녀를 내려다보고 있었을지도 모른다.

스위치를 딱 끄면 전등불이 그냥 꺼지는 것처럼 생명도 딱 끄면 그냥 꺼지고…… 그리고 그뿐이다. 죽음이 어떻고 삶이 어떻고 하는 것은 모두 살아 있는 사람의 소리다. 유진은 무엇엔가에 빨려 들어가는 것처럼 일직선으로 죽음을 생각하며 부엌 벽에 눈을 감은 채 기대어 서 있었다. 동기며 동옥이며 상준 들도 머릿속에서 아득히 멀어져갔다. 맑게 갠 푸른 하늘을 향해서 전신이 무중력으로 둥둥 떠올라가는 것 같다. 황홀했다.

그때 갑자기 밤의 정적을 찢듯이 초인종이 요란하게 울렸다. 초인종 소리에 그녀는 딴 세계에서 현실로 언뜻 돌아온 것 같았다. 졸고 있던 뇌의 다른 부분이 번쩍 눈을 뜬 것 같았다. 벌써 상준이 왔나? 하고 그녀는 선 채로 생각했다.

'그러면, 그렇지! 만나기로 한 동업자가 오지 않은 거다. 너무 낙천적이더니!'

초인종이 다시 울렸는데도 그녀는 뛰어가서 개폐 단추를 눌러줄 생각이 나지 않았다. 동기가 인터폰에 누구냐고 묻더니 황급히 현관 밖으로 뛰어나갔다. 이내,

"엄마, 석규가 왔어요!"

하고 소리쳤다.

"뭐, 웬일이냐? 이 밤에!"

유진이 거실로 급히 나가보니까 고급스러운 빨간 캐시미어 스웨터를 입은 석규가 커다란 눈을 반짝이며,

"안녕하셨어요? 선생님."

하고 고개를 꾸벅 숙였다.

"너 웬일이냐? 무섭지 않았니? 이 밤에."

"무섭기는요, 전 밤중에 아무도 없는데 혼자 다녀도 안 무서워요. 예수님이 지켜주시니까요."

"아니다. 나쁜 사람이 널 유괴해 가면 어떡하려고 그래? 조심해야지."

석규는 교회에서 귀가하는 길에 산에서 살던 때의 옆집 아저씨가 사과를 팔다가 남은 것을 리어카에 싣고 가는 것을 보고 밀어주다가 여기까지 오게 되었다고 한다. 그는 바지 호주머니에서 빨간 홍옥 하나를 꺼내어 보였다.

"그 아저씨가 주셨어요. 선생님 잡수세요."

석규는 힘들었는지 목에서 쌕쌕하고 숨소리가 크게 나오고 있었다.

"우유 마실까?"

하니까 석규는 고개를 저으며 어질러진 집 안을 두리번거렸다.

"선생님 이사 가세요?"

집이 없어서, 지각이 생긴 어린 시절부터 셋방에서 셋방으로 옮겨 다녀서인지 어려도 그는 이사를 대뜸 알아차렸다.

"그래, 이사 가는 준비를 하고 있다. 집 안이 꽤 어질러졌지?"

석규의 두 눈은 밝게 빛났다.

"아, 새집 지어서 저하고 같이 사시는 거지요?"

하고 그는 좋아서 사뭇 소리를 질렀다.

"새집? 아니야, 네가 살던 산꼭대기 집에 갈려고 한다."

"에이 시! 선생님이 놀려도 난 안 넘어가요."

하고 말하며 석규는 의자에서 일어서더니,

"도사할머니한테 빨리 알려드려야지."

하며 허둥지둥 현관으로 달려갔다.

유진도 따라 나갔다.

"안 돼! 석규야, 같이 가자. 내가 데려다줄게. 기다려, 안 돼, 안 돼!"

유진은 숄 하나를 어깨에 두르고 밖으로 뛰어나갔다.

밖은 달이 없는 하늘에 은가루처럼 가득 별이 뿌려져 있었다. 0도에 가까운 날씨가 밤이 되니 한결 차다. 석규와 유진은 손을 잡았다. 석규의 말랑한 조그만 손을 잡는 순간, 유진은 가슴이 뭉클해지며 부끄럽고 미안한 생각이 가슴을 찔렀다. 이 순결한 어린이는 헐벗고 굶주림 속에서 멸시와 천대를 받으면서도 언제나 밝고 씩씩했다. 나는 그 생활이 싫고 두려워서 겪어보기도 전에 생명조차 버리려고 했다. 그런 상황에 밀어 넣은 남편이 미워서 대책도 없이 이혼까지 하려고 하지 않았던가? 자식이며 남편에 대한 책임은 티끌만치도 생각하지 않고. 그 무책임, 그 이기주의…….

유진은 석규의 손을 잡은 손에 힘을 주며 속으로,

'용서해라, 석규야!'

하고 간절히 사과했다. 석규는 그녀의 속도 모르고 즐거운 듯이 조그만 손에 힘을 되주었다.

"우리 택시 타고 갈까?"

"아니요, 걸어가다가 버스 타요."

쨰랑쨰랑한 맑은 음성으로 석규는 서슴없이 대답하며 힘차게 걸었다. 석규는 유진과 손을 잡고 있는 것이 좋은가 보았다. 어머니의 체온을 모르고 자라서 그는 아마도 그 체온이 그리우려니 하고 유진은 짐작했다. 택시를 타고 휭 하고 가버리느니 오랫동안 손을 잡고 걷고 싶을 것 같았다. 유진은 다시 그의 손을 꼭 잡아주었다. 따뜻하고 보드라운 어린 손을 잡고 있으니까 석규가 남의 아이 같지 않고 마치 그녀 자신의 혈육 같은 애틋한 애정조차 뼈마디마디에 스며들었다.

생각할수록 이상한 일이었다. 지나간 여름날, 온몸과 마음을 내던져 장 박사를 사랑하려 했을 때 석규가 초인종을 눌러서 그 사랑은 이루지 못했었다. 지금 자살이든 이혼이든 하려고 마음을 굳히고 있던 순간에 그가 또 나타났다. 책임질 수도 없는 육욕에 눈이 어두워져서 허덕이던 때며, 조금의 육체적 불편이 싫어서 남편도 자식도, 아니 생명조차 버리려는 때에.

'하필이면 나의 이 위기에……. 귀여운 석규야, 너는 도대체 누구냐? 너의 정체는 무엇이냐?'

하고 유진은 석규의 손을 잡고 걸으며 속으로 물었다.

비록 지금 당장 내게 밥을 지을 쌀 한 톨이 없다 하자. 그러나 내게는 상준의 말대로 건강한 몸이 있지 않은가? 남편이 있고 자식도 있다. 모두 건강하고, 머리에 넣어둔 지식도 있다. 그리고 내게는 직업도 있다. 양식도 돈도 일하면 생길 것이다. 하늘의 은혜가 이보다도 더 있으랴……. 그 은혜를 그녀가 모르고 있었던 것은 아니다. 다만 그것을 알고 있는 두뇌의 한 부분이 잠시 활동을 중지하고 있었고, 석규의 출현이 계기가 되어 두뇌의 그 부분이 지금 활동하기 시작한 것이다, 하고 그녀는 생각했다. 그 두뇌가 활동을 시작하지 않았다면 몇 시간 안 가서 그녀는 두 가지 중 한 가지 길을 택했을지도 모른다.

유진은 허리를 굽혀 석규의 뺨에 살그머니 키스했다. 석규도 행복한 듯 눈을 지그시 감으며 발꿈치를 들어 유진의 뺨에 키스했다. 버스 정거장까지는 아직도 5, 6분은 더 걸어야 했다. 늦가을 밤의 주택가는 인적이 드물었다. 길모퉁이의 외등 밑을 지나다가 석규는 갑자기 걸음을 멈추고,

"선생님, 저하고 약속 하나 해주셔요."

하며 조그만 새끼손가락을 뻗쳐 냈다. 유진은,

"약속? 무엇인 줄 알아야 약속하지."

했다. 석규는 아무것도 아니니까 약속 먼저 하자고 한다. 대단한 비밀이라도 있는 듯이 말했다. 아이들이 하는 짓이니, 비밀이라고 해보아야 강 노인의 심부름을 하지 않았다는 정도이려니 하면서도 유진은 물었다.

"내가 약속해놓고 안 지키면 어떡허지?"

"선생님은 안 그러실 거예요."

"그렇게 믿니? 그러면 할 수 없다. 약속할게."

"선생님, 아무한테도 말하지 마세요. 절대루요."

"그래, 입 꼭 다물고, 남한테는 절대로 들은 척도 안 할게."

"정말이지요?"

"그럼 정말이지."

석규는 말을 할까 말까 망설이느라고 손을 쥐었다 폈다 하며 혼자 무진 애를 쓰고 있었다. 이윽고,

"도사할머니의 빌딩이 생각보다 더 비싸게 팔렸대요. 그래가지고, 곧 돈을 전부 받는대요."

말을 마치고 석규는 숨을 쌕쌕거렸다. 유진은 어이가 없어하며 말했다.

"그것이 그렇게 말하면 안 될 일이니?"

"그럼요. 도사할머니가 돈이 되면 차곡차곡 챙겨가지고, 선생님한테 갖다드린대요. 그러면 선생님은 깜짝 놀랄 거래요. 그때까지는 절대로 말하지 말랬어요. 절대로, 절대로! 선생님, 도사할머니한테 나 왔었다고 얘기하지 마세요, 예?"

"그럼 석규야!"

하며 유진은 걸음을 멈추고 서서, 그 자리에서 무릎을 꿇고 앉아서 석규의 이마에 가만히 입을 맞추었다. 석규야! 하고 부를 때에 그녀는 속으로,

'신이여!'

하는 기분이 되는 것을 어쩔 수 없었다. 그녀에게는 석규가 신이 보낸 천사처럼 느껴졌다. 석규는 두 팔로 유진의 목을 얼싸안았다. 유진이 일어서며 그를 안아 올리니까 제법 무게가 나갔다. 볼에 뺨을 부비니까 보드랍고, 어린이 특유의 맑고 여린 향기가 달콤하게 풍겨왔다. 그들은 다시 손을 잡고 걸었다.

"그런데, 아까 네가 도사할머니께 우리 이사하는 걸 알린다고 했잖니?"

"참, 그래요. 아이참! 큰일 날 뻔했구나, 아이구우."

그는 조금 생각하다가,

"할머니가요, 집을 나란히 지어서 큰 집에는 선생님 식구가 살

구요, 작은 집에서는 할아버지하고 도사할머니하고 나하고 그렇게 살다가, 할아버지가 먼저 돌아가시고, 할머니가 또 돌아가시고 나면, 나는 선생님 식구처럼 같이 살으래요. 마당에 담을 치지 말고, 집은 두 개고 마당은 넓게 하나라야 좋대요."

유진은 석규가 아까 새집 지어서 같이 살려구요? 하던 말의 뜻을 이제 알아차렸다.

"그래, 그렇게 살자. 얼마나 좋겠니! 네 방을 아예 우리 집 안에다 두자. 네가 국민학교, 중학교, 고등학교, 대학생이 되구, 또 장가갈 때까지 그렇게 살자. 장가가면 예쁜 집 짓자, 좋지?"

"난 장가 안 갈래요, 난 선생님하고 살 테예요."

"그래, 그렇게 하자."

"약속하는 거지요?"

"그럼 약속하구말구!"

유진은 그렇게 되었으면 오죽이나 좋으랴 싶다. 석규는,

"세상 사람들이 다 도적놈이래요. 그래서 도사할머니는 빌딩 판 돈을 아무에게도 안 주고 이 사장님 회사에 넣는대요. 나중에 회사가 커져서 사장님은 회장이 되고, 나는 사장이 되랬어요. 돈 많이 벌어서 사람들을 많이 도와주랬어요."

"그러시더냐? 그러면 그래야지."

하고 태연스럽게 말했으나 유진은 속으로,

'돈에 치사한 인간이라고 비웃어도 좋습니다. 하늘이여, 감사합니다.'

하고 합장했다. 상준의 회사는 빈사 직전에 소생하게 되는 것이다. 그야말로 기적적으로.

대구댁의 유산이 오 도사에게, 오 도사의 돈이 상준의 회사의 자본으로……. 그 자본은 꺼림칙하게 여겨질 여지는 조금도 없는 당당한 자본이다. 유진은 이토록 자연스럽고도 묘한 인연의 돈이 또 있으랴 싶었다.

'도사님, 감사합니다.'

하고 유진은 속에서 말했다. 어린아이의 말이니 확실치는 않으나, 신빙성은 충분히 있는 말이었다.

빌딩과 신문로의 집은 팔려고 내놓은 지 오래고, 오 도사는 죽은 대구댁 대신 그 돈을 적선에 쓰려고 하고 있었다. 오 도사가 상준의 회사에 자본을 넣으려는 생각이 있는 것은 있을 법한 일이다. 게다가 석규는 나이에 비해 영리해서, 남의 말을 잘못 옮길 아이는 아니었다. 그러나 유진은 오 도사에게서 연락이 있을 때까지 기다릴 수밖에 없었다. 첫째는 거절한 대구댁의 유산을 지금 와서 탐내는가 하는 의심을 잠시라도 받기 싫었고, 둘째 이유는 석규와의 약속 때문이다. 석규의 말로 미루어 오 도사가 석규에게 얼마나 크게 기대하고 있는가를 유진은 짐작할 수 있었다. 그들이 죽은 후 석규를 유진에게 의탁하려는 의사도 알 수 있었다. 친척도 자식도 없는 도사로서는 당연한 심리가 아닐까 싶다. 지금 도사에게는 석규가 사후의 유일한 희망이리라.

오 도사는 지금 어느 단체에 기부하느니 석규가 커서 그것을 훨씬 더 늘려서 그녀보다도 더 많은 사람들에게 적선을 하리라고 믿은 것일까? 아니면 겉만 번지레한 사이비 자선단체에 기부하느니 석규에게 맡기는 것이 낫다고 생각했으리라. 어쩌면 대구댁의 돈을 가난한 몇 사람에게 뿌려 없애느니 좀 더 영구적이고 효과 있게 하기 위해 그녀는 석규에게 넘기고 싶은지도 모른다. 오 도사의 석규에 대한 희망과 믿음이 유진의 눈등을 뜨겁게 했다. 석규는 말했다.

"근데요, 나는 사장이 되는 것 싫어요."

"왜? 사장 되어서 돈 많이 벌어 여러 사람을 많이 도와주기 싫으니?"

"네."

"넌 그러면 목사님이 되고 싶은 거구나!"

"아니요, 성가대원이 되고 싶어요."

"성가대원? 지금도 유년 성가대 아니니?"

"네, 그렇지만 어른이 되어도 성가대만 되고 싶어요."

"목사님은 되기 싫고?"

"네, 예수님의 말씀을 남한테 하는 것 재미없어요. 난 예수님을 노래하는 게 좋아요. 난 예수님이 좋으니까요. 노래해드리는 게 제일 좋아요."

유진은 깜짝 놀라 그 자리에 서서, 별빛 속에서 석규를 바라보았다. 전율이 등을 때리며 질주했다.

'이 세상에 이보다 더 참된 믿음이 있을까?'

그녀는 아무 말도 할 수 없었다. 그녀는 감동되어 손끝이 떨려왔다. 지금까지 유진이 본 교인들은 소원을 이루게 하도록 기원하는 사람들이었다. 순수한 찬양의, 벌거숭이의 믿음을 본 것은 지금이 처음이었다. 그녀는 믿음의 진수를 본 것 같았다.

석규는 유진의 속도 모르고 마냥 즐거운 듯이 찬송가를 부르며 버스 길을 향해 걸어갔다. 귀여운 나머지 유진은 석규를 가슴에

들어 안고 몇 발자국 갔다. 그러나 무거워서 더는 갈 수 없었다. 유진은,

"아이구, 석규가 굉장히 컸다. 선생님이 더 못 가겠어."

하며 석규를 내려놓았다.

"도사할머니는 나더러 더 커야 한대요. 도사할머니는 나를 업고 마당을 한 바퀴 도세요. 한 바퀴 못 돌 만치 커야 한다고, 밥 많이 먹으라 하세요."

"도사할머니 말이 옳다. 나는 팔심이 약한가 보다. 내일부터 연습해서, 너를 안아줄게. 안고 마당을 두 바퀴 돌게."

유진은 오 도사가 그토록 석규를 사랑할 줄은 상상도 못 했었다. 70세가 넘은 그 노인이 석규를 업고 마당을 다니다니…….

"아령을요, 이렇게 흔들면 팔심이 되게 쎄진대요. 이렇게 이렇게."

하며 석규는 팔을 전후로 돌리며 아령을 잡고 흔드는 시늉을 했다. 그러고,

"빨리 커서, 선생님 업어드리고 싶어요."

하며 유진의 허리를 두 팔로 안고 매달렸다.

석규의 집이 가까워지자 그들은 서로 껴안으며 작별을 애석해했다. 몇 번이나 뺨을 부비고, 뺨이며 이마에 무수히 키스를 했다. 유진은 귀여운 자식과 헤어져야만 되는 듯한 애절한 정감마저 강렬하게 일었다. 그녀는 다만,

'복 많아라, 석규야. 복 많아라.'

하고 속으로 빌었다.

유진은 석규가 대문을 열고 들어가는 것을 길모퉁이에 서서 확인하고 발길을 돌렸다. 강 노인이 대문을 열며 이가 빠져 발음이

새 나가는 것도 아랑곳없이 고래고래 소리쳤다.

"요 녀석아! 교회고 나발이고 고만 늦게 다녀, 할애비가 기다리다 지쳐 죽겠다!"

유진은 강 노인의 사랑의 샘이 폭발하는 것을 보고 미소가 절로 흘러나왔다. 오 도사와 강 노인에게 석규는 사랑이며 희망이리라. 그리고 나에게는…… 사랑 이상의, 참으로 불가사의한 존재였다.

유진은 집 가까이 오자 하늘을 한번 쳐다보았다. 까만 하늘에 별이 잔잔히 반짝이고 있었다. 어쩌면 지금쯤 저 별을 다시 보지도 못하고 이 세상과 사별을 하고 있었을지도 모른다고 그녀는 생각했다. 설혹 죽지 않았다 해도 그녀는 집을 뛰쳐나가 다시는 이 길을 오지 않았을 것이다.

'석규, 그 아이의 정체는 무엇일까? 나와는 무슨 인연이 있는가.'

그녀는 무엇엔가 깊이 고개가 숙여짐을 느꼈다.

동업자를 만나러 갔던 상준은 아무 소득 없이 돌아왔다. 그는 대문의 초인종을 누르며, 이 집에서 쫓겨나서 유진이 그 궁상 때문에 공포에 떠는 산 위의 판잣집에서 기거를 하든가 상품처럼 공장 창고에서 살며 밥을 끓여 먹고 잠을 잘 생각은 하나 아무래도 남의 일처럼 실감이 나지 않았다. 실감은 나지 않으나 그것은 현실로서 촌각에 이르고 있었다. '전쟁보다는 낫다' 하고 생각하지만 남에게는 태평세월인데 혼자서 전쟁 난 것처럼 법석을 떠는 것 같아 그 몰골이 비참하고 한심스럽기 짝이 없었다.

'하는 수 없지, 엎질러진 물인데…….'

그렇게 체념하다가도 왠지 절망은 없을 것 같은 기분에 사로잡히는 것을 어쩔 수 없었다.

상준은 유진에게서 석규의 얘기를 듣고, 내일 당장 도사의 의향을 타진하겠다고 우겼다.

"석규와의 약속도 지킬 수 있어. 석규의 말을 듣지 않았어도, 그만한 부동산이 있는 도사를 한 번쯤은 자본주로 생각해보았어야 했지 않았겠어? 둘이 다 머리가 꽉 막혀 있었던 거야. 일이 안 될려면 그런 거라구."

상준은 유진이 혹시나 대구댁의 유산에 욕심이 있는가 하고 오 도사가 오해할까 두렵다는 말을 일축했다.

"애매모호한 체면 같은 것은 그만 치워버려. 사람이 원하면 원한다, 안 원하면 안 원한다고 명확히 처지를 밝히는 거야. 나는 도사의 투자를 원해. 그러니까 타진해보는 거야. 누가 그냥 달라나? 가만히 앉아 있으면서 익은 감이 입으로 걸어 들어와주기를 바라는 것이 신사고 도덕적인 사람인가? 천만에! 그것은 이유 없는 거만이고 위선이라는 거야. 아쉬운 놈이 체면 내던지고 삼고초려 하는 것이 올바른 사는 방법이라구!"

상준은 다음날 오 도사를 만났다. 그는 일본인에게 속은 것부터 시작해서 지금 투자하려는 사람들의 부당한 제의까지 설명했다. 그런 것은 솔직하게 털어놓지 않는 것이 상식이다. 대체로 남이 싸게 보면 덩달아 더 싸게 하려는 사람이 많기 때문이다. 물에 빠진 사람에게 돌을 던지는 사람도 있으니까. 오 도사는 상준의 숨김없는 말을 듣고 주저 없이 상속세를 제외하고, 정섭 형제의 산소를 다듬을 비용 1000여만 원을 빼고 남는 돈 9억 몇천만 원을 투자하기로 약속했다. 도사는,

"석규를 위해 일부러 일본인이 거짓말을 한 것 같습니다."

하고 미소했다.

"합자 투자가 잘되었으면 석규는 이 사장님 회사에 끼어들지도 못했을 게 아닙니까? 전화위복입니다."

도사는 말을 계속했다.

"이 사장님, 마쓰모토 씨에게 행여 미운 마음을 갖지 않으시겠지요. 전세에서 그만큼 그와 인연이 있으셨을 겁니다. 이제 다 갚으신 겁니다."

"천만의 말씀입니다. 내가 아무리 일본 놈에게…… 일본인에게……."

도사는 빙그레 웃으며,

"사장님이 전세에서 일본인이었고 마쓰모토 씨가 우리나라 사람이었는지 누가 압니까? 착한 분이라 그때도 그만한 정도의 피해만 끼쳤을 겁니다."

상준은 펄쩍 뛰며 손을 내저었다. 오 도사는 또 빙그레 웃었다.

"어떤 사람들은 이 세상에 한 번 태어나서 한 번 죽고 마는 걸로 알고 있습니다. 또 어떤 사람들은 몇억겁 년에 걸쳐서 몇 번 왔다 가는 걸로 알고 있습니다. 저도 그렇게 생각합니다. 몇 세상을 황인종으로도, 흑인종으로도, 백인종으로도 바뀌어 태어난다고요. 태어나서 몇 전세의 은수(恩讐)를 갚으며 살기도 하지요. 그것도 저것도 다 용서하고 수양을 쌓으면 극락으로 가게 됩니다. 그렇게 될 때까지 사바세계에 몇 번이고 태어나기도 하지요. 지은 죄는 불멸입니다. 그러니까 조금 생각해보면 인종의 구별이니 민족의 구별도 있을 수가 없는 거지요. 모두가 한 세상 전에는 가까이 아는 사람이었을 겁니다. 애인이었고, 부부간이었고, 부자간이었을

지도 모릅니다. 하기야, 지금 당장 눈에 볼 수 있는 부자간, 형제간, 부부간, 사제간, 동료 간, 친구 간의 인연도 저버리는 세상이니, 전세며 후세의 인연을 어찌 생각인들 하려고 하겠습니까마는."

그녀는 투자한 돈을 그녀가 죽은 후 석규에게 준다는 유언장을 썼다. 법적 서류가 모두 작성되자 그녀는 상준에게 허리를 깊이 굽히며,

"석규를 잘 부탁합니다."

하고 합장했다. 도사는 뒤따라 나오는 유진에게 자기가 죽은 후에는 석규의 조석도 돌보아달라고 부탁했다. 그러고,

"어떻든 나는 앞으로 3년쯤은 더 석규를 보살펴줄 수 있을 겁니다."

하고 자신 있게 말했다. 도사는 유진이 그녀를 처음 만났던 봄보다는 많이 늙은 것 같다. 얼굴에 주름살도 늘고 몸 전체의 탄력도 줄었다. 유진은 허리를 굽혀 절하며 진심으로 말했다.

"이 은혜를 갚기 전에 돌아가지 마세요. 부탁드립니다."

도사는 차분히 말했다.

"김 선생님 말씀은 고맙습니다만, 은혜 갚음이라는 게 그리 급하게 마무리 지어지지 않는 것이랍니다. 전세의 어느 세상에서 제가 이 사장에게서 은혜를 받은 일이 있었을 겁니다. 제가 이제 보은을 한 것이겠지요. 아직도 갚아야 할 게 더 남아 있는지도 모르구요. 이승에서 다 못 갚으면 저승에 가서도 갚게 될 겁니다. 어쩌면 대구댁이 나를 통해서 그녀의 빚을 사장님께 갚은 것인지도 모르지요."

상준의 공장은 활기를 띠고 돌아갔다. 쫓겨나기 직전에 유진은 싸두었던 살림살이를 도로 풀고 온 집 안을 깨끗이 청소했다. 유

진은 그날 밤 오 도사가 있는 동남쪽을 향해 홀로 허리를 굽혀 절을 했다. 생각할수록 오 도사가 고마웠다.

따지고 보면 그 돈은 대구댁의 돈이다. 아니, 오랜 세월 여러 사람을 거쳐서 대구댁 손에 갔던 것이 오 도사에게 가서, 도사가 그녀를 도운 것이다. 팔리지 않던 건물이 하필 유진에게 가장 긴요한 때에 팔린 우연도 유진은 고마웠다.

오 도사는 최정섭 형제의 묘비 건립식을 간소하게 벌였다. 정섭의 부모는 행방을 알 수 없어서 참석시키지 못했다. 석물공(石物工)들에게 돈을 치르고 나서, 조그만 상석에 도사는 흰 국화와 보랏빛 국화를 한 아름 놓고 향을 피웠다. 나란히 선 비석에는 '최정섭지묘', '최정구지묘'라고 각각 새겨져 있었다. 도사가 허리를 굽혀 절하는 것을 따라 모두 절을 했다. 도사는 석규에게,

"내가 죽고 나면, 네가 명절 때면 와서 돌봐주어라. 떼도 잘 자라나 보구, 응? 네 손으로 못 하면 관리실에 부탁해라. 그런 것은 손봐준다. 저 불쌍한 혼들이 착하고 아름다운 혼이 되도록 네가 예수님께 빌어주어라."

하고 당부했다. 예수를 믿는 석규가 음식을 묘소에 차릴 것 같지 않아서 도사는 아예 처음부터 꽃만 바치기로 했다. 그녀가 제사를 지내다가 죽고 나면 석규가 제사 지내던 묘소라고 꺼리지나 않으려나 하는 염려도 있었고, 죽은 사람이 먹지 않을 음식을 차리느니 꽃으로 화사하게 장식해주는 것이 더 좋게 생각되었다. 석규가 물었다.

"예수도 안 믿었는데 어떻게 그래요?"

"몰라서 못 믿은 거다. 알았으면 왜 안 믿었겠니? 죽어서라도 믿

으면 보살펴주시지 않겠니? 너의 예수가 안 그러시겠니?"

"아이구, 나 참! 죽은 사람이 어떻게 믿어요, 할머니!"

석규는 답답했다.

"죽었어도, 네가 기도하면 저세상에서 믿을 것 같은데?"

"난 모르겠어요. 그건 예수님께 물어보아야지요."

"그래, 예수님께 물어보자. 예수가 어디 계시냐?"

석규는 고개를 꼬며 한참 생각했다. 그는 공동묘지를 둘러보다가 하늘을 쳐다보았다. 잠자코 있던 강 노인이,

"계시기는 어디에 계셔? 안 보이게 숨어 계시는 거야!"

하며 소리를 벌컥 질렀다.

"안 그렇겠습니까? 선생님, 만일 예수가 살아서 세상에 돌아다니신다면 사람들은 또다시 십자가에 못 박을 겁니다. 좌우간 옳은 사람은 싫어하고 틀려 자빠진 놈들만 좋아하는 세상이니까요!"

뼈 있고 가슴에 응어리 맺힌 말이었다. 지은 죄 없이 젊어서 아내 죽고, 젊은 아들 죽고, 손자 죽고, 손녀도 죽고, 팔십 평생을 빈고에 시달리고 모멸에 젖으며 살아온 강 노인이다.

"예수는 나타나지 않으셔야 합니다. 그 착한 분이 재림하셔서 핍박받으시면 안 됩니다. 남들은 재림하시라고 기도합니다만, 나는 오시지 말라고 기도하고 또 기도하지요. 교회에 가보니까, 말세에 예수가 오셔서 불의 심판 중에 저희네들만 홀랑 안아다가 천당에 보내주실 줄 알고 있는 사람이 있드구먼요. 그렇게 구해달라고 손발 부비며 울고불고하며 비는 사람도 있어요. 염치없기는! 나는 무식하고 가난하고 보잘것없는 놈이지만 그렇게 염치없지는 않아요. 받을 벌은 받고 용서를 빌어야지요. 용서를 안 해주시

면 할 수 없이 또 벌을 받아야지요. 아, 진 죄가 어떻게 없어집니까? 원, 참."

도사가 유진의 팔을 꾹 찌르며 미소를 지었다. 유진도 고개를 끄떡이며 미소했다. 석규가 교회에 다닌다고 소리 지르며 야단치던 노인이었기 때문에 그 변화가 두 사람에게는 신기했다. 초여름까지만 해도 찬송가를 부르는 석규에게,

"예수가 밥 먹여주었어? 요 녀석아! 예수가 언제 라면 한 봉지라도 네게 준 일 있었냐? 예수가 있다면 장님이고 얼간이다. 목사란 놈들의 속, 나 같은 놈도 뻔히 아는데, 그걸 그냥 두고 보고만 있다. 알고야 그러겠냐? 요 녀석아. 찬송가고 나발이고 온통 헛것이다. 듣기 싫어!"
하고 목에 힘줄을 세우며 소리쳤었다.

어떤 분묘는 반이 허물어지고 어떤 비석은 거의 쓰러져 있는 것도 있다. 잘 가꾸어진 분묘도 있고 십자가가 새겨진 비석도 있다. 서구식 평묘(平墓)도 있었다. 나지막한 상록수가 묘역을 둘러싼 데도 있다. 금방 누가 다녀갔는지 꽃다발이 아직도 싱싱한 묘도 있었다. 높고 푸른 가을 하늘 아래에 공동묘지는 갖가지 모양인 채 온통 고즈넉했다.

일행은 한동안 아무 말 없이 걸어 내려갔다. 도사만이 정섭 형제들의 분묘를 되돌아보고 또 되돌아보며 내려갔다. 그들은 대구댁의 분묘에 들렀다. 청석(青石) 비석에 십자가와 '권사 손정임의 묘'가 뚜렷이 새겨져 있었다. 도사는 묘 앞에 오랫동안 허리를 굽혀 절을 했다. 그러고 분묘를 어루만지며 마른 잡초를 뽑고 다시 어루만졌다. 공동묘지를 내려오며 도사는 석규에게,

"우리 복덩아, 네가 크면 지금 내가 한 말을 잊지 말고 기억해두어야 한다. 부탁한다."

했다. 도사가 석규에게 하는 말은 모두가 유언 같았다. 석규는 비탈길을 깡충깡충 뛰어내리며,

"네, 그래요. 할머니, 약속할게요."

하면서 새끼손가락을 뻗쳤다가 꼬부리며 흔들었다. 도사가 석규의 손을 잡았다.

"자, 이제 잘 듣는 거다. 세상에는 아주 나쁜 도적놈도 있고, 사람을 죽이는 사람도 있단다. 그렇지만 그 속이 완전히 다 그런 건 아니다. 한 가닥 빛 말이다. 네가 못 알아들을까? 예수님이나 부처님 같은 마음 말이다. 알겠지? 아주 나쁜 여자도 말이지. 그러니까 아흔아홉 개 나쁜 마음을 가졌어도 단 한 개 빛이 있는 마음이 있단다. 그런데 그게 숨어 있어서 끝까지 제 자신의 맘속에 있는데도 발견 못 하는 사람이 있어. 게을러서 그렇지. 그런데 그 한 개가 어찌나 빛이 센지, 한 개 때문에 아흔아홉 개가 몽땅 빛이 될 수 있단다. 그러니까 너는 그 빛이 있는 마음 한 개만을 보고 사람을 사귀고 대해야 하는 거다. 그리고 네가 그 사람이 못 찾는 것을 보물찾기 놀이 할 때처럼 열심히 찾아서 '여깄다!' 하고 보여주면 더 좋지. 할머니가 저승 가서 네가 그렇게 되게 빌어줄게."

석규는,

"네, 네, 할머니!"

하다가,

"다람쥐다! 다람쥐."

하고 환성을 지르며 비탈길을 뛰어 내려갔다. 다람쥐만 보인 석규

가 도사의 말을 이해한 것 같지는 않았다. 이해 못 할 테니까 무턱대고 기억해두었다가 철이 나면 이해하기를 도사는 바란 것인지도 모른다.

석규는 이해하지 못했어도 유진은 도사가 어째서 살인범인 정섭 형제며 일생을 흉하게 살아온 대구댁 같은 사람에게 그토록 정성을 쏟았는지 비로소 알 것 같았다. 오 도사는 석규와 강 노인을 멀리 뒤따라 내려가며 유진에게 이런 말을 했다.

"김 선생님, 제가 부처님을 알고부터 40년이 됩니다. 그동안 사심이라는 걸 부려본 적이 없었습니다. 죽음이 다가온 지금, 나는 비로소 아주 큰 욕심에 사로잡혀서 일을 한 가지 저질렀어요."

유진은 놀라며 도사를 보았다. 도사는 한숨을 쉬며,

"대구댁의 유산을 처음에는 자선단체에 기부하려고 마음먹었지요. 물론 그런 단체를 믿을 수가 없었던 까닭도 있습니다만, 사실은 석규가 대견하고 사랑스러워서 내 목숨이라도 필요하다면 서슴없이 주고 싶을 지경입니다. 그러니 어찌 그 재산을 주고 싶지 않았겠어요. 나는 자식을 낳아보지도, 길러보지도 못했지요. 남편하고도 일찍 헤어졌습니다. 사람이 사람에게 그토록 짙은 정이 있다는 것도 석규를 알고부터 안 것입니다. 석규는 총명하고 착하고, 명랑하고 티 없는 아이입니다. 장차 커서 대구댁과 나 대신 적선을 많이 할 겁니다. 그 애가 믿는 예수님께 그렇게 보살피도록 기도하지요. 내 사심도 하늘이 용서해주시겠지요."

가을은 자꾸만 깊어갔다. 마당에서 귀뚜라미가 가을이 감을 알리는 듯 여기저기서 밤새도록 조급히 울었다. 수은주는 하루는 영하로 내려갔다가 하루는 영상으로 올라갔다. 사계절이 한 순회를 마쳐서 다시 온갖 씨를 배태하는 겨울로 들어가게 하느라고 천지 만상이 용을 쓰는 것 같았다.

바람이 몰아쳐서 몇 개 달린 모과 잎을 모조리 땅에 떨어뜨리고, 구름 사이에서 우박도 내렸다 해도 비쳤다 했다. 강 노인은 간밤에 꿈이 심상치 않아서 도사에게 말했다.

"도사님, 나는 아무래도 곧 죽을 모양입니다."

도사는 놀란 듯 그를 보았다. 강 노인은 얼굴이며 목이며 손등이 주름살로 쭈글쭈글하다. 그러나 그의 눈은 한결 평온하게 빛나고 있었다. 갖은 비바람을 겪으며 하늘이 준 목숨을 말없이 다하고, 이제 하늘의 부름만을 묵묵히 기다리고 있는 겸허하고 고고한 고목을 보는 것 같았다. 도사는 속으로 그에게 고개를 숙여 절하고 싶은 기분이 들었다.

"할아버지나 저나, 힘든 세상을 견디며 큰 죄 없이 살았습니다. 이제 갈 데로 가는 것밖에 할 일이 더 남았겠습니까? 할아버지는 기독교 공동묘지에 묫자리라도 정해놓았으니 걱정거리는 아무것도 없으십니다. 어서 세례나 받으세요."

"네, 참. 그래야겠어요."

그는 교리를 배우고는 있으나 성경 구절의 단 몇 절도 외우지 못해서 차일피일 세례를 미루고 있었다.

"영혼은 예수께 맡기시고, 신체는 제가 맡아서 잘 장례식 치러드리지요. 석규는 김 선생님 내외분이 오죽 잘 보살펴주시겠습니까."

"여부가 있겠습니까! 말씀을 듣고 나니 당장에 천당에 가 있는 기분이 듭니다. 그런데 도사님, 간밤 꿈에 네댓 살쯤 되어 보이는 동자가 둘이서 나를 마중 왔어요, 어디로 가는지 몰라도. 그래서 제가 '그래 가마, 가자' 하면서 '내 지팡이 내놓아라' 하고 소리를 치는데 꿈이 깼어요. 동자 둘은 틀림없이 저승에서 온 사동(使童)이겠지요? 저승에서 사동 온다는 것은 불교에 있는 얘기인데, 나는 예수를 믿는데 그게 좀 꺼림칙하단 말이에요."

하며 강 노인은 고개를 갸우뚱거렸다. 도사는 여름 어느 날 강 노인이 낙엽 지는 나무 밑에 서 있는 꿈을 꾸고 낙엽은 죽음이라고, 그리고 낙엽은 가을에 지니까 가을에 그가 세상을 뜰 것이라고 혼자 해몽했던 것을 기억했다. 그의 꿈 얘기를 들으니 그의 죽음이 임박한 것 같았다.

"할아버지, 꿈치고는 최고의 꿈을 꾸셨습니다. 동자는 저승의 사동에 틀림없습니다. 무서운 남자가 지옥에서 사자로 오기도 하고, 여우 같은 여자가 오기도 한답니다. 그래서 저승까지 가는 데에도 협박당하고 얻어맞고, 아니면 속아서 10리면 갈 수 있는 길을 돌고 돌아 무진 고생을 시키며 가서, 분통이 터지는 것을 참느라고 오장육부가 푹푹 썩으며 간다고도 합니다. 할아버지는 어린 동자가 마중 왔으니 얼마나 좋으십니까. 천진한 아이들하고 장난치며, 동요나 부르며 가시는 겁니다. 동자들은 예수께서 보내신 천사들이겠지요. 복받으신 겁니다."

도사는 말도 그렇게 했으나 실지로 그렇게 믿었다. 착한 강 노인에게 당연한 축복받은 죽음이 아닌가?

도사는 강 노인의 수의를 맞췄다. 하얀 삼베 바지, 저고리, 두루마기로 했다. 그리고 간 김에 그녀의 수의로 하얀 치마저고리와 두루마기를 맞췄다. 이승에서 저승으로 가는 것이니까 외출치고는 큰 외출이었다. 한국인의 전통적인 외출복에는 두루마기가 필수다. 그녀는 평소 외투를 입어 두루마기를 입지 않은 지 40년이 넘는데, 저승에 가는 데에는 그것을 찾아 입으려고 하니…… 죽을 때에는 태어날 때 그대로의 핏줄을 밝히고 싶은 잠재의식이 있었던 것 같아 새삼스레 민족에 대한 외경심 같은 것을 느꼈다.

강 노인은 세례 받을 준비를 서둘렀다. 그의 세례 문답을 가르쳐주는 같은 교회 교인인 시계 공장 여직공 순주도 열의를 내었다. 석규는 여기저기 교회에 구경 다녀서 얻어들은 지식으로 강 노인의 교리 학습을 도울 양으로 옆에 앉아 있었다. 순주가,

"할아버지, 목사님이 이렇게 물으시면 '네, 믿습니다' 하고 대답하시는 거예요."

"그래, 그래."

"예수님은 하나님의 독생자이십니다."

강 노인은 구부리고 앉았던 허리를 펴며,

"글쎄, 아가씨. 외아들 아니라도 상관없어요. 아들이 열이면 어떻고 백이면 어때요. 꼭 외아들이니까 특별하고 소중한 게 아니야. 그 행하신 모든 일이 하도 갸륵하고 옳으시니 믿을려고 하는 거지."

석규와 순주가 동시에 소리를 질렀다.

"아이구, 할아버지. 나 못살아!"

"그럭허시면 세례를 못 받으세요."

하고 순주는 체념하듯이 한숨을 내쉬었다. 전번에도,

"영생해서 무엇 하니? 사는 거라면 지긋지긋한 사람이야. 예서 더 산다는 건 말도 안 돼, 더 살 필요 없어. 지겹다, 지겨워. 영생한

다면 예수 안 믿는다."
하고 우겨서 세례를 신청도 못 했었다. 석규가 울상을 하며 강 노인의 손을 잡고 흔들었다.

"할아버지, 예수는 하나님의 단 하나의 아들이셔요. 하나님을 대신해서 보내신 거예요."

강 노인은 금방,

"그러냐? 네가 그렇다면 그렇다."

"할아버지, 속으로 그렇게 믿으셔야지 석규가 그런다고 믿으면 가짜예요."
하고 순주가 말했다.

"아가씨, 나는 석규가 그렇게 믿는다면 그냥 무조건 그렇게 믿어. 왜 그러냐면, 내가 언제 예수님 알았나? 하늘이 있다는 건 알았지만, 예수가 있다는 건 몰랐어. 석규가 가르쳐준 거여. 그러니 석규가 그렇다면 나도 그래."

"아이구, 안 돼요. 나중에 석규가 예수를 안 믿게 되면 할아버지도 안 믿으실 거 아니에요?"

"아니야. 석규는 예수님이 내게 보내주신 천사야. 천사가 그렇게는 안 돼."

강 노인은 갑자기 눈이 또 침침해져서 손등으로 눈을 부볐다. 며칠 사이 부쩍 이런 증상이 자주 일어났었다. 입맛도 떨어지고 소화도 잘되지 않았다. 몇 개 남은 이도 흔들거렸다. 눈도 위장도 치아도 모든 기관이 닳고 삭아가는 것을 그는 느낄 수 있었다.

"사람 때문에 믿으면, 사람 때문에 안 믿을 수도 있습니다. 하나님은 절대적으로 자기 스스로가 믿으셔야 해요."

순주는 간절한 목소리로 말했다. 강 노인은,

"그렇지, 그야 여부가 있나. 예수 믿네 하며 속은 딴짓하는 사람 보면 안 믿게 되지. 그렇지만 예수님도 사람의 모습을 하고 나오셨으니, 사람을 통해서 사람을 믿게 되는 거야 당연한 일 아닌가. 나만 하더라도 예수의 말씀을 듣기 전에는 하늘이 있다는 건 알았지. 누가 가르쳐주었느냐고? 가르쳐주기는 누가 가르쳐주어? 달 뜨고 해 지고, 사람이 태어나고 죽고 하는 것 보면 알지. 그것도 대학 나와야 아나? 그렇게 왠지 하늘이 있다고 생각하며 살아왔었지. 이제는 그 하늘을 예수님 식으로 생각하게 된 거야. 석규 때문에 그렇게 된 거야."

순주는 강 노인의 말이 옳은 것 같기도 했다.

"할아버지, 그러면 이제는 영생을 확실히 믿으세요?"

"이보다 더 살라고? 더 사는 것 지겹다. 그러고 싶은 사람이나 믿으라고 해. 나는 그저 석규가 믿는다니까 믿는 거야. 예수가 십자가에 못 박힐 때 하느님이 그냥 홀랑 안고 하늘로 갔다면 예수가 하느님이 보내신 사람이라고 무조건 믿을 텐데. 부활하시려면 사람이 보는 앞에서 부활해야지, 그런 거 누가 믿어."

순주는 난처했다. 이래도 세례를 받을 수 있는가 목사님과 의논할 수밖에 없었다. 며칠 전에는 영생을 믿게 하느라고 진땀을 뺐었다.

"할아버지, 사람이 이 세상에 태어나서 죽지 않는 사람 보셨어요?"

"죽지 않는 사람이 어디 있어? 진시황도 죽었는데."

"어떤 임금도 어떤 거지도, 어떤 인격자도 어떤 죄인도, 아무리 훌륭한 학자도, 아무리 바보, 병신도 다 죽습니다. 영화가 있대도 한평생, 고통이 있대도 한평생 살다가 죽습니다."

"암, 아무렴!"

"할아버지, 만일 지금 돈 없고 살기 힘들고 마음 고통까지 겹쳤지만 예수님 말씀대로 행하며 참고 견디면 일주일 후부터는 아무 고생도 없어지고 행복하게 된다고 할 때에, 후에 고생하고 지금 당장 좋은 것과 어느 것을 택하시겠어요?"

"그야, 지금 고생하는 게 백배 낫지. 돈은 없다가 생겨도, 죽은 사람은 죽으면 그만이야. 영생이란 없어."

"돈은 없다가 어떻게 생겨요?"

"생길려면 생기지. 벌어서 생기든가 누가 주어서 생기든가. 나 보면 알 게 아니야? 평생 가난귀신 들러붙어 근근이 연명했었는데, 김 선생님하고 오 도사님 덕분에 이렇게 잘 먹고 편히 살 줄 누가 알았겠나?"

"그것 보세요. 영생 안에서는 없던 돈이 생기는 것처럼 없어진 사람도 다시 생겨나잖아요. 할아버지, 인생이 길어야 70, 80, 90년이라고 합시다. 평균으로 말해서 70이라 해요. 우주가 끝도 한도 없이 넓은데, 지구는 그 속에서 먼지알보다도 작아요. 300년 전에 70여 세를 살다 죽는 거나, 20세기에서 70년을 살다 죽는 거나, 대우주의 시간, 공간에서 보면 그게 그거예요. 우리한테는 300년의 차이가 엄청나게 길지만, 우주 속의 시간으로는 눈 깜짝할 시간도 못 되지요."

"그야 그렇겠지. 여부가 있겠어?"

"산 시간은 눈 깜짝할 사이지만, 죽은 후의 시간은 영원히 계속

하잖아요."

"물론이지. 몇백 년 된 무덤 보면 알지."

순주는 말문이 막혀버렸다. 강 노인은 순주에게,

"아가씨, 나는 정말 예수님 나라에 가고 싶어. 요즈음 부쩍 더 그러네. 내가 먼저 가서 기다리고 있으면 석규가 나중에 올 거 아닌가? 거기서 만나고, 그 애 에미 애비하고, 또 일본 놈이 끌어간 아들하고, 빨갱이가 끌고 간 손주하고, 고생만 시킨 내 마누라하고 같이 만나서 한번 행복하게 사람답게 살고 싶어."

"그렇게 되실 겁니다. 하나님의 말씀을 굳게 믿고, 그렇게 행하고, 예수님이 부르실 때를 기다리세요."

"아가씨, 그런데 말이야, 하늘나라에서 내 마누라가 몇 살 때에 만나지? 또 아버지는 노인이실 때 만나나, 아니면 내가 어릴 때에 만나나? 그게 몹시 궁금하단 말이야."

순주는 바로 대답할 수가 없었다. 이런 질문은 처음이었기 때문이다. 그녀는,

"할아버지가 원하는 대로 만나게 해주실 겁니다."

"그러면 마누라가 16세 때 시집왔으니까 나는 17세로 둔갑해서 만나겠네."

순주는 또 입을 다물었다. 한동안 침묵이 흘렀다. 강 노인은 속으로 정신 나간 소리 하지 말아라 하며,

"아가씨, 나는 인생 마지막 판에 가서 뜻밖에 김 선생님을 알게 되어가지구, 가난귀신 떨어지고 이토록 몸 편하게 살게 되니 생각할수록 염치없는 노릇이야. 분수에 없는 호강을 하니 하나님한테 가서 뭐라고 사죄해야 하나. 그것이 걱정이야."

강 노인은 주책없는 것 같았으나 마음속에 있는 것을 처음으로 털어놓고 나니 후련하고 온몸이 날아갈 듯이 거뜬했다. 구름 씹는 것 같은 영생이 어쩌구 말할 때와는 기분이 딴판이었다.

세례 받는 날, 강 노인은 어두운 새벽에 일어나서 목욕을 하고 석규와 약수터로 갔다. 석규가 나무를 깎고 자줏빛 털실로 꼬아서 끈을 맨 십자가를 그는 오 도사와 유진이 금은방에서 맞추어준 십자가 위에 또 걸쳤다. 두 개가 다 준 사람의 체온처럼 따뜻한 십자가였다.

석규도 똑같은 것을 두 개 목에 걸고 있었다. 석규는 코트 밖으로 목제와 순은제의 십자가를 땡그랑땡그랑 소리 내며 꺼내어놓았다가 도로 안으로 넣었다가 한다. 강 노인이,

"글쎄, 그만 손대! 끈 끊어지겠다!"

하고 나무랐다. 석규는 앞장서서 산길을 올라갔다. 강 노인은 가슴에서 합장을 했다.

"주여, 저 아이를 보살펴주십시오!"

그는 곧 이 세상을 떠날 것 같은 느낌이 들어 더욱 간절히 그렇게 빌었다. 다른 때와는 달리 오늘은 붉게 떠오르는 태양이며 멀리 둘러쳐진 새벽의 산줄기며 맑은 약수며 흙이며 바위며 온 천지가 하늘의 손에 포근히 싸여 있는 것 같다. 온 천지가 밝고 맑고 눈부시도록 아름다웠다. 늘 보던 하늘과 땅이 새롭게 만들어진 것처럼 신선하게 보였다. 하늘의 은혜가 햇빛처럼 약수처럼 그의 몸에 쏟아져 내림을 느껴 그는 선 자리에 꿇어앉아 하늘과 땅에 절을 했다. 눈시울이 뜨거워지며 늙은 눈에서 눈물이 두 뺨에 흘러내렸다. 괴롭고 지겹게 일생을 여기까지 살아온 것이, 하늘이 내

린 할 일을 다한 것 같아 약속하고도 후련했다. 눈물은 몇 해를 고였던 것이 터져 나오듯이 마른땅 위에 줄줄이 떨어져 내렸다.

강 노인은 세례식 때에 입도록 오 도사가 맞춰준 잿빛 양복을 입었다. 생전에 처음으로 넥타이를 매고 신사복을 입은 것이다. 주름투성이의 목 가죽에 붉은 무늬가 있는 이태리제 실크 넥타이는 너무도 호사스러웠다. 넥타이를 맬 줄 몰라서 오 도사가 가르쳐주었다. 강 노인은,

"죽을 때가 가까워져서 이런 호강을 하니, 웬일인지 모르겠습니다. 죄송하고 염치없어서……."

하고 말했다. 도사는,

"다 까닭이 있겠지요. 까닭 없는 일이 어디에 있겠습니까?"

라고 했다. 강 노인은 도사가 여느 때처럼 전세의 업의 필연성을 뜻하는 것인 줄 짐작했다. 그녀도 함께 예수를 믿어주었으면 든든할 것 같았다.

"도사님은 예수를 안 믿으시겠습니까?"

"가는 곳은 다 같은 데일 테지요."

강 노인은 속으로 도사만은 남의 말대로 안 될 거라고 생각했다. 그녀대로 확고한 신념이 있는 것을 알기 때문이다.

깡마르고 큰 키가 조금 굽은 강 노인의 손을 잡고 석규는 눈을 반짝이며 현관을 나섰다. 노인의 정장은 사뭇 어색했으나 그들은 오래전부터 부유하고 행복하게 살아온 증조부와 증손같이 보였다. 석규는 밝은 감색 바지에 감색 춘추 코트를 입고 빨간 넥타이를 매고, 순은과 목재의 십자가 목걸이를 목에 걸었다.

유진은 세례식에 참석하려고 가는 증조손의 기념사진을 찍었

다. 피살되어 관에 누워 대구댁이 장례식장을 향해 나간, 그 대구댁의 집 현관문을 배경으로 방긋 웃는 노소(老少)의 사진을 천연색으로 찍으며 유진은 사람의 만나고 헤어짐의 인연의 불가사의함을 절절히 느꼈다. 대구댁의 혼이 있어 이 모습을 본다면 그녀는 빙그레 웃으리라…… 다만 빙그레 웃으리라. 석규가 만든 조제의 나무 십자가와 유진들이 준 세련된 순은 십자가 목걸이는 그들의 값진 양복 위에서 묘한 감동을 자아내었다. 그 두 개의 십자가가 핏줄의 끊을 수 없는 사랑과 타인의 사랑을 은은히 말해주고 있는 것 같았다.

그날 세례를 받는 사람은 다섯 명이었다. 그중에서 80세의 노인은 강 노인뿐이었다. 주례 박 목사가,

"사랑하는 성도님들이여, 모든 사람이 범죄 하여 하나님의 영광을 얻지 못하게 되었으므로 우리 주 예수그리스도께서 말씀하시기를, 사람이 거듭나지 아니하면 하늘나라를 볼 수 없느니라……."

하고 설교를 시작했다. 목사가 강 노인 앞에 섰다.

"내세의 영생할 것을 믿습니까?"

강 노인은 선 채 머리를 조아리며 대답했다.

"네."

그는 속으로 계속 믿습니다, 그리 믿습니다 하고 거듭 말했다. 사실은 그는 무엇이 무엇인지 얼떨떨했다. 영생이 있는지, 있어서 좋은지 나쁜지 알 필요도 없었다. 그냥 석규가 좋아하는 예수라 믿는 것이다. 그의 감은 눈꺼풀 뒤에 초췌한 낯으로 하늘을 보고 기도하고 있는 예수의 얼굴과 환히 티 없이 웃고 있는 어린 석규의 얼굴이 동시에 떠올라서 지워지지 않았다. 내 고통이 예수만

하라 싶었다.

'그리 믿습니다!'

팔십 평생을 예수를 모르고 살다가, 막판에 와서 가난 모르고 마음 고통 없이 살아볼까 하고 믿은 것인데, 막상 예수를 믿고 보니 그는 너무도 옹졸하게 제 생각만 한 것이 염치없고 죄송하고 부끄러웠다. 세례를 받고 교회를 나오면서도 그는 내내,

'죄송합니다. 용서해주십시오.'

하고 속으로 말하며 고개를 들지 못했다.

오 도사는 유진에게 강 노인의 독사진을 교회를 배경으로 찍어두자고 청했다. 그녀는 그의 장례식 때에 그 사진을 영정으로 쓰려고 생각했다. 석규가,

"할아버지, 웃으세요! 치이, 치."

하고 소리를 쳤다. 강 노인은 웃으려고 했으나 잘 웃어지지 않았다. 억지로 웃으니까 염치없어 웃는 일그러진 웃음이 되어버렸다. 주름투성이의 오랜 고뇌가 아로새겨진 얼굴은 웃는 것도 같고 우는 것 같기도 했다. 그러나 그의 늙은 눈은 평화롭고 맑게 빛나고 있었다. 오 도사가 유진의 귀에 속삭였다.

"김 선생님, 예수가 말하는 천국이 있다면, 거기 들어가는 사람은 저런 얼굴을 하고 있겠지요?"

유진은 잠자코 고개를 끄덕였다.

세례를 받고 며칠이 지나면서 강 노인은 식욕이 줄고 몸의 기운도 빠졌다. 기어코 그는 낮에도 자리에 누워 있게 되었다. 오 도사는 그의 생명의 불이 조금씩 꺼져감을 알았다.

석규는 노인이 누워 있어도 혼자서 약수터에 갔다. 가는 길에

유진의 집에 들러서 손을 잡고 함께 갔다.

"할아버지 어떠시니?"

"천천히 천국으로 가고 계세요."

유진은 놀라며 물었다.

"누가 그러던?"

"제가 그렇게 생각한 거예요."

석규는 방긋 웃으며, 유진의 손을 마구 흔들며 걸어갔다. 빨간 잠바 위에서 십자가 두 개가 쟁그랑하고 소리를 내며 부딪쳤다.

"천국으로 가는 것이 어떤 건지 아니?"

하고 유진은 물었다. 석규는 유진을 보지도 않고,

"그럼요, 이 세상에서 죽어서 썩는 육신은 버리고, 하나님의 품에 요렇게 안기는 거지요."

하며 아기를 품에 안는 시늉을 한다. 유진은 석규가 정확하게 언어를 구사하는 데에 놀랐다. 교회에 다니면 말이 유창해진다고 들었는데 정말 그 탓인지 아니면 석규의 지능이 일찍 발달했는지. 유진은 마냥 천진하게 맑고 장난기까지 서린 석규의 눈을 보면서 귀여워서 견디지 못해 그의 뺨에 몇 번이나 입맞춤을 해주었다. 유진은 훤히 밝아오는 산길을 오르며,

"석규야, 너의 공장이 사뭇 잘 돌아가구 물건이 막 팔려서 돈이 많이 들어온단다. 네가 복덩이라, 네가 주주가 되니까 회사가 그토록 잘된다고 이 사장이 그러시더라."

하고 말했다. 석규는 그 말은 못 알아들었는지 산길을 걸어 올라가며,

"선생님, 이제 매미도 새도 안 울어요. 잠자리도 없어요."

한다. 그러고 보니 정말 매미 소리도 못 들은 지 한참 되는 것 같다.

"개들 다 어디 갔을까요? 죽었을까요?"

"아니, 죽지 않고 따뜻한 산으로 갔겠지. 봄이 오면 또 올 거야."

하고 대답하며 유진은 석규가 개들이라고 정든 친구처럼 부른 것이 귀여워 미소가 절로 흘러나왔다. 석규가 약수를 마시고 나더니,

"선생님, 산꼭대기까지 안 가보시겠어요?"

한다. 산 정상이라 해도 20분쯤 걸으면 다다르는 곳이다. 유진은 네댓 번 장 박사 부부와도 가본 적이 있었다. 약수터보다 높아선지 나무들이 빽빽이 들어서 있고 길은 가팔랐다. 계곡이 있어서 비 온 후면 물도 흘러내렸다. 유진은 그렇게 하자고 쾌히 승낙했다.

그들은 닦아놓은 자동차 길을 건너서 가파른 산길로 들어섰다. 동쪽 산을 바라보니까 태양이 막 떠올라서 햇살을 펴고 있었다. 석규가,

"야!"

하고 환성을 질렀다. 석규는 비탈길을 앞서서 올라갔다.

"선생님, 얘네들은 겨울이 와도 잎사귀가 안 떨어져요."

소나무를 말하는 것이다. 유진은,

"얘네들은 그렇단다."

"아! 하나님이 그렇게 만드셨군요."

하고 석규가 말했다. 유진은 그야 하늘이 그렇게 만든 것은 틀림없겠으나, 어린아이가 무엇이든지 그런 식으로 이해한다면 과학적 사고력이 둔해질까 해서,

"소나무같이 겨울에도 봄에도 사계절 푸른 나무가 있는데, 그것을 사철나무라고 한다. 매미하고 새하고 다르게 생긴 것처럼, 나

무도 여러 가지 종류가 있단다. 나중에 백과사전에서 소나무가 어떤 것인가 찾아보자. 선생님도 잘 모르니까. 그런데 우리 한국 사람은 옛날부터 소나무를 참 좋아했어. 노상 푸르니까, 걔 마음이 안 변하는 것 같거든."

"조상은 할아버지의 할아버지의 할아버지지요? 단군 할아버지 말이지요?"

"그래, 석규는 모르는 게 없구나!"

유진은 숨이 가빠서 조금 쉬다 가자고 말했다. 그들은 조그만 바위 위에 나란히 앉았다. 저쪽 어디선가 등산객들의 두런거리는 소리가 들려왔다. 아이들의 음성도 들린다. 바로 왼쪽 20여 미터 아래의 계곡은 바닥까지 말라 있었다. 그러고 보니 늦가을 들어 계속 가물었다. 이제부터는 아마 비는 오지 않고 눈이 내리리라.

"단군 할아버지한테 약속했었나요?"

"미안, 미안. 선생님이 못 알아들었다."

유진은 얼떨떨해하며 되물었다.

"솔잎은 변하지 않는다고 말예요."

유진은 아이들의 생각이 기발한 데에 감탄했다. 솔잎이 변하지 않는 것은 그 약속 때문이고, 약속을 잘 지키니까 조상들이 솔을 좋아한 것으로 해석한 모양이다.

"그런지도 모르지…… 넌 노상 푸른 소나무가 좋지 않니?"

"좋아요. 빨간 단풍도 좋고, 노란 꽃도 좋아요. 다 좋아요."

하며 두 팔을 펴서 흔들면서 석규는 고개를 들어 소나무를 보았다. 약속을 지킨 특별한 이유 때문에 솔이 좋으나, 석규에게는 온갖 나무며 꽃 들이 다 좋은가 보았다. 유진은 속으로 네 말이 맞다고 말하며 고개를 들고 솔잎을 보았다. 푸른 솔잎 사이로 햇살이 스며들고 있었다. 아름다운 광경이었다. 언뜻 보니까 계곡 쪽으로 뻗은 가지에 새끼 참새 한 마리가 떨고 있는 것이 보였다. 유진은 놀라며,

"저기 애기 참새가 떨고 있다!"

하고 소리를 쳤다.

"어디요?"

석규가 손등으로 햇살을 가리며 쳐다보았다. 그는 이미 허리를 들고 있었다.

"저기 있어요. 저기 째끄만 새끼예요. 떨고 있어요. 죽으려나 봐요!"

하며 석규는 벌떡 일어섰다.

"집에 데려가서 길러야지!"

석규는 운동화를 벗었다. 나무에 올라갈 모양이다.

"안 돼! 위험해!"

유진은 말렸다. 참새 새끼는 차마 불쌍해서 보고 있을 수 없을 만치 파르르 떨고 있었다. 그 근처에 새 둥지도 없고, 다른 새는 한 마리도 보이지 않았다. 어떻게 해서 그 새끼 새만 거기 홀로 남아 있는지 모를 일이었다. 어미 새가 물고 자리를 옮겨 가다가 떨어뜨렸는지, 큰 나쁜 새가 잡아먹으려고 물고 가다가 놓쳤는지…… 새끼 새는 어디를 다쳐서 죽어가는 건지, 추워서 떠는지…….

나뭇가지까지는 2미터가 너끈히 될까, 아득하게 높은 나무는 아니나 만일 거기서 계곡 밑으로 떨어진다면 위험천만이다. 유진은 석규의 손을 잡고 끌었다.

"석규야, 안 본 걸로 해두자. 못 올라간다."

"아이구, 선생님두. 저거보다 더 큰 나무에도 올라갔어요."

만류할 사이도 없이 석규는 나무를 껴안고 올라가기 시작했다. 가볍게 사뿐사뿐 올라가는 모양이 아마도 수없이 그렇게 올라갔던 것 같다.

새끼 새는 파르르 떨다 한참 가만히 있다가 다시 떤다. 떠는 힘이 점점 약해졌다. 곧 죽을 것 같아 유진도 안쓰러웠다. 석규는 어느 사이엔가 가지까지 다다라 줄기를 잡고, 가지 위에 앉은 새끼새에 손을 뻗쳤다. 그러나 그의 작은 손은 네 뼘 정도의 거리를 두고 닿지 않았다. 석규는 팔을 한껏 뻗쳤다. 순간,

"안 돼!"

하고 유진은 소리를 치며 떨어지는 석규를 안으려고 한 발자국 내디뎠다. 그러나 다음 순간 그녀는 석규를 가슴에 껴안은 채 밑으로 밑으로 굴러가는 것을 의식하고 있었다. 무엇인가가 수도 없이 얼굴이며 머리며 등, 가슴, 다리, 팔을 할퀴고 때리며 스쳐 갔다. 그녀는 가물가물하는 의식 속에서도,

'석규만은 놓치면 안 돼! 내 몸으로 감싸주어야지!'

하고 안간힘을 썼다. 이윽고 꽝 하고 몸이 부딪친 것을 감지했다. 그녀는 허공에 떠서 깊은 낭떠러지로 굴러떨어져감을 느꼈다. 그렇게 느끼나 멈출 수도 어쩔 수도 없었다.

석규는 나무에서 떨어지며 유진을 쓰러뜨렸다. 두 사람의 무게에 발밑의 마른 산흙이 밀려나 둘은 한데 얽혀서 밑으로 미끄러지며 굴렀다. 낮은 바위에 머리가 부딪칠 때 유진은 안고 있던 석규를 놓쳤다. 둘은 거기서부터 따로 굴러떨어졌다. 계곡의 깊이는

20여 미터고 경사는 30도쯤이어서 크게 위험한 장소는 아니었으나, 넘어지며 바위에 머리를 부딪친 것이 최초의 타격이었고, 큰 바위에 급속도로 구르며 부딪칠 때 석규의 두부(頭部)는 심하게 파괴되었다. 석규는 그때 죽었다. 유진은 그때의 충격으로 의식을 잃고 10여 미터쯤 더 굴러 내리다가 소나무 가지에 걸려서 멎었다.

오 도사는 급보를 받고 산으로 갔다.

"맙시사, 하늘이여, 맙시사!"

도사는 석규를 두 팔로 안고 하늘에게 보여주기라도 하는 듯이 높이 쳐들고 외쳤다. 석규의 그 귀엽던 눈은 한 눈알이 빠져 눈알이 박혔던 자리에서 피가 낭자하다가 말라가고 있었다. 두개골은 깨져 있었다.

"하늘이여! 이렇게까지 보여주지 않아도, 우리의 육신이 무엇인 줄 너무도 잘 알고 있습니다. 그 아무리 귀하던 몸도, 그 아무리 절세의 미인도, 그 아무리 비천하고 그 아무리 죄 많은 몸도 혼이 없는 육신은 다 이런 것인 줄 너무도 잘 알고 있습니다. 맙시사, 그만, 맙시사!"

도사는 석규의 오른손이 새끼 참새 한 마리를 쥐고 있는 것을 보았다. 새끼 새도 죽어 있었다. 그녀는 석규가 홀로 떠는 어린 새가 가여워서 데려다 기르려고 잡으러 올라갔다가 떨어져 굴렀으리라 금방 짐작이 갔다. 죽은 붕어도 불쌍해하며 마당에 묻고 십자가를 세우던 석규였다.

이 추운 날씨에 산에 새끼 새가 있다면 홀로 남은 딱한 처지인 새가 아닌가.

"그 천사 같은 마음을 이렇게 되갚으셔야 합니까? 하늘이여! 답하소서. 업보라 한들 이를 누가 옳다 하겠으며, 한 가지로서 백 가지를 가르쳐주시려 하는 거라 해도 이를 누가 가타하겠습니까. 아무리 당신이 만든 인간이라지만, 이렇게 마음대로 부서뜨릴 수 있단 말씀입니까?"

오 도사는 석규의 가슴 위에서 피투성이가 된 두 개의 십자가를 보았다. 그녀는 석규가 만든 나무 십자가를 자신의 목에 걸었다. 유진과 함께 돈을 모아 맞추어준 순은 십자가는 그의 가슴에 그대로 두었다. 그러고 그녀는 하얀 시트에 석규의 시체를 싸서 안았다. 새끼 새도 그의 손에 쥐어진 채 시트에 싸였다.

도사는 부서진 석규의 육체를 안고 산을 내려갔다. 경찰이 들고 온 들것도 마다하고 그녀의 가슴에 껴안고 내려갔다.

그녀는 부서지고 망가진 석규의 뺨에 얼굴을 부볐다.

강 노인은 거실 바닥에서 뒹굴었다.

"내 팔자 좀 보세요, 도사님! 내가 아무래도 전세에서 죽을죄를 지어도 한두 가지 진 게 아닐 겁니다. 이렇게까지……."

그의 목에서 헉헉하며 가쁜 숨결이 소리를 내었다. 붉은 핏줄이 얽힌 눈동자는 위로 추켜 올라갔다.

"나는 예수 안 믿는다! 석규가 없는데 내가 무엇 때문에 믿어. 믿은 게 이 모양 요 꼴이냐? 예수고 나발이고, 말짱 헛거다!"

하며 그는 십자가 두 개를 목에서 벗어서 마당으로 내던졌다. 십자가는 훌렁훌렁 마당 한가운데에 나가떨어졌다. 교인들이 황급히 "주여!" "아멘!" 하면서 십자가 목걸이를 주우러 갔다. 강 노인은 석규가 만든 나무 십자가 목걸이를 손에 쥐며 기력이 없는지 가만히 옆으로 쓰러졌다.

오 도사는 의사에게 강 노인이 당분간 잘 수 있도록 수면제라도 처방해달라고 청했다.

밤중에 눈을 뜬 노인은 머리맡에 앉아 있는 오 도사에게 이렇게 물었다.

"도사님, 제가 꿈을 꾼 거겠지요? 석규는 어디 있습니까?"

그는 석규가 누워 있을 자리에 시선을 보냈다. 도사는 강 노인의 손을 꼭 잡아주었다.

"네, 꿈을 꾸신 겁니다. 인생 일장춘몽 아닙니까."

"네? 그러면 그게 꿈이 아닙니까?"

노인은 일어나려 하다가 힘이 없는지 도로 쓰러졌다.

"석규는 지금, 그토록 좋아하던 예수의 품에 안겨서 잠들고 있을 거예요. 시끄럽게 하지 마세요. 놀라 깨지 않도록요."

강 노인은 고개를 떨구며 소리 내어 울었다.

"석규가 죽었습니까?"

"네, 죽었습니다."

"아이구, 나는 예수는 안 믿겠습니다. 이럴 수가 있습니까. 내가 세례 받고 며칠도 안 되었는데, 이럴 수가 있습니까? 우리를 사랑하는 아들이라 하더니. 예수 믿어 무엇 합니까? 이 꼴 당하려고 믿습니까?"

강 노인은 꺼져가는 숨을 간신이 이어가며 말했다. 도사는 참고 견디던 눈물을 왈칵 터뜨렸다. 강 노인은,

"도사님, 살아 무엇 합니까. 이제 다 된 뻔한 목숨 정말 살아 무엇 합니까. 고 녀석 장사 치르고 나서(강 노인은 엎드려 통곡했다) 나는 죽겠습니다."

도사는 눈물을 눌러 닦고 단정히 앉으며 말했다.

"할아버지, 예수만 믿으시면 됩니다. 석규가 좋아하던 분이니, 천국에 가서 다 함께 만나십시오."

"천국이 어디 있습니까?"

"할아버지, 천국 간 사람 보셨습니까?"

"못 봤지요."

"천국이 있는지 없는지 아무도 모릅니다. 그곳이 좋다면 얼마나 좋은지 아무도 모릅니다. 가본 사람이 이 세상에서는 살지 않기 때문이지요. 그러니까 없다고도, 있다고도 할 수 없지요. 다만 우리가 모르니까 하늘에게 맡기는 수밖에 없습니다. 우리가 내 마음대로 나를 만들어서 이 세상에서 사는 것이 아닌 것만은 확실하지 않습니까? 내 생명을 만들어주신 하늘에게 맡기는 수밖에 없습니다. 부처님은 지옥과 극락을, 예수님은 지옥과 연옥과 천국을 가르쳐주셨습니다. 하느님은 하나인데, 가르치시는 표현이 다를 뿐입니다. 예수를 믿는 사람은 예수의 말씀이 더 옳다 할 거고, 부처님을 믿는 사람은 부처님의 말씀이 더 옳다고 할 겁니다. 그분들이 하신 말씀 한마디도, 행하신 행동거지 하나 틀린 데가 없습니다. 할아버지, 웬만한 인격을 갖춘 사람을 우리는 믿고 따릅니다. 하물며 세상에 훌륭한 스승이 많다 해도 그분들 같은 분은 일찍이 이 세상에는 없었습니다."

강 노인은 고개를 저으며,

"다, 싫습니다. 다 싫어요!"

도사는 죽은 후의 극락과 천당은 생각하지 않았다. 죽은 후는 하늘이 할 영역이지 인간이 감히 생각조차 할 영역이 아니다. 천당과 극락을 믿으려고 자아 최면을 거는 것뿐이다. 천당과 극락은 살아 있는 사람들의 마음속에 있는 거다. 그분들의 말씀은 다 현재 살고 있는 사람들을 위한 가르침이지. 그것도 행복한 사람은 알려고도 하지 않는다. 법에 맞고 양심에 맞는 대로 훌륭하게 사람답게 산다. 죽을 때가 가까이 오면 비로소 예수도 부처도 찾아보는 사람을 도사는 너무도 많이 보고 왔었다. 그들은 여행을 갈 때 어느 여행사를 택하는 것처럼 종교를 저승길 안내자로 고르는 거였다. 도사는 그렇게 생각하고 있었다.

"도사님, 나는 평생 착하게 살았습니다. 하늘 무서운 줄 알고, 사람 귀한 줄 알고 살았습니다. 모진 팔자는, 하늘의 영(令)으로 알고 견디며 살았습니다. 하늘이 있다면, 누구보다도 나를 잘 아실 겁니다. 그런데 내게만은 너무합니다."

강 노인은 숨을 헐떡거리며 겨우 말을 마치더니 조용히 눈을 감았다. 그의 얼굴은 점점 파랗게 질려갔다. 사색이었다. 오 도사는 얼른 그의 맥을 짚어보았다. 맥은 뛰지 않았다. 도사는 비바람을 견디며 버텨온 고목이 천수를 다하고 소리 없이 쓰러지는 것을 보는 듯한 감동을 느꼈다.

"나무아미타불 관세음보살."

그녀는 가슴 위에 두 손을 모으고 홀로 조용히 고개를 숙였다.

석규의 작은 관과 강 노인의 큰 관이 나란히 교회를 향해서 갔다. 석규의 가슴에는 순은의 십자가가 얹혀 있었다. 그의 손에는 참새 새끼가 쥐어져 있었다.

도사는 강 노인이 예수를 부정한 것을 입 밖에 낼 생각도 하지 않았다. 강 노인 같은 사람이 천당에 못 간다면 그 천당은 헛것이라고 생각하기 때문이다.

상준은 장례식이 끝나자 오 도사에게 그녀의 상속인인 석규가 죽었으니까 그녀의 유서가 무효가 되었으니, 유산을 어디에 기부하든가 해야 하지 않겠느냐고 물었다.

"김유진 선생님께 물려드리겠습니다. 석규 같은 아이는 이 세상 어딘가에 또 있고, 또 태어날 겁니다. 제2, 제3의 석규에게 주시도록 전해주세요."

한편 유진은 사고 현장에서 병원으로 옮겨졌으나 혼수상태였다. 얼굴과 전신에 검은 멍투성이로 하루에 두어 번 눈을 떴다가 다시 감고 있었다. 유진의 상태는 결코 낙관적이 아니었다. 그러나 의사도 상준도 오 도사도 포기하지 않았다.

상준이 밤새워가며 그녀를 지켰다. 상준은 석규의 장례식에만 잠깐 참석했다가 유진에게로 달려갔다. 멍투성이의 얼굴로 혼수상태에 있는 유진을 보고 있으니까 상준은 입술이 마르고 모래알이 들어간 것처럼 눈동자도 마르고 꾹꾹 찔렀다. 분노와 불안이 엇갈려 무엇을 어떻게 생각해야 할지 몰랐다. '설마 죽지 않겠지……' 라는 말만 머릿속에서 되풀이했다. 그는 죽음이라는 것은 석규와 강 노인에게만 있고 유진에게는 없는 것 같은 느낌만 들었다.

창밖에 저녁노을이 질 때 갑자기 유진이 눈을 떴다. 상준은,

"여보!"

하고 그녀의 손을 덥석 잡았다.

"나야! 알아보겠어?"

유진은 금방 잠에서 깨어난 것 같은 기분이 들었다. 그러자 퍼뜩 석규의 생각이 났다. 그녀는 석규가 나무에서 떨어지고, 그녀

가 그를 안고 굴러 내린 것이 뚜렷이 기억났다.

"석규는 어떻게 되었어요?"

상준은 우물거리며,

"석규는 나아서 집에 있어."

라고 했다. 그러나 유진은 상준의 말이, "석규는 죽어서 땅에 묻혔어" 라고 들렸다.

"죽었다구요?"

하며 그녀는 몸을 일으키려고 했다.

"언제 죽었어요! 언제?"

"안 죽었다니까. 곧 여기 올 거야. 당신이 잘못 들은 거야. 링거 바늘 빠져, 움직이지 말어."

하고 상준은 의사를 청했다. 주치의가 진찰을 하고, 맥을 보고, 열을 재어보았다.

"이상 없습니다. 내출혈이 없어서 천만다행입니다. 기적이지요. 회복되시는 중입니다. 그러나 앞으로 며칠 절대 안정입니다."

의사가 나가자 상준이 그를 따라 나갔다.

바로 간호사가 들어왔다. 소변이 보고 싶지 않느냐고 물었다. 유진은 간호사에게,

"조그만 사내아이, 귀엽게 생긴 여섯 살쯤 된 아이, 혹시 내게 병문안 안 왔던가요?"

"아니요."

하고 간호사는 대답했다. 유진은 그녀가 입원한 지 얼마나 되었느냐고 물었다.

"그저께 오전 10시쯤이었어요. 위독하셨어요."

"그저께? 그때 어린아이도 같이 입원 안 했던가요?"

"아니요" 하고 간호사는 나갔다. 유진은 불길한 생각을 털어낼 수 없었다. 석규가 성하면 그녀를 보러 오지 않을 리는 없었다. 석규가 다쳤다면 입원을 하지 않을 리 없다. 그것도 저것도 아니면, 그가 죽은 것이다.

의사가 절대로 석규의 죽음을 말하지 말라는 말을 듣고 돌아온 상준은,

"석규가 죽었다고 하든데요? 오늘쯤 장례식이 있을 거라고 간호사가 그러든데요?"

하는 유진의 유도 작전에 여지없이 말려들어버렸다. 그는,

"인명은 재천이야."

라고 했다. 그는 체념하고 당신이나 빨리 완쾌해야 한다고 설득하려고 했으나 유진이 먼저 입을 열었다.

"제가 죽인 거나 마찬가지예요. 새끼 새가 떨며 죽으려 하고 있는 것이 가엾어서, 그걸 보라고 석규에게 가리켰어요. 내가 그러지만 않았으면 석규는 새도 못 보고, 나무에 올라가지도 않았을 거예요. 나는 살인을 했어요. 하필 석규를……. 석규는 그냥 석규가 아니에요. 석규는 내 마스코트예요. 석규는 그 무엇인가가 내게 보낸 사자(使者)예요."

상준은 부아가 치밀어 마음 같았으면 유진을 붙들고 흔들고 싶었다.

"이 바보, 멍치야! 그 애 이사시킨다고 비 맞으며 산꼭대기까지 갔다가 죽을 뻔하구선, 이번에는 참새 새끼 가엾다고 하다가 죽을 뻔했잖아! 도대체, 당신은 지성이 있어? 없어? 동정을 해도 좀 지

성인답게 하라구!"

상준은 유진을 쏘아보며 회초리처럼 말을 내뱉었다. 유진은 오랜만에 상준에의 사랑을 강렬하게 느꼈다. 유진은 그의 손을 잡아당겨 그를 안고 키스했다. 남편이 알게 모르게 여태껏 그녀를 지켜주었음을 깨달았다.

"지성인의 동정은 어떻게 하는 거예요?"

하고 말하고서 그녀는 등을 돌렸다. 눈물이 소리 없이 흘러내려 상준에게 보이고 싶지 않았다. 눈물은 석규와 함께 마시던 맑은 약수처럼 맑게맑게 끝도 없이 두 볼에 흘러내렸다. 그녀는 죽고 싶었다. 동기와 동옥과 상준을 위해 살아야 하지 않을까? 그러나 그것은 살고 싶어 내세우는 낯간지러운 변명이 아닌가?

한밤중에 유진은 이불 속에서 링거 바늘을 뺐다.

'내가 석규를 죽였다! 그 불쌍한, 그 순결한 석규를! 나무에 오르지 못하게 해야 했었다!'

'나는 살려고 상준과, 동옥, 동기를 핑계대려고 하고 있다.'

후회와 연민으로 가슴이 아파서 그녀는 견딜 수 없었다. 남편이며 자식에의 사랑과 미련도 그 아픔을 달래주지 못했다. 주삿바늘에서 링거액이 흘러서 바닥에 떨어졌다. 유진은 점점 의식을 잃어갔다. 그녀는 캄캄한 깊은 곳을 깊이깊이 빠져 들어가고 있는 것 같았다. 석규가 새끼 참새를 손에 들고 뺨에 부비며,

"살아났어요! 살아났어요!"

하고 환성을 질렀다. 그러더니 침대에 누운 유진을 보며,

"선생님, 아프세요? 난 얘 날려 보내러 가야겠어요. 안녕히 계세요, 안녕, 안녕!"

하며 뒷걸음질을 쳤다. 밖에서 유진의 아버지며 어머니며 오빠며 경아 고모며 남기철이며 장 박사 들이 모여 서서 석규에게 어서 오라고 웃으며 손짓을 하고 있었다. 석규는 서둘러 나가느라고 창문에 탕 하고 몸이 부딪치며 뛰어나갔다. 탕 하는 소리에 유진은 잠이 깨었다. 병실의 유리창이 바람에 탕, 덜커덕 소리를 내며 흔들리고 있었다. 꿈은 너무도 선명했다. 석규의 모습도, 새끼 참새의 모습도 현실에서 본 것과 조금도 다르지 않았다. 석규의 음성도 잠이 깬 유진의 귀에 뚜렷이 남아 있었다. "안녕히 계세요, 안녕! 안녕!" 귀여운 그 목소리! 그녀는 죽은 혼들이 그녀의 목숨을 구해주고 있음을 짐작했다. 아버지며 어머니며 고모며 오빠며 남기철과 장 박사의, 그리고 석규의 영혼들이. 그녀는 여기서 좀 더 살아야 하나 보다고 생각했다. 지금까지의 그녀의 생명이 그녀를 사랑하는 모든 죽은 혼과, 남편이며 자식이며 모든 산 영들의 사랑과 신뢰의 힘으로 지탱해온 것 같은 느낌이 들었다. 고마웠다. 유진은 비틀비틀 일어나서 창가에 가서 섰다. 그녀는 창문을 열었다. 찬 바람이 죽은 혼들의 합창처럼 세차게 흘러 들어왔다.

"석규야!"

하고 그녀는 밤하늘에 소리쳐 불렀다. 그러나 목이 메어 소리는 나오지 않았다. 그녀는 한 번 더 소리쳐 불렀다.

"석규야!"

바람은 한결 세게 유리창을 흔들고 허공으로 불어갔다.

"석규야! 오, 내 사랑하는 혼들아!"

유진은 가슴이 벅차 창가에 엎드려 소리 내어 울었다.

—끝

『아름다운 영가』를 왜 썼나

쓰고 싶었던 직접적 동기는 두 개의 소박한 의문 때문이었다. 꿈에서 사자(死者)와 대화를 하고, 어떤 사람은 앞날에 일어날 일을 꿈속에서 상징적으로 혹은 역력히 보기도 하는 것이 이상했기 때문이다. 이것은 도대체 무얼까. 영혼이 있어서 꿈속에 나타나는지? 영혼이라는 게 있는지? 사람은 죽으면 어떻게 되는가? 육체가 없어지고 마는 것이 끝일까? 왜 더러 고약한 사람이 현세에서 잘 지내고, 예수 같은 사람이 십자가를 지는가?

사람과 사람과의 만남도 신비했다. 어떤 사람은 만나자마자 호감을 갖게 되고, 어떤 사람은 평생 원수처럼 저주하기도 한다. 이런 것을 전세의 악연이라 하고, 선량한 사람이 힘들게 사는 것을 전세의 업이라고들 말한다. 우연한 만남처럼 불가사의한 것도 없는 것 같다. 그래서 우연은 필연이라고 흔히 말한다. 내가 나를 만들어서 세상에 태어난 것은 절대로 아니다. 때문에 만남의 신비도 부정할 수 없다. 태어나며 어느 나라에서, 어떤 환경에서 어떤 부모를 만나고, 자라면서 어떤 형제를, 어떤 친구를, 어떤 스승을, 어떤 사람을 만나 사랑하고 결혼도 하는지. 자식은 어떤 자식을 만나는지. 그러고 보니 인생은 만남의 연속이다. 만나고 만나다가 마지막 만남이 죽음이다. 이런 만남이 전세의 인연 때문이라고도 하고, 하느님의 뜻이라고도 한다. 전세가 있는가. 후세도 있는가. 전세며 후세며 영의 세계를 안다 한들 무엇을 어떻게 할 수도 없는 것이 현재 살고 있는 인간들이다.

새삼스러운 일은 아니지만, 이 오랜 의문을 한번 추구해보았다. 보이지도 잡히지도 않는, 즉 형태가 없는 영의 세계를 형상화하려니까 여간 어려운 작업이 아니었다. 8년간을 전전긍긍하다가 겨우 첫 문장이 떠올라서 쓰기 시작했다. 1979년 10월 20일 한밤중이었다. 연재 1회분을 《한국 문학》지에 넘겼는데 다음날 박정희 대통령 시해 사건이 일어났다. 나라는 혼란 속에 소용돌이치고 있는데, 나만 보이지도 않는 영혼의 세계를 파고들고 있었다. 물론 5.18 뉴스를 보며 울기도 많이 울었다. 2년 3개월에 걸쳐 연재했다. 작중인물 중에서 가난하고 어리고 순진하고 사랑스런 석규를 죽게할 때 무척 가슴이 아팠다. 외람천만 된 말이나, 신이 예수를 죽게 할 때의 심정을 잠깐이나마 알 수 있었다고나 할까. 마지막 몇 페이지는 눈물 속에서 썼다.

쓰기 힘든 작품이었으나 쓰기 잘했다고 생각한다. 이것은 내가 가장 아끼는 작품 중의 하나가 될 것이다.

이 후기는 지금부터 44년 전 내가 50세 때, 1981년 12월 10일 초판 발행 때의 권두언을 조금 줄이고 조금 덧붙인 것이다.

어느 사이 44년이 가버렸다. 44년 만에 5판 중판을 내면서 원문을 조금 손댔다.

2025년 7월

한말숙

* 1981년 12월에 2년간의 연재가 끝나자, 한국문학진흥재단(Korean Literature Foundation, 모윤숙 이사장)에서 바로 영역해서 1983년에 뉴욕의 Fremont라는 한국인이 하는 작은 출판사와 공동 출간했다. 그 무렵 한국은 국제적으로 잘 알려지지 않은 국가였다.

1986년이던가, 가을의 어느 날 철의장막 저편 동구권인 폴란드의 바르샤바대학 조선어문학과 과장 할리나 오거레끄 최(Halina Ogarek-Choi) 교수라는 분이 『아름다운 영가』를 번역하도록 허락해달라는 편지를 보내왔다. 적성국에서 온 편지라 중앙정보부에서 잠깐 오라할까 봐 겁이 났으나, 큰 봉투의 반이 봉해져 있지 않아서 검열이 양국에서 있었을 거라고 안심하고 답장을 썼다. 나도 큰 누런 봉투의 반은 풀칠을 하지 않았다. 그 우편의 왕래는 한 달씩 걸렸다. 어디를 돌아서 철의장막 저편으로 가는지. 1988년에 제52차 국제 PEN 대회가 서울에서 열렸을 때 그 교수를 처음 만났다. 한국어가 유창해서 놀랐다. 폴란드에 파견된 북한 과학자와 결혼해서 평양에 가서 김일성대학에서 나도향을 연구하던 중, 어느 날 밤중 갑자기 모든 외국인은 내일 아침 일찍 북한을 떠나라는 김일성의 지령이 내려서, 갓 돌 지난 딸만 안고 허둥지둥 평양을 떠났다고 했다. 32세 때였다고. 남편 얘기를 할 때마다 눈에 눈물이 고였었다. 몇 차례 통역 때문에 평양에 갔으나 북한 당국에서 남편을 만나지 못하게 했다고 했다. 철의장막이 있을 때에도 최인호의 「옆방 사람들」과 한말숙의 「장마」「상처」를 번역 발표했다고 했다. 그 자료들은 유네스코를 통해서 구할 수 있었다고 했다.

이 장편은 영, 독, 불(불어 역은 95년에 유네스코 대표 선집에 수록되었다), 이태리, 폴란드, 체코, 중국, 일본, 스웨덴 등 현재 9개 국어로 현지 번역 출간되었다. 독일어와 스웨덴어판은 번역원의 지원을, 다른 것은 모두 현지 출판사나 번역자들이 직접 팩스나 전화 또 편지를 해서 출판이 성립됐다. 90년대는 내게 컴퓨터도 없었고 따라서 이메일 같은 것은 상상도 못 했었다. 아마도 문인들은 대부분이 그랬을 것이다.

1993년 국제 PEN 한국본부에서 13인의 심사위원들이 동서 진영에서 외국어로 번역된 유일한 장편 『아름다운 영가』를 노벨문학상 한국 후보로 추천했다. 스웨덴 아카데미에서는 추천한 사람을 절대 비밀로 하도록 엄하게 요구하고 있는데, 워낙 여러 명이 관련해선지 외부에 알려지고 말았다. 그 후로는 그 기관에서 피추천인을 일체 비밀로 했다.

한말숙 작품 연보

1956 단편소설 「별빛 속의 계절」을 《현대문학》 12월 호에 김동리의 추천으로 발표

1957 4월 단편소설 「신화의 단애」가 동지(同誌) 6월 호에 추천 완료되어 문단 데뷔. 단편소설 「어떤 죽음」(《현대문학》), 「거문고」(《소설계》)

1958 단편소설 「노파와 고양이」(《현대문학》), 「낙루부근(落淚附近)」(《사상계》), 「귀뚜라미 우는 무렵」(《소설계》), 「낙조전(落照前)」(《현대문학》)

1959 단편소설 「방관자」(《현대문학》), 「Q호텔」(《현대문학》), 「사시도(斜視圖)」(《현대문학》), 「맞선 보는 날」(《소설계》), 「장마」(《사상계》). 「장마」(김동성 역, 영어 제목 'Flood')가 1964년 뉴욕 밴텀북스(Bantam Books)가 펴낸 세계 단편소설 선집 『The Language of Love』에 수록됨

1960-1961 장편소설 『하얀 도정』을 《현대문학》에 연재

1960 첫 번째 단편집 『신화의 단애』(사상계) 간행

1961 단편소설 「순자(順子)네」(《현대문학》), 「세탁소와 여주인」(《주부생활》)

1962 단편소설 「광대 김 선생」(『신작 15인선』, 육민사), 「결혼전야」(《여상》)

1963 단편소설 「행복」(《현대문학》), 「출발의 주변」(《한양》), 「흔적」(《세

대》). 「흔적」으로 1964년 제9회 현대문학 신인문학상 수상

1964 중편소설 「상처」(《현대문학》), 단편소설 「이 하늘 밑」(《사상계》). 「이 하늘 밑」이 1965년 일본 《東和新聞》에 일본어 역 연재. 두 번째 단편집 『이 하늘 밑』(휘문출판사), 장편소설 『하얀 도정』(휘문출판사) 간행

1965 단편소설 「피선자(被選者)」(《현대문학》), 「우울한 청춘」(《신동아》), 「한 잔의 커피」(《현대문학》)

1966 단편소설 「초설(初雪)」(《문학》)

1967 단편소설 「아기 오던 날」(《현대문학》)

1968 단편소설 「신과의 약속」(《월간중앙》). 동 작품으로 제1회 한국일보문학상 수상. 세 번째 단편집 『신과의 약속』(휘문출판사) 간행

1970 단편소설 「사랑에 지친 때」(《월간중앙》)

1972 단편소설 「다정의 시말(始末)」(《월간중앙》)

1974 단편소설 「잃어버린 머플러」(《문학사상》)

1977 단편소설 「무너지는 성벽」(《문학사상》), 「여수(旅愁)」(《문학사상》). 「여수」가 극영화화 및 TV영화화. 네 번째 단편집 『잃어버린 머플러』(서음출판사) 간행

1978 단편소설 「선의 향방」(《한국문학》), 「수상식 후」(《여성중앙》). 다섯 번째 단편집 『여수』(태창문화사) 간행

1980-1981 장편소설 『아름다운 영가(靈歌)』를 《한국문학》에 연재

1980 단편소설 「안개」(《문학사상》)

1981 장편소설 『아름다운 영가』(《한국문학》) 간행. 동 작품이 영어, 독일어, 프랑스어, 스웨덴어 등 9개 국어로 현지 번역 출간됨. 단편소설 「세계의 사람」(《한국문학》)

1982 단편소설 「어느 소설가의 이야기」(《문학사상》), 「말 없는 남자」(《한국문학》), 「아들의 졸업식」(《한국문학》)

1983 단편소설 「초콜릿 친구」(《문학사상》)

1985 단편소설 「수술대 앞에서」(《문학사상》)

1986 단편소설 「스포츠 관전기」(《문학사상》). 장편소설 『모색시대』를 《소설문학》에 연재. 장편소설 『모색시대』(인문당) 간행

1987 장편소설 『아름다운 영가』(인문당) 중판 간행

1988 수필집 『삶의 진실을 찾아서』(샘터사) 간행

1990 단편소설 선집 『상처』(고려원) 간행

1993 장편소설 『아름다운 영가』(인문당) 중판 간행

1994 『아름다운 영가』(삶과 꿈) 증보판 간행

1999 한말숙 선집 『행복』(풀빛)을 500부 한정 간행

2000 장편소설 『아름다운 영가』의 증보판 『아름다운 영혼의 노래』(솔과 학) 간행

2002 단편소설 「덜레스 공항을 떠나며」(《문학사상》). 공동 수필집 『세월의 향기』(솔과학) 간행

2005 단편소설 「이준 씨의 경우」(《현대문학》)

2008 단편집 『덜레스 공항을 떠나며』(창비), 수필집 『사랑할 때와 헤어질 때』(솔과학) 간행. 수필 「세계명작에서 신천지를 보다」(《21세기문학》), 「가상 유언장 소동」(솔과학), 「따뜻했던 50년대 문단」(솔과학)

2010 수필 「젊은이여, 답답할 때는 하늘을 보라」(《아산의 향기》)

2010 수필 「예감」(《예술원 회보》)

2011 수필 「야채 아저씨」(《예술원 회보》), 「혜경궁 홍씨 역을 맡아

보고」(국립국악원)

2012 수필 「페인트칠 노인의 유작」(《예술원 회보》), 「사자(死者)의 편지」(《21세기문학》), 「박완서와 나의 60년의 우정」(《문학사상》), 단편소설 「친구의 목걸이」(《문학사상》)

2013 수필 「잊을 수 없는 최 일병(崔一兵)」(《예술원 회보》)

2014 수필 「참, 좋겠네」(《문학사상》)

2015 수필 「그리운 천경자 선생님」(《문학사상》)

2016 단편집 『별빛 속의 계절』(솔과학)

2017 수필 「년월일 적어두기」(《한국소설》)

2018 수필 「북한의 잣」(《한국소설》)

2020 수필 「공수래공수거」(《PEN문학》)

2021 수필 「기억의 심연」(《동상》)

2022 수필 「2022년의 추석의 달」(《예술원 회보》), 「새와 개와 사람과」(《예술원 회보》)

2023 수필 「이어령 선생 1주기」(추모 문집), 단편소설 「과일 가게 할머니 사장」(《PEN문학》)

2024 수필 「물 한 모금」(《예술원 회보》), 단편소설 「잘 가요!」(《월간문학》).

2025 수필 「별이 쏟아지는 침실과 알프스 산속 기차의 침실」(《예술원 회보》)

번역서

1979 브라질 극작가 길레르미 피게이레두(Guilherme Figueiredo)

의 희곡 『여우와 포도』(《현대문학》). 동 작품이 같은 해 극단 '산울림' 공연

1997 일본 작가 세리자와 고지로(芹沢光治良)의 단편소설 「낙엽의 소리」(《PEN문학》)

2005 세리자와 고지로 대하소설 『인간의 운명』 제1권 『아버지와 아들』(솔과학)

2006 세리자와 고지로 대하소설 『인간의 운명』 제2권 『우정』(솔과학)

한말숙 작품 해외 번역출판 연보

1964 단편소설 「장마」(김동성 역, 영어 제목 'Flood')가 뉴욕 밴텀북스(Bantam Books)가 펴낸 세계 단편소설 선집 『The Language of Love』에 수록됨

1965 단편소설 「광대 김 선생」[리처드 러트(Richard Rutt) 신부 역]이 《Korea Journal》에 게재

1965 단편소설 「행복」을 백낙청 영역. 동 작품을 1968년 미국 시애틀의 문화 라디오방송 〈KRAB〉에서 로렌조 마일럼(Lorenzo Milam)이 낭독

1983 장편소설 『아름다운 영가』가 영역, 'Hymn of the Spirit'라는 제목으로 한국문학진흥재단에서 간행

1993 『아름다운 영가』가 폴란드어 역, 'Na Krawędzi'라는 제목으로 폴란드 토룬의 COMER 출판사에서 간행

1995 『아름다운 영가』가 프랑스어 역, 'Le chant mélodieux des

âmes'라는 제목으로 프랑스 파리의 L'HARMATTAN 출판사에서 출간. 유네스코 대표 문학 선집에 수록

1996 『아름다운 영가』가 중국어 역, '美的灵歌'라는 제목으로 중국 베이징의 社會科學文獻出版社에서 간행

1996 폴란드어 역 한말숙 작품 선집 (1) 『KOMUNGO(거문고)』가 폴란드 바르샤바의 DIALOG 출판사에서 간행

1997 『아름다운 영가』가 체코어 역, 'Písně z druhého břehu'라는 제목으로 체코 프라하의 DAR IBN RUSHD 출판사에서 간행

1997 폴란드어 역 한말숙 작품 선집 (2) 『Filiźanka Kawy(한 잔의 커피)』가 폴란드 바르샤바의 DIALOG 출판사에서 간행

1997 프랑스어 역 한말숙 중·단편 선집 『La Plaie(상처)』가 프랑스 파리의 Maisonneuve & Larose 출판사에서 간행

2001 『아름다운 영가』가 이탈리아어 역, 'Cantico di frontiera'라는 제목으로 이탈리아 밀라노의 O barra O 출판사에서 간행

2004 『아름다운 영가』가 일본어 역, '麗しき霊の詩'라는 제목으로 일본 도쿄의 文車書院 출판사에서 간행

2005 『아름다운 영가』가 독일어 역, 'Über Alle Mauern'이라는 제목으로 독일 EOS 출판사에서 간행

2009 단편소설 「초콜릿 친구」가 일본어 역, 일본 《ESPOIR》지에 게재

2011 『아름다운 영가』가 스웨덴어 역, 'Bortom gränserna'라는 제목으로 스웨덴 TRANAN 출판사에서 간행

2013 단편소설 「친구의 목걸이」가 중국 해외 문학지에 번역 게재

기타 단편소설이 영어, 독일어, 프랑스어, 중국어, 일본어, 스웨덴어, 포르투갈어, 폴란드어, 체코어 등으로 다수 번역

문학 활동

1968 8월 미국 시애틀의 문화 라디오방송 〈KRAB〉에서 단편소설 「행복」(백낙청 영역)을 작가이자 운동가 로렌조 마일럼이 낭독

1993 5월 폴란드 바르샤바에서 열린 제38차 세계도서전시회에 초청, 장편소설 『아름다운 영가』를 배우 베아타 티슈키에비치(Beata Tyszkiewicz)가 독자들 앞에서 낭독. TV, 라디오 출연. 사인회. 그 나라 문인들과 간담회

1995 11, 12월 프랑스 문학 포럼 참가

1997 7월 14일부터 3주간 폴란드 제1방송에서 월-금 오후 8시 45분에서 9시까지 중·단편 선집에서 뽑은 작품들을 배우 조피아 리쇼브나(Zofia Rysiówna)가 낭독

1999 폴란드 바르샤바에서 열린 제66차 국제 PEN 대회에 한국 대표로 참석

2004 11월 17일 독일 베를린 한국문화 홍보원에서 『아름다운 영가』의 한국어 및 독일어 낭독회 개최

2005 5월 17일 캘리포니아 대학교 버클리 캠퍼스(UC Berkeley)에서 『아름다운 영가』 세미나 개최. 국내 문학 강연회, 1957년부터 30여 회

이력

1931 서울 생

1955 서울대학교 문리과대학 언어학과 졸업

1957 단편「신화의 단애(神話의 斷崖)」로 현대문학지 추천, 문단 데뷔

1959~1974 서울대학교 음악대학 강사(가야금실기, 일반국어, 문학개론)

1964~1969 문화부 영화자문위원

1980~1982 문화부 신문윤리위원

1982~1984 문화부 방송자문위원

1993~1997 국제 여학사협회 한국본부 회장

1997~2001 국제P.E.N.한국본부부회장

2002~2004 한국여성문학인회 회장

2009~ 대한민국 예술원 회원

수상

1964 제9회 현대문학 신인상

1969 제1회 한국일보 문학상

1999 문화훈장 보관장 수훈

한말숙 문학선집 ❷ 장편소설
아름다운 영가靈歌

1판 1쇄 발행 2025년 8월 11일

지은이 · 한말숙
펴낸이 · 주연선

(주)은행나무
04035 서울특별시 마포구 양화로11길 54
전화 · 02)3143-0651~3 | 팩스 · 02)3143-0654
신고번호 · 제 1997 — 000168호(1997. 12. 12)
www.ehbook.co.kr
ehbook@ehbook.co.kr

ISBN 979-11-6737-578-0 04810
979-11-6737-565-0 04810 (세트)

• 이 책은 대한민국 예술원의 2025년도 예술활동 지원금을 받았습니다.

• 잘못된 책은 구입처에서 바꿔드립니다.